정령왕 엘퀴네스

이환 판타지 장편소설

1

정령왕 엘퀴네스 1

초판 1쇄 인쇄 / 2011년 8월 1일
초판 21쇄 발행 / 2022년 9월 9일

지은이 / 이환

발행인 / 오영배
책임편집 / 이신옥
펴낸 곳 / (주)삼양출판사 · 드림북스
주소 / 서울특별시 강북구 도봉로 173
대표 전화 / 02-980-2112 팩스 / 02-983-0660
편집부 전화 / 02-980-2116 팩스 / 02-983-8201
블로그 / blog.naver.com/dreambookss

등록번호 / 제9-00046호
등록일자 / 1999년 3월 11일

ⓒ 이환, 2011

값 15,000원

(주)삼양출판사 · 드림북스의 서면 허락 없이는 어떠한
형태나 수단으로도 이 책의 내용을 이용하지 못합니다.
ISBN 978-89-542-4482-4 (04810) / 978-89-542-4481-7 (세트)

* 지은이와 협의하에 인지는 생략합니다.
* 잘못된 책은 구입한 곳에서 바꾸어 드립니다.

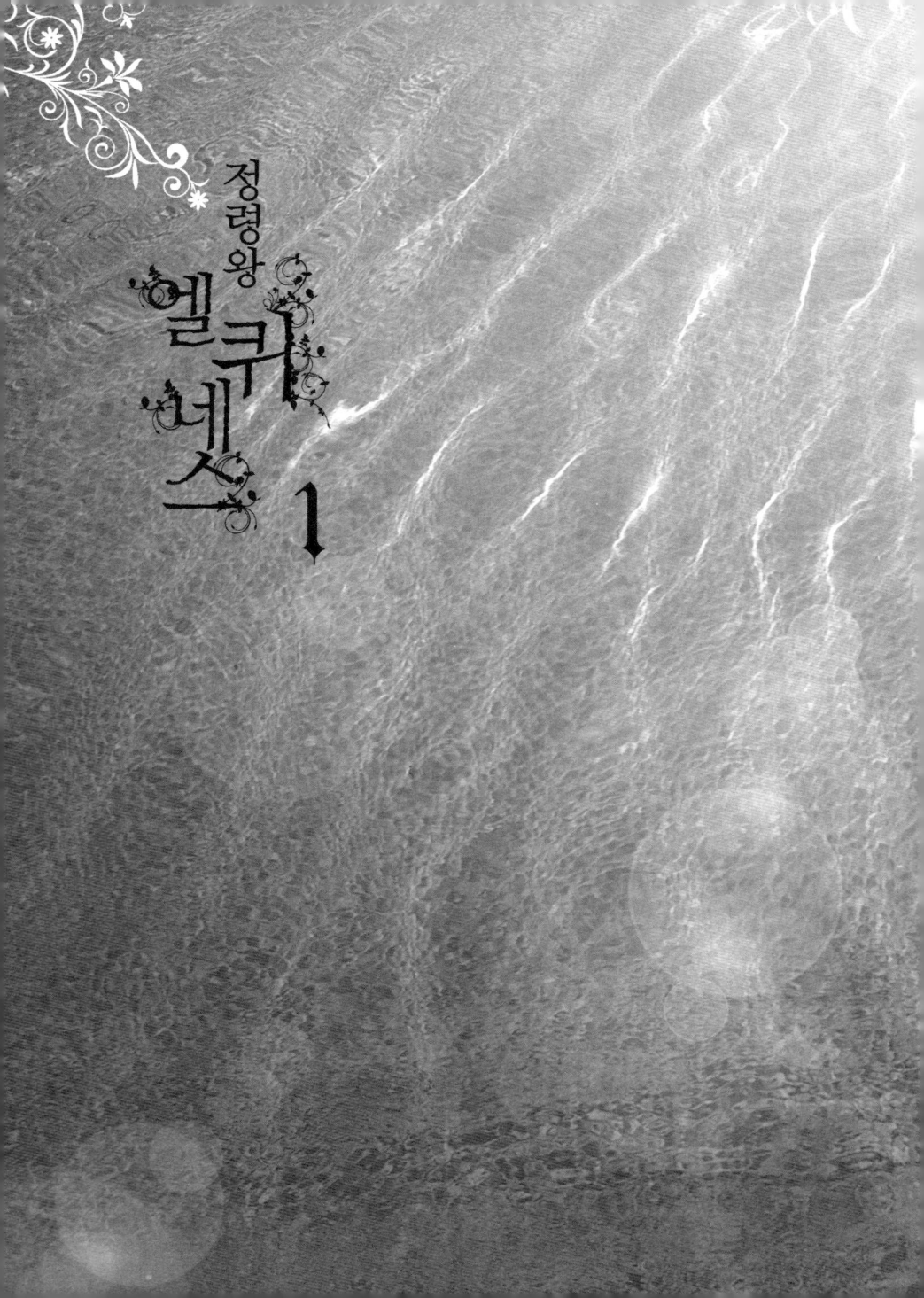

Contents

프롤로그	7
제1화	13
제2화	55
제3화	95
제4화	129
제5화	165
제6화	207
제7화	255
제8화	295
제9화	347
외전: 나드엘의 하루	383
캐릭터 프로필 엘퀴네스	405
캐릭터 복불복 Q n A	407
네 칸 만화	413

프롤로그

'모년 4월 26일. 나는 죽었다.'

……라고 하니까 왠지 분위기 있어 보이는 것이, 얼마 전에 봤던 만화영화의 시작 부분을 따라 해 본 것뿐이지만 꽤나 탁월한 문장 선택이었다는 생각이 든다. 아닌 게 아니라 정말 눈앞에 죽은 내 모습이 떡하니 보이고 있었으니까.

"헐……."

나는 조금 황망한 기분으로 도로 한복판에 널브러진 익숙한 모습을 바라보았다. 숱 많은 시커먼 고수머리와 얼굴의 절반 이상을 가린 두꺼운 뿔테 안경. 비쩍 마른 몸에 촌스러운 감청색 교복. 분명 오늘 아침 학교를 나오기 전에 거울에서 보았던 내 모습이 확실했다.

"이거…… 정말이야? 진짜? 사실? 리얼리?"

두 눈으로 보고도 도무지 믿을 수 없는 광경에 나는 스스로 뺨을 두드리고 꼬집어 보기를 반복했다. 그러나 눈앞에 벌어진 기이한 현실(그렇다, 이건 틀림없는 현실이었다)은 여전히 그 자리에서 사라질 생각을 하지 않았다. 허공에 떠 있는 내가, 바로 아래에 죽어 있는 내 모습을 바라보는…… 바로 이러한 상황 말이다.

"우아악— 미치겠네! 왜 내가 이딴 일을 당해야 하냐고!"

내 이름은 강지훈.

올해로 17살인 대한민국 국적의 평범한 고등학생이다. 난 이제껏 나 자신이 평범하다는 것을 단 한 번도 의심해 본 적이 없었다. 운동 실력도 또래 중 보통이고, 성적도 보통, 신체 사이즈며 외모며 그야말로 무엇 하나 남들보다 뛰어난 것 없는 내가 평범하지 않다면 세상의 그 누가 평범하다는 말을 들을 수 있겠는가!

평범한 것이 세상에서 가장 어렵다고 하지만, 나에게 있어서 평범함이란 세상의 그 어느 일보다 쉽고 간단한 일이라고 생각했다. 오늘 아침, 아니 불과 몇 분 전까지만 해도 이러한 내 생각엔 변함이 없었다. 방금 전의 그 '사고'를 당하기 전까진.

애초부터 사고의 발단은 별것 아니었다. 한국이란 나라는 워낙에 땅덩어리가 좁은 데다가 교통이 복잡하기 때문에 흔하디흔하게 일어나는 게 교통사고다.

얼마 남지 않은 모의고사 준비 때문에 평소엔 하지도 않던 공부 좀 해 보겠답시고 영어 단어장을 들고 외우며 다닌 게 화근이었다. 신호를 무시한 자동차 한 대에 손도 못 써 보고 그대로 치일 줄 누가 알았겠는가.

'허어, 이래서 평소에 안 하던 짓 하면 죽는다는 얘기가 나온 거구나······.'

옛말 틀린 것 하나도 없다. 선조의 지혜란 그저 아무 데서나 꾸며내서 만들어진 것이 아니었던 것이다. 그렇다면 이건 어른들 말씀을 무시한 죄로 받는 형벌인가? 아무리 그래도 그렇지, 벌치고는 너무 과하다고 생각지 않아?

게다가 심하게 치인 것도 아니고 그저 가볍게 부딪힌 것뿐이다. 물론 가볍다곤 해도 저만치 멀찍이 날아가 버릴 정도로 크게 충격을 받긴 했지만, 외관상 어디 하나 부러지거나 피가 터진 곳도 없었다. 그런데 고작 그 정도에 죽어 버리고 말다니. 이건 뭔가 잘못된 것이 분명하다. 그렇고말고.

시체의 겉면이 얼마나 깨끗했던지 나를 친 가해자는 물론, 찾아온 경찰들마저 처음엔 내가 죽은 것을 인지하지 못했다. 오죽하면 나조차 다시 육체로 돌아가 보려고 시도했을 정도였다.

하지만 여러 번의 시도에도 불구하고 육체는 번번이 내 영혼을 튕겨냈고, 지금은 숨을 안 쉰 지 20분이 넘어간 상태라 나도 포기한 상황이었다.

아아, 나는 정말 이렇게 어이없이 죽어 버리고 만 것이다.

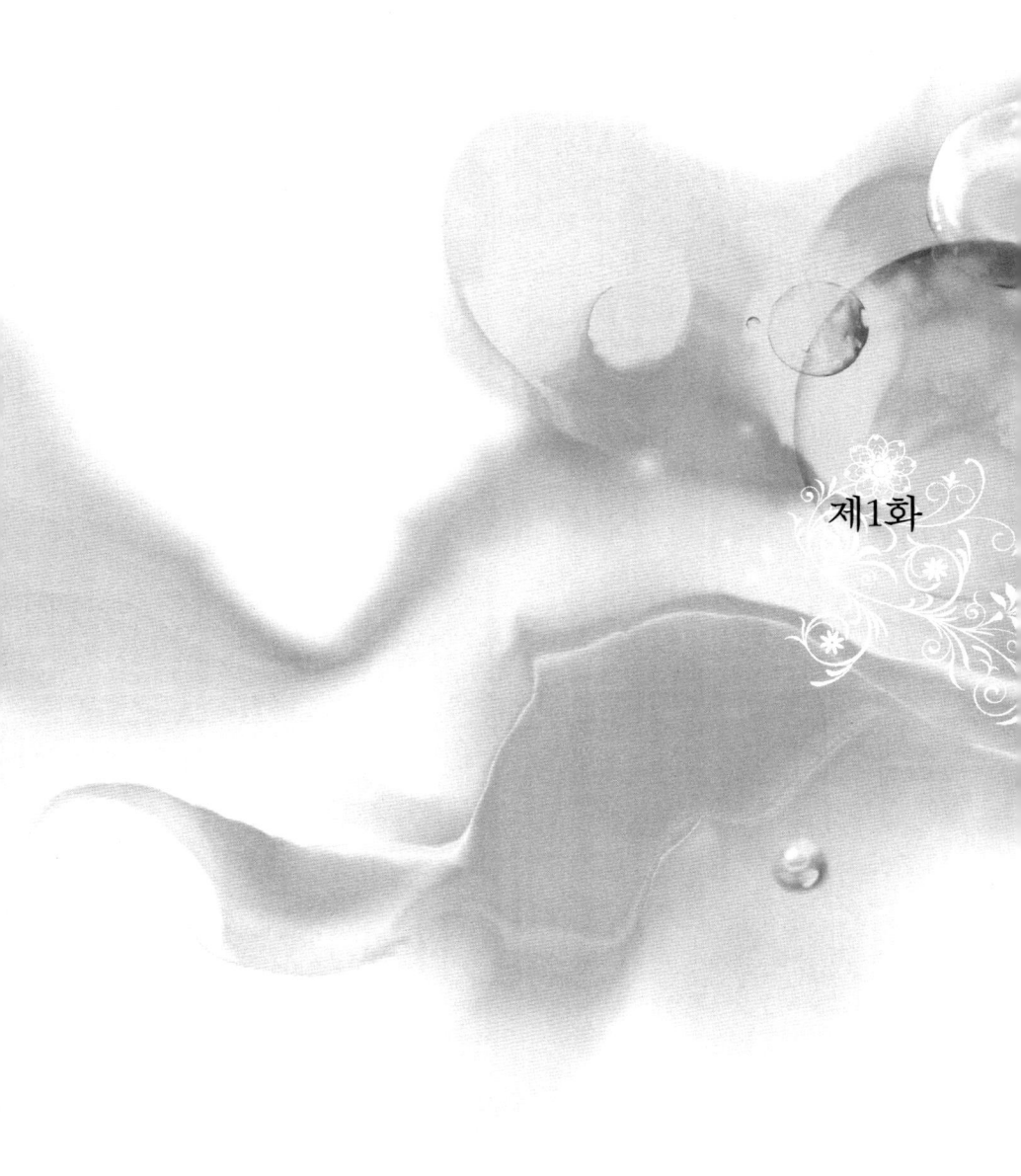

1.

 어이없게 짧은 생을 마감해 버린 지도 벌써 사흘이 지났다. 그러나 내 삶은 이전과 크게 달라진 것이 없었다. 나는 여전히 교복 차림으로 평소와 다를 바 없이 길거리를 돌아다니고 학교 수업에도 참여했으며, 더불어 내 시신이 수습되고 장례가 치러지는 과정까지 구경하고 있었다.
 요즘은 내 영정 앞에 서서 문상 온 친구 녀석들에게 아는 척을 하는 중인데, 이게 또 재미가 꽤 쏠쏠했다. 평소엔 알지 못했던 친구들의 진면목을 확인할 수 있게 되었다고나 할까? 특히 평소 행실이 가볍거나 과묵해서 속내를 드러내지 않던 녀석들이 문상 중에 눈물 콧물 흘리는 광경은 꽤나 신선한 충격이었다.

그러나 아쉽게도 내가 여기서 어떤 말 어떤 행동을 하건 저들에게는 전혀 보이지도 들리지도 않았다. 흔히 만화영화에서 자주 나오던, 죽은 뒤 유령이 되어 살아 있는 사람과 교류하는 이야기는 말 그대로 만화였기에 가능했던 것이다.

이곳에서 살아 있는 사람은 누구도 내 존재를 의식하지 못했다. 심지어 같은 귀신(?)조차 아직 만난 적이 없을 정도다. 전자는 그렇다 치지만 후자의 경우는 좀 이상하긴 했다.

장례식장이라는 곳의 특성상 죽은 사람이 결코 나 혼자일 리는 없다. 그 증거로 지금 이 건물 내에서만 같은 시간에 치러지는 장례가 수두룩했으니까. 심지어 나보다 늦게 시작된 장례도 많았다. 그런데도 정작 다른 사람의 영혼을 본 적은 없다니, 대체 어떻게 그럴 수가 있지?

처음 며칠은 언젠가 저승사자가 찾아오겠거니 태연하게 여겼다. 하지만 그게 벌써 사흘째 지속되니 점점 불안해질 수밖에 없었다.

'설마 죽으면 이렇게 혼자 떠도는 건가? 영원히?'

이쯤 되면 이런 생각이 드는 것도 무리가 아니었다.

나는 초조한 기분으로 입술을 악물었다. 언제나 그랬지만 혼자인 것은 정말 질색이다. 특히나 지금처럼 많은 사람 속에 파묻혀 있어도 아무도 나를 인지하지 못하는 상황은 더욱 껄끄럽다. 이럴 땐 굳이 자각하지 않아도 되는 일들까지 떠오르게 된다. 이를테면, 지금 상주로 있는 사람이 내 가족이 아니라 친구 녀석이라는 현실이라든지.

'그야…… 그 사람들이 슬퍼해 줄 거란 생각은 하지 않았지만.'

이미 가족이라는 이름으로 부르는 것조차 낯선 부모님과 형제들. 살아 있을 때도 내게 별로 애정을 보인 적이 없는 사람들이었다. 그래도 대외적인 시선을 생각해 형식적인 장례 정도는 치러 줄 줄 알았다.

그러나 주검이 되어 돌아온 아들과 형제를 향한 그들의 시선은 냉혹하기 짝이 없었다. 장례도 없이 화장해서 불태우고 아무 산에나 재를 뿌리려 했다. 그것을 알고 나서서 말린 것이 지금 상주로 있는 친구인 하태진이다. 치러지는 장례 비용 또한 전부 반 아이들이 모금해서 걷은 돈으로 이뤄진 것이다.

나는 상주의 표식을 단 채 하얗게 굳은 얼굴로 주먹을 움켜쥔 태진을 바라보며 씁쓸하게 웃었다. 늘 명랑하고 활기찬 것이 장점이다 못해 단점으로 보이던 친구였는데, 그런 녀석의 얼굴이 지금은 사람 하나 잡을 것처럼 살벌하기 그지없다. 저 녀석의 얼굴을 저렇게 만든 것이 나라고 생각하니 기분이 썩 편하진 않았다.

'으으, 이러면 안 돼. 긍정적 마인드, 긍정적 마인드!'

나는 머리를 세게 좌우로 흔들며 머릿속에 파고든 잡생각들을 털어내기 위해 노력했다.

죽어서까지 전생의 고민을 끌어오고 싶진 않았다. 나를 위해 울어 주는 친구들에게는 미안한 소리긴 하지만, 나는 하루라도 빨리 모든 것을 잊고 즐거워지고 싶었다. 그러기 위해선 새로운 경험과 새로운 인연이 필요했다.

'그래! 나가자! 나가서 어떻게든 나와 같은 처지의 동료들을 찾는 거야!'

이미 타인의 영혼이라곤 구경은커녕 그림자조차 찾아보지 못했지만 실망하기엔 아직 일렀다. 이제 죽은 지 고작 사흘 남짓 되었을 뿐이다. 지금까지 겪은 일들이 앞으로 일어날 전부라고 섣불리 판단할 수는 없었다.

게다가 인연이 없으면 만들면 되는 것! 죽고 난 다음의 영혼을 찾기가 힘들다면 이제 곧 죽을 사람 옆에서 영혼이 나오길 죽치고 기다리면 되는 것 아니겠는가!

다행스럽게도(?) 병원이란 곳은, 그 특성상 하루에도 몇 번씩 생사가 오락가락하는 사람들이 들락날락하는 곳이다. 곧 죽을 사람 구하는 것은 식은 죽 먹기나 다름없었다. 나는 친구 생겨서 좋고 신참 유령도 외롭지 않아 좋을 테니, 그야말로 누이 좋고 매부 좋고 도랑 치고 가재 잡고 꿩 먹고 알 먹고인 것이다!

'아무래도 난 천재인가 봐!'

"좋아! 그럼 가 볼까?"

나는 단번에 결정을 내리고 자리에서 벌떡 일어났다. 그러나 당당히 돌아서기 전 내 시야에 담기는 얼굴이 하나 있었다. 상주로 서 있는 하태진, 그 녀석이었다.

울고 있는 친구들 사이에서 담담한 표정을 유지한 사람은 그 녀석이 유일했다. 그러나 이곳에 있는 이들 중 가장 가슴 깊이 내 죽음을 슬퍼하는 사람 역시 바로 그 녀석이었다.
"난 행복해질 거야."
나는 씁쓸하게 웃으며 닿지도 않는 태진의 어깨를 두드렸다.
"너도 그만 잊어라, 하태진."

2.

누군가 지금 나에게 현재의 심정을 세 가지로 표현해 보라고 한다면 난 서슴없이 이렇게 대답할 것이다. 황당하고 황당하며 황당하다. 정말 내 평생에 이토록 황당한 경험을 한 적이 있었던가!

종합병동에서 중환자실을 찾는 건 의외로 간단했다. 벽을 자유자재로 통과하는 영혼인 덕분에 계단을 일일이 오르거나 엘리베이터를 기다릴 필요도 없었다. 그래서 처음에 중환자실을 발견했을 때만 해도 난 동지(?)를 만들고 말겠다는 의지로 여전히 의욕에 불타오르는 상태였다. 지금도, 아니 앞으로도 나를 황당하게 할 그 일이 생기기 전까지 말이다.

중환자실은 평소에 생각해 왔던 이미지 그대로 서늘한 분위기가 감도는 곳이었다. 일반 병실과는 달리 이곳의 환자들은 그야말로 생사를 오락가락하는 사람들뿐이라, 척 보기에도 상태가 심각해 보이는 사람이 대다수였다. 앓는 환자 자신이나 지켜보는 가족이나 괴롭기만 할 뿐인, 온갖 슬픔과 고통의 밀집 장소인 것이다.

대부분의 환자는 의식을 차리지 못한 채 누워 있었고, 산소호흡기를 달고 있거나 그 사용 여부를 심히 의심해 봄 직한 복잡한 장치들을 몸에 주렁주렁 매달고 있었다. 차마 눈뜨고 볼만한 광경이 아닌지라 나는 가급적 상태가 심각해 보이는 사람들은 똑바로 보지 않으려고 노력했다.

비록 기계에 의지해야 생을 연명하는 처지라곤 해도 결국은 살고 싶어서 버티는 것이 틀림없다. 이런 와중에 불순한 목적으로 찾아든 것이 내심 양심에 찔렸지만 나는 애써 당당해지려고 노력했다.

어쨌든 나야말로 이미 죽은 사람이니까. 혼자 있기 쓸쓸해서 동료를 찾으러 온 것이 뭐가 나쁘단 말인가. 죽기를 바라는 것도 아니고, 단지 누군가 죽으면 친분 좀 쌓겠다는 것뿐인데. 죽는 입장에서도 혼자 낯선 환경에 떨어져 불안해하는 것보단 선배(?)를 만나는 편이 적응하기에도 훨씬 좋을 것이다. 암, 그렇고말고.

"사, 상민아! 안 돼! 눈을 떠, 상민아!"

"오빠!"

내 염원이 너무 컸던 탓일까.

중환자실에 올라온 후 그다지 별로 시간이 흐른 것 같지도 않은데 벌써 조짐(?)이 보였다. 내 또래로 보이는 한 소년이 산소호흡기를 쓰고 있는데도 거친 호흡을 뱉어내며 온몸을 사정없이 꿈틀거리기 시작한 것이다. 소년은 어딘가 크게 다친 모양인지 머리부터 온몸을 붕대로 휘감은 채였다.
 의사와 간호사들이 달려와 여러 가지 조치를 시도했지만 소년의 사그라지는 호흡은 어찌할 도리가 없는 것 같았다. 그리고 의학 지식이 전혀 없는 내가 보기에도 그 소년은 이미 가망이 없었다.
 왜냐하면, 영혼이 일어나고 있었으니까.
 "헐……."
 육체와 영혼이 분리되는 과정은 여러 가지 의미에서 상당히 충격적이었다. 싸늘하게 식어 가는 몸 위로, 그와 똑같이 생긴 또 하나의 투명한 몸이 허공으로 붕 떠올랐기 때문이다. 마치 공포영화를 보는 것처럼 오싹한 광경이었다.
 영혼이 육체에서 완전히 떨어지는 순간, 의사는 침울한 표정으로 고개를 가로저었고 소년의 가족들은 오열하기 시작했다. 녀석이 완전히 죽은 것이다.
 "자아, 그럼 면상이나 터 볼까나."
 소년의 가족들에겐 조금 미안했지만, 나름대로 이 순간을 기대했던 만큼 나는 아직 움직이지 않는 영혼에게 반갑게 다가갔다. 그런데 바로 그 순간이었다.
 파아아앗.
 "……엉?"
 침대의 맞은편 벽면에서 갑자기 새하얀 빛 무리가 터져 나왔다. 울고 있는 사람들이 전혀 눈치채지 못하는 것을 보면 평범한 빛이 아닌 게 분명했다. 놀란 나는 신참(?)에게 다가가던 걸음을 멈추고 곧장 벽면 뒤로 몸을 숨겼다. 나도 모르게 무의식적으로 벌인 행동이었다.

숨고 나서야 굳이 이럴 필요가 없다는 걸 깨달았지만 그땐 이미 다시 나서기도 뭐한 상황이 되어 있었다. 빛 무리 안에서 무언가가 불쑥 모습을 드러낸 것이다.

'뭐야, 사람?'

놀랍게도 그 안에서 걸어 나온 것은 두 명의 남자였다. 그것도 영화에서나 등장할 법한 끝내주게 잘생긴 서양인이었다.

그들은 현대의 복식과는 상당히 동떨어진 화려한 차림을 하고 있었다. 거기다 머리카락은 어찌나 긴지 엉덩이를 넘어 발끝까지 내려오는 것 같았다. 등 뒤에 날개가 없는 것을 빼면 흡사 사람들이 흔히 묘사하는 천사의 모습 같기도 했다.

그 천사인지 뭔지 알 수 없는 존재들은 익숙한 듯 아무 거리낌 없이 침대에 멍하니 앉아 있는 소년을 향해 다가섰다. 그리고 한 가운데에 녀석을 두고 자기들끼리 이해하기 힘든 대화를 주고받기 시작했다. 주로 한쪽이 무언가를 설명하고, 다른 한쪽이 질문을 건네는 형식이었다.

"물병자리 생(生) 최상민, 국적 한국. 16세의 고등학생. 사인은 교통사고입니다. 사망부에 기록이 끝났습니다."

"이동은?"

"내세의 길을 걸어야 할 겁니다. 짊어진 업이 너무 많습니다."

"그렇다면 중앙부 소속이로군. 그렇게 처리하도록 해. 오늘 영혼은 이것으로 마감인가?"

"일단 저희 파트는 그렇습니다."

보고하던 쪽의 대답에 상대편 남자가 알았다는 듯이 고개를 끄덕였다. 그리곤 아직도 멍하니 앉아 있는 소년을 잡더니 그를 가볍게 공중으로 들어 올렸다. 그때까지도 소년의 영혼은 주변의 상황을 인지하지 못하는 듯 보였다.

"이만 가지."

"예, 프레우니스 님."

파―앗.

그것이 내가 본 현장의 마지막이었다. 정신을 차리고 났을 땐 이미 그들은 흔적도 없이 눈앞에서 사라져 있었다. 나는 한참이나 망연자실해서 멍하니 서 있었다. 솔직한 심정으로, 지금 내가 본 것이 정말인가 의심스러운 기분부터 들었다.

"……날 데리러 오지 않아서 저승사자 따윈 없는 줄 알았는데."

그래, 정말 그런 줄 알았다. 하지만 천사건 저승사자건 간에 저들은 분명 소년의 영혼을 데리러 온 존재였다. 비록 나누던 대화 대부분을 알아들을 수 없었지만, 처음부터 그의 죽음에 맞춰 등장한 것만 보아도 그랬다.

그런데 나는 왜? 어째서 난 데리러 오지 않은 거지?

"뭐야, 이건……."

황망하고 기막힌 기분에 나는 가만히 숨을 들이켰다.

모든 것이 내가 죽었을 때의 상황과 너무나 달랐다. 영혼이 되었을 때 내 주위엔 분명 아무도 없었다. 게다가 저 소년처럼 멍하니 주변의 상황을 인지하지 못하는 상태도 아니었다. 무언가 잘못돼도 단단히 잘못된 것이 틀림없었다.

그로부터 나는 한동안 병원에서 잠복하면서 사람들이 숨을 거두는 순간을 주시했다. 혹시 잘못 본 것은 아닌가 싶었기 때문이다. 더불어 누군가 한 명쯤은 나와 같은 처지가 될지도 모른다는 기대감 같은 것이 있기도 했다.

그러나 나 혼자만의 바람이라는 것을 증명이라도 하듯, 죽음이 찾아온 직후엔 어김없이 저승사자가 나타나 그들의 영혼을 거두어 갔다. 심지어 등장하는 간격까지 한 치의 오차 없이 전부 일치했다.

지켜보는 시간이 길어질수록 나는 점점 초조해지고 불안해지기 시작했다. 그냥 계속 이대로 숨어 있어도 되나 싶었던 것이다.

처음엔 저승사자들이 일부러 나를 따돌린 게 아닌가 생각했다. 아버지가 늘 입에 달고 살았던 말처럼 내가 재수 없고 부정 탄 녀석이라서, 그래서 사후세계에서조차 받아 주지 않는 것인가 하고 말이다.

하지만 아무리 생각해도 그 이유는 말이 되지 않는 것 같았다. 내가 대체 뭘 그렇게 잘못했다고? 죄가 있다면 난 그저 눈에 띄지 않고 평범하게 살아갔다는 것밖에 없다. 설령 내게 문제가 있다고 해도 일단 저승세계에 데려간 뒤에 벌을 내리든, 지옥에 던지든

하지 않았을까?

결국 오랜 고심 끝에 나는 한 가지 결론에 도달했다. 이유를 알 수 없다면 직접 찾아가서 물어보면 된다고 말이다.

여기서 이렇게 있어 봤자 달라지는 것은 아무것도 없다. 그렇다면 바로 정면에서 담판을 짓는 수밖에. 내가 먼저 나서야 한다는 사실이 자존심 상하긴 했지만 지금은 그런 걸 따질 군번이 아니었다. 자칫하다간 이대로 영원히 혼자 방치될 수도 있는 것이다. 만약 실수였다면 지금이라도 저승세계로 가면 되고, 의도된 거라면 무릎을 꿇고 빌어서라도 데려가 달라 매달릴 생각이었다.

'그럼 혹시 알아? 불쌍해서라도 데려가 줄지.'

때마침 응급실에 실려 온 부상자에게서 혼이 일어날 조짐이 보였다. 의료진이 살리기 위해 애를 쓰고 있었지만 상태로 보아 곧 숨을 거둘 것 같았다.

예상대로 그는 오래지 않아 절명했다. 나는 육체와 분리된 채 멍하니 앉아 있는 영혼의 근처에 서서 차분히 저승사자가 나타나기를 기다렸다.

파아앗.

"……왔다!"

이번에도 역시 너무나도 착실히 번쩍이며 나타나는 빛 무리를 보며, 나는 반가움과 동시에 씁쓸한 감정을 느꼈다. 이윽고 희뿌옇게 빛나는 공간 안에서 두 남자가 천천히 걸어 나왔다. 하도 자주 봤더니 이젠 그들에게 친근한 기분까지 들었다.

그들은 늘 했던 방식 그대로 영혼을 사이에 두고 서서 들고 있는 서류에 내용을 기입하기 시작했다. 아직 둘 다 나의 존재를 눈치채지 못한 기색이었다. 그때 시선을 느꼈는지 보고를 하던 쪽의 남자가 고개를 들었다가 나를 발견하고 얼굴을 굳혔다. 그러자 맞은편의 상사로 보이는 자가 의아한 표정을 지었다.

"좋아, 그렇다면 이 영혼의 이동은…… 응? 표정이 왜 그러지, 하레스?"

"프, 프레우니스 님. 저 소년은……."

"소년? 무슨 소리를…… 헉!"

이어서 프레우니스라 불린 남자 역시 나를 발견하자마자 크게 숨을 들이 삼켰다. 그 모습을 보니 조금 안심이 됐다. 저렇게까지 놀라는 걸 보면 일부러 누락시킨 건 아닌 것 같았으니까. 그들은 한참이나 믿을 수 없다는 듯 두 눈을 깜빡이다가, 민망해진 내가 헤벌쭉 웃어 주자 그제야 정신을 차렸는지 허둥거리기 시작했다.

"이, 이게 어찌 된 건가, 하레스? 어째서 영혼이 인도자도 없이 저리 혼자 돌아다니는 거지?"

"그, 그것이……. 그, 그럴 리가 없는데? 오늘 운명이 다한 영혼 중에 저런 아이는 없었습니다, 프레우니스 님."

"뭐? 없다고?"

"당연하죠. 전 오늘이 아니라 벌써 일주일도 더 전에 죽었으니까요."

나는 그들이 당황하는 모습을 즐겁게 구경하다가 솔직하게 사실을 털어놓았다. 내가 죽은 건 이미 열흘이 넘었으며, 계속 날 데려가 줄 존재를 기다렸지만 아무 소식도 없어서 직접 당신들을 찾아왔노라고. 그러나 그들은 내 말을 듣는 순간 오히려 더 짙은 불신의 눈빛을 보냈다.

"열흘 전에 죽었는데 인도자가 오지 않았다고?"

"네, 맞아요."

"헛 참. 그걸 우리더러 믿으라는 건가?"

"예?"

"네가 하는 말은 가능하지 않다, 소년이여. 운명이 다한 영혼이 나타나면 그 파장이 자동으로 우리 인도자들에게 전해지게 되어 있다. 하루 이틀도 아니고 열흘씩이나 인도자들이 네 파장을 느끼지 못했을 리가 없다."

"네? 하지만 전 지금 분명 이렇게 존재하고 있잖아요?"

"그러니까 나도 지금 그게 이상하다고 말하는…… 응? 그러고 보니 너는 어떻게 된 거지? 어째서 죽은 자 특유의 파장이 느껴지지 않는 거냐?"

"예에?"

생각지 못한 질문에 나는 얼떨떨하게 되물을 수밖에 없었다. 프레우니스는 탐색하는 시선으로 내 모습을 훑어보며 중얼거렸다.

"이제 보니 정말 그렇군. 사기(死氣)가 하나도 느껴지지 않는 혼이라니. 이런 말도 안 되는 일이……."

"그것뿐만이 아닙니다, 프레우니스 님!"

그때 하레스란 이름의 남자가 황급히 끼어들며 무언가를 내밀었다. 투명한 케이스에 끼워진 얇은 가죽 묶음이었는데, 보고서의 일부인 듯 글씨가 빼곡히 적혀 있었다.

"지금 과거의 기록을 확인해 보았는데 저 소년이 죽었다는 4월 26일의 기록 어디에도 '강지훈'이란 소년이 없습니다."

"뭐야? 영혼이 이렇듯 멀쩡히 눈앞에 있는데 기록이 없다니? 한때의 유체 이탈일지라도 기록이 남아야 하는 게 정상 아닌가?"

"네, 맞습니다. 그런데도 보다시피 아무것도 남아 있지 않습니다. 게다가 이것을 봐 주십시오."

상황이 이상한 쪽으로 흐르고 있다고 느낀 것은 비단 나뿐만이 아닐 것이다. 하레스는 지니고 있던 또 다른 종이 묶음을 펼쳐 보였다. 그것을 본 프레우니스가 눈썹을 가볍게 찌푸렸다.

"이건 생명부가 아닌가? 이 상황에서 왜 이걸……."

"혹시나 해서 살펴봤는데 사망기록만이 아니라 이 소년이 태어난 기록 역시 찾아볼 수가 없었습니다. 아직 이 세계에 존재하는 자가 아니라는 뜻입니다."

"뭐, 뭐라고?"

그 순간 이어진 그의 말에 나는 그대로 굳어질 수밖에 없었다. 하레스는 혼란스러운 표정으로 나를 바라보며 말했다.

"한마디로, 운명이 없는 아이입니다."

3.

눈앞에 나타난 건 곳곳에 상아색 기둥이 드리워진 화려한 홀이었다. 전체가 학교 운동장만큼이나 넓었는데, 바닥은 물론 기둥을 장식한 꽃이며 창문의 스테인드글라스, 그 위에 달린 커튼까지 온통 하얀색 일색이라 가뜩이나 밝은 공간이 더 눈부신 느낌이었다. 심지어 테라스 앞에 심어진 나무조차 하얬다.

마치 하얀색 외에는 어떠한 것도 담지 않으려는 철저한 의지마저 느껴지는 공간 속에서 나는 홀로 서성이고 있었다. 하다못해 앉아 있고 싶었지만 이곳엔 의자라든지 테이블 같은 가구의 종류가 전무했다. 애초에 누군가 사용하는 공간이라는 느낌조차 들지 않았지만 말이다. 나는 무료함을 달래기 위해 이곳에 오기 직전에 있었던 일들을 다시 상기했다.

운명이 없는 아이입니다.

인도자 하레스의 말에 의하면 나는 아직 삶을 부여받지 않았다고 한다. 모든 인간은 생명부에 기록이 되면서부터 모친의 뱃속에 잉태가 되는데, 내겐 이 과정 자체가 주어지지 않았다는 것이다. 즉, 그들의 입장에서 보면 난 아직 태어나지도 않은 존재인 셈이었다.

그럼 내가 지금까지 겪은 것들은 다 뭐란 거지?

비록 평탄하게 보냈다고 할 순 없지만 엄연히 나에게도 기억하는 과거가 있고, 죽지만 않았다면 앞으로 이어질 창창한 미래도 있었다. 아직도 살아 있을 때의 시절이 생생한데 이런 내가 태어난 상태조차 아니라니. 이걸 어떻게 받아들여야 할지 알 수가 없었다.

프레우니스 역시 납득하지 못한 표정을 짓고 있기는 마찬가지였다.

"믿기지가 않군. 애초에 생명부에 기입되지 않은 존재가 태어났다는 것이 말이 되나?"

"저도 그 점이 의문스럽습니다. 하지만 눈앞에 보이는 증거가 이렇게 뚜렷하니 믿을 수밖에요."

"허참……."

그는 할 말을 잃은 표정으로 연거푸 탄식을 흘렸다. 그리곤 한참 만에 머리를 쓸어 올리며 입을 열었다.

"이건 우리 선에서 해결할 수 있는 문제가 아닌 것 같다."

"그럼……?"

"할 수 없지. 조금 번거로워지더라도 윗선의 판단에 맡기는 수밖에."

프레우니스는 복잡한 시선으로 나를 바라보며 말했다.

"이 영혼은 결정자 '아레히스'께 데리고 간다."

그렇게 해서 온 곳이 바로 여기였다.

나를 이곳으로 데려온 직후 그들은 어디론가 사라져 버렸다. 아마도 그 아레히스인지 뭔지 하는 사람을 부르러 간 것 같다. 이전까지의 심각한 분위기를 봐선 그냥 이렇게 마냥 기다리고 있어도 되는 건가 싶지만, 사실 내게는 그 외의 선택지라고 할 만한 게 없었다. 무엇보다 이 공간은 어떻게 되어 먹은 곳인지 출구가 전혀 보이지 않았다. 사방이 전부 단단한 벽으로 가로막혀 있는 것이다.

영의 세계답게(?) 벽을 통과해서 다니는 건가 하고 다가가 봤지만, 통과는커녕 무시무시한 방전만 일으켜서 하마터면 감전사(?) 할 뻔했다. 아마 허락되지 않은 자가 벽에 일정 거리 이상 다가오면 전기를 내뿜게 되어 있는 모양이다.

내가 그걸 어떻게 알았냐면, 아까의 그 사자들은 저 벽을 아무렇지 않게 통과했기 때문이다. 쳇.

"아아, 심심해애. 대체 언제까지 이렇게 놔둘 거냐고오!"

그다지 긴 시간이 흐른 것 같지는 않지만, 아무도 없는 적막한 곳에 나 혼자 덩그러니 서 있자니 심심해서 죽을 것 같았다. 그 순간 바로 옆에서 낯선 목소리가 들려왔다.

"이런. 오래 기다리게 해서 죄송합니다, 지훈 군."

"……!"

움찔 놀라 돌아본 그곳엔 언제 나타난 건지 세 명의 남자가 서 있었다. 날 이곳에 데려온 두 명의 인도자와, 처음 보는 낯선 남자 하나였다. 그들은 마치 처음부터 그 자리에 있었던 것처럼 태연한 얼굴로 나를 응시하고 있었다.

"아, 안녕하세요."

으악, 이게 아닌데! 무심코 인사를 건네자마자 나는 즉시 후회했다. 바보같이 이 순간에 인사를 할 건 뭐람? 하다못해 누구냐고 묻는다든지, 당신이 이번 일의 책임자냐고 따진다든지 조금이라도 세게 나갔어야 날 만만히 여기지 않을 텐데 말이다. 타고난 소심한 성격 탓에 초장부터 일을 그르친 것 같아 기분이 영 찝찝했다.

"후후, 그렇게 긴장하지 않아도 됩니다. 그럼 제 소개부터 할까요? 제 이름은 아레히스입니다. 망자들의 영혼과 그 기록을 관리하고 있지요. 간단히 줄여 '결정자'라는 직함으로 더 많이 불립니다. 지훈 군이 살던 세계의 방식으로 설명하면 아마 부장 급쯤 될 겁니다."

아레히스란 남자는 전형적인 미남으로, 어깨까지 기른 검은색 머리카락에 푸른색 눈동자를 지니고 있었다. 차분한 눈매와 이지적인 외모 탓인지 전체적으로 무척이나 고아한 분위기가 풍겼다.

한동안 멍하니 그를 바라보던 나는 뒤늦게 자기소개를 하지 않았다는 사실을 떠올리고 급히 고개를 숙였다.

"아…… 죄송합니다. 저는……."

"알고 있습니다. 강지훈 군. 2월 19일, 물병자리 생(生). 출생지는 지구계, 한국의 경기도 수원. 현재 고등학교 1학년, 만 16세. 사망 일자 4월 26일. 맞습니까?"

한 치도 틀림이 없는 이야기에 나는 그저 멍하니 고개를 끄덕였다. 아레히스는 만족한 표정을 지으며 말했다.

"실례지만 이곳에 오기 전, 당신에 대해 약간 조사를 해 봤습니다. 운명부에 아무런 기록이 없었기 때문에 찾아내는 데 시간이 좀 걸렸죠. 프레우니스와 하레스가 놀라서 저를 찾은 이유를 충분히 알 것 같더군요. 제가 이 자리에 온 것은 당신이 원래 있어야 할 곳을 찾아 드리기 위해서입니다."

"원래 있어야 할 곳?"

"앉아서 얘기하도록 하죠. 이야기가 무척 길어질 것 같군요."

그의 말에 나는 바로 얼굴을 찌푸렸다. 아까도 말했지만 이 적막한 공간엔 가구들이 하나도 없었다. 그런데 앉아서 대화를 하자니. 설마 맨바닥에 주저앉자는 소리인가?

그런 내 의문을 읽었는지 아레히스는 짧게 웃음을 터뜨렸다. 그 순간 눈앞에서 놀라운 일이 벌어지기 시작했다. 주변의 공간이 마치 블랙홀에 빨려 들어가는 것처럼 일그러지기 시작한 것이다. 동시에 눈이 어지러울 정도로 현란한 색상들이 빠르게 그 자리를 가득 채웠다. 형형색색의 물감이 한데 뒤섞인 느낌이었다.

"헉!"

정신을 차렸을 때, 주변은 조금 전과는 전혀 다른 공간으로 바뀌어 있었다. 새하얀 신전 같은 배경은 어느새 사라지고, 붉은색 양탄자와 벽난로가 놓인 아늑한 방이 나타난 것이다. 가운데엔 4명이 충분히 앉을 수 있는 소파와 테이블도 함께 존재했다.

"자, 여기에 앉으세요."

"……."

내가 도시에 갓 상경한 촌놈처럼 굳어 있는 동안 아레히스와 인도자들은 덤덤히 소파에 자리를 잡고 앉았다. 경악하고 있는 것이 무안할 정도로 다들 아무렇지 않은 표정들이었다.

'뭐야, 여기선 이런 일이 당연한 건가?'

머쓱해진 나는 주춤거리며 아레히스의 맞은편 자리에 앉았다. 이왕이면 미리 예고라도 좀 해 줄 것이지. 말투는 친절하지만 배려심이라곤 쥐뿔도 없는 것 같다.

자리에 앉자마자 분위기는 놀라울 정도로 침착하게 가라앉기 시작했다. 잠시간 생각에 잠겨 있던 아레히스는 곧 품 안에서 사각으로 된 투명한 상자를 꺼내 들었다. 그 상자는 겉으로 보기엔 아무것도 담겨 있지 않았는데, 신기하게도 덮개를 열자 그 안에서 여러 장의 카드가 튀어나왔다. 뒷면은 전부 검은색, 앞면은 전부 원색으로 색칠된 상태였다.

"……?"

처음 보는 물건에 의문을 보이는 내게, 아레히스는 그에 대한 설명 대신 다른 말로 화제를 이어 가기 시작했다.

"이곳이 어디인지는 아시겠습니까?"

"글쎄요, 저승 아닌가요?"

"후후, 비슷합니다. 정확하게는 명계라고 합니다."

"명계요?"

"신계, 정령계, 마계와 더불어 4대 차원이라 불리는 곳 중 하나죠. 중간계, 그러니까 지훈 군이 살았던 지구 같은 곳과는 달리 이 4개의 차원은 오로지 독자적으로 존재합니다. 일반적으로 평범한 육체를 지닌 자는 함부로 침범할 수 없는 세계이지요. 이렇게 설명해 드리면 이해가 될까요?"

그러니까 한마디로 죽어서야 올 수 있다는 건가?

솔직히 말해서 그가 하는 설명의 대부분을 알아들을 수가 없었다. 4대 차원이니 중간계니, 온통 딴 세상(실제로도 딴 세상이지만)의 이야기를 하고 있다는 느낌뿐이었다. 멍하니 눈만 깜빡이고 있자 아레히스는 그럴 줄 알았다는 듯 쓰게 웃으며 말을 이었다.

"이 부분은 중요한 것이 아니니 별로 신경 쓰지 않으셔도 됩니다. 아무튼 이곳 명계에서 하는 일은 지훈 군이 익히 알고 있는 저승의 역할과 비슷합니다. 생이 다한 영혼을 거두고 다시 내세에 분배하죠. 바로 지훈 군 같은 존재들 말입니다."

"으음, 대충 알겠어요. 그럼 저는 어떻게 된 거예요? 제대로 사망 처리가 된 게 맞나요? 아까 저분들의 말로는 제가 아직 태어나지도 않은 상태라고 하던데……."

"그에 관해서 이제부터 전부 설명을 드릴 겁니다. 그것을 위해 제가 이곳에 있는 것이니까요."

부드럽게 답한 아레히스는 곧 웃음기를 거둔 진지한 얼굴로 나를 응시했다.

"우선, 지훈 군에게 사과의 말씀부터 전하고 싶습니다. 이번 일은 전적으로 저희 쪽의 착오에 의해서 생긴 사고였습니다. 영혼의 분배 과정에서 문제가 있었다고 해야겠군요. 지훈 군은 피해자입니다."

"영혼의…… 분배요?"

왠지 시작부터 불길한 예감이 감도는 말이었다. 내가 떨떠름한 어조로 되묻자 아레히스는 차분히 고개를 끄덕였다.

"내세의 길을 걷는 영혼이든 새로 창조된 영혼이든, 일단 육체를 입는 자들은 모두 이곳 명계에서 분배 과정을 거쳐 그 나름대로 정해진 운명의 궤도를 걸어가게 되어 있습니다. 그런데 간혹…… 흔히 있는 일은 아닙니다만, 분배 과정 연산에 착오가 생겨서 원래 가야 할 운명의 길이 아닌 다른 쪽으로 잘못 분배되는 경우가 생길 때가 있습니다."

"제가…… 그런 경우라는 건가요?"

"네, 맞습니다. 10억 분의 1, 혹은 100억 분의 1도 되지 않을 만큼 지극히 낮은 수치의 확률인데, 이런 일이 생기다니 정말 유감스럽습니다. 혹, 부모 형제와 유대감이 없지는 않았습니까?"

"……!"

불에 덴 듯 화들짝 놀라는 내 반응에 아레히스는 그럴 줄 알았다는 듯이 한숨을 내쉬었다. 그리고는 약간의 연민과 죄책감, 동정이 어린 복잡한 시선으로 나를 바라보더니 다시 말을 이었다.

"그들에게는 지훈 군이 그들 가족의 운명에 정해지지 않은 존재였으니 소홀히 대하는 것이 당연했을 겁니다. 아마 그들도 지훈 군을 홀대하면서 이해하기 힘들었을 겁니다. '왜 우리는 이 아이를 거부하는가' 하고 말이지요. 저희의 실수 때문에 지훈 군이 받지 않아도 될 상처를 받게 했군요. 정말 죄송합니다."

"……그럼 진짜 제 가족은 따로 있다는 건가요?"

"본래의 길을 찾으면 그렇게 될 겁니다. 당신의 운명은 아직 실행되지 않았으니까요."

애써 달려온 레일이 출발 지점부터 틀렸다는 소리였다. 할 말을 잃고 망연자실한 내게 아레히스는 난처한 미소를 지어 보였다.

"솔직히 말씀드리면 지훈 군이 지금껏 살아 있었다는 게 더 신기했습니다. 왜냐하면 운명이 없는 혼은 육체와의 결속이 약하기 때문에 사소한 충격에도 쉽게 분리가 되거든요."

"하하하……."

어쩐지 별로 심하게 부딪힌 것 같지도 않았는데 죽어 버려서 이상하다고 생각했다. 하지만 그의 말이 전부 납득이 되는 건 아니었다. 내가 겪은 교통사고는 가벼운 수준의 접촉사고였을 뿐이다. 이전에도 그 정도의 충격은 자주 겪었지만 아무렇지 않았다. 아니 오히려 강도로만 따지면 그 전에 받았던 충격들이 더 큰 편이었다.

사실 자랑은 아니지만 중학교 때엔 지나가는 불량배에게 잘못 걸려 흠씬 두들겨 맞은 적도 있다. 마침 우연히 근처를 지나가던 태진이가 구해 주었기에 망정이지, 그렇지 않았다면 며칠간 병원 신세를 졌을 것이다.

그때의 일을 계기로 태진이와 친해진 것이기 때문에 지금도 똑똑히 기억난다. 분리가 되는 거라면 이미 그때 분리가 되었어야 하는 게 아닐까?

"아아, 그건 지훈 군이 그 상황 자체를 위협으로 인지하지 못했기 때문입니다."

"그게 무슨 뜻이에요?"

"육체는 멀쩡하지만 영혼과의 결속이 약한 겁니다. 이 경우엔 육체적인 충격보다 정신적인 충격에 영향을 더 많이 받습니다. 즉, 당신이 '죽는다'고 인지하는 때에 결속이 끊어진다는 뜻이죠. 어지간하면 그런 생각을 하지 않은 걸 보면, 지훈 군은 살고 싶다는 의지가 굉장히 강했던 모양입니다."

"……."

어쨌거나 결과적으로 그런 의지는 내게 상당히 다행스러운 일이었다. 내가 어려서 사리 분별을 하지 못할 나이에 죽었다면 스스로 인도자를 찾아가지도 못해 우연히 발견되기까지 영원토록 혼자서 떠돌아다녔을지도 몰랐다는 것이다. 그 말을 아레히스에게 듣는 순간, 나는 그나마 나에게 아주 운이 없지는 않았다고 속으로 자위했다.

하지만 내 운은 거기서 끝난 것이 아니었다.

4.

"자, 그럼 지훈 군의 진짜 운명을 찾아보도록 할까요? 이것을 봐 주십시오."

아레히스가 나에게 내민 것은 처음 테이블에 앉았을 때 꺼내 두었던 카드들이었다. 내가 의아한 시선으로 그것을 바라보자 그는 부드럽게 웃으면서 설명을 덧붙였다.

"이것은 '소울 메이트'라고 불리는 카드입니다."

"소울 메이트?"

"영혼의 동반자. 즉, 이 카드에 칠해진 한 장 한 장의 색깔들이 영혼에게 부여된 운명을 나타냅니다. 이미 17년이나 공백이 생겼으니 당신은 되도록 빨리 본래의 자리에 돌아가야 합니다. 이 소울 메이트가 위치를 찾는 걸 도울 겁니다."

설명을 마친 아레히스는 곧장 카드를 한데 섞어 모은 다음, 검은색의 뒷면이 위쪽으로 향하도록 테이블 위에 펼쳐 놓았다. 나는 불안함과 호기심을 동시에 느끼며 뒤집힌 카드들을 바라보았다.

"뭘 어떻게 하는 건데요?"

"간단합니다. 이 카드들 중에서 마음에 드시는 한 장을 고르면 됩니다."

"……그것뿐인가요?"

"하하, 너무 간단하지요? 하지만 이래 보여도 소울 메이트는 주신의 신력으로 만들어진 겁니다. 신뢰하셔도 됩니다."

"……."

주신이라고 하면 가장 높은 신을 말하는 건가?

썩 내키진 않았지만 나는 밑져야 본전이라는 심정으로 카드 중에서 아무거나 뽑아 들었다. 고민해도 달라질 건 없다는 생각에 고르는 데도 망설임이 없었다.

"이걸로 할게요."

"오, 선택하신 겁니까? 알겠습니다. 그럼 지금 바로 확인해 보도록 하지요."

고개를 끄덕인 아레히스는 내가 고른 카드를 바르게 뒤집었다. 그러자 한눈에 보아도 화사한 색상이 모습을 드러냈다. 투명하도록 맑은 하늘색이었다.

아니, 정확히는 하늘색이라곤 할 수 없었다. 각도를 다르게 할 때마다 색깔이 조금씩 달라졌기 때문이다. 하늘색과 하얀색 그리고 붉은색, 마지막으로 다갈색의 빛이 한 면 위에서 일률적으로 나타났다 사라지길 반복했다. 하나같이 전부 다 아름답다는 느낌이었다.

그 순간 아레히스와 인도자들의 낯빛이 창백해졌다.

"헉! 아레히스 님!"

"이, 이건!"

"……?"

일제히 신음을 삼킨 그들은 부릅뜬 눈으로 카드와 나를 번갈아 바라보기 시작했다. 상황을 잘 모르는 내가 봐도 무언가 잘못 돌아가고 있다는 것을 느끼기 충분했다.

　혹시 내가 고른 카드에 문제가 있는 건가?

　괜히 불안해지는 기분에 나는 한껏 위축된 상태로 물었다.

　"저기…… 왜 그러세요? 뭐가 잘못됐나요?"

　"하아. 이거 정말 행운이랄지, 운명이랄지…… 아무래도 드디어 찾은 것 같군요. 정말 다행입니다."

　"예?"

　찾았다니? 뭘?

　영문을 알 수 없는 대답에 나는 의아해져서 그를 바라보았다. 그제야 아차 싶었는지 아레히스가 서둘러 미안한 표정을 지었다.

　"이런, 제가 너무 흥분한 나머지 제 생각만 했군요. 죄송합니다. 설마 이런 일이 생길 거라곤 예상하지 못한 바람에 그만……."

　"대체 무슨 일인데요?"

　"궁금하십니까?"

　"아, 아니 됐어요. 그보다 그냥 카드를 다시 뽑으면 안 될까요? 사실 조금 전엔 너무 대충 뽑은 것 같거든요."

　하지만 내 말에 아레히스는 웃으며 고개를 저었다.

　"하하, 소용없습니다. 이 소울 메이트의 선택은 단순히 마음에 드는 카드를 고르는 정도의 문제가 아니거든요. 여기서 선택된 색은 비록 아무렇지 않게 찍는다거나, 누군가의 강요로 이뤄진 것이라고 해도 반드시 운명의 색깔을 선택하게 되어 있습니다."

　"윽, 그래요?"

"예, 설령 다시 카드를 선택할 기회를 부여받는다 해도 당신은 반드시 이 카드를 고르게 될 겁니다. 왜냐하면 이것이 운명의 색이기 때문이죠."

아레히스는 잠시 말을 멈추고 천천히 호흡을 골랐다. 격양된 감정을 추스르려는 듯 그의 두 뺨은 조금 전과는 달리 옅은 붉은색으로 상기되어 있었다.

"지금부터 카드에 담긴 색깔들의 의미를 설명해 드리겠습니다. 소울 메이트의 첫 번째 색은 영혼에게 부여된 육체의 종족을 나타냅니다."

"종……족이요?"

"그렇습니다. 지훈 군이 살던 세계에선 생소한 단어겠지만, 중간계의 수많은 차원에는 인간이 아닌 다른 종족이 수없이 존재합니다. 초록색은 초목을 상징하는 엘프, 붉은색은 열정을 상징하는 인간, 검은색은 어둠을 지배하는 마족, 흰색은 신성을 상징하는 신족, 파란색은 고귀함을 상징하는 드래곤, 그리고 금색은 뛰어난 기술성을 상징하는 드워프입니다. 그리고…… 이 다채색은 부연 설명이 필요하겠군요."

"……?"

소설에서나 등장할 법한 화려한 종족의 순서가 모두 지나고 나자 아레히스는 생긋 웃고는 또 다른 소울 메이트를 꺼내어 내 앞에 내밀었다. 아까와는 다르게 단 네 장으로만 이뤄진 배열이었다.

내가 의아한 시선으로 바라보자 아레히스는 다시 한 번 카드를 고르도록 권유했고, 난 이유도 알지 못한 채 또다시 소울 메이트에 시선을 집중할 수밖에 없었다. 그렇게 해서 내가 이번에 고른 카드는 사파이어보다도 푸르른 시원한 파란색이었다.

그것을 본 순간 아레히스는 이미 짐작했다는 듯 고개를 끄덕였다. 그리곤 여전히 영문을 알지 못하는 내게 불쑥 엉뚱한 질문을 건네기 시작했다.

"지훈 군. 전생에서 몸이 약하거나 잔병치레를 자주 하지는 않았습니까?"

"예? 아, 네. 체력이 약한 편이긴 했는데……."

"비가 자주 오거나 태풍, 혹은 장마로 인한 피해를 당한 적은요?"

"그런 적은 없지만 비는 자주 왔던 것 같아요. 그게 무슨 문제라도 있나요?"

어릴 때는 잘 모르겠지만 최근 몇 년간 한국의 여름은 유독 지나치다 싶을 정도로 비가 많이 내렸다. 해마다 도로가 침수되고 계곡에 사람이 갇히는 등, 장마 피해 사례가 연일 뉴스에서 방영이 될 정도였으니까.

하지만 난 그 이야기가 왜 지금 이 순간에 거론되는지 전혀 이해할 수가 없었다. 어차피 무효로 돌아가 버린 전생인데 이제 와서 무슨 의미가 있다고? 게다가 지금은 원래의 내 위치를 찾는 중이 아니었던가.

"문제까진 아닙니다만, 대답은 되었습니다."

"그게 무슨 뜻인데요?"

"조금 전에 제가 드렸던 말씀 기억하십니까? 이 세상엔 지구만이 아닌 여러 종족이 존재하는 차원들이 있다는 것 말입니다."

"네, 기억해요."

내가 고개를 끄덕이자 아레히스는 만족스러운 미소를 지으며 설명을 이었다.

"그 차원들 중에서 가장 이름 높은 곳이 하나 있습니다. 저희에게는 '아크아돈'이라 불리는 곳이죠."

"아크아돈?"

"'첫 번째 탄생'이라는 뜻입니다. 실제로 중간계에서 가장 첫 번째로 세워진 차원이고, 그만큼 고귀하고 거룩한 땅으로 이름 높은 곳이죠."

왜 갑자기 이런 얘기를 꺼내는 건가 싶었지만 나는 잠자코 그의 말에 집중했다. 혹시 조금 전에 했던 질문들과 연관이 있는 것인가 싶어서였다.

"그런데 얼마 전 그곳에 재앙이 임하고 있다는 소식이 들어왔습니다. 벌써 10년이 넘도록 전 대륙에 비가 단 한 방울도 내리지 않고 있다는 내용이었죠."

"헉, 10년이요? 그건 재앙이 아니라 거의 종말 수준이잖아요. 그렇게 오랫동안 비가 내리지 않았다면 이미 멸망했겠네요?"

"아직 그 정도까진 아닙니다. 비만 내리지 않을 뿐, 햇빛이 강하다거나 무더위가 지속되는 추가적인 문제는 없거든요. 더구나 아크아돈은 지구와는 달리 특별한 방법을 동원할 수 있는 세상입니다. 마법사들이 인공우를 내려 간신히 버텨 가는 것 같더군요."

"헤에, 마법사요?"

게임 속에서나 등장하는 그 마법사가 실제로도 존재한다고? 내가 놀라움을 감추지 못하자 아레히스는 귀여운 손자를 보는 할아버지처럼 흐뭇하게 웃었다.

"아크아돈엔 특히 더 유능한 마법사들이 많은 편입니다. 물론 그들의 선에서도 완전히 해결할 수 있는 문제는 아니지만요."

"그럼 어떻게 해요? 뭔가 조치를 해 줘야 하는 것 아닌가요?"

"물론입니다. 더구나 아크아돈은 절대 멸망해서는 안 되는 차원 중 하나이기도 하거든요. 그래서 한때 전 신계의 모든 신들이 아크아돈의 상황에 주목하고 재앙의 원인을 찾았죠. 그리고 그 이유를 알아냈습니다."

"뭐, 뭐였는데요?"

이야기 자체가 흥미진진해서일까. 나랑은 상관이 없는 얘기인데도 어느새 그의 말에 몰입하고 있는 나를 발견할 수 있었다. 이야기가 전개될 때마다 왠지 너무 신경이 쓰이고 초조해지는 기분이었다. 아레히스는 그런 내 반응을 이미 예상한 사람처럼 태연하게 웃었다.

"정령왕 때문이었습니다."

"정령왕?"

"아크아돈은 주신이 직접 개입하는 지구와는 달리, 4대 정령을 통해 자연계의 질서가 이루어지는 곳이거든요. 특히나 각 정령왕들은 그 존재만으로도 생태계의 흐름을 좌지우지할 수 있을 정도죠."

"그, 그게 뭔데요?"

나의 질문에 아레히스는 낭패 어린 표정으로 턱을 쓸었다.

"아아, 그러고 보니 지구 출신이시면 이런 단어들이 생소하시겠군요. 정령이란 자연의 4대 원소, 그러니까 물, 땅, 공기, 그리고 불에 서려 있는 순수한 영체를 뜻합니다. 정령왕은 그런 그들의 가장 정점에 서 있는 존재로, 주어진 기본 수명만도 만 년이 넘지요. 능력 또한 거의 준신(神) 급에 해당합니다. 실제로 소멸한 후엔 신의 삶을 부여받으니 이런 구분이 무의미하긴 하지만 말입니다."

"헤에, 죽으면 신이 된다고요?"

"애초에 정령왕이란 존재는 가장 온전하고 고결한 영혼으로만 탄생하거든요. 신의 자격을 부여받기 충분하지요. 물론 이를 거절하고 인세(人世)를 택하는 것도 가능합니다. 그럴 때는 드래곤 같은 고귀한 종족으로 태어날 확률이 높고요."

"으음, 그렇군요."

그러고 보니 아까 4대 차원이 어쩌구 할 때 정령계라는 곳도 있었던 것 같다. 정확히 무슨 말인지 알아들을 수 없었지만 뭔가 엄청나게 대단한 존재라는 것만큼은 알았다. 나는 이해했다는 뜻으로 고개를 끄덕이며 물었다.

"그런데 그 정령왕이란 존재 때문에 재앙이 일어났다구요? 그들이 일부러 비를 내리지 않은 건가요?"

"아니요, 그보다 더 근본적인 문제였습니다."

"……?"

"최근에 물의 정령왕의 세대교체가 있었거든요. 한 정령왕이 소멸하면 곧바로 다음 정령왕이 탄생하여 그 뒤를 잇게 됩니다. 그런데 무슨 이유에서인지 전대의 물의 정령왕이 소멸했음에도 불구하고 새로운 정령왕이 탄생하지 않았더군요. 아크아돈에서 일어난 10년 재앙의 원인은 바로 거기에 있었죠."

"겨우 그거 하나로요?"

물의 정령왕인지 뭔지 하나가 없다고 10년 동안이나 비가 내리지 않는단 말인가? 어이없어하는 내게 아레히스는 망설임 없이 고개를 끄덕였다.

"'겨우'가 아닙니다, 지훈 군. 그만큼 정령왕의 존재가 대단한 겁니다. '물의 정령왕'이라고 하면 모든 자연계의 '물'에 대한 권리와 통제가 가능한 존재니까요. 특히 아크아돈은 정령계의 지배를 받는 차원이니 더욱 영향이 클 수밖에요."

"으음, 그렇겠네요."

"이해하셨다니 다행입니다. 아무튼 물의 정령왕이 탄생하지 않은 이유를 조사하던 신들은 다시 한 번 발칵 뒤집혔습니다. 탄생을 앞두고 있던 정령왕의 영혼이 갑자기 사라져 버렸다는 사실이 뒤늦게 발견되고 만 겁니다."

그 순간 뒤에 서 있던 두 인도자가 온몸을 부르르 떨었다. 그때의 일로 상당히 혹사를 당했던 것이 분명했다. 아레히스 역시 괴로운 과거를 추억하는 얼굴로 두 눈을 감았다.

"정말 끔찍했습니다. 정령왕의 영혼은 만드는 것도 까다로울 뿐만 아니라, 사라진 물의 정령왕은 이미 선대로부터 힘까지 다 물려받은 상황이었거든요. 그를 찾지 못하면 물의 정령왕의 대가 끊기는 거나 다름이 없었죠. 영혼의 탄생은 이곳 명계의 소관이라 자칫 모든 책임을 저희들이 전부 뒤집어쓸 판국이었습니다. 전 차원에 인도자들을 보내 수색을 하고, 과거의 모든 자료들을 꺼내어 훑고, 온종일 그를 찾는 일에만 매달렸지요. 그래도 끝끝내 나타나지 않아 이젠 틀렸다고까지 생각했습니다."

한참을 장황하게 설명하던 아레히스는 이내 한시름 덜었다는 듯이 미소 지으며 말했다.

"그런데 오늘 드디어 그 정령왕의 영혼을 찾아냈군요. 정말 다행입니다. 지난 세월 그를 찾기 위해 고생했던 모든 일이 물거품처럼 아득해지는 순간입니다."

"예? 찾았어요? 어디에 있는데요?"

혹시나 운이 좋으면 그 대단한 존재를 만날 수도 있지 않을까 하는 기대감에 나는 급히 주변을 둘러보았다. 아마 그 즉시 바로 대꾸한 아레히스의 말이 아니었다면 그 정령왕에게 소개 좀 해 달라는 바보 같은 행동을 저질렀을지도 몰랐다. 아니, 평소의 내 성격을 짐작하건대 틀림없이 그랬을 거다. 정말로 바보 같은 행동을 말이다!

"어디에 있긴요, 바로 제 앞에 앉아 계시지 않습니까."

"네?"

대체 무슨? 아레히스의 앞이라면 나밖엔 없는…… 에에엑? 서, 설마? 순간 당황하는 나를 보는 아레히스의 표정이 무척이나 오만하게 보였던 것은 나만의 착각이었을까? 그는 승기를 잡은 장군처럼 의기양양한 포즈로 입가에 씨익 미소를 띠었다.

"두 번째 소울 메이트의 색은 종족의 지위. 각도에 따라서 달리 보이는 다채색은 자연을 상징하는 정령을…… 그중에서도 사파이어와 같이 시릴 듯한 푸른색은 '물의 정령'을 나타냅니다. 하지만 아크아돈의 물의 정령은 현재 모두 소멸한 상태. 정령왕이 먼저 태어나지 않으면 하급 정령들은 태어날 수가 없죠. 따라서 이번 소울 메이트에서 물의 정령을 선택할 수 있는 존재는 '물의 정령왕' 밖에 없다는 소리입니다."

빠른 속도로 설명을 마친 아레히스는 의미심장한 눈빛으로 나를 바라보며 입을 열었다.

"그동안 운명을 잃은 여러 영혼들에게 시도해 봤지만 이 색깔을 선택한 자는 단 한 명도 없었습니다. 정말 오랫동안 찾았습니다, 물의 정령왕 엘퀴네스 님. 당신을 기다렸습니다."

"에에에에엑??"

5.

옛날 옛날 아주 먼 옛날에 세계를 다스리는 4대 정령왕이 있었답니다. 그들의 이름은 불의 이프리트, 바람의 미네르바, 땅의 트로웰, 그리고 물의 엘퀴네스였어요. 어느 날 물의 엘퀴네스는 자신이 소멸할 때가 다가옴을 알았고, 곧바로 명계로 가서 자신의 후계자에게 모든 힘을 부여해 주었답니다. 새로운 물의 정령왕이 탄생한 거예요.

그런데 이게 어찌 된 일일까요? 새로 탄생한 물의 정령왕은 그만 멍청하게도 엉뚱한 세계에서 잘못 태어나 인간 노릇을 하였답니다.

정말 골 때리지 않나요? 글쎄, 명계의 사자들이 잘못을 지적해 줄 때까지 자기가 정령왕인지도 몰랐다지 뭐예요? 자기 때문에 다른 쪽 사람들은 물이 없어서 죽어 가고 있었는데 말이죠. 그것참 정말 띨띨한 놈 아닙니까? 하하하하하하!

"글쎄, 몇 번이나 말씀드렸지만 이번 일은 지훈, 아니 엘퀴네스님의 잘못이 아니라니까요. 당신께서 그렇게 자책하실 일이 아닙니다."

어느새 나에 대한 호칭을 극존칭으로 바꾼 아레히스가 단호한 얼굴로 말했다. 아무래도 아까부터 심한 자기 모멸감에 빠져 환상의 세계(?)에서 허우적거리고 있는 나를 더 이상은 못 봐 주겠는 모양이다.

"당신이 잘못 태어나신 건 저희 쪽의 불찰이었으니 당신의 부재로 인한 아크아돈의 피해도 어디까지나 저희 책임입니다. 이미 그것에 대한 여러 가지 시정 조치를 취해 둔 상태이고, 다행스럽게도 사태가 더 악화하기 전에 당신을 찾았으니 이제 남은 일은 모든 일을 원상태로 돌려놓는 것뿐이에요."

아레히스가 말한 원상태라는 것은 내가 아크아돈의 정령계라는 곳에서 다시 태어나는 것을 뜻했다. 호기심이 생기지 않는 것은 아니었지만, 마음속에 자리 잡은 일말의 불안감 때문에 나는 쉽사리 그의 말에 응하질 못하고 있었다.

"그런데 정말 착각하는 거 아니에요? 저같이 평범한 놈이 정령왕이라니……."

머리가 특별히 뛰어났던 것도 아니고, 외모도 그저 그래서 변변한 여자 친구 하나 만들어 본 역사가 없는 나였다. 그런 내가 사실은 그렇게 대단한 존재라는 것이 도무지 믿어지질 않았다. 그래서 조심스럽게 눈치를 살피며 물어본 것이었는데 아레히스는 말도 안 되는 소리라는 듯 단번에 정색을 하며 단 한마디로 내 생각을 일축했다.

"소울 메이트는 주신의 권능으로 만들어진 것. 착각일 리가 없습니다."

"하, 하지만 그쪽에서 물의 정령왕이 태어나지 않은 게 10년째라면서요. 저는 지금 17살이거든요?"

"아뇨, 정확히 태어나지 않은 주기를 따지면 25년째입니다."
"에?"
"정령왕이 태어나지 않아도 한동안은 기존에 태어난 물의 하급 정령들이 남아 있기 때문에 버틸 수 있거든요. 모든 물의 정령이 소멸하고 본격적인 재앙이 시작된 것이 10년이 된 것뿐입니다. 게다가 본래 차원들 사이에선 시간의 흐름이 정확하지 않습니다. 이쪽에서의 3년이 지구에선 10년이 될 수도, 단 하루가 될 수도 있는 법이죠."
"으음, 그래도……."
"좀 더 자세히 설명해 드리지요. 인간이었을 때 몸이 약하다고 하셨죠? 그건 정령왕의 강대한 힘을 인간의 육체가 감당하기 힘들었기 때문에 그랬던 겁니다. 비가 잦고 해가 지날수록 피해가 커진 것은 당신이 성장함으로써 그 안에 담긴 정령왕의 기운이 더욱 강해졌기 때문이죠. 이래도 납득이 되지 않으십니까?"

그, 그랬던 건가요? 하지만 그렇게 치면 나랑 동년배인 데다, 한국 출생이자, 어릴 때 몸이 약했던 애들은 전부 엘퀴네스 후보인 거잖아. 그런 애들이 어디 한두 명이겠냐고!

뭔가 납득하려 노력해 볼수록 점점 더 알 수 없는 미궁 속으로 빠져드는 기분이었다. 그러나 한참 동안 머리를 부여잡고 끙끙거리던 끝에 나는 결국 고개를 끄덕였다.

그래, 어쨌든 다시 태어나면 된다는 거잖아. 굳이 내가 틀림없다는데 딱히 별일이야 있겠어? 살다가 아니면 그때 가서 생각해도 늦지 않을 거다. 이미 한 번 잘못 태어난 거 두 번이라고 못 할까. 스스로 생각하기에도 체념에 가까운, 거의 될 대로 되라는 심정이었다.

"후우, 알았어요. 어떻게든 되겠죠."

"물론입니다. 별로 어려워하실 필요 없습니다. 그곳엔 엘퀴네스 님의 동료인 다른 정령왕들도 계시니까요. 다들 하나같이 좋은 분…… 음, 뭐 어쨌거나 너무 걱정하지 않으셔도 됩니다."

"……방금, 왠지 말을 하다 만 것 같은 기분이 드는데요?"

"하하하! 그럴 리가요. 착각이십니다."

지금 저렇게 말하는 아레히스가 시선을 회피하는 것처럼 보이는 것도 내 착각이겠지? 왠지 이마에 식은땀이 맺힌 것처럼 보이는 것도 그냥 내 착각일 거야.

나는 집요할 정도로 뚫어지게 그를 바라보았지만 끝내 제대로 된 설명은 들을 수 없었다.

왠지 불길한 예감이 들었다.

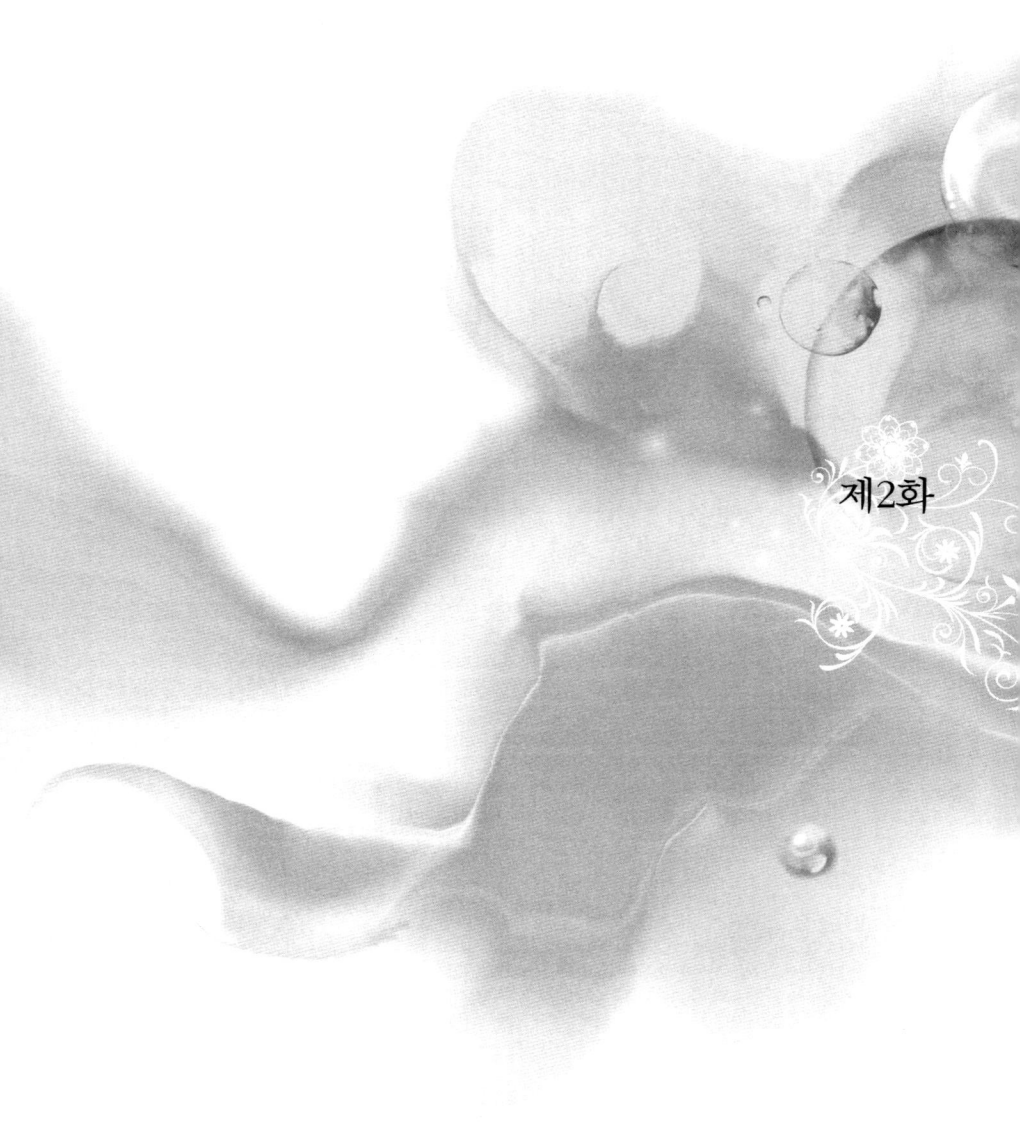

1.

　내 정체를 알게 된 순간부터 아레히스는 상당히 서두르기 시작했다. 그는 마치 시계를 확인하듯 몇 번이나 하늘을 바라보더니 이내 초조한 얼굴이 되어 몸을 일으켰다.
　"이런, 벌써 시간이 이렇게 되었군요. 자, 그럼 이제 슬슬 환생하러 가실까요?"
　"에? 벌써요?"
　"아크아돈에선 지금도 한 시간에 몇 명씩 사람들이 죽어 가고 있습니다. 하루라도 빨리 아크아돈을 재생시키려면 엘퀴네스 님이 서둘러 탄생하셔야 합니다."
　아, 그러고 보니 꽤 심각한 상태라고 했었지.

나는 순순히 그를 따라 자리에서 일어났다. 이윽고 우리는 방문을 열고 나가 끝없이 이어지는 새하얀 복도를 걷기 시작했다.

인적이 없는 복도는 마치 미로처럼 수십 개의 갈래로 얽혀 있었다. 더구나 뿌연 안개 같은 것이 공간을 가득 메우고 있어서 앞을 분간하기가 무척 어려웠다. 그런데도 아레히스들은 시력이 좋은 건지, 아니면 무슨 특별한 비법이라도 있는 건지 단 한 번도 머뭇거리는 기색 없이 걸어갈 방향을 정했다.

거침없던 그들의 발이 멈춘 것은 내가 거의 하루 종일 걷고 있다는 느낌을 받을 정도로 아주 오랜 시간이 흐른 뒤였다.

정신을 차리고 보니 우리는 복도의 끝을 알리는 막다른 벽 앞에 와 있었다. 내가 당황하지 않은 건 그 앞에 작은 나무문이 있었기 때문이었다. 여전히 기승을 부리는 안개들 때문에 자세히 보이지는 않았지만 그 위에는 작은 팻말이 붙어 있었다.

[차원 4. 정령계]

"……설마 이 문 안으로 들어가면 정령계에서 태어나는 건 아니겠지."

그래, 설마 아무려면 그럴 리가. 태어나는 게 그렇게 썰렁하고 간단한 형식일 리가 없어. 암 그렇고말고. 그러나 스스로 세뇌하듯 중얼거리던 나에게 아레히스의 가차 없는 대답이 화살촉처럼 날아와 박혔다.

"호오, 어떻게 아셨습니까? 이건 '생명의 문'이라는 겁니다. 이 문을 통과한 자는 주어진 운명에 따라 알맞은 신분과 외모를 갖고 태어나게 되지요. 단번에 알아내시다니 눈치가 빠르신데요?"

"……."

제길. 난 왜 꼭 이런 쓸데없는 건 잘 맞히는 거지?

나는 떨떠름한 표정으로 얼굴을 구겼다. 응? 그런데 방금 뭐라고 그랬지? 외모를 갖고 태어난다고?

"정령도 외모가 있어요?"

"물론이지요. 특히 정령왕들은 본 영혼의 모습에 가장 가깝게 구현됩니다. 재질이 정해져 있어 각자 고유색을 띠긴 하지만요."

"고유색?"

"머리카락이나 눈동자 색 같은 것 말입니다."

"아하! 음, 그럼 전 지금 이 모습 그대로 색만 바꿔서 태어나는 건가요?"

지금까지 의식하지 않았는데, 현재 내 모습은 강지훈이었던 시절 그대로였다. 영혼의 모습대로 구현된다는 건 결국 이 모습에 영향을 받는다는 소리겠지? 나는 속으로 태연히 그렇게 생각했다. 그러자 아레히스가 화들짝 놀라며 소리쳤다.

"네에? 설마요. 그럴 리가 있겠습니까?"

"에? 아니에요?"

"당연하죠! 지금 엘퀴네스 님의 모습은 진짜 당신의 모습이 아닙니다. 인간으로 있을 때 입었던 육체에 영향을 받아서 본래의 모습이 변질한 상태이죠. 원래의 위치로 돌아가면 본 모습을 되찾으실 겁니다."

"그, 그래요?"

내 본래의 모습이 따로 있다고? 전혀 생각해 보지 않았던 부분이라 나는 조금 더듬거리며 대답했다. 이왕 새로 태어날 바에야 진짜 모습을 찾는 게 좋긴 하겠지만 그래도 막상 달라진다니 조금 섭섭한 기분이었다. 17년 동안 매일 아침 거울을 통해 인사하던 얼굴이랍시고 잘생기지도 않은 주제에 나름대로 정이 든 모양이다.

"자, 그럼 이제 이 안으로 들어가 보도록 할…… 아, 참참. 그걸 잊을 뻔했네요."

"……?"

아레히스의 말에 나는 의아한 기분으로 그를 바라보았다. 그때 그의 수하 중 한 명인 프레우니스가 성큼 앞으로 다가오더니, 뜨거운 김이 피어오르는 머그잔을 내게 불쑥 내밀었다. 조금 전까지 아무것도 들고 있지 않았던 것 같은데 대체 언제 이런 걸 준비했나 싶었다.

어쨌거나 당연히 그 행동의 의미를 알 수 없는 나는 '이게 무슨 짓이지?' 하는 시선으로 그의 상관인 아레히스를 바라봤고, 그는 기다렸다는 듯이 설명했다.

"문을 통과할 때 받는 차원의 압력을 완화해 주는 용액입니다. 마셔 두는 게 좋을 겁니다. 환생 이후의 여러 가지 부작용을 막는 역할도 하거든요."

"……이걸 마시라구요?"

컵 안엔 마치 용암처럼 불그스름한 빛깔을 지닌 걸쭉한 액체가 담겨 있었다. 이따금 부글거리며 끓어오르는 방울이 툭툭 터져 나가는 것을 보니 천 년 식욕이 다 사그라지는 것 같았다.

이거…… 정말 마셔도 괜찮은 걸까? 권하는 걸 거절할 수가 없어 떨떠름한 기분으로 받아들긴 했지만 내 얼굴은 자연스럽게 찌푸려졌다. 그런 내 심정을 어느 정도 눈치챘는지 아레히스가 냉큼 뒷말을 덧붙였다.

"조금 쓰긴 해도 맛은 크게 나쁘진 않을 겁니다. 영체에도 무해하니 너무 걱정하지 말고 드세요. 설마하니 제가 먹고 잘못되는 것을 드리겠습니까?"

"아하하…… 그……렇죠?"

그런데 말이지, 아레히스 씨? 당신은 왠지 그러고도 남을 것 같아서 무서워.

차마 면전에 대고 '네'라고 대답할 수가 없어서 어설픈 웃음으로 맞장구쳐 주었지만, 그럴수록 정체불명의 액체에 대한 내 거부감은 점점 뚜렷해지고 있었다. 그러자 아레히스가 싱글싱글 웃는 얼굴로 다가와 억지로 내 입에 컵을 들이밀었다.

"자자, 뭘 그렇게 망설이십니까? 몸에 좋은 약일수록 입에 쓰다는 거 모르십니까? 얼른 드세요, 얼른!"

"에? 자, 잠깐만요! 이게 무슨…… 읍!"

무슨 짓이냐고 항의할 겨를도 없었다. 입이 벌어진 틈을 타 그가 액체를 입안에 들이부은 것이다. 끈적이고 물컹거리는 느낌이 입안을 가득 점령하는 건 순식간이었다. 당황한 나머지 나는 도로 뱉어낼 생각도 하지 못하고 무심코 그것을 삼켰다.
그리고 그 결말은 끔찍했다.
"쿠흡! 우웨엑! 이게 뭐야!"
"이런, 괜찮으십니까?"
"그걸 지금 말이라고……! 우웩! 우웨에엑!"
뭐? 조금 쓰지만 맛은 나쁘지 않아?
하늘에 맹세하건대, 세상의 그 어떤 쓴맛도 이보다 최악이진 않으리라.
뱃속에 들어차는 불쾌한 기분에 나는 계속해서 헛구역질을 했다. 눈물까지 찔끔 나올 정도로 기분 나쁜 감각이었다. 그러나 아무리 토해내려고 애를 써도 한 번 들어간 액체는 다시 세상 밖으로 나올 생각을 하지 않았다.
'이딴 걸 강제로 마시게 하다니!'
나는 이 모든 사태를 주도한 아레히스를 원망스럽게 노려보았다. 그가 이 음료의 맛을 모르고 있었을 리가 없었다. 억지로 마시게 한 것부터가 바로 그 증거였다.
하지만 그는 내가 아무리 살기에 가까운 째림을 날려도 그저 여유만만한 자세로 나를 관찰하고 있을 뿐이었다. 그랬다. 그 시선은 분명 '관찰'이었다. 마치 약물 실험을 하고 그 결과를 기다리는 연구원처럼 말이다.

'이런 썩을······. 나 혹시 마루타 된 거 아니야?'

정령왕이니 뭐니 하는 헛소리로 사람 정신을 빼놓고 사실은 이상한 약물로 실험을 한 게 아닐까? 상황이 상황이다 보니 별의별 생각이 머릿속에 다 떠올랐다.

하지만 이런 생각도 그리 오래가지는 못했다. 내가 진정된 것을 느꼈는지 아레히스가 불쑥 고개를 들이밀었기 때문이었다. 그 상태에서 그는 다짜고짜 말했다.

"자, 그럼 엘퀴네스 님! 질문 하나 하겠습니다."

"지, 질문?"

"1+1이 뭐죠?"

"······."

이 순간 나는 사람이 살의에 찬다는 것이 어떤 기분인지 절절히 실감했다.

기절할 만큼 쓴 약을 먹여 사람 울화를 돋우더니······ 뭐? 이젠 뭐가 어쩌고 어째?

"에, 엘퀴네스 님?"

스산한 내 표정에 당황한 것일까. 아레히스와 그 수하의 사자들이 어깨를 움츠리는 것이 보였다. 나는 빠드득 이를 갈며 물었다.

"지금 뭐라고 했어요? 1+1······?"

"네, 그, 그랬습니다만."

"우와, 정말 미치겠네. 이 사람이 진짜 누굴 호구로 아나! 그걸 지금 질문이라고 해요? 1+1? 하! 저 이래 봬도 한국에서 고등학교 다니던 인간이거든요? 그런 저한테 지금 5살짜리 코흘리개도 다 아는 걸 물은 거예요? 제가 그렇게 만만해 보여요? 아니면 뇌가 청순한 것 같아요?"

"으음. 죄송합니다만, 엘퀴네스 님. 저나 엘퀴네스 님이나 인간은 아닌데······."

"이익! 지금 그게 중요한 게 아니잖아요! 인간이 아닌 게 뭐! 인간이 아니면 나한테 1+1이 뭐냐고 물어도 되는 거야? 1+1이 뭐야! 2잖아, 2! 2 아니야? 여기선 1+1이 2가 아닌가 봐요? 아─ 그래요? 여기선 2가 아닌 거야? 우와, 그건 또 처음 알았네. 여긴 한국이랑 숫자의 개념이 다른가 보죠?"

"흠흠, 알았습니다. 알았으니 제발 진정하십시오. 흐음, 역시 안 되네. 이걸 어쩌지······."

아레히스는 연방 식은땀을 흘리며 난처해했다. 내 무례한 행동보다는 다른 부분에 더욱 곤란함을 느끼는 기색이었다. 그는 씩씩거리고 있는 나를 달랜 뒤, 수하들과 구석으로 가서 심각하게 무언가를 쑥덕거리기 시작했다.

"예상이 맞았습니다."

"그럼 이제 어떻게 하죠?"

"이대로 그냥 들어가시게 할 수는······."

'무슨 얘기들을 하는 거지?'

왠지 스치는 불길한 예감에 나는 살짝 그들이 의논하고 있는 쪽으로 다가갔다.

대체로 소곤거리는 목소리였지만, 드문드문 몇 가지 말들은 알아들을 수 있었다.

"……할 텐데, 역시 더 먹여야겠죠?"

"아무래도 더 드셔야……."

"……할 때까지 해 보는 게 ……습니까?"

'헉!'

그 순간 나는 반사적으로 그들에게서 멀찍이 물러났다.

다른 대화는 듣지 못했지만 그 몇 마디만으로 이미 그들의 목적은 명백했다. 조금 전의 그 용액을 내게 다시 먹이려는 것이다!

'누구 마음대로!'

저런 최악의 음료수는 내 평생 단 한 모금이면 족하다! 아니, 넘치고도 남아! 내가 저딴 걸 두 번 다시 먹을 줄 안다면 그건 인간 강지훈을 너무 우습게 본 거라고! 내가 이대로 얌전히 당해 줄 줄 알고?

그들끼리의 대화가 끝났는지 서서히 내게로 집중되는 6개의 눈동자를 보며 나는 필사적으로 도망칠 구석을 찾았다. 그렇게 사정없이 주위를 두리번거리던 내 시야에 한구석에 있는 '생명의 문'이 들어온 것은 병아리가 자라 닭이 되듯 너무나 자연스러운 일이었다.

저 이상한 액체가 차원의 압력을 완화해 주는 거라는 걸 알고 있다. 저걸 제대로 마시지 않고 들어간다면 무슨 일이 벌어질지 모르는 것이다. 하지만…….

"앗! 잠깐만, 엘퀴네스 님!"

"에잇, 난 몰라! 이렇게 되면 이판사판이다, 뭐! 그딴 액체 다시 마시느니 차라리 죽는 게 더 낫다고, 빌어먹을!"

……지금 생각해 보면 난 참 아무것도 아닌 일에 쓸데없이 목숨을 가지고 도박하는 경향이 있었던 것 같다. 아무튼 지독할 만큼 쓴 약으로 인해 이성이 마비되어 버린 난 아레히스의 만류를 채 듣기도 전에 겁도 없이 생명의 문을 벌컥 열어젖혔고,

"우아아악!"

정신을 잃을 만큼 거세게 빨아 당기는 기류에 휘말려 문 안으로 떨어져 버렸다. 저편에서 희미하게 아레히스의 외침이 들렸던 것도 같지만 기류에 밀려드는 순간 완전히 정신을 놓아 버렸기 때문에 대답은 할 수 없었다.

그것이 '인간 강지훈'으로서의 내 마지막 기억이었다.

　　　　　＊　　　＊　　　＊

지훈을 삼킨 생명의 문 내부는 거센 소용돌이가 몰아치기 시작했다. 언제나 잔잔한 공기가 이렇듯 난폭하게 움직이는 것은 누군가 그 안에 들어갔을 때뿐이다. 거친 기운은 금방이라도 모든 것을 삼킬 듯 사방으로 폭주하고 있었지만, 언제나 그랬듯 명계의 인물인 아레히스나 두 명의 영혼 인도자들에게는 어떠한 피해도

주지 않았다. 저 기류가 빨아들이는 것은 오로지 인세에 탄생할 영혼밖에 없었다.

"흐음…… 그렇게도 이 약이 싫었나. 저렇게 인사도 제대로 안 하고 가 버리다니."

지훈이 제멋대로 문을 열고 들어가 버렸는데도 아레히스의 표정은 평소처럼 담담했다. 그로서는 이제껏 명계의 골머리를 썩혀 오던 사건 하나가 해결된 것이니, 오히려 시원하다는 표정이었다. 그러나 곁에 있던 인도자들의 생각은 달랐다. 그들은 걱정스러운 얼굴로 아레히스를 바라보았다.

"이제 어떻게 되는 겁니까, 아레히스 님? 망각의 물이 소용없었으니 엘퀴네스 님은 인간의 기억을 가진 채 탄생하게 될 겁니다. 정령계에 혼란이 빚어지지는 않을까요?"

"그렇습니다. 전생의 기억 때문에 혹시나 정령왕으로서의 직무를 하지 못하시게 된다면……."

그러나 두 남자의 염려와는 달리 아레히스는 가볍게 미소 지었다.

"그런 일은 없을 겁니다. 아무리 인간으로 살았다고는 하지만 그는 인간과는 영혼의 근본부터 다른 순결한 정령왕이니까요. 적응 과정에서 진통이 없지는 않겠지만 그것도 어느 정도는 감수해야지요. 오히려 저는 기대가 되는데요?"

인간이었을 때의 기억을 지워 보고자 사용했던 망각의 물은 지훈에게 아무런 영향도 끼치지 못했다. 본래라면 마시는 순간부터 숫자의 계산은커녕 자신이 누구인지, 혹은 말하는 법조차도 잊게 해서 모든 것을 원점으로 돌리는 전설의 액체인데도 말이다. 이것은 정령왕의 존재가 신(神)에 가까운 존재라서 그렇기도 했지만, 지훈이 '물'을 다스리는 엘퀴네스였기 때문에 더욱 가능한 일이었다. 평소보다 망각의 함량을 더욱 높인 상태였는데도 아무런 효과를 보지 못한 것을 보면 후자 쪽의 이유가 더 맞으리라.

아레히스는 점점 잦아드는 기류들을 바라보며 미소 지었다.

"인간을 이해할 줄 아는 정령왕이 있는 것도…… 가끔은 나쁘지 않을 겁니다."

2.

풍요로운 대지와 맑은 공기, 넘치는 생수와 타오르는 정열의 불꽃. 충만한 생명력으로 가득한 축복의 땅 아크아돈.

그러나 이제 이곳은 더 이상 과거의 풍요로웠던 세계가 아니었다.

마른 대지는 과실을 맺지 못하게 된 지 오래였으며 바람은 먼지를 날리는 폭풍이 되었고, 사랑받던 불꽃은 건조한 공기에 기폭제가 되어 나날이 생명을 삼키는 흉포한 존재로 변해 가고 있었다.

물의 부재(不在).

모든 것은 10년 전부터 시작된 지독한 가뭄 때문이었다.

숫자를 헤아릴 수 없을 정도로 아득히 먼 고대 때부터, 아크아돈은 단 한 번도 물이 부족한 일이 없던 세계였다. 해마다 적당량의 비가 내렸고, 대륙 어디를 가도 맑고 깨끗한 강을 쉽게 찾아볼 수 있었다.

그런데 언제부터인가 하늘에서 비가 내리지 않게 되었다. 아무런 징후도 없이 갑자기 벌어진 일이었지만 처음 한두 해가 지날 때까지도 사람들은 그저 대수롭지 않게 여겼다. 일상에서 사소하게 벌어질 수 있는 크고 작은 해프닝 중 하나쯤으로 여긴 것이다. 하지만 한두 해에서 멈출 줄 알았던 가뭄은 3년이 되고 4년이 지나도 나아질 기미를 보이지 않았다. 그리고 마침내 10년이 되었을 때, 사람들은 세계의 멸망을 직감했다.

이미 강은 거의 말라붙어 바닥을 드러내게 된 지 오래였다.

절망한 사람들은 가뭄을 해결하기 위해 어떠한 일도 마다하지 않았다. 먼바다의 물을 끌어와 정제해 뿌리거나 인공 비를 만들어 마른 대지를 달랬다. 심지어 그들의 왕에게 책임을 묻기도 하고 사람을 잡아 산 채로 신에게 제사를 지내기도 했다. 그러나 그들 중 어느 누구도 그 땅에 비가 내리지 않는 진정한 이유를 알아낸 사람은 없었다.

아크아돈에 10년째 가뭄이 지속되는 이유. 그것은 바로 자연을 관장하는 정령계에 물의 정령왕이 탄생하지 않은 것.

오직 그 하나로 인한 재앙이었다.

* * *

"미네르바."

뒤쪽에서 들려오는 음성에 바람의 정령왕 미네르바는 걸음을 멈추고 돌아보았다. 그는 지금 막 물의 영역으로 향하려던 참이었다. 10년간 아무런 변화가 없던 그곳에 조금 전 이상한 징후가 감지되었기 때문이었다.

돌아본 그곳엔 까무잡잡한 피부의 소년과 불그스름한 피부의 소녀가 서 있었다. 땅의 정령왕 트로웰과 불의 정령왕 이프리트였다.

"너희……."

"방금 그거, 물의 영역이었지?"

"너도 느꼈어?"

"너도?"

"응."

짤막하게 의사를 확인한 그들은 굳은 얼굴로 마주 보았다.

물의 정령왕 엘퀴네스. 소멸한 전대에 이어 새로 탄생해야 할 물의 정령왕이 태어나지 않은 지 벌써 25년이 넘었다. 뒤늦게 사태를 눈치챈 신계에서 얼마 전 조사단을 파견했지만 아직 별다른 조치가 이뤄지진 않았다. 그 때문에 정령계는 현재 하루하루가 비상 상태였다.

물의 부재에 신음하는 것은 아크아돈만이 아니다. 정령계 역시 균형을 잃은 힘을 안정시키기 위해 오랜 진통을 앓고 있었다.

4대 정령은 누구 하나 강하고 약함이 없이 균등한 힘으로 서로 완벽하게 보완하는 체제다. 그 때문에 단 하나의 부재에도 허무할 정도로 쉽게 무너진다는 단점이 있었다. 들쑥날쑥해진 균형을 유지하기 위해, 정령왕들은 모두 극도로 자신의 힘을 제어하는 중이었다. 이런 상황에서 물의 영역에 일어난 수상한 징후는 그다지 좋은 조짐이라고 할 수가 없었다.

"설마 영역 자체가 완전히 소멸하는 건 아니겠지."

"불길한 소리 하지 마, 트로웰."

"가능성을 말했을 뿐이야."

"말도 안 돼. 지금도 이미 충분히 힘들단 말이야. 희망을 품어도 모자랄 판에 여기서 더 나빠질 걸 생각하면 어쩌자는 거야?"

"그건 이프리트의 말이 맞아, 트로웰. 아직 어떻게 된 일인지 정확히 확인한 것도 아니잖아. 비관하는 건 사실을 확인하고 난 이후에도 늦지 않아."

미네르바까지 이프리트의 말에 동조하고 나서자 트로웰은 가볍게 어깨를 으쓱했다. 타오르는 불꽃에 적당한 바람이 가세하면 그것만큼 흉포한 것도 없다. 두 정령왕의 마음이 맞은 이상 연약한 대지인 자신은 태워지기 전에 얌전히 물러나는 수밖에.

"트로웰, 너어— 방금 무척 실례되는 생각하지 않았어?"

"설마."

노려보는 이프리트의 얼굴에 트로웰은 생긋 웃으며 대답했다.

한 치의 껄끄러움도 느껴지지 않는 천사 같은 미소였다. 물론 한두 해 그를 보아 온 것이 아닌 이프리트는 결코 겉모습에 속아 넘어가지 않았다. 이프리트는 잠시간 못마땅한 표정을 짓다가 이내 체념의 한숨을 내쉬었다.

"어휴, 정말이지. 뭐, 됐어. 어쨌든 지금은 그런 게 중요한 게 아니니까. 이럴 게 아니라 당장 물의 영역부터 확인하러 가자. 무슨 일이 벌어지고 있는 건지 궁금해 죽겠어."

이프리트의 재촉에 다른 두 정령왕이 차분히 고개를 끄덕였다. 지금 이 순간에도 물의 영역에서 벌어지는 불길한 기류는 점점 뚜렷한 양상을 보이고 있었다. 하위의 정령들은 그 근처에 접근할 생각조차 하지 못한 채 멀찍이 떨어져 우왕좌왕했다. 그들이 느끼고 있는 두려움과 혼란의 감정들은 주군인 정령왕들에게 모두 고스란히 전해졌다.

"흠, 이대로는 정령계가 큰 혼란에 빠지겠는걸. 우리의 힘으로 안정시킬 수 있을까?"

"당연한 거 아니야? 안 돼도 어떻게든 해내야지. 나 참. 정령계에서 정령들이 접근할 수 없는 공간이 있다는 게 말이 돼?"

"……아니, 하지만 그건 오히려 당연한 현상인지도 몰라."

"뭐?"

"그게 무슨 소리야, 미네르바?"

뜻밖의 말에 이프리트와 트로웰의 시선이 자연스럽게 그를 향했다. 미네르바는 차분히 생각에 잠긴 얼굴로 말을 이었다.

"물의 영역은 엘퀴네스 고유의 공간이야. 그리고 우리 정령왕 고유의 영역은 본래 아무나 접근할 수 없게 되어 있지. 오직 그 휘하의 정령에게만 허락된 곳이니까. 지금까지 물의 정령이 아닌 다른 정령들이 그곳을 자유롭게 왕래했던 게 이상한 거야."

"그치만 그건 어쩔 수 없잖아. 주인인 엘퀴네스가 태어나지 않았으니까. 사실 물의 영역이라곤 해도 말이 좋아 그렇지, 지금은 바짝 말라비틀어진 폐허에 불과하잖아? 남아 있는 물의 정령은 나이아스조차 하나도 없는 걸, 뭐."

"그래. 그건 네 말이 맞아, 이프리트. 그곳은 이미 왕의 영역이라고 불리기 민망할 정도로 그 기능을 상실한 상태지."

"……그런데 새삼스럽게 지금 갑자기 본래의 질서가 다시 지켜지고 있다는 건가."

마지막으로 중얼거린 사람은 트로웰이었다.

그 순간 세 정령왕은 약속이라도 한 듯이 서로 바라보았다. 엉켜진 질서가 회복되었다. 그들이 알고 있는 선에서 그 현상이 가리키는 일은 오직 하나밖에 없었다.

"맙소사……."

"……설마?"

3.

눈을 뜨자마자 내가 제일 먼저 본 것은 '물'이었다. 정말 그것 말고는 어떤 말로도 설명하기 힘들 만큼 내 주변은 온통 새파란 물로 가득 채워져 있었다. 마치 바닥도 닿지 않는 깊은 바닷속 한가운데 빠져 있는 느낌이었다.

순간 너무 놀라서 본능적으로 손으로 코와 입을 틀어막을 뻔했지만, 나는 곧 그 행동을 그만두었다. 멀쩡하게 숨을 쉬고 있다는 사실을 자각했기 때문이다. 그리고 보니 팔다리를 움직일 때도 물속 특유의 저항감이 전혀 느껴지지 않았다. 시각의 느낌만 제외하면 공기 중에 있는 것과 하나도 다르지 않았다.

'우와…… 이거 진짜야?'

내가 물의 정령왕이라는 것은 이미 들어 알고 있었지만 막상 눈을 뜨자마자 이런 식으로 인간의 한계를 넘어선 상황을 경험하게 될 줄은 몰랐다. 물속에서 숨을 쉬다니. 갑자기 너무 대단한 존재가 된 것 같아서 기쁘기보다 그저 어안이 벙벙했다.

그리고 보니 이름이 김규현이었나? 반 친구 중에 판타지 소설의 맹신자인 놈이 하나 있었는데, 그 녀석이 지금 내 상황을 알게 되면 무슨 반응을 보일지 궁금하다. 아마 배가 아파 죽으려고 할 게 분명했지만.

'아 참, 그렇지. 내 몸! 문을 건너면 원래의 내 모습을 되찾는다고 했잖아. 이게 내 진짜 몸인 건가?'

나는 서둘러 정신을 차리고 천천히 내 몸을 살폈다. 밀빛에 가까운 새하얀 피부, 그리고 가는 팔이 제일 먼저 눈에 들어왔다.

'피부가 하얗다. 손이 엄청 예쁘네. 게다가 예전에 입었던 흉터들도 없어.'

나 정말 환생한 거구나.

이미 부정할 수 없을 정도로 뚜렷한 증거들을 만끽한 상황이었지만 나는 새삼스럽게 중얼거렸다. 하지만 내 몸이라고 해 봤자 아직은 팔이며 다리며 하나같이 어색하게만 느껴질 뿐이다. 나는 주먹을 가볍게 움켜쥐었다 펴 보기를 반복했다. 처음 보는 손이 내 의지에 따라 움직이고 있는 광경은 여러 가지 의미에서 참 신선한 감정을 불러일으켰다.

한 가지 신기한 것은 이제 막 태어난 상태임에도 내가 옷을 입고 있다는 사실이었다. 게다가 이유는 알 수 없지만 옷의 형식이 내가 평소에 즐겨 입는 라운드 티셔츠와 긴 바지 차림과 똑같았다. 온통 낯선 것투성이인 상태에서 그것만은 친숙해 마음에 들었다.

'어……?'

그때 문득 갑자기 주변에서 이상한 감각이 느껴지기 시작했다. 마치 껄끄러운 불순물이 침범해 오듯, 묵직한 느낌의 무언가가 가까이 다가서는 기분이었다. 그것도 하나가 아니라 여러 개인 것 같았다.

나는 고개를 들고 감각이 느껴지는 방향 쪽으로 시선을 돌렸다. 그러자 멀찍이 떨어진 곳에서 이쪽을 향해 걸어오는 세 명의 사람이 보였다.

나이는 나와 비슷하거나 조금 더 많아 보이는 정도일까. 하나같이 화려한 외모에 눈에 띄는 복장을 한 사람들이었다. 그들은 신기한 듯이 주변을 두리번거리고 있었다.

"우와— 이것 봐. 사방이 온통 물이야."
"그러게. 설마 했는데 정말로 재생했네."
"놀라워. 그 황폐하던 공간이 이렇게 빨리 회복되다니……."

감탄한 얼굴로 연방 주변을 살피던 그들이 홀로 멀뚱히 서 있는 나를 발견하는 데에는 그리 오랜 시간이 걸리지 않았다. 눈이 마주친 순간 세 사람은 흠칫 놀란 얼굴로 걸음을 멈췄다. 나 역시 갑자기 나타난 그들에게 어떤 반응을 보여야 할지 알 수가 없어 그저 가만히 바라보고 있기만 할 뿐이었다.

하지만 당혹스러운 기분과는 별개로 대충 저들이 누구인지는 알 수 있을 것 같았다. 아마도 나와 같은 힘을 가지고 있다는 다른 정령왕들일 것이다.

그래서일까. 오늘 처음 보는 존재들임에도 마치 오랜 시간을 알아 온 것처럼 친근한 기분이 들었다.

"음, 저기…… 엘퀴네스?"

한동안 나와 그들 사이에 흐르던 기나긴 침묵을 깬 것은, 세 사람 중에서 가장 어려 보이는 외모를 지닌 소년이었다. 귀밑을 살짝 덮는 검은 머리칼과 한낮의 뜨거운 태양에 그을린 듯 새카만 피부, 무엇보다 선명하게 빛나는 황금색 눈동자가 상당히 인상적이었다.

'남자…… 맞지?'

외모는 확실히 소년인 게 분명한데 이런 의문이 드는 건 아마도 그가 가진 분위기 때문일 것이다. 뭔가 요염하다고 해야 하나. 검은색 피부가 사람을 섹시하게 보이게 한다는 건 알지만, 그 표현이 이토록 지독하게 어울리는 존재를 본 것은 이번이 처음이다. 특히 그의 눈동자는 무한정 바라보고 있으면 그대로 홀리게 될 것 같은 묘한 마력이 있었다.

확인하려는 듯 조심스럽게 묻는 말에 반사적으로 고개를 끄덕이자 그는 한층 반가운 표정을 지었다.

"아, 역시. 이렇게 불쑥 찾아와서 미안해. 아니지. 지금은 탄생을 축하하는 게 먼저인가? 꽤 늦었구나. 이제라도 와 줘서 다행이긴 하지만 말이야. 안 그래도 제법 아슬아슬한 상황이었거든."

"트로웰, 쓸데없는 사족은 붙이지 마."

"하하, 미안. 엘퀴네스가 너무 반가워서 말이야."

'헤에, 저 녀석이 트로웰. 그러니까 땅의 정령왕이구나.'

그래서일까. 어쩐지 그에게선 정겨운 흙냄새가 풍겼다. 한여름 무더위를 피해 산으로 들어가면 한가득 맡곤 하던 청명한 숲의 냄새였다.

이어서 나는 그의 옆에 서 있는 하얀 피부의 여인에게 시선을 옮겼다. 그녀는 허리 아래까지 내려오는 긴 머리칼을 지니고 있었는데 놀랍게도 끝 부분이 거의 투명하다시피 희미했다. 표정이 없이 차분하게 나를 응시하는 모습에선 고운 바람이 감돌았다. 덕분에 나는 어렵지 않게 그가 바람의 정령왕 '미네르바'라는 사실을 알 수 있었다.
 머리부터 발끝까지 그녀는 온통 하얀색 일색이란 느낌이었다. 심지어 눈동자까지 새하얀 빛을 띠고 있었지만 그것은 전혀 거부감이 들지 않고 오히려 탄성을 자아낼 정도로 아름다웠다.
 "뭐야, 이번 엘퀴네스는 여성체야?"
 그 순간 들려오는 가늘고 높은 음성에 나는 천천히 고개를 돌렸다. 그리고 아까 전부터 뚫어질 듯이 나를 살피고 있던 붉은 머리칼의 소녀와 시선을 마주했다.
 소녀를 보는 순간 가장 먼저 떠올린 건 '굉장히 화려하다'는 것이었다. 타오를 듯 풍성하게 구불거리는 머리칼도, 토끼처럼 새빨간 커다란 눈동자도, 굳이 다른 장신구를 차지 않아도 될 만큼 충분히 그 자체만으로 화려하고 눈에 띄었다. 심지어 피부색조차 평범함과는 거리가 먼 옅은 핑크색이다. 그런데도 모든 것들이 위화감 없이 잘 어울리는 게, 마치 만화영화에 등장하는 미소녀 전사 같다는 느낌이었다. 아니, 정확히 말하면 악당 세력의 여왕님 쪽인 것 같지만.
 '음, 그러니까…… 불의 정령왕 이프리트……겠지?'
 정령왕은 4명이라고 했고, 남은 것은 이프리트밖에 없으니 아마 맞을 것이다.
 대체로 내게 호의를 보이는 다른 두 정령왕에 비해 그녀는 다소 못마땅한 기색이었다. 약간 날카롭게 올라가 사나워 보이는 눈매 때문에 더욱 그렇게 느껴지는 것도 같았다.
 '근데 나더러 여성체라고? 그게 무슨 뜻이지? 내가 여자같이 생겼단 소린가?'
 여자 같다니. 강지훈 17년 인생을 통틀어 한 번도 들어 본 적이 없는 말이다. 당장 거울을 찾아 확인하고 싶었지만 온통 물밖에 없는 공간에 그런 세세한 도구가 갖춰져 있을 리 만무했다.
 내가 원하는 반응을 보이지 않아서일까. 이프리트의 얼굴이 와락 구겨지는 것이 보였다.
 "왜 아무런 말이 없어? 너 혹시 벙어리야?"
 "이프리트."
 "하지만 저 녀석이 계속 기분 나쁘게 빤히 바라보고만 있잖아. 아무리 엘퀴네스가 싸가지 없는 걸로 유명하다고 해도 그렇지. 첫 만남에 인사조차 하지 않는 건 너무하지 않아?"
 ……헐. 내가 싸가지 없는 걸로 유명하다고?
 이곳에서 날 아는 사람이라곤 아무도 없을 텐데 왜 그런 소문이 퍼졌지? 설마 아레히스들이 나에 대해 뭔가 악담이라도 퍼뜨리고 다니는 건가? 권하는 용액을 뿌리치고 도망쳐 왔으니 그들이 앙심을 품었다면 충분히 가능한 일이다.
 혼란스러워진 나는 이번에도 반응할 타이밍을 찾지 못해 혼자 속으로 우물거렸다. 그러자 더욱 발끈했는지 이프리트가 앙칼진 목소리로 소리쳤다.
 "지금 나랑 해보자는 거야? 뭐라고 말 좀 해 보라니까?"

"아……."

"뭐?"

"……안녕."

결국 재촉에 못 이긴 나는 그들을 향해 어색하게 웃으면서 한 손을 살짝 들어 올렸다. 그런데 어째선지 인사를 받는 정령왕들의 표정이 그다지 좋지 않았다. 뭔가에 경직된 듯 상당히 떨떠름한 것이, 어딘지 못 볼 것을 봤다는 얼굴이었다. 나는 슬쩍 그들의 눈치를 살피며 냉큼 뒷말을 덧붙였다.

"……하세요?"

"……."

"……."

어라라, 이것도 아닌가?

사방은 순식간에 무거운 침묵으로 뒤덮였다. 나는 조금 전보다 더 굳어진 세 정령왕을 보며 어색하게 식은땀을 흘릴 수밖에 없었다.

"음, 저기…… 정령왕들 맞지? 인사가 너무 늦어서 미안해. 아직 경황이 없어서 그만……. 으음, 정식으로 인사할게. 일단은 내가 새로 태어난 물의 정령왕……인 건 맞을 거야. 딱히 착오가 생긴 게 아니라면 말이야."

"……착오라니?"

"아니, 그게…… 정령왕이라곤 해도 사실 믿을 수가 있어야 말이지. 내가 이렇게 운이 좋을 리가 없는데 좀 이상하달까. 아하하하, 하하하하. 아, 아무튼 잘 부탁할게."

"……."

그러나 허무한 웃음 끝에 애써 건넨 인사말은 그저 홀로 공중에 흩날릴 뿐이었다. 이대로 가다간 제대로 된 대화가 이어지지 않을 것이란 예감에 나는 조심스럽게 질문했다.

"저어, 혹시 내가 뭔가 잘못한 게 있니?"

그러자 겨우 정신을 차린 듯 그들 중 땅의 정령왕 트로웰이 빙긋 웃으며 대답했다.

"아아, 미안. 신경 쓰지 마. 딱히 너한테 문제가 있는 건 아니니까. 그냥 전대의 엘퀴네스와 성격의 괴리가 너무 커서 적응이 잘 안 됐을 뿐이야."

"전대의 엘퀴네스?"

……라는 건, 내 이전 세대의 물의 정령왕을 말하는 거겠지? 성격이 괴리가 크다는 건 그만큼 나와 많이 달랐다는 소리일 것이다. 혹시 싸가지 없다는 것도 내가 아니라 전대를 말했던 건가? 그 녀석의 성격이 도대체 어땠기에?

"아무튼 환영한다. 앞으로 잘 지내보자."

"아, 으응……. 나, 나도 잘 부탁……."

나는 그가 내민 손을 어색하게 맞잡으며 고개를 끄덕였다. 그러자 트로웰의 표정이 묘하게 그리운 빛을 띠었다.

"오랜만이야, 물의 감촉."

"……에?"

"굉장히 기분 좋다고."

트로웰은 정말로 기쁜 듯 나른하게 웃었다. 그렇지 않아도 그 특유의 묘한 분위기 때문에 시선을 둘 곳이 없는데, 미소까지 더해지자 남자라는 걸 아는데도 정신이 다 멍해지는 기분이었다.

하지만 더욱 당황스러운 건 바로 이어진 그의 다음 행동이었다. 그가 내 손바닥에 자신의 뺨을 대고 가만히 눈을 감은 것이다. 그 뜻밖의 행동에 나는 손을 빼지도, 마냥 놔두지도 못하는 어정쩡한 상태로 굳어 버릴 수밖에 없었다. 물속인데도 얼굴이 불타는 것처럼 뜨거웠다.

"저, 저, 저기? 트, 트로웰?"

이봐, 너. 네가 어떻게 생겼는지 잘 모르는 모양인데. 자각 없이 유혹하지 말아 줄래? 아니, 그보다 나는 남자잖아! 뭘 두근거리는 거야! 정신 차려, 강지훈!

"후후, 그냥 내버려 둬, 엘퀴네스. 네가 너무 반가워서 그러는 거니까."

"으응?"

때마침 이어진 미네르바의 말에 나는 간신히 혼란스러워진 정신을 수습하고 고개를 들었다. 그는 마냥 흐뭇한 표정을 짓고 이쪽을 바라보고 있었다.

"그동안 물이 없어서 트로웰이 가장 고생을 많이 했거든. 대지는 특히 인간에게 가장 직접적인 영향을 미치는 편이니까. 해마다 죽어 가는 동식물과 작물을 보살피랴, 툭하면 일어나는 산불을 수

습하랴. 아마 우리 중에서 가장 네 존재가 절실했을 거야."
"아, 그, 그래?"
"흥, 미안하게 됐네요. 산불을 일으킨 원인이라서."
그때 척 듣기에도 빈정거리는 목소리가 끼어들었다. 조금 전부터 내게 시비조로 말을 걸던 이프리트였다. 토라진 그의 얼굴에 미네르바가 난처한 표정을 지으며 말했다.
"너한테 뭐라고 한 게 아니야, 이프리트. 예민하게 받아들일 필요 없어."
"하지만 불은 내 관할이잖아."
"그렇게 따지면 산불 같은 건 애초에 공기가 건조했기 때문에 일어나는 거지. 절반은 내 책임이라 할 수 있어."
"공기가 건조해진 것은 물이 없기 때문이고."
마지막 말에서 가시가 느껴지는 건 비단 나만의 착각은 아닐 것이다. 노려보는 이프리트의 얼굴에 나는 억지로 미소를 지어 보였다. 정령왕의 수명은 만 년이 넘는다지 않는가. 그 어마어마한 세월 동안 곧 죽어도 얼굴 보고 지내야 할 동료들과 벌써 삐걱거리고 싶지 않았다. 하지만 그런 내 모습이 외려 불편한 심기를 자극했는지 이프리트의 눈빛이 더욱 사납게 달아올랐다.
"생글생글 웃는 얼굴 집어치워. 바보 같아 보이니까. 하긴, 너 바보 맞지? 오죽 어리바리했으면 제대로 태어나지도 못하고 엉뚱한 곳에서 헤매다가 이제야 겨우 돌아온담."
"컥……."

가뜩이나 찔렸던 부분을 정확하게 가격하다니. 기가 죽은 나는 한마디도 못하고 그저 입을 꾹 다물 수밖에 없었다. 그러자 그때까지 내 손에 뺨을 비비고 있던 트로엘이 찌푸린 얼굴로 고개를 들었다.

"이프리트, 너 지금 무슨 소리를 하는 거야?"

"내가 뭘. 틀린 말한 건 아니잖아? 저 녀석이 공석인 동안 내가 얼마나 스트레스를 많이 받았는지 알기나 해? 너희 둘은 그나마 물과 궁합이 맞는 편이기라도 하지. 내 쪽은 상극이라 저 녀석의 기운이 줄어들면 반대로 기운이 더 강해진다고. 인간 세상에 해마다 불바다가 일어나는 것을 어쩌지도 못하고 힘을 자제하려고 노력한 내 고충을 누가 알겠어? 그게 다 모두 저 녀석 때문이란 말야!"

"그런 식으로 남을 탓하는 건 그만둬. 이번 일은 엘퀴네스의 잘못이 아니라고 명계에서도 말했잖아. 그날 영혼 배속을 책임지던 자가 실수한 것뿐이야. 엘퀴네스도 우리와 같은 피해자라고."

"흥, 그래— 알았어. 어차피 너희는 저 녀석이 그저 반갑기만 하지?"

"이프리트."

"됐어. 다들 똑같아. 난 이딴 영역에 오래 있어 봤자 기분이 불쾌해지기만 하니까 이만 돌아가겠어. 반가운 존재끼리 어디 잘들 놀아 보라고."

이프리트는 잔뜩 기분이 상한 얼굴로 심술궂게 중얼거렸다. 그리곤 마지막으로 다시 한 번 나를 노려보더니 그대로 화르륵 불길이 되어 사라졌다. 마치 마법 같은 광경이었지만 나는 감탄할 겨를도 없이 그저 멍하니 그가 사라진 공간을 바라볼 수밖에 없었다.

대체 왜 저렇게 화를 내는 거람. 혹시 내가 뭔가 잘못한 거라도 있나? 아니, 설령 있다 해도 그래. 어떻게 첫 만남에 저런 식으로 일방적으로 퍼붓고 사라질 수가 있지? 네가 무슨 초등학생이냐?

황당한 심정은 나만 느끼는 것이 아닌 모양이다. 남은 트로웰과 미네르바도 곤란한 표정을 감추지 못했다.

"이런, 이런. 단단히 삐쳤네. 아직 어린애라니까."

"이프리트는 원래 감정이 극단적인 편이니 할 수 없지. 미안해, 엘퀴네스. 우리가 대신 사과할게."

"어? 아니, 뭘 이 정도로 사과까지…… 난 괜찮아. 신경 쓰지 않아도 돼."

나는 서둘러 두 손을 저었다. 그러자 두 정령왕의 눈이 크게 뜨이더니 이내 부드럽게 미소 짓는 얼굴로 변했다.

"이번 엘퀴네스는 상당히 마음이 넓군."

"그러게. 의외인걸. 물의 정령왕은 다 전대 같은 성격인 줄 알았는데. 어쩌면 이번 기회에 엘퀴네스와 이프리트 사이의 오래된 악연을 없앨 수 있을지도 모르겠어."

"악연?"

"아아, 물과 불은 본래 상극의 속성인 탓에 대대로 사이가 별로 좋지 않거든. 특히 바로 전대의 엘퀴네스 때가 가장 최악이었지. 아마 한동안은 그 영향이 남아 있을 거야. 앞으로 종종 시비를 걸어올지 모르지만, 엘퀴네스 네가 이해해 줬으면 좋겠다."

차분한 미네르바의 설명과는 달리 나는 다시 한 번 뜨악한 심정이 될 수밖에 없었다. 상극의 속성이 원인이라니. 그럼 내가 뭘 어떻게 해도 소용이 없다는 거잖아?

"결국 저 여왕님과 매번 마주칠 때마다 싸워야 한단 말인가……."

"뭐라고?"

"아, 아무것도 아냐. 아하하! 아, 근데 저기, 그 엘퀴네스란 호칭 말인데…… 그냥 지훈이라고 불러 주면 안 될까?"

"지훈?"

"그게 뭔데?"

어리둥절한 표정으로 돌아보는 두 정령왕의 모습에 나는 조금 머뭇거리며 대답했다.

"음…… 실은 내가 인간이었을 때 쓰던 이름이거든. 성은 '강'이고 이름은 '지훈'이야. 새로 태어났으니 새로운 이름에 익숙해지는 게 당연하긴 한데, 아직은 이쪽이 더 편해서 말이야. 뭐, 그렇게 부르기 싫으면 할 수 없지만."

그런데 돌아온 반응이 예상했던 것과 조금 달랐다. 그들이 내 말에서 주목한 건 전혀 다른 부분이었다.

"인간이었을 때라니? 설마 엘퀴네스 너, 인간으로 태어났던 거야? 단순히 차원의 틈에 빠져서 헤매고 다녔던 게 아니라?"

"에? 차원의 틈? 아니, 그냥 평범한 인간으로 태어났었는데……."

"헤에, 그게 정말이야? 멋진데. 이건 그냥 유희 정도가 아니잖아. 정령왕이 인간으로 태어나다니. 살다 보니 이런 일도 다 생기는군. 역대 정령왕 역사에 기록되고도 남을 일 같은데. 어떻게 생각해, 미네르바?"

"……흔한 일은 아니지."

놀라움을 감추지 못하는 트로웰과는 달리 미네르바는 그나마 침착해 보였다. 하지만 그 역시 눈빛에 가득 담긴 호기심을 지우지는 못했다.

"이름이 이곳 발음이 아닌 걸 보면 전혀 다른 차원에서 태어났던 모양이지?"

"아, 응. '지구'라는 곳인데…… 여기서 얼마나 떨어진 건지는 잘 모르겠어."

"흐음. 그렇구나. 그런데 용케 그때의 기억들을 가지고 태어났네? 명계에서 망각의 과정을 거치지 않은 거야?"

"망각의 과정?"

"그래, 새로 태어나는 경우엔 전생의 기억을 전부 지우는 것이 관례거든. 혹시 특이한 물 같은 걸 마시게 하지 않았어?"

물이라. 설마 그 고약한 액체를 말하는 건가?

미네르바의 질문에 나는 잠시 기억 저편에 묻어 두었던 지독한 쓴맛을 다시 떠올렸다. 그 탓에 덩달아 얼굴을 찌푸리는 나를 보며 트로웰이 무슨 사정인지 알겠다는 듯 고개를 끄덕였다.
"마시긴 했나 보네. 망각의 물은 차마 온전한 정신으론 마실 수 없는 맛이라고 들었지."
"그런데 기억이 지워지지 않았다는 건가?"
"그건 당연한 게 아닐까. 엘퀴네스는 물의 정령왕이잖아. 망각의 물이라는 것도 애초에 물의 일종이니까 그것을 다스리는 엘퀴네스에겐 통할 리가 없지. 하지만 이상하네. 보통은 처음 마시게 했을 때 효과를 보지 못하면 바로 다른 방법을 썼을 텐데. 왜 그대로 태어나게 한 거지?"
"……."
여기서 내가 멋대로 생명의 문은 열고 투신(?)했다는 걸 굳이 알릴 필요는 없겠지. 응, 그럴 거야.
이제 보니 아레히스가 내게 이상한 질문을 했던 것도 기억의 존재 여부를 확인하기 위해서였던 모양이다. 그것도 모르고 대책 없이 도망을 쳤다니. 나는 평생 그 일을 가슴에 묻기로 다짐했다. 어쨌거나 나만 입을 다물고 있으면 그런 사소한 비리(?) 따위는 아무도 알 수 없을 테니까.
"어쨌든 '지훈'이라고 부르면 된다는 거지? 알았어. 그렇게 할게."
"엇? 정말? 그래도 돼?"
"별로 어려울 것도 없는 일인데, 뭐. 마음 같아서는 당장에라도 인간 세상에서 살았을 때 얘기를 듣고 싶지만, 상황이 상황이니까 그건 다음 기회로 미루도록 하자. 앞으로 한동안은 눈이 돌아갈 정도로 바빠질 테니까 각오해 두는 게 좋을 거야."

잠시 감상에 빠져 있던 나는 다음 순간 이어진 트로웰의 말에 퍼뜩 정신을 차렸다.

"어? 바빠진다니?"

"네가 태어났으니까 지금까지 편법으로 얼기설기 막아 놓은 자연의 규칙들을 재정비해야지. 그게 우리의 임무잖아."

그, 그런가? 아레히스에게 들었을 땐 그저 내가 돌아가는 것만으로도 모든 문제가 해결될 것처럼 여겨졌다. 그래서 막연히 내가 앞으로 해야 할 일이라든가 임무 같은 것에 대해선 한 번도 깊이 염두에 둔 적이 없었다. 한마디로 지금까지 아무 생각이 없었다는 소리다.

그런 나를 향해 두 정령왕은 기대 어린 시선을 보내오기 시작했다. 딱히 이렇다 할 설명도 없이 막연히 내가 무언가를 시작하기를 기다리고 있는 것 같았다. 당연히 그들이 바라는 것이 뭔지 모르는 나는 그저 멀뚱히 눈을 깜빡일 수밖에 없었다.

"······그렇게 서 있지만 말고 이제 그만 시작하는 게 어때?"

결국 기다리다 지친 듯 미네르바가 먼저 입을 열었다. 오랜 시간 이어진 침묵과 눈싸움 끝에 얻어낸 승리(?)였다. 그러나 문제는 그 말에 담긴 뜻을 내가 여전히 이해하지 못한다는 것이었다.

"뭘 시작하는데?"

"자연을 회복해야지."

"그러니까…… 그게 어떻게 하는 건데?"

"……이건 또 무슨 장난이지?"

그 순간 스산하게 가라앉은 미네르바의 표정을 보며 나는 흠칫 어깨를 움츠렸다. 그렇지 않아도 다소 차가워 보이는 인상인데 노기까지 스미니 차마 말을 붙이기 힘들 정도로 무섭다.

아니, 하지만 그렇게 쳐다봐도 나는 정말 모르는 거거든?

그때 트로웰이 마치 내 마음을 읽기라도 한 것처럼 조언을 덧붙였다.

"정령을 만들면 돼."

"저, 정령?"

"그래, 정령. 하급의 나이아스들이야 네 존재를 느끼고 저절로 탄생하겠지만 중급과 상급 정령들은 네가 직접 만들어야 해. 음? 뭐야, 그 표정은. 정말 몰랐다는 얼굴이네?"

정말 몰랐던 거 맞는데…….

내 표정이 얼마나 멍청해 보였는지 트로웰과 미네르바의 얼굴이 미묘하게 굳었다. 드디어 내가 장난하는 게 아니라 정말로 모른다는 사실을 깨달은 것 같았다.

하지만 나로선 그들의 반응이 오히려 이해가 되지 않았다. 나는 이제 막 갓 태어난 참이다. 배우지도 않았는데 아무것도 모르는 건 당연한 거잖아?

"당연한 건 아니지."

"어?"

그 순간 이어진 목소리에 나는 깜짝 놀라 고개를 들었다. 그곳엔 트로웰이 난처한 미소를 지으며 나를 빤히 쳐다보고 있었다.

"트로웰, 지금 뭐라고······."

"지훈, 너 방금 네가 아무것도 모르는 게 당연하다고 생각하지 않았어?"

"어? 으, 으응."

"그게 아니라는 거야. 정령왕은 태어나는 그 순간부터 자연의 흐름을 읽고 그에 따른 대처 방법을 저절로 깨닫게 되어 있어. 우리가 알려 주지 않더라도 네가 스스로 정령들을 만들어 분포하는 것이 정상이라는 거지."

그, 그런 거야? 아니, 그보다 내가 그런 생각을 한 건 대체 어떻게 안 건데?

마음 같아서는 꼬치꼬치 캐묻고 싶었지만 내가 할 수 있는 건 마른침을 삼키는 것뿐이었다. 마치 머리부터 발끝까지 낱낱이 파헤쳐진 것 같았다.

그때 무언가 곰곰이 생각에 잠겨 있던 미네르바가 천천히 고개를 들었다.

"지훈, 한 가지만 더 물어볼게. 지금 여기서 정령을 만들라고 하면 만들 수 있겠어?"

"어? 지, 지금······? 그, 글쎄. 가르쳐 준다면 시도는 해 보겠지만······."

"흐음…… 역시 그렇군."

고개를 끄덕이는 미네르바의 표정은 조금 전보다 더욱 어두워 보였다.

"미네르바, 뭔가 짐작 가는 게 있어?"

"아마도. 내가 판단하기엔, 지금 지훈의 상태는 인간으로 태어난 부작용인 것 같아."

"부작용?"

의아한 표정으로 되묻는 트로웰을 향해 미네르바는 고개를 끄덕였다. 하지만 이 중에서 가장 혼란스러운 것은 바로 나였다. 부작용이라니! 그런 게 있다는 소리는 아레히스도 하지 않았다. 지난 십몇 년의 세월이 도로 무용지물이 된 것도 억울한데 그런 말도 안 되는 질병까지 겹쳤단 말이야? 말도 안 돼!

"인간으로 살았던 기억 때문에 그때의 습관을 버리지 못하고 있어. 나는 인간이니까 이런 건 불가능하다고 처음부터 미리 한계를 정하고 마는 거야. 한마디로 스스로 능력을 좀먹고 있는 셈이지."

"흐응, 골치 아파졌는걸."

"이건 상당히 큰 문제야. 명계에선 대체 왜 망각의 과정을 철저히 거치지 않은 거지? 그들도 이렇게 될 걸 모르진 않았을 텐데."

'윽……!'

탄식하는 미네르바를 보며 나는 어깨를 바짝 긴장시켰다.

인간의 기억을 갖고 태어났기에 벌어진 문제다. 그러니까 그건 결국…… 내가 멋대로 도망친 게 원인이라는 거잖아?

'이 바보, 멍청이! 내가 언젠간 이런 사고 칠 줄 알았어! 으아, 이제 어떡하지?'

왠지 이 사실이 알려지면 한두 대 맞는 걸론 끝나지 않을 것 같다. 아니, 살아남을 수나 있을까?

이 순간 내가 왜 트로웰을 바라보았는지는 스스로 생각해도 모를 일이다. 하지만 눈이 마주치는 즉시 나는 그를 본 것을 후회했다. 그의 입가에 의미심장한 미소가 떠올랐기 때문이다.

"……그러게 말이야, 미네르바. 대체 명계에서 왜 그랬을까."

부드럽게 휘어지는 그의 황금색 눈동자를 보며 나는 필사적으로 시선을 피하려고 노력했다.

순탄치 않은 미래가 예견된 순간이었다.

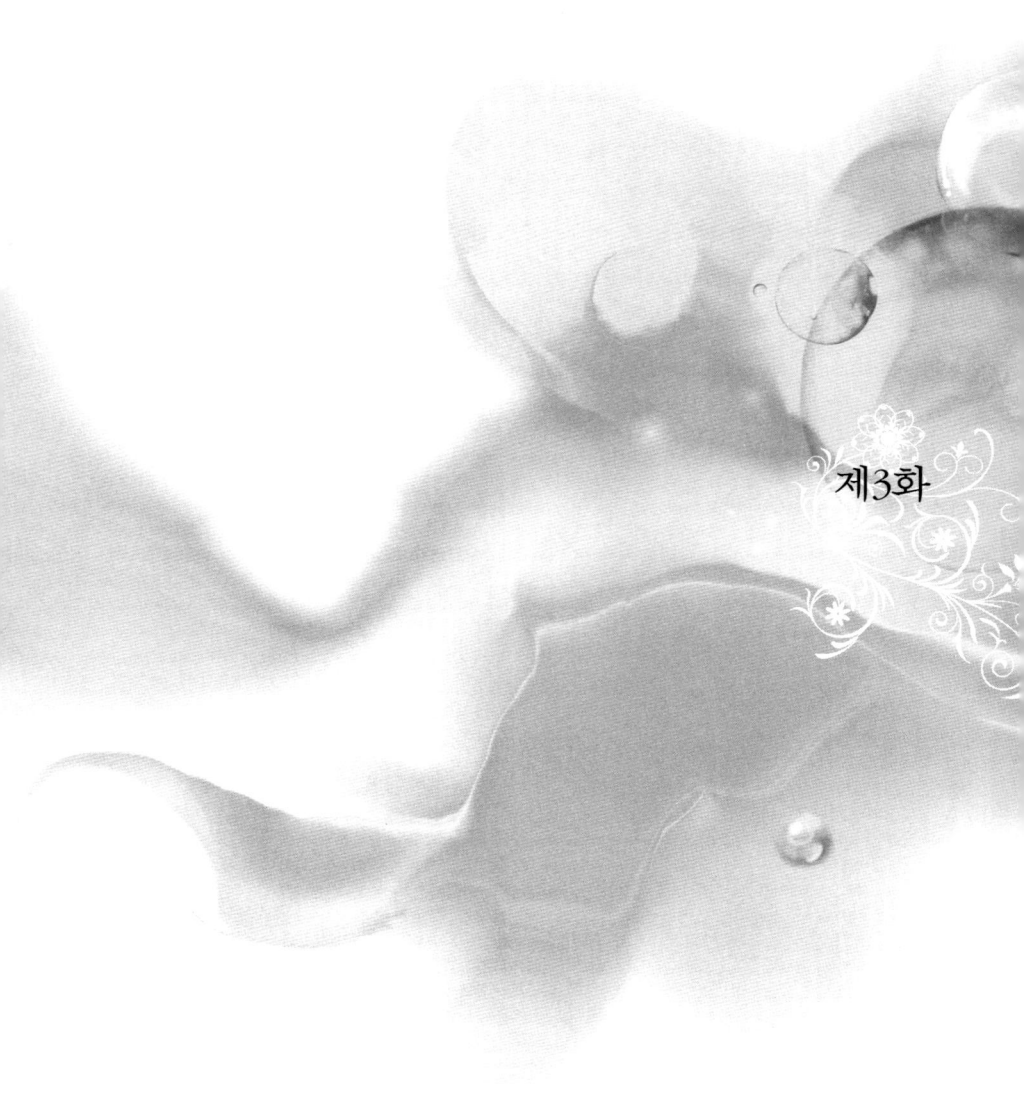

1.

 온통 물밖에 없는 공간에도 낮과 밤은 있었다. 단지 해가 지고 달이 뜨는 현상이 일어나지 않는 것일 뿐. 일단 밤이 되니 주변이 어두워진 것만은 확실했다.

 한 가지 신기한 점은 그렇게 뚜렷한 '어둠' 속에서도 내 두 눈은 주변을 선명히 알아본다는 사실이었다. 물의 흐름이나 그 안에 속해 있는 미세한 물방울의 모양까지, 마음만 먹으면 현미경을 통해 들여다보는 것처럼 세세하게 알아볼 수 있었다.

 '이거…… 굉장한데.'

 과거의 난 선천적으로 시력이 나빠 바로 앞에 있는 사물도 잘 분간하지 못했다. 늘 두꺼운 돋보기안경을 쓰고 다녔지만 그것도 다른 도구에 비해 나았을 뿐, 눈뜬장님이나 다름이 없는 신세였다.

그맘때쯤 내 가장 큰 목표는 알바를 해서 모은 돈으로 라식 수술을 하는 거였다. 이미 중학교 시절부터 스스로 돈을 벌어 학비와 용돈을 충당하고 있었기 때문에 이미 통장에는 충분한 돈이 모여 있었다.

하지만 나 같은 미성년자가 수술을 하려면 반드시 보호자 동의서가 필요했다. 부모님이 허락을 해 줄 리도 없었지만, 병원에 가서 개인 사정을 설명하며 애원하고 싶은 마음도 없었다. 그래서 훗날 학교를 졸업한 뒤 성인이 되었을 때 수술을 받기로 결정한 상태였다. 나름 평생의 염원이었던 셈이다.

심지어 유령이었을 때도 내 눈에는 안경이 분신처럼 씌워져 있었다. 그런데 다시 태어났다는 이유만으로 이렇게 훌륭한 시력을 갖게 되다니. 왜 진작 죽지 않았나 다시 한 번 후회(?)가 되는 순간이었다.

'그러고 보니 그 돈은 다 어떻게 됐나 모르겠네. 뭐, 통장은 태진이가 가지고 있었으니까 녀석이 알아서 했겠지.'

가까이 어울리던 친구들은 여럿 있었지만 그중에서 내 개인사를 다 알고 있던 녀석은 하태진, 그 녀석이 유일했다. 그만큼 남모르게 뒤에서 나를 신경 써 주고 챙겨 줬던 고마운 녀석이다. 그에겐 통장에 있던 돈을 다 주어도 아깝지 않았다. 물론 태진은 착하니까 아마도 그 돈을 자신이 쓰지 않고 내 부모님께 가져다주었을 것이다. 아니면 어디 좋은 기관에 기부라도 했거나.

 확실한 건 그 돈이 내 장례 비용으로는 쓰이지 않았다는 거다. 그 녀석의 생각이야 뻔하다. 마치 내가 죽음을 예감해서 미리 돈을 모아놓은 것처럼 보이는 게 싫었던 거겠지. 실제로 내가 반대의 입장이었어도 그 돈은 쓰고 싶지 않았을 것이다.

 '아니, 이제 이런 건 생각하면 안 돼. 하루빨리 정령왕임을 자각해야 하잖아.'

 나는 급히 머리를 흔들며 머릿속을 채웠던 생각을 털어냈다. 그리고 두 정령왕이 돌아가기 전 마지막까지 나눴던 대화들을 다시 떠올렸다.

"저기, 그럼 이제 난 어떻게 되는 거야? 설마 계속 이대로 아무 것도 못하게 되는 건가?"

 눈앞이 캄캄해진다는 건 바로 이럴 때 쓰기 위한 표현일 것이다. 자신의 능력을 좀먹는 정령왕이라니. 한순간의 잘못된 결정이 설마 이런 결과를 불러일으킬 줄은 꿈에도 생각지 못했다. 하지만 미네르바는 단번에 내 염려를 일축했다.

"아니, 그렇지는 않아. 자각이 더디다 해도 네가 정령왕이란 사실은 변하지 않으니까. 시간이 흐르면 언젠가는 전부 해결될 거야."

"어? 정말?"

"그래, 하지만 그렇게 오래 기다릴 수 있을 정도로 이곳 사정이 좋진 않아. 지금 당장 네 능력이 절실한 상황이니까."

본래 아크아돈에 아무런 문제가 없었다면 내가 정령왕으로서 자각이 더디더라도 그다지 피해가 없었을 것이다. 하지만 지금은 물의 정령이 모두 소멸한 상황이기 때문에 한시라도 빨리 능력을 자각하지 않으면 곤란하다는 것이 미네르바의 설명이었다. 하급 정령인 나이아스만으로는 작은 개울과 샘은 가능하더라도 강이나 바다같이 광활한 영역은 정화하거나 새로 생성하기가 불가능하기 때문이다.

"게다가 정령을 만드는 걸로 끝나는 게 아니야."

"그, 그럼?"

"우선 전 대륙에 골고루 비를 내려야 해. 미네르바와 함께 폭풍을 일으켜서 빠른 시일 내에 대륙을 횡단해야 하지. 그 사이에 나는 막힌 수맥을 뚫고 쏟아지는 폭우를 지면에 흡수시킬 텐데, 이때 수로를 제대로 자리 잡게 하는 것에도 네 도움이 필요해. 식물이 많이 사라져서 지면 자체의 힘이 너무 약해졌거든."

뭣이라? 비를 내리고 폭풍을 부르고 수맥을 뚫어?

트로웰의 설명은 하나같이 기함하게 하는 것들뿐이었다. 설마 그렇게 세세한 부분까지 전부 다 정령왕이 관여하는 줄은 몰랐다. 그저 평범한 자연현상이라고 생각했던 것들에 이런 보이지 않는 노력이 있었다니. TV에서 보던 움직이는 무대장치가 사실은 전부 수작업인 걸 알았을 때만큼이나 충격적이었다.

"아마 한 달이나 두 달 정도 전력으로 힘을 쏟아야 할 거야. 그럼 예전만큼은 아니어도 어느 정도는 회복되겠지."

"저기…… 나 그런 거 어떻게 하는지 모르는데?"

"알아. 가장 기본적인 정령의 생성에서부터 애를 먹고 있으니 나머지 것들은 더 무리라고 보거든."

"그럼 어떡해? 시, 신은? 신은 아무것도 안 하는 거야?"

"신? 이곳 아크아돈의 생태계는 전부 우리들 4대 정령왕의 소관이야. 주신이 직접 정해 준 우리들만의 영역이란 거지. 자연계 쪽의 일에 관해선 그들이 우리에게 참견하거나 개입할 권리가 없어."

"그, 그래?"

"응. 설령 우리가 작정하고 이 세계의 자연 체제를 엉망으로 만들어도, 그게 우리들의 결정이라면 수긍하고 따라 주거든. 뭐, 덕분에 이번 사건의 처리도 그만큼 늦어지긴 했지만."

아, 그래서 가뭄이 10년이나 지속할 때까지 모르고 있었던 건가. 어쩐지 절대 멸망해선 안 되는 차원이라는 것치곤 재앙을 너무 늦게 알아냈다 싶었는데 이런 사정이 있었을 줄은 몰랐다. 아마도 그때까진 정령왕들이 일부러 일으킨 재앙이라고 생각했던 모양이다.

"너무 걱정하지 마, 지훈. 이왕 이렇게 된 김에 느긋하게 하지 뭐. 미네르바도 말했다시피 언젠가는 전부 자각하게 될 테니까. 일단 우리는 네가 태어난 것만으로도 충분하거든."

"어? 하지만 당장 회복을 하지 않으면 아크아돈은 여전히 가뭄이 지속되는 거 아니야?"

"그렇긴 한데, 괜찮아."

"괜찮다니······."

산뜻한 대답에 얼떨떨해져서 말문을 잃자 트로웰은 해맑게 웃었다.

"비 한 방울 내리지 않은 시절도 버텼는걸. 그때에 비하면 앞으론 훨씬 살 만할 거야. 어차피 서두른다고 우리한테 고마워하는 것도 아니고."

"트로웰, 그런 말은······."

그러자 옆에서 듣고 있던 미네르바가 조금 나무라는 표정으로 그를 바라보았다. 트로웰은 가볍게 어깨를 으쓱해 보이며 대답했다.

"내 말이 틀린 건 아니잖아. 우리가 애써 봤자 공치사는 다 신들에게 돌아가는 게 사실이지."

"어? 신들에게?"

"인간들은 우리가 하는 일도 전부 다 신이 하는 건 줄 알거든. 정작 이곳에 개입하는 신들은 역사에 분탕질이나 치는 놈들이 대부분인데 말이야. 하지만 어쩔 수 없지. 그들은 너무 나약해서 절대자에게 의존하고 싶어 하니까. 가끔 우리가 수고한 몫까지 신에게 치하를 돌리는 건 짜증 나지만."

······가끔이 아닌 것 같은데?

분명 웃고 있는 얼굴임에도 불구하고 트로웰에게선 묘하게 가시 돋친 느낌이 있었다. 내 착각일 뿐일지도 모르지만 아마도 그는 신이나 사람들에게 그다지 호의적인 편은 아닌 것 같다.

그때 홀로 생각에 잠겨 있던 미네르바가 결심을 굳힌 표정으로 고개를 들었다.

"지훈, 너에게 한 가지 제안할 것이 있어."

"으응? 제안?"

"네 능력을 하루라도 빨리 각성시키는 방법이야. 전례에 없는 일이긴 하지만 지금은 이 방법밖엔 없을 것 같아."

"어? 정말? 방법이 있는 거야?"

"그게 뭔데, 미네르바?"

나는 물론 트로웰 역시 그녀의 말에 관심을 보이고 물었다. 하지만 이어지는 다음 말을 듣는 순간 나는 잔뜩 긴장하고 있던 상태에서 그대로 굳어 버릴 수밖에 없었다.

"당분간 지훈이 우리에게 힘을 다루는 법을 배우는 거야."

"……에?"

자, 잠깐 기다려. 망설이는 얼굴로 비장하게 내뱉은 말이 겨우 그것뿐? 나더러 힘을 다루는 법을 배우라고? 아무것도 모르는 내가 배워야 하는 건 당연한 거잖아. 설마 안 가르쳐 줄 생각이었던 건가?

나는 황당한 심정으로 미네르바를 바라보았다. 농담하는 건가 했지만, 나를 응시하는 그녀의 표정은 여전히 진지하기만 하다. 그렇다면 조금 전의 제안이 진심이라는 건데…….

'대체 어떻게 하면 그런 뻔한 결론을 도출하는 데 몇 분씩이나 걸릴 수 있는 거지?'

아무리 생각해도 이해할 수 없는 일이다. 설마 겉으로 보이는 저 어른스럽고 지적인 모습은 다 거짓이라는 건가? 그러나 당황스러운 건 그것만이 아니었다.

"우리가 지훈을 가르친다고? 그건 너무 극단적인 방법인 거 아니야, 미네르바?"

나로선 너무나도 당연한 그 제안에 오히려 트로웰이 난색을 표하고 나선 것이다. 미네르바 역시 죄책감을 느끼는 표정을 지으며 대답했다.

"어쩔 수 없다고 했잖아. 지훈만 괜찮다면 난 그렇게 하고 싶은데……."

"하지만 아무리 그래도 그건 좀 아닌 것 같아."

"역시 무리일까?"

"당연하잖아, 미네르바. 지훈의 입장을 생각해 봐. 가능하겠어?"

"그야……."

나한테 무언가를 가르쳐 준다는 것이 저렇게 유난 떨 정도로 큰 일이던가?

미네르바에 이어서 트로웰까지 저런 반응을 하자 오히려 황당해하던 내가 더 이상한 놈이 된 것 같았다.

설마 정령계에선 뭔가를 가르쳐 주면 안 된다는 규칙이라도 있는 건가? 어처구니없지만 정황상 그게 가장 그럴듯했다. 결국 나는 그들의 원인을 알 수 없는 죄책감을 덜어 주기 위해 적당히 두 사람의 대화에 맞춰 대답했다.

"음, 뭐가 문제인지 모르겠지만…… 나는 좋은데? 정말 좋은 생각인 것 같아, 미네르바."

"……뭐?"

"지훈! 너 정말 그렇게 생각하는 거야?"

예상했던 것보다 두 정령왕에게서 돌아온 반응은 더 컸다. 깜짝 놀란 표정의 미네르바와 마찬가지로 경악한 트로웰의 외침이 동시에 울려 퍼졌다. 두 사람의 경직된 얼굴을 보며 나는 어색하게 고개를 끄덕였다.

"으응, 정말인데. 실은 내가 먼저 그렇게 부탁할 생각이었거든. 너희만 좋다면 난 당연히 찬성이야."

"헤에, 지훈. 너 정말 좋은 녀석이구나?"

"아하하…… 그, 그래? 그 정도는 아닌데."

"아니야, 상당히 어려운 결정이었을 텐데 정말 고맙다. 네 이해심에 감탄했어. 그렇지, 미네르바?"

"그래."

동의를 구하는 트로웰의 말에 미네르바는 부드럽게 웃으며 고개를 끄덕였다. 나를 바라보는 그들의 시선은 조금 전보다 더 짙은 호의를 담고 있었다.

하지만 나로선 이 모든 상황이 그저 이해가 되지 않을 뿐이었다. 겨우 이런 정도의 일로 고맙다거나 이해심 운운하는 소리를 듣다니. 오히려 이번 일은 내가 고마워해야 하는 거 아닌가? 아무 것도 모르는 날 위해 귀한 시간을 내어 가르쳐야 하는 건 오히려 저들 쪽일 텐데 말이다. 아무리 생각해도 입장이 바뀐 것 같다는 생각을 멈출 수가 없었다.

나중에 안 사실이지만 내 예상은 어느 정도 적중했다. 정령왕들은 그 자체가 하나의 '완벽한' 존재이기 때문에 누군가에게 가르침을 받는 걸 상상할 수 없다는 것이다. 때문에 지금과 같은 불가피한 상황에서도 이런 제안 자체가 상당히 실례되는 행동이라고 했다. 특히나 물의 정령왕은 대대로 자존심이 강해서 타인의 참견에 극도의 거부반응을 일으킨다나.

비슷한 일례로 내 바로 전대의 엘퀴네스의 경우, 과거 이프리트(이 또한 현재의 이프리트가 아닌 전대라고 한다)가 따끔하게 한마디 충고를 한 적이 있었는데, 바로 엘퀴네스가 그에게 쳐들어가 그 자리에서 영역을 초토화한 적도 있다고 했다. 사실 그전까지만 해도 맞지 않는 부분이 있으면 서로 지적하고 그걸 고쳐 나가기도 했던 모양인데, 그 뒤로는 감히 충고나 조언을 할 생각을 버렸다고 한다.

결국 이 모든 암묵적인 룰은 전부 전대의 엘퀴네스에게서 비롯된 셈이었다. 그리고 그걸 이번 대의 엘퀴네스인 내가 다시 깨트린 것이다.

'뭐, 어쨌든 공부는 내일부터 하기로 했으니까. 오늘은 실컷 놀아도 되겠지.'

이미 상당히 어두워진 시각이긴 했지만 주변을 돌아보는 덴 아무런 문제가 없으니 상관없었다. 게다가 정령왕은 유령과 마찬가지로 영체의 일종이기 때문에, 먹거나 잠을 자지 않아도 피로를 느끼지도 생명에 영향을 받지도 않는다고 들었다.

즉, 밤을 새워서 놀아도 내일 공부엔 전혀 지장이 없단 소리다. 나는 더할 나위 없이 만족스러운 기분으로 주변을 둘러보며 앞으로 내가 생활할 곳을 익혀 두는 작업을 시작했다.

물 외엔 아무것도 없는 공간이라는 처음 예상과는 달리, 조금 더 수면 밑으로 깊이 내려간 나는 여기저기 생활에 필요한 물건들이 비치된 걸 발견할 수 있었다. 다만 흔히 나무로 만들어진 가구가 일반적인 것과는 달리, 이곳에 있는 가구들은 전부 돌과 바위가 그 재질이었다.

테이블과 의자, 침대, 심지어 서랍장까지 돌로 이뤄지지 않은 것이 없었다. 그것도 인공적으로 깎아 만든 것이 아니라 처음부터 그렇게 생긴 것처럼 표면의 느낌이 자연스럽다. 누가 물속 아니랄까 봐 군데군데 해초와 조개들도 박혀 있었다.

나는 무심코 서랍장을 열어 보았다. 안에는 종이 더미와(신기하게도 젖지 않았다) 깃펜, 자잘한 장신구 같은 것이 수북이 들어 있었다. 그중에서 나는 한구석에 처박힌 작은 손거울을 하나 발견했다. 거울의 표면은 오래 방치되었다는 것을 증명하듯 새까만 이끼들로 뒤덮여 있었다.

'전대는 별로 자신의 외모엔 관심이 없었던 모양이지.'

무심코 내려놓으려는 찰나, 나는 퍼뜩 다시 거울을 집어 들었다. 아직 한 번도 내 모습을 본 적이 없다는 사실을 깨달은 것이다.

그러고 보니 난 어떻게 생긴 걸까? 사실 새로 태어난 초반만 해도 과거의 외모에 여전히 미련이 남아 있었다. 하지만 유독 화려한 다른 정령왕들의 모습을 보고 나니 생각이 조금 달라지는 건 어쩔 수 없었다.

아무리 내가 긍정적인 성격이라도 과거의 모습이 그다지 잘생기지 않았다는 것 정도는 알고 있다. 가뜩이나 부족한 것투성인데 외모까지 현저히 차이 나면 상당히 비참할 것이다. 그러고 보니 이프리트가 여자같이 생겼다고 했었던가? 손의 모양이나 피부색을 보면 나쁘진 않을 것 같지만, 그래도 이왕이면 확실히 확인해 보고 싶었다.

평범해도 좋다! 제발 추하지만 말아 다오! 나는 두근거리는 가슴을 안고 조심스럽게 거울의 이끼를 걷어냈다. 그리고 마침내 표면이 드러나는 순간…….

"에엑? 이게 뭐야!"

나는 그대로 비명을 내지를 수밖에 없었다. 거울에 비친 모습이 내가 상상했던 것과 달라도 너무 달랐던 것이다.

지금까지 의식하지 못했는데, 나는 허리 밑까지 내려오는 상당히 긴 머리를 갖고 있었다. 심지어 머리색은 잉크를 탄 듯이 선명한 파란색이기까지 했다.

거기까진 그렇다 치자. 아니, 사실 이런 완벽한 물빛은 돈 주고도 염색하지 못할 색이기 때문에 솔직히 아주 마음에 들었다. 단 하나, 유독 긴 기장이 마음에 걸렸지만 그건 나중에 잘라 버리면 되니 논외로 치고. 문제는…….

"이건 완전 여자 얼굴이잖아!"

그랬다. 바로 그게 문제였다. 지금 내 얼굴을 누군가 진부하게 표현해 본다면 이럴 것이다. 우유처럼 새하얀 피부, 조각같이 갸름한 얼굴선에 오똑한 콧날, 피라도 칠한 듯 붉은 입술. 커다랗고 동그란 물빛 눈동자.

한마디로 말해, 예쁘장하게 생긴 전형적인 소녀의 얼굴이라는 소리다.

하고많은 얼굴 중에 하필이면 이따위 얼굴을 가지고 태어나다니, 이런 빌어먹을!

이왕 예쁘장한 타입이라면 차라리 트로웰 쪽이 훨씬 낫다. 똑같이 어려도 섹시한 데다 확실히 남자로 보이긴 하니까. 하지만 내 얼굴은 어딜 봐도 여자였다. 그것도 청순가련형의, 가냘픈 느낌의 소녀 말이다. 머리까지 기니까 더 그런 것 같았다. 밋밋한 가슴이 아니라면 누구나 여자로 오해하기 충분할 것이다. 아니, 이 정도면 눈썰미 없는 사람들은 그냥 좀 심각한 절벽 가슴을 가진 소녀라고 생각할지도 모른다.

'음? 근데 뭔가 허전한 듯한……?'

새로 생긴 몸을 불만스럽게 훑어보던 나는 어딘지 익숙하지 않은 허전한 기분에 얼굴을 찌푸렸다. 있어야 할 것이 없는 듯한 찝찝한 느낌이랄까? 아까까지도 아무렇지 않았던 게 이제 와서 이렇게 불편한 걸 보니 그다지 중요한 건 아닌 모양인데. 그게 뭐지?

나는 천천히 내 몸을 하나씩 더듬어(?) 보면서 이 기묘한 감각을 느끼게 하는 원인이 뭔지를 차근차근 알아보기 시작했다. 그리고 정말 어렵지 않게, 아니 오히려 처음에 못 찾은 것이 이해가 안 될 정도로 아주 쉽게 그 이유를 밝혀낼 수 있었다.

"#$@%#$^&!"

100만 볼트에 감전당하는 듯한 엄청난 충격이 온몸을 타고 흘렀다.

"없어……. 없……어! 없다고! 크아악―! 말도 안 돼!"

굳건히 지키고 있던 신념이 무너질 때의 기분이 바로 이럴까? 천국에서 지옥으로 가는 급행열차를 탔다 해도 이런 기분을 맛볼 수는 없을 것 같았다.

"왜 내가 여자가 된 거야!"

2.

"이거 바보 아냐?"

그날 저녁, 여자가 되었다는 사실을 깨달은 나는 밤새 좌절한 끝에 퀭한 눈으로 아침을 맞았다. 피곤해서라기보다 정신적인 쇼크로 몰골이 초췌해져 있는 나를 향해 이프리트는 다짜고짜 매몰찬 평가를 내렸다.

"크흑! 하지만!"

"하지만은 무슨 하지만이야? 미네르바한테 듣긴 했지만 그래도 설마 했는데. 정말로 전생의 기억에 연연하고 있을 줄이야. 뭐 이런 한심한 녀석이 다 있어?"

"한심하다니! 이건 그렇게 간단한 문제가 아니라고! 내 성별이 바뀌었단 말이야! 너도 입장을 바꿔서 생각해 봐! 네가 어느 날 갑자기 남자가 되었다면 그걸 제정신으로 견딜 수 있겠어?"

"그게 어때서? 난 지금도 자주 남자로 꾸미고 다니는데? 너도 정 남자 쪽이 편하면 그렇게 하면 되잖아."

"바보야! 그냥 꾸미고 다니는 거랑 진짜 남자인 게 같을 리가 있냐!"

"다를 게 뭐가 있어? 어차피 우리 정령들은 무성인데!"

"그러니까 그건 엄연히 다른…… 엥? 방금 뭐라고?"

신랄하게 비꼬는 이프리트의 말에 필사적으로 변명하려던 나는 순간 멈칫하고 말았다. 방금 이프리트가 뭐라고 그랬지? 정령이 무성이라고?

놀란 내 표정이 상당히 멍청했던지 이프리트의 표정은 아까보다 훨씬 더 구겨졌다.

"기본적으로 정령은 무성(無性)이라고. 남자니 여자니 구분할 필요가 없단 말이야. 다만 외형에서 남성형과 여성형으로 차이가 날 뿐이지. 정령이 자식 낳았다는 얘기 들어 본 적 있어? 나나 미네르바만 해도 외모로는 확연히 여성체지만 가슴은 없잖아? 너랑 똑같다고."

"헉! 그, 그러고 보니……."

나는 반사적으로 이프리트의 가슴 부근을 바라보았다. 정말로 그녀(?) 역시 나랑 똑같은 평평한 가슴을 가지고 있었다. 그래, 그러고 보니 여자가 저렇게까지 가슴이 나오지 않은 건 말이 안 되는 것 같아.

아무리 발육이 덜 되었다 해도 어림잡아 17에서 20세 초반의 여성이라면 조금은 허리라든가 어깨선 같은 것이 어느 정도 태가 나기 마련이다. 하지만 이프리트의 상체는 완벽한 소년의 그것과 같았다.

황망해하는 나를 향해 이프리트가 기가 막힌다는 얼굴로 투덜거렸다.

"대체 내가 왜 이런 걸 일일이 설명하고 있어야 해? 정령왕 주제에 정령이 성(性)이 없다는 것도 모르다니. 전대 엘퀴네스가 알았다면 그대로 까무러쳐서 다신 일어나지 못했을 거야. 나 참, 기가 막혀서."

"그, 그럼 나…… 여자가 된 게 아닌 거야?"

"그렇다고 했잖아. 대체 몇 번을 말해야 알아듣겠어? 네가 무슨 붕어야? 솔직히 말해 봐. 너 실은 정령왕 아니지? 사람 모습을 한 조류지?"

거침없는 폭언이 이어졌지만 이 순간만큼은 그 모든 것이 내겐 천상의 노랫소리처럼 들렸다. 그제야 나는 간신히 마음을 진정시키고 자리에 털썩 주저앉았다.

그래, 얼굴이 예쁘면 어떻고 중요한 부위가 없으면 어때? 일단 여자만 아니면 된 거지.

17년 세월을 통해 성립된 가치관이라는 건 생각보다 차지하는 분량이 크다. 내 기준에서 여자란 남자의 이성(異姓)이고, 이성이란 곧 연정의 대상이 되는 존재였다. 그러니까 그건 결국 내가 시커먼 사내놈이랑…… 으아아악! 더 이상 생각하지 말자, 강지훈! 난 여자가 아니라잖아. 그래, 난 그냥 여성형일 뿐. 엄밀하게 말하면 무성…….

"아니, 난 이것도 싫어! 대체 왜 내가 여성형으로 분류되어야 하는데!"

내가 다시 벌떡 자리에서 일어나며 소리치자 이프리트가 황당한 표정으로 대꾸했다.

"누가 너더러 여성형이래?"

"뭐? 네가 먼저 어제 나한테 여성형이라고 그랬잖아!"

"그건 전대의 외모랑 비교했을 때 그렇단 거지. 뭐, 지금 네 모습도 보기에 따라선 남성형으로 봐주지 못할 것도 없어. 아직 신체가 다 완성되지 않은 미성년들 특유의 중성적인 느낌이거든.”
"어? 그, 그래?"
"뭐, 그렇다 해도 대부분은 여자로 착각하겠지.”
"그것 봐! 역시!"
결론은 여성형에 더 가깝다는 거잖아!
나는 다시금 떠오르려는 끔찍한 생각을 떨쳐내기 위해 머리를 부여잡고 노력했다. 그 순간, 대뜸 머리에 통렬한 충격이 밀려들었다. 이프리트가 주먹으로 내 머리를 내리친 것이다.
"으악! 뭐 하는 거야, 이프리트! 아프잖아!"
"아프라고 때린 거야, 멍청아! 타고난 외모를 고민한다고 뭐가 달라지니? 그런 쓸데없는 일로 손님을 계속 이렇게 세워 둘 거야?"
"그렇다고 그렇게 무자비하게 때리냐? 아파 죽겠…….”
머리를 감싼 채 투덜거리던 나는 하던 말을 멈추고 입을 다물었다. 그때까지 미처 생각지 못했던 한 가지 사실을 자각했기 때문이었다.
"어? 그런데 이프리트가 왜 여기 있어?"
"뭐야?"
그러자 안 그래도 사나운 이프리트의 눈꼬리가 더욱 사납게 올라갔다. 내가 이제야 자신의 존재를 눈치챘단 사실에 기분이 상한 것 같았다.
"아, 아니, 난 그냥…… 어제 네가 나한테 화가 난 것 같아서……."

"지금도 화나 있거든? 왜? 그럼 오면 안 돼?"

"아니, 그건 아니고. 하하하……."

'헉! 설마 이프리트 이 녀석, 어제의 일로 앙심을 품고 내게 저주라도 걸러 온 건 아니겠지?'

충분히 가능성 있는 생각이라 나는 불안한 심정으로 슬쩍 그의 눈치를 살폈다. 이프리트는 그런 나를 한심하단 시선으로 바라보았다.

"뭐야, 그 얼빠진 표정은? 내가 널 잡아먹기라도 해? 정말이지 내가 이런 말까진 안 하려고 했는데, 같은 엘퀴네스라도 어쩜 이렇게 전대랑 다를 수가 있는 거니? 네 전대의 엘퀴네스는 성격이 좀 시건방지긴 했지만 그래도 타고난 기품이라는 게 있었어. 그런데 너는 대체 어떻게 된 정령왕이……."

"……기품 없어서 미안하게 됐네요."

그러는 자기는 기품이 넘쳐나는 줄 아나. 생긴 건 날라리 같은 주제에.

그러나 나는 이 말을 당당히 이프리트 앞에서 중얼거리지는 못했다. 태어난 지 하루 만에 죽은 정령왕으로 역사에 기록될 생각은 추호도 없었으니까. 목숨은 무엇보다 소중한 것이다. 암, 그렇고말고.

'그나저나 이 정령왕이 정말 왜 온 거지? 설마 일부러 시비나 걸자고 행차한 것은 아닐 테고.'

이런 내 생각이 표정에 드러났나 보다. 이프리트는 새침한 얼굴로 나를 보더니 곧 당당하게 자신의 방문 목적을 밝혔다.

"앞으로 네 교육을 내가 담당하기로 했어."

"……뭐?"

"거참. 정령이 귀먹을 수도 있다는 건 오늘 처음 알았네. 못 들었어? 내가! 네 교육을! 담당하기로 했다고!"

"……!"

나는 헉하고 터져 나오는 숨을 간신히 참았다.

뭐야, 이프리트가 나를 교육한다고? 대체 어째서? 미네르바나 트로웰이 가르쳐 주는 거 아니었어?

당연히 그 둘 중에서 한 명이 맡을 거라고 생각했기에 충격이 더 컸다. 설마 내 첫인상이 마음에 들지 않았나? 그래서 대놓고 날 싫어하는 이프리트를 보낸 건 아니겠지? 짧은 사이에 수만 가지 잡생각이 머릿속을 스치고 지나갔다.

"울상은 집어치워. 기분 나쁘니까. 누군 좋아서 하는 줄 알아? 미네르바나 트로웰은 아크아돈의 회복에 집중하고 있어서 바빠. 어쩔 수 없이 내가 널 맡게 된 거라고."

"……이프리트 너는 안 바쁘고?"

"뭐, 뭐야? 당연히 바쁘지. 그럼 내가 한가할 것 같아? 너 따위가 상상도 할 수 없을 만큼 무지무지 엄청나게 바쁘다고."

"으음, 그렇구나. 그런데 왜 굳이 네가……?"

"흠흠, 굉장히 바쁘지만 난 다른 애들이랑 달리 유능해서 말이야. 다들 힘든 상황인데 이 정도쯤은 도와줘야 하지 않겠어? 걱정하지 마. 내가 일주일 안에 널 완벽한 정령왕으로 각성하게 해 줄 테니까."

"……."

의기양양하게 단언하는 이프리트와는 달리 나는 얼굴이 핼쑥해지는 기분을 느꼈다.

아무래도 잘못 걸려도 단단히 잘못 걸린 것 같다. 이프리트가 가르치는 '완벽한 정령왕'이라니. ……과연 일주일 뒤에 내가 무사히 살아남을 수 있을까?

"너, 나한테 할 말 없어?"

"엉?"

그때 이프리트가 나를 노려보며 말을 건넸다. 내가 어리둥절하게 바라보자 그는 짜증이 난 표정으로 소리쳤다.

"진짜 귀먹었어? 나한테 할 말 없냐고 물어봤잖아!"

할 말? 할 말이야 많지. 저기 이프리트, 나 가르치는 건 말인데, 그거 다시 생각해 보면 안 될까? 내가 이렇게 착해 보이고 성실해 보여도 말이지. 실은 머리도 엄청 나쁘고 반항도 조금 할 줄 알거든? 네가 아무리 스파르타식으로 달달 볶아도 내가 못 따라가면 너만 고생하는 거잖아, 그치? 그러니까 부탁이니 제발 다시 생각을…….

'하지만 이렇게 말하면 이번엔 한 대로 끝나지 않겠지.'

나는 어색하게 웃으며 고개를 저었다.

"아니, 딱히 없는데…….."
"없다고? 정말 없는 거야?"
"음? ……아! 앞으로 잘 부탁해?"
"그거 말고!"
"그, 그럼 뭔데?"
"뭐야, 정말 모르는 거야?"
정말 모르겠는데.
나는 고개를 끄덕이는 대신 멀뚱히 두 눈을 깜빡거렸다. 그에 답답하다는 시선으로 나를 노려보던 이프리트가 할 수 없다는 듯 한숨을 내쉬었다.
"너 어제 미네르바랑 트로웰한텐 너를 '지훈'이라고 불러 달라고 했다며. 근데 나한텐 왜 그런 말 안 하는 건데?"
"뭐? 아아— 그 소리였어?"
헤에, 설마 그걸 신경 쓰고 있었던 건가?
나는 의외의 심정으로 이프리트를 바라보았다. 그러면 나를 향한 호칭 같은 건 전혀 개의치 않을 줄 알았다. '너'라거나 '인마'라거나 '이 자식아' 정도만 불러 줘도 감지덕지하라 할 것 같았는데 사실은 나와 정식으로 인사를 나누길 기대하고 있었던 건가?
어쩌면 표현 방식이 제멋대로일 뿐 이프리트가 날 싫어하는 건 아닌지도 모르겠다. 그런데도 난 피할 생각만 하기 바빴다니. 괜한 선입견 때문에 그에게 상처를 준 게 아닌가 싶었다. 나는 속으로 반성하면서 급히 그에게 악수를 청했다.

"미안. 그러고 보니 제대로 인사를 못 했구나. 앞으로 잘 부탁해. 너도 미네르바나 트로웰처럼 날 '지훈'이라고 불러 줬으면 해."

그때까지도 나는 이프리트를 완전히 파악하지 못하고 있었다. 그 사실을 깨달은 건 이어진 그의 대답을 듣는 순간이었다.

"싫은데?"

"……."

하하하. 뭐라고? 내가 지금 무슨 소리를 들은 거지?

나는 눈앞에서 생글거리고 있는 이프리트를 바라보며 석상처럼 굳었다. 그러자 이프리트가 재미있다는 듯이 눈꼬리를 가득 휘어 접었다.

"얘가 아직도 이해를 못 했네. 내가 분명히 말했잖아? 난 널 완벽한 정령왕으로 만들 거라고. '지훈'은 전생의 이름이라며. 이런 상황에서 그때 이름을 계속 쓰면 되겠니? 난 널 엘퀴네스라고 부를 거야. 이 몸의 깊으신 뜻을 고마워하기나 해."

"……그, 그럼 왜 내가 지훈이라고 소개하길 유도한 건데?"

"그야 재미있으니까."

당연한 거 아니야? 살짝 치켜뜬 이프리트의 두 눈이 그렇게 말하고 있는 것처럼 보였다.

나는 입을 꾹 다문 채 망연히 하늘을 바라보았다. 휘이잉―. 바람도 없는데 허무한 공기가 등 뒤를 스치고 지나가는 것 같았다.

"교육은 내일부터 시작할 거야. 봐주지 않을 거니까 각오 단단히 해 둬."

 마지막으로 그렇게 말한 이프리트는 어제처럼 똑같이 불덩이로 변해 사라졌다. 사라지는 순간 그가 혼잣말로 중얼거리는 소리가 귓가에 또렷이 들려왔다.

 "다른 건 몰라도 놀리는 재미만큼은 톡톡한 녀석이네? 아— 당분간은 심심하지 않겠다."

 "……."

 바야흐로…… 여왕님과의 전쟁이 선포되는 순간이었다.

3.

 봐주지 않을 거라는 경고 그대로, 다음 날부터 시작된 이프리트의 수업은 시작부터 상당히 험난했다. 말이 좋아 수업이지 실상은 온갖 험담과 구박의 현장이었으며, 약간의 실수에도 벼락같은 호통이 떨어져 내렸다.

 "그게 아니야!"

 "그, 그럼 이렇게?"

 "아니야, 아니야, 아니라고!"

 이프리트가 화를 낼 때마다 그의 붉은 머리칼은 용암처럼 뜨거운 불씨를 내뿜었다. 이러다 이 안에 있는 물이 전부 부글부글 끓게 되는 건 아닐까 염려스러울 정도였다.

"네 머리는 돌이야? 어째서 두 번이나 시범을 보여 줬는데도 그대로 따라 하지 못하는 거야? 전대 엘퀴네스만큼은 못 하더라도 그 발밑은 흉내를 내야 할 것 아냐! 너 정말 그의 능력을 제대로 물려받은 거 맞아? 어째서 4대 정령왕 중 최고의 가드와 공격력을 자랑하는 물의 정령왕 실력이 고작 이따위인 거냐고! 설명 좀 해 봐, 설명을!"

"……쳇, 내가 그걸 알았으면 진즉 바닥에 돗자리를 깔았지."

"뭐?"

"아니, 아무것도 아냐. 하하……."

선생님으로서 이프리트는 그다지 걸맞은 타입은 아니었다.

배우는 학생의 수준을 전혀 가늠하지도 못할뿐더러 자신의 입장에서만 판단하여 가르칠 뿐만 아니라, 툭하면 다른 사람과 비교를 하여 배움의 의욕을 떨어트린다.

세상에 정령을 만드는 수업에서 그 혼자 덜컥 불의 상급 정령을 만들어 보이기만 하면 나더러 뭘 어쩌란 말인가. 내가 이해를 하지 못하자 다시 한 번 더 보여 주긴 했지만, 그래 봤자 내 눈에는 아무것도 없는 허공에서 불쑥 정령이 나타난 것으로밖엔 보이지 않았다.

하다못해 하급 정령의 종류라든가 기운을 다루는 방법 정도는 알려 줘야 할 것 아니냐고! 비유하자면 아직 한글도 못 뗀 어린아이에게 논술부터 가르치는 셈이다. 초보한테 너무 무리한 걸 요구하는 게 아니냐고 따졌더니 돌아온 대답은 이랬다.

"난 태어나자마자 할 줄 알았는데?"

'……아, 그러십니까.'

도대체 난 무엇을 기대했던 건가. 허탈하게 어깨를 늘어뜨리는 내게 이프리트는 찌푸린 얼굴로 쏘아붙였다.

"못 하는 네가 오히려 이상한 거야. 네가 인간이었다니까 어디 인간의 방식으로 말해 볼까? 갓 태어난 인간 아이가 먹는 법을 꼭 말로 설명을 들어야 이해해?"

"……아니."

"그렇다니까. 먹을 게 입에 들어가면 본능적으로 알아서 먹게 되어 있잖아. 그거랑 마찬가지야. 그런데 왜 못 해? 이렇게 눈앞에서 직접 시범까지 보여 줬는데. 으휴, 속 터져! 대체 어디서부터 잘못된 거지?"

나는 이프리트가 푸념하는 소리를 한 귀로 듣고 흘렸다. 아무리 답답하다곤 해도 설마 당사자인 나보다 더하랴.

이렇게 될 줄 알았으면 그날 절대 명계에서 도망치지 않았을 것이다. 너무 써서 입이 돌아가는 한이 있더라도 그 용액을 끝까지 다 마셔 보는 건데.

지금 다시 떠올려도 몸서리가 쳐지는 끔찍한 음료수를 설마 내가 스스로 마시지 못한 걸 후회하게 될 날이 올 줄은 몰랐다. 이래서 사람의 운명은 한 치 앞도 모른다는 말이 있는 건가.

"뭘 그렇게 멍청하게 있어? 얼른 다시 제대로 해 봐. 전대 엘퀴네스는 역대 엘퀴네스 중에서 가장 강하고 뛰어난 정령왕이었어.

그런데 바로 그다음으로 그의 힘을 전승한 네가 저능아일 리가 없다고.”

……꼭 말을 해도 저렇게 한다니까.

벌써 몇 번째 전대에 대한 언급을 듣는 건지 모르겠다. 좋은 말도 자주 들리면 질린다는데, 심지어 이건 좋은 쪽 이야기도 아니다. 덕분에 난 만나 보지도 않은 전대의 엘퀴네스란 녀석에게 괜한 반감만 무럭무럭 쌓아 가는 중이었다.

'근데 정말 이상하네. 이프리트는 전대의 엘퀴네스랑 별로 사이가 좋지 않았다고 하지 않았나? 근데 왜 툭하면 그 녀석이랑 비교하는 거지?'

혹시 좋아하면서 싫어하는 척한 게 아닐까. 이프리트의 성격이라면 충분히 가능할 것 같긴 하다. 하지만 나는 곧바로 고개를 저었다. 그랬다면 나보다 오랜 시간 그를 알아 온 트로웰이나 미네르바가 그들의 사이를 단순히 험악했다는 식으로만 묘사하진 않았을 테니까.

특히 트로웰은 어딘지 조금 묘한 구석이 있는 게…… 아직은 지레짐작일 뿐이지만 꼭 사람의 마음을 읽는 것 같달까? 일전 망각의 과정에 관한 이야기를 할 때 의미심장하게 나를 응시하던 그의 모습은 아직도 잊히지 않았다. 그건 분명 내 사연을 짐작한 눈빛이었다. 설령 내 생각이 틀렸다 해도 그만큼 비상한 눈치를 지녔다면 이프리트가 그의 눈을 속이긴 쉽지 않았을 것이다.

'음, 그럼 뭐야. 좋아하지도 않는데 왜 자꾸 그 녀석 얘기를 꺼내? 싫어하지만 능력만은 인정하는 희대의 라이벌! ……뭐, 그런 거였나? 그런데 그런 녀석의 후임으로 온 게 나같이 얼빵한 놈이라서 짜증이 난 건가?'

호오, 이건 좀 그럴듯한데. 나 생각보다 추리에 일가견이 있는 걸지도?

나는 속으로 자화자찬하며 실실 웃었다. 그러자 이번에도 벼락같은 이프리트의 불호령이 떨어졌다.

"남은 열심히 가르치고 있는데 뭘 멍청하게 웃고 있어? 너 진짜 그따위로 할래?"

"윽, 미안."

"할 마음 없으면 그냥 관둬. 이미 망가질 대로 망가진 아크아돈인데 인제 와서 회복이 몇백 년쯤 뒤로 미뤄진다고 누가 뭐라 하겠어? 인간이나 몇십만 명 더 죽고 말겠지."

"헉! 아냐, 아냐! 열심히 할게! 진짜야!"

성격이 나쁜 것만이 아니라 남을 협박하는 데에도 도가 튼 정령왕이다. 하지만 아무리 그래도 모르던 것을 갑자기 알게 될 수는 없는 법. 나는 울며 겨자 먹기로 다시 한 번 이프리트를 향해 부탁을 건넸다.

"저기, 이프리트. 정령 만드는 거 다시 보여 주면 안 될까?"

"뭐야, 또?"

"아무리 봐도 잘 모르겠어서 그래. 이번엔 좀 더 집중해서 볼게."

"……흥, 좋아. 할 수 없지. 하지만 이건 알아 둬. 여기서 자꾸 불의 정령이 늘어나게 되면 아크아돈엔 별로 좋지 않다는 거 말이야. 너 때문에 벌써 불의 상급 정령인 이그니스가 3마리 더 늘어났어. 그러니 너도 그 숫자만큼 시큐엘을 더 많이 만들어야 할 거야."

"시큐엘?"

"물의 상급 정령 말이야. 넌 네 휘하의 정령 호칭도 모르니?"

알려 줬어야 알지. 나는 또다시 한심하게 바라보는 이프리트의 시선을 피해 속으로 조용히 투덜거렸다. 여기서 따져 봤자 이런 것도 본능이니 어쩌니 하는 타박만 들을 것이 뻔했다.

"잘 봐."

이프리트는 살짝 주먹을 쥔 다음, 손등이 위로 향하도록 앞으로 내밀었다. 그러자 어깨에서부터 새파란 불꽃이 일더니 그의 팔을 마치 뱀처럼 휘감은 채 내려와 손등 위에 고이기 시작했다. 모인 불덩어리는 곧 엄청난 크기로 불어나고는 그 즉시 두 날개 가득 붉은 화염을 일으키는 새빨간 독수리의 형태로 화했다.

피이이—!

—나의 왕, 나의 주군, 아름답고 위대하신 나의 이프리트 님을 뵙습니다.

벌써 3번째지만, 불의 상급 정령 이그니스가 탄생하는 광경은 다시 봐도 신기했다.

이프리트는 자신의 손목에 이그니스를 태운 채 도도한 얼굴로 나를 내려다보았다.

"이제 좀 알겠어?"

……아니, 전혀 모르겠는데.

이번에야말로 나는 이프리트가 분노를 퍼부을 것이라 예상했다. 그 나름의 친절을 베풀어서 3번이나 같은 동작을 보여 줬는데 아직도 내가 이해하지 못했으니 화를 내는 것이 당연했다. 그러나 잔뜩 긴장해서 살펴본 그는 오히려 생긋 미소 짓고 있었다. 보는 사람의 정신이 다 아찔해질 만큼 고혹적인 미소였다.

"후후, 그래. 아직도 모르겠다고……."

"미, 미안."

"아냐, 뭐 그럴 수도 있는 거지."

"이, 이프리트?"

'이 녀석이 웬일로 수긍을 하지? 여기선 화를 내야 정상인데?'

의아한 기분에 고개를 든 나는 이프리트와 시선이 마주친 순간 바로 시선을 피했다. 새삼스럽게 그의 외모가 눈에 들어왔기 때문이다.

처음 봤을 때부터 느꼈던 거지만 이프리트는 정말 예쁘다. 그저 단순히 얼굴만 예쁜 게 아니라 눈빛이나 태도, 몸짓 하나하나에 전부 시선을 끄는 신비로운 오라가 있었다. 오래전 친구들과 경쟁하듯 여자 연예인에 열광한 적이 있었는데, 그때 본 내로라하는 미녀들을 다 합쳐도 지금 눈앞의 그만큼 화려하고 아름답지는 않을 것 같았다.

그런데 그런 예쁜 여자에게 단독으로 수업을 받고 있다니. 생각해 보니 나 엄청난 행운아였잖아?

 나는 좀 더 지금의 상황을 즐기기로 했다. 어쨌거나 나도 한때는 건장한 대한민국의 남아였다. 예쁜 여자와 함께 있는데 싫을 리가 없는 것이다. 이제부턴 이프리트가 그 어떤 타박을 해도 기꺼운 마음으로 받아 줄 수 있을 것 같았다. ……그의 손을 발견하지 못했다면 말이다.

 "……저기, 이프리트?"

 "응? 왜?"

 "손에…… 그거 뭐야?"

 "아아, 이거?"

 이프리트는 생긋 웃으며 손을 들어 보였다. 그의 손은 새파란 불덩이에 휘감긴 채 활활 불타오르는 중이었다. 본래라면 불덩이에 감싸져 있으면서도 전혀 해를 입지 않는 피부를 신기하게 여기기 바빴을 것이다. 하지만 이 순간 나는 움찔 한 걸음 뒤로 물러나는 쪽을 택했다. 왠지 모르게 등골이 서늘해지는 기분이 들었기 때문이다.

 그리고 불길한 내 예감은 어김없이 적중했다.

 "불이지 뭐긴 뭐야, 이 멍청아! 네 그 머리는 그냥 장식이지? 이참에 네 녀석을 지져서 전부 증발시켜 버리겠어! 넌 그냥 이 자리에서 죽어! 차라리 죽어서 새로운 엘퀴네스를 태어나게 하는 데 공헌이나 하라고! 널 가르치느니 그편이 백배는 더 빠르겠다!"

"으아악! 자, 잠깐 기다려, 이프리트! 릴렉스, 릴렉스!"

"잠깐은 뭐가 잠깐이야! 하고 싶은 말이 있으면 지금 그냥 해! 마지막 배려 차원에서 유언 정도는 들어줄 테니까!"

그게 무슨 배려야아!

이후로 나는 한참 동안 이프리트의 공격을 피해 미친 듯이 도망 다녀야 했다. 그의 손길이 닿는 곳마다 뜨거운 불길이 화산처럼 치솟아 올랐다.

그렇게 파란만장한 첫 수업이 막을 내렸다.

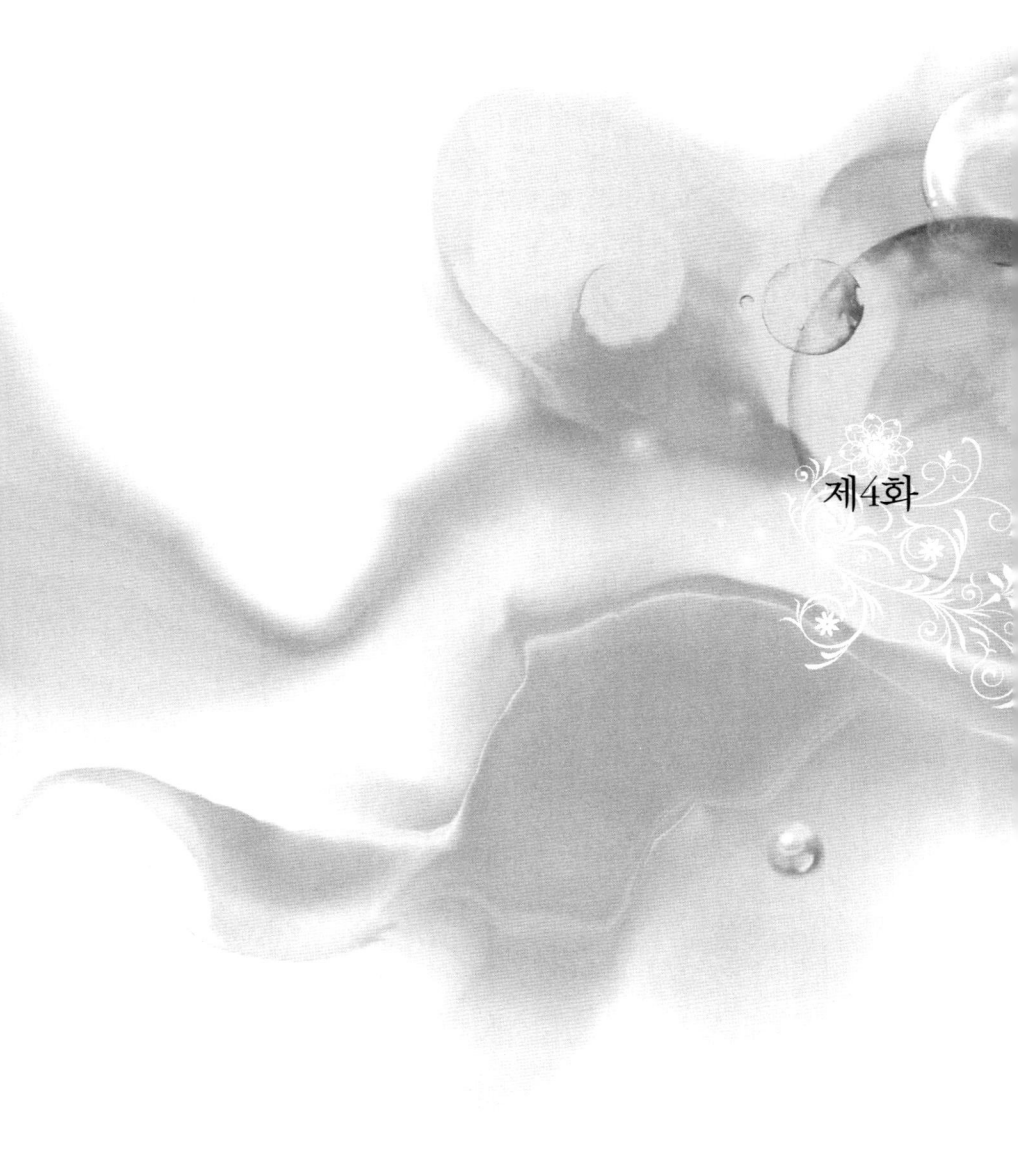

1.

"그러니까 결국, 하루 종일 별다른 진전이 없었다는 거지?"

트로웰의 질문에 나는 대답 대신 어깨를 움츠렸다. 온종일 인간 세상에 나가 있던 그는 저녁 무렵이 되어서야 대강의 일을 마무리하고 돌아온 참이었다.

그의 눈길이 스치고 지날 때마다 온몸이 절로 졸아붙는 것 같았다. 마치 까다로운 선생님께 숙제를 검사 맡는 심정이었다. 이프리트 또한 긴장했는지 나를 대할 때보다 한층 조심스러운 태도로 말했다.

"난 최선을 다했어. 내 잘못이 아니야. 이 녀석이 멍청해서 따라오질 못한다고."

"……최선을 다했다고?"

"그렇다니까. 내가 알아듣게 설명하느라 얼마나 고생했는지 알아?"

"흐음, 그렇단 말이지."

트로웰은 지나가는 말처럼 중얼거리며 가구들이 놓인 쪽을 바라보았다. 가구의 표면은 온통 파이고 시커멓게 그을린 자국으로 가득했다. 그것만으로도 대충 무슨 일이 있었는지 알겠다는 듯, 그는 가볍게 나무라는 눈으로 이프리트를 응시했다. 그에 움찔한 이프리트가 황급히 입을 열었다.

"그, 그냥 잠깐 다툰 것뿐이야."

"다투다니. 그건 상대방도 같이 시비에 응했다는 전제하에 성립되는 단어지. 이건 어딜 봐도 일방적으로 공격한 흔적이잖아."

"……."

마땅히 변명할 말을 찾지 못한 듯 이프리트는 꿀 먹은 벙어리처럼 입을 다물었다. 그 모습에 트로웰이 가볍게 한숨을 내쉬었다.

"거친 행동은 삼가랬지, 이프리트. 지훈은 아직 방어하는 법도 알지 못해. 전대의 엘퀴네스에게 하던 식으로 대하면 위험하다고, 사전에 미리 경고했던 것 같은데?"

"나도 알아. 그래서 평소보다 힘도 많이 줄였다고."

"내가 듣고 싶은 건 그런 대답이 아니야."

"하, 하지만 아무리 생각해도 웃기잖아. 저 녀석이나 나나 똑같은 정령왕인데, 왜 내가 사정 봐주면서 대해야 해? 아무리 전생의 후유증이라고 해도 그렇지. 고작 이 정도 공격에 방어하지도 못할 정도로 약해 빠진 놈이라니! 그런 한심한……."

"이프리트."

투덜거리던 이프리트가 말을 멈춘 것은 낮게 가라앉은 트로웰의 목소리가 들려온 직후였다. 그의 엄격한 표정을 본 이프리트는 입술을 살짝 깨물더니 이내 퉁명스럽게 대꾸했다.

"……칫! 알았어. 이제 안 그러면 되잖아. 앞으론 절대 무슨 일이 있어도 안 때릴게. 됐어?"

"좋아."

이 순간 생긋 웃는 트로웰의 모습은 마치 찬란한 후광을 비춘 것처럼 보였다. 저 야생마같이 포악한 이프리트를 어린아이처럼 능숙하게 다루다니! 정말 대단하다. 어떻게 저렇게 할 수 있는 거지? 갑자기 그를 향한 존경심이 무럭무럭 일었다. 물론 감격하는 나와 달리 이프리트의 표정은 불만에 가득 차 있었다.

"이럴 때 보면 트로웰 넌 꼭 늙은이 같다니까. 꼭 그렇게 연장자 티를 내야겠어?"

"후후, 그만큼 어른스럽다는 거지? 칭찬으로 들을게."

"흥! 하여간 말이나 못 하면."

헐, 트로웰이 이프리트보다 나이가 많다고?

전혀 생각지도 못한 이야기였다. 어쨌거나 겉으로 보기엔 트로웰은 나보다 더 어려 보였으니까.

"그보다 이제 어떻게 할 거야? 난 더 이상 못 하겠어. 바쁘든 말든 너랑 미네르바가 알아서 해."

"뭐야, 고작 하루 만에 포기?"

"가르쳐도 뭔가 효과가 있어야 계속할 맛이 나지. 이 녀석은 답이 없어. 정령을 만드는 장면을 아무리 보여 줘도 소용없다고. 이러다 이그니스 숫자만 무한대로 늘어날 지경이란 말이야."

"흠, 그건 곤란한데. 알았어. 효과가 없다니 유감이네. 직접 만드는 과정을 보면 어느 정도는 자극을 받을 줄 알았는데."

나는 두 정령왕이 대화를 나누는 모습을 조마조마하게 지켜보았다. 혹시 그럴 일은 없겠지만, 이러다 트로웰마저 날 죽이고 다른 엘퀴네스를 태어나게 하자는 극단 처방을 내릴까 봐 염려스러웠던 것이다.

"지훈, 미안한데……."

"우왁! 잘못했어! 나 진짜 열심히 노력할게! 그러니까 죽이지 마!"

"……."

안 그래도 새가슴인 나는 급기야 트로웰이 사과부터 건네자 혼비백산해서 소리쳤다. 그에 잠시 입을 다문 트로웰이 이번엔 명백한 힐난의 빛을 담고 이프리트를 노려보았다. 그는 뜨끔한 표정으로 딴청을 피웠다.

잠시 후 트로웰은 한숨을 내쉬며 말했다.

"……지훈, 무슨 말을 들었는지는 대충 짐작이 가는데…… 걱정할 필요 없어. 우리가 널 해칠 일은 없을 테니까."

"저, 정말?"

"그래, 실제로 그럴 권한도 없어. 정령왕이 같은 정령왕을 소멸시킬 수 있는 건, 그가 정령계와 아크아돈에 위해를 가한다는 판단이 내려질 때뿐이야. 그것도 독선적으로 차원의 멸망을 꿈꾸거나 폭주를 하는 경우지. 너처럼 고작 능력 자각이 더디다는 이유로 소멸시키는 일은 없어. 그런 건 신계에서도 용납하지 않아."

"헤에, 그렇구나."

그러니까 그냥 겁을 준 것뿐이란 말이렷다? 나는 눈을 가늘게 뜨고 이프리트를 노려보았다. 하지만 그는 반성하기는커녕 도리어 흥 하고 가볍게 코웃음을 칠 뿐이었다. 아무래도 저 녀석과는 평생 잘 지내기 힘들 것 같다는 생각이 든다. 이왕이면 나 혼자만의 착각이길 바라는 수밖에.

"그럼 아까 하려고 했던 말은 뭐야, 트로웰?"

내 질문에 트로웰은 가볍게 고개를 끄덕이며 답했다.

"아아, 자각의 방법 말인데. 보는 것만으로 안 된다면 좀 더 일차원적인 수단을 써 볼까 싶어서."

"그게 뭔데?"

"몸으로 체감하는 거지. 네 몸으로 직접 '인간이 할 수 없는 일'을 시도하면 감각을 살리는 데 도움이 될 거야."

"인간이 할 수 없는 일?"

"예를 들면 이런 식으로……."

대답과 동시에 트로웰은 바위 침대가 놓인 쪽을 응시했다. 그 직후 눈앞에서 벌어지는 광경에 나는 잠시 숨을 멈췄다. 침대의 모습이 점차 일그러지고 변형이 되기 시작하더니, 무성한 가지를 드리운 나무의 형태로 바뀐 것이다.

"우……와아아?"

얼빠진 감탄사를 늘어놓는 나를 향해 트로웰은 짐짓 미안한 표정을 지었다.

"미안. 이곳에서 내가 다룰 수 있는 재질이 바위뿐이라, 본의 아니게 가구 하나를 망쳐 놓았네. 시범을 보인 것뿐이니까 끝나면 다시 원래대로 돌려놓을게."

"괘, 괜찮아. 근데 방금 그건 어떻게 한 거야?"

"나는 땅의 정령왕이니까, 흙과 바위로 이루어진 재질은 무엇이든 마음대로 다룰 수 있거든. 원하는 형태로 변질시킨 것뿐이야."

"그렇구나. 진짜 굉장하다."

"너도 할 수 있어."

"나, 나도?"

트로웰은 가볍게 고개를 끄덕이며 이제 나무의 모습을 한 바위를 응시했다. 그러자 다시 순식간에 평평한 침대의 모습으로 바뀌었다.

"네 경우엔 물의 정령왕이니까, 물의 영역인 이곳에선 다룰 수 있는 게 나보다 훨씬 많지. 지금 이 공간에 가득 찬 물을 전부 네 마음대로 움직일 수 있는 거니까."

"……진짜?"

물을 움직여서 나무로 만들고 침대로 만들 수 있다고?

왠지 믿기지 않는 기분에 나는 떨떠름한 어조로 되물었다. 트로웰은 어쩔 수 없다는 듯 내 어깨를 가볍게 두드렸다.

"우선 네 주변을 감싼 물의 기운을 느낄 수 있도록 해 봐. 일단은 그게 먼저인 것 같다."

"물의 기운?"

"주위에 정신을 집중하라고, 바보야."

그때 뾰족한 목소리가 불쑥 대화에 끼어들었다. 이프리트였다.

"도대체가 너는 너무 산만해. 너 자신의 몸조차 제대로 돌아보지 못하는데 다른 걸 무슨 수로 책임질 수 있겠어? 정령의 몸은 지금 네 눈에 보이는 이 육체에만 국한되어 있는 게 아니야. 세상에 퍼져 있는 모든 물, 바다나 강이나 호수, 하다못해 공기 중의 수분까지 전부 다 너와 연결되는 네 육체의 일부라고. 지금 네가 아무렇지 않게 손을 사용하고 눈을 깜빡이고 있는 것처럼, 여기 있는 물들을 전부 그렇게 다룰 수 있어야 한단 말이야."

"그, 그렇게 말해 봤자 안 되는 걸……."

"안 된다고 무조건 단정하지 말고 일단 시도라도 해 봐! 어쩜 애가 이렇게 소극적이니? 답답해서 원."

"그래, 지훈. 조금씩이라도 좋으니까 천천히 의지를 싣는 연습을 해 봐. 아마 한 번 깨닫고 나면 그 뒤부턴 하나도 어렵지 않을 거야."

다그치는 이프리트에 이어 트로웰이 다정한 어조로 나를 위안했다. 하지만 오히려 그럴수록 나는 해내야 한다는 압박감에 가슴이 답답해지는 것 같았다. 무엇을 들어도 그저 두루뭉술하기만 할 뿐, 지금의 나로선 그 본뜻을 이해하는 것조차 버거웠다.

두 정령왕 역시 이런 내 상태를 어렵지 않게 알아차렸다. 뻣뻣하게 굳은 나를 본 그들은 어쩔 수 없다는 듯 한숨을 내쉬더니, 혼자 생각할 시간이 필요하다는 판단을 내리고 각자의 영역으로 돌아갔다. 이도 저도 되지 않으니 당분간 말미를 준 것이다.

"하아, 정말이지. 왜 이렇게 되는 일이 하나도 없냐."

그들이 떠나고 난 뒤 홀로 남은 나는 부력에 몸을 맡긴 채 가만히 눈을 감았다. 복잡한 머리를 조금이나마 식힐 수 있을까 싶어서였다. 주변을 가득 채우던 새파란 물의 광경이 사라지자 기다렸다는 듯 새카만 어둠이 꾸물꾸물 몰려들기 시작했다.

그리고 이어지는 완벽한 적막감.

본래 난 혼자 있거나 주변이 고요해지는 걸 좋아하는 편은 아니다. 아니, 실은 아주 싫어하는 쪽이었다. 강지훈일 땐 홀로 집을 봐야 할 일이 생기면 일부러 노래를 크게 틀어놓거나 밖에 나가 사람들이 북적이는 번화가를 쏘다니곤 했다. 죽어서 혼이 되었을 때도 가장 두려웠던 건, 만에 하나 저승 세계에서 받게 될지 모를 형벌보다 나 홀로 세상에서 영원히 고립된다는 사실이었다.

하지만 지금은 혼자 있는데도 이상할 정도로 마음이 편안했다. 주변이 고요하다는 게 이렇게 좋은 느낌일 줄은 몰랐다. 그리고 보면 이곳에 온 이후론 딱히 외롭다거나 고독하다는 감정을 느껴본 적이 없는 것 같다. 아직 새로운 환경에 적응하느라 정신이 없어서 그런 걸지도 모르지만.

'아니면…… 여기가 본래의 내 자리이기 때문일까.'

사실은 아직도 내가 정령왕이라는 게 실감이 잘 나지 않는다. 지금이라도 명계의 누군가가 나타나 내 탄생 과정에 착오가 있었다고 말할 것만 같았다.

그래, 바로 이런 게 문제다. 이프리트의 말처럼 나는 아직 나 자신조차 제대로 돌아보지 못하고 있다. 자신의 존재 가치를 확립하지 못한 나머지, 본능조차 까맣게 잊어버릴 정도로 말이다.

'……그래, 본능 말이지.'

다시금 머릿속을 가득 채우는 막막함에 나는 푹 한숨을 내쉬었다. 정령왕은 본능적으로 정령을 만들 수 있다. 그건 이프리트가 잔소리하던 내내 내게 강조하던 말이었다.

선배인 그가 그렇다고 하니 틀림없는 사실일 테지만, 사실 나로선 납득이 되지 않는 부분도 상당히 많았다. 하지만 생각을 이으면 이을수록 오히려 더 머리만 복잡해져서 그에 관한 고민은 오래 이을 수가 없었다.

'으으. 그치만 물속에서 숨은 잘만 쉬잖아. 근데 왜 정령은 만들 수 없는 거냐고! 본능이란 건 자기도 모르게 벌어지는 거라서 본능이라고 하는 것 아니야? 그럼 정령도 알아서 떡하니 만들었어야지. 그런 중요한 본능이 고작 무의식 따위에 제어된다는 게 말이 돼? 어라? 잠깐 기다려. 사실 무의식이나 본능이나 내면에 잠재된 건 매한가지잖아. 그런데 무의식에 본능이 영향을 받다니. 그건 결국 무의식이 본능을 앞선다는 소린가? 으아아! 내가 말하고도 무슨 소린지 모르겠네!'

예를 들면 이런 식으로 말이다.

머리를 부여잡고 한탄하던 나는 이내 버둥거리는 것을 멈췄다. 어쨌거나 한 가지를 해냈다는 건 곧 다른 것들도 해낼 수 있다는 소리다. 미네르바나 트로웰도 시일이 오래 걸린다고 했을 뿐, 내가 할 수 없다고는 하지 않았다. 이렇게 쓸데없는 생각으로 체력을 소모하느니 차라리 그 시간에 무어라도 시도해 보는 게 나을 것 같았다.

그래, 일단은 가장 기본적인 것부터.

'물을 움직여 보는 거야.'

나는 결심을 굳히고 고개를 들었다.

2.

넘치는 의욕만큼 운이 따라 주지는 않는다. 그건 내가 물의 정령왕이라는 특별한 존재여도 마찬가지였다.

처음 몇 번 나는 의식적으로 물을 움직여 보기 위해 부단히 노력했다. 한참 동안 물을 노려본다든가 두 팔을 내밀어 힘을 실어

보기도 하고 심지어 장풍을 쏘는 포즈까지 취해 보는 등, 정말이지 할 수 있는 시도란 시도는 다 해 본 것 같았다.

하지만 이런 원맨쇼에도 불구하고 나는 벌써 몇 시간째 딱히 별다른 소득을 얻지 못하고 있었다. 트로웰이 말했던 '의지를 싣는 연습'이라는 것이 어떻게 하는 건지 전혀 감을 못 잡는 것 역시 마찬가지였다.

"물의 기운이라……."

나는 두 다리를 꼬고 앉은 상태에서 가볍게 한숨을 터뜨렸다.

트로웰은 내 주변을 물의 기운이 감싸고 있다고 말했다. 온통 물밖에 없는 공간이니 당연하다면 당연한 설명이었지만, 그가 굳이 언급한 데는 다른 이유가 있을 터였다.

하지만 아쉽게도 정령왕이 되었다 해서 머리까지 좋아지는 건 아닌 모양이다. 생각을 이을수록 마치 똬리를 튼 뱀처럼 머릿속이 빙글빙글 돌아가는 기분이었다.

나는 더 이상 고민하는 것을 포기한 채 뒤쪽으로 벌렁 몸을 눕혔다. 그러자 출렁거리는 물의 파동이 마치 쿠션처럼 가볍게 등을 받쳐 오는 느낌이 들었다. 평소엔 아무렇지 않지만 몸을 크게 움직이게 될 때면 언제나 느끼는 감각이었다.

이 순간이 유일하게 공기와 다른 점을 구분할 때다. 아무래도 액체다 보니 흐름의 감각이나 눈으로 보이는 현상이 확연히 두드러지는 것이다.

혹시 이런 느낌이 물의 기운인 걸까?

때마침 퍼뜩 스치는 생각에 나는 좀 더 정신을 집중하고 주변을 돌아보았다. 이번엔 그저 주시하는 것만이 아니라 '흐름'을 느끼는 쪽으로 치중한 상태였다.

얼핏 정체된 것처럼 보이지만 이곳에 있는 물은 분명히 일정한 방향으로 흐르고 있다. 그 흐름을 잡아내면 이제까지 알아보지 못한 무언가를 깨달을 수 있을 것 같았다.

그러자 한껏 예민해진 신경 탓인지 조금 전까진 감지하지 못하던 물의 흐름이 좀 더 분명하게 느껴지기 시작했다. 동시에 나는 그 미세한 흐름에 내 몸이 같이 흔들리고 있다는 사실도 깨달았다. 그것을 내가 지금껏 인식하지 못한 것은 그 흐름 자체가 너무도 자연스러웠기 때문이다. 존재하는 것이 당연한 현상이기에 지금처럼 뚜렷하게 인지하려고 하지 않는 이상 느끼지 못하는 것 같았다. 마치 바람이 불어야 주위에 공기가 흐르고 있다는 것을 자각하듯이 말이다.

실크처럼 부드럽고 기분 좋은 감각이 내 손과 발, 온몸의 피부 하나하나에 전부 스며들어 포근히 감싸 안고 있는 기분이었다. 그제야 나는 내가 홀로 존재하는 이 공간에서 적막함을 느끼지 않는 이유를 알 수 있었다.

아아, 그래. 나는 혼자가 아니었던 것이다. 내 주변을 가득 채운 물, 그들과 함께 있었다. 단지 이 안에 속해 있는 것만으로 수많은 감정과 감각이 쏟아져 들어오는 기분이었다. 분명 나는 이곳에 있는데도 의식은 저 멀리 내가 알지도 못하는 먼 곳을 향해 있는 것 같았다. 그것은 분명 나지만, 또 다른 자아로 이루어진 의식체였다.

물은 전부 다 너와 연결되는 네 육체의 일부라고!

아, 그게 이런 뜻이었나.
그저 막연하기만 했던 말들이 어느새 머릿속에서 하나둘 정립이 되는 것 같았다. 분명한 건 인간이었던 시절에는 결코 알 수 없는 감각이라는 점이다.
나는 벅차오르는 가슴을 느끼며 가볍게 손을 뻗어 보았다. 고체처럼 확연하게 잡히는 감각은 없었지만 흐름이 나를 따라오고 있다는 것만은 분명히 느껴졌다.
'움직일 수 있어.'
나는 마음속으로 내 앞에서 물덩어리가 동그랗게 만들어지는 상상을 했다. 아니, 상상을 한다고 말할 수도 없었다. 내가 그렇게 생각하기도 전에 이미 내 앞으로 모여든 물이 하나의 덩어리를 이루었으니까. 마치 내가 손을 움직이기 위해 따로 생각하지 않아도 되는 것처럼, 너무도 자연스럽게 이뤄진 광경이었다.
가공되지 않은 사파이어 원석 같은, 푸른색으로 빛나는 물의 공을 보며 나는 천천히 시선을 움직였다. 그러자 내 시선이 향하는 방향을 따라 손끝에서 벗어난 물의 공이 천천히 다른 쪽으로 이동하기 시작했다.

커다란 유리구슬처럼 도르륵 굴러가는 모습이 마치 새파란 지구본을 보는 것 같았다. 나는 그 상태에서 한동안 물의 공을 이리저리 굴리며 움직여 보았다.

'된다! 정말로 내 맘대로 움직여져!'

말로 다 할 수 없는 벅찬 감동이 일었다. 나 자신이 하고도 신기한 기분에 나는 정신없이 그 행위에 빠져들었다.

하지만 동시에 그럴수록 가슴속에서 무언가 갑갑한 것이 걸리는 느낌이 들었다. 마치 오래도록 목을 축이지 못한 것처럼 갈증이 일었다.

'왜 이러지?'

나는 인상을 찌푸리고 목을 매만졌다.

'목이 말라……'

조금 전까지 가슴을 충만하게 채우던 느낌은 어느새 사라져 있었다. 끝도 보이지 않을 만큼 충만하게 펼쳐진 물속에 있으면서도 이상하리만치 전혀 만족이 되지 않았다. 갈급한 갈증 때문에 속이 전부 타들어 가는 것 같다. 지금보다 더 차갑고 신선한, 더 많은 양의 물이 필요했다.

'부족해.'

뭔가를 해야 한다는 건 의식적으로 느꼈지만 어디서부터 무엇을 해야 할지 감이 잡히지 않았다. 그러는 사이 어느새 내 몸은 덜덜 떨리기 시작했다. 마치 카페인에 중독된 사람 같았다.

힘들어. 죽을 것 같아. 이걸로는 너무 부족해.

이 순간에도 머리를 지배한 생각은 오직 그것뿐이었다.

'시간이 없어. 지금 뭘 하는 거야.'

'당장 서둘러야 해. 이대론 위험하다고.'

'……를 해야 해.'

'얼른 ……를 해야 하는데.'

그런데 그게 대체 뭐지?

뭔가가 떠오를 듯 말 듯 머릿속에서 계속 맴돌았다. 당장에라도 입을 벌리면 쏟아져 나올 듯 아슬아슬한 충동. 자꾸만 빠져나오려고 발버둥치는, 의식을 점령하는 무언가에 나는 더 이상 견디지 못하고 입을 열었다.

"움직여!"

쏴아아!

그 순간 잔잔하던 물결이 크게 들썩였다. 그와 동시에 나는 몸 안의 힘이 일시에 빠져나가는 것을 느꼈다. 마치 전기에 감전되기라도 한 것처럼 아찔한 충격이었다. 그 반동으로 내 몸은 맥없이 휘청거렸다.

"윽!"

나는 입술을 악물고 급히 몸을 추슬렀다. 다행히 처음 느꼈던 충격에 비해 생각보다 정신이 빨리 들었다. 급히 몸을 내려다보았지만 아무런 이상이 없이 멀쩡했다.

뭐야, 방금 무슨 일이 있었던 거지?

착각이 아니라면 방금 내가 무어라 이상한 소리를 외쳤다. 뇌를 거치지 않고 곧장 터져 나간, 내 의지와는 관계없이 벌어진 행동이었다.

그 순간 고개를 든 나는 다음으로 보이는 광경에 멍하니 입을 벌렸다. 주변의 물들이 온통 뜨거운 냄비 속에서 끓어오르는 것처럼 부글부글 거품을 일으키고 있었던 것이다.

"뭐, 뭐야?"

정확히 말하면 그것은 거품이 아니라 수십, 수만 개의 물방울이었다. 그것들은 끊임없이 서로 뭉쳐서 뭔가를 이루었다가 해체되고 다시 뭉치기를 반복하고 있었다. 얼핏 그 사이에서 흐릿한 형체가 보이는 듯도 했지만, 너무 순식간이라 제대로 알아볼 수는 없었다.

"이게 도대체 무슨 일이야?"

나는 황당한 심경으로 눈앞의 광경을 망연히 응시했다. 지금의 나로선 아무리 기현상이 벌어져도 그 이유를 알 수도, 막을 방법을 찾을 수도 없었다. 그나마 답답했던 가슴이 조금 후련해진 걸 보아 딱히 위험한 상황은 아닌 것 같다고 지레짐작해 볼 뿐.

그 이상한 현상은 깊은 밤이 지나고 다음 날 아침이 되기까지, 꼬박 반나절이 넘도록 이어졌다.

3.

―만나서 반가워. 이번에 새로 태어났구나?

―그래, 그래. 만나서 반가워.

―앞으로 잘 지내보자.

―응응, 나도 잘 부탁해.

'이게 무슨 소리지?'

눈을 뜬 것은 귓가에서 가느다랗게 울리는 재잘거리는 소리에 의해서였다. 까르르 웃으며 잡담을 나누는 소리가 마치 졸졸 흐르는 샘물 소리 같았다.

'어라, 내가 잠이 들었었나?'

그때까지 자고 있었다는 자각을 하지 못했기에 나는 당황해서 고개를 들었다. 그때 갑자기 무언가 시커먼 것이 불쑥 내 앞에 모습을 들이밀었다.

"우와악?! 뭐, 뭐야!"

―헉! 죄, 죄송합니다. 나의 왕. 놀라셨습니까?

"어어?"

나의 왕······이라고?

나는 놀라서 두근거리는 가슴을 부여잡고 눈을 깜빡거렸다. 그리고 이번엔 다른 의미에서 벙한 기분을 느껴야 했다. 바로 눈앞에 황소만 한 덩치의 거대한 짐승이 있었던 것이다.

짐승의 전체적인 모습은 늑대와 흡사했는데, 신기하게도 몸체가 투명하게 비치는 물로 이루어져 있었다. 나를 빤히 응시하는 눈동자조차 시린 물빛이었다.

물의 늑대는 강직하고 늠름한 자태만큼이나 묵직한 음성을 내뱉었다.

―고귀하신 나의 주군, 물의 지배자 엘퀴네스 님을 뵙습니다. 심연을 다스리는 바다의 시큐엘. 부르심을 받고 태어났습니다.

"시, 시큐엘?"

설마 물의 상급 정령인 그 시큐엘 말이야? 말로만 듣던 시큐엘의 모습이 이렇게 생겼다니. 아니, 그보다…… 그럼 내가 상급 정령을 만들었다는 건가?

놀라운 일은 그것으로 끝이 아니었다. 당황한 나머지 대답도 하지 못하고 있던 나는 시큐엘의 옆에서 무언가 빼꼼 고개를 내미는 것을 발견했다. 어림잡아 10살 정도 되어 보이는 외모에 긴 생머리를 늘어트린, 굉장히 귀여운 얼굴의 소녀였다.

'어째서 이런 곳에 여자아이가…….'

소녀의 몸 또한 시큐엘과 마찬가지로 투명한 물덩이로 이뤄져 있었다. 나와 눈이 마주치자 소녀는 당황해서 어쩔 줄 몰라 하는 얼굴을 하더니 다급히 입고 있는 물색 원피스의 양 끝을 잡고 허리를 숙였다.

―아, 안녕하세요. 존귀한 물의 왕이시여. 강과 호수의 정수를 다스리는 운디네가 주군을 뵙습니다. 당신의 부르심을 받고 태어났습니다.

"운디네? 넌 혹시 물의 중급 정령이야?"

상급은 시큐엘, 하급 정령의 호칭이 나이아스라고 했으니 남은 건 중급밖에 없었다. 예상대로 소녀는 당황한 얼굴로 고개를 끄덕였다.
―네에? 네. 마, 맞습니다.
'헤에, 생각보다 예쁘잖아.'
불의 상급 정령인 이그니스를 봤을 때도 멋지다는 생각은 했지만, 직접 내 휘하의 정령들을 마주한 지금 이 순간의 감동에 미칠 순 없었다. 같은 물의 정령이라서인지 첫눈에도 친근감이 물씬 들었다.
"그러니까, 내가 너희를 만들었단 거지?"
―예, 저희는 왕의 부르심을 받고 태어났습니다.
두 정령은 모두 당연하다는 듯이 대답했다. 그 모습에 나는 다시금 의구심에 빠질 수밖에 없었다. 아무리 생각해도 내가 그들을 부른 기억은 없었기 때문이다. 시큐엘은 그렇다 쳐도 운디네의 경우는 이름조차 모르고 있지 않았던가.
'아, 혹시 그건가?'
나는 어제 나도 모르게 무심코 외쳤던 의미 모를 외침을 상기했다. 그러고 보니 그 직후 갑자기 몸에서 힘이 빠져나가는 것 같았었지. 수십만 개의 물거품들이 주변을 가득 채우기 시작한 것도 바로 그때였다.
그때 벌어졌던 현상들은 이미 전부 사라지고 없었다. 이프리트가 내게 시범을 보였을 때와는 전혀 다르긴 했지만, 아마도 그것이 정령이 만들어지는 광경이었던 모양이다.

제4화 **149**

게다가 확실한 건 아니지만 왠지 태어난 정령들이 이 둘만이 아닌 것 같다는 생각이 들었다. 이전보다 감각이 닿는 범위가 더 넓어졌기 때문이다.

그 증거로 어제 나를 괴롭혔던 지독한 갈증 역시 거의 가라앉아 있었다. 아직 부족하단 느낌은 여전했지만 한계에 이른 것처럼 못 견딜 정도는 아니었다. 게다가 물의 느낌도 어제보다 훨씬 신선하고 청량하다. 마치 안개비가 내리고 난 아침, 창문을 열고 숨을 크게 들이마신 기분이었다.

'상급 정령은 시큐엘, 중급 정령은 운디네라고 하는구나. 그럼 하급 정령은 어디에 있는 거지?'

상급과 중급에 비해 하급인 '나이아스'는 굳이 만들지 않아도 내 기운을 느끼고 알아서 태어난다고 들었다. 그런데 왜 지금까지 한 번도 모습을 본 적이 없는 건지 궁금했다.

그때 어디선가 맑은 샘물이 흐르는 소리가 울렸다. 졸졸졸 아득하게 흐르는 느낌이 어디선가 들어 본 것 같았다. 귀를 기울이자 그것은 점차 뚜렷한 음성으로 바뀌기 시작했다.

―오늘은 북동쪽 하늘로 향하는 구름에 몸을 싣자!

―동료들이 늘어나고 있어서 너무 기뻐.

―들어 봐, 저기 인간들이 환호하는 소리가 들려.

―아침이니까 부지런히 이슬을 만들자.

―무럭무럭 식물들이 건강하게 자라도록!

처음 깨어났을 때 귓가에서 재잘거리던 바로 그 목소리들이었다. 그땐 잠결이라 환청을 들었다고 생각했는데 이번엔 잘못 들었다고 생각할 수 없을 정도로 너무도 선명했다.
'뭐, 뭐야. 왜 물소리가 대화 소리로 들리는 거지? 설마 내가 미친 건가?'
지치지도 않고 떠드는 목소리들은 내가 의식적으로 듣고 싶지 않다고 생각하자 곧 언제 그랬냐는 듯 사라졌다. 그에 더 불안해진 나는 얼굴을 굳힌 채 천천히 주위를 두리번거렸다. 그러자 시큐엘과 운디네가 어리둥절한 얼굴로 나를 바라보았다.
―주군?
―왜 그러십니까?
"너희, 방금 들었어? 지금 저쪽에서 아이들 소리가……."
예상치 못했던 방문객이 나타난 건 바로 그때였다. 갑자기 눈앞에 거대한 흙벽이 생긴다 싶더니 그 안에서 까만 피부의 소년이 모습을 드러낸 것이다. 트로웰이었다.
"지훈! 정령을 불러내는 데 성공했구나! 하룻밤 새 무서울 정도로 물이 불어났어. 정말 굉장해. 이 속도면 자연이 원상 복귀하는 것도 시간문제야."
"트, 트로웰!"
환하게 웃으며 다가오던 그는 굳어 있는 내 모습에 이상함을 감지했는지 멈춰 선 채 고개를 갸웃거렸다.
"왜 그렇게 당황한 얼굴이야? 마치 환청이라도 들은 사람처럼."
바로 그거야!

너무도 정확하게 들어맞힌 표현에 나는 그 자리에서 입을 떡 벌릴 수밖에 없었다. 트로웰은 그럴 줄 알았다는 듯 쿡쿡 웃음을 터뜨렸다.

"아직 완전히 자각한 건 아니구나. 괜찮아. 네가 환청이라고 생각한 그 대화 소리는 나이아스들의 목소리야."

"어어? 나, 나이아스?"

"물의 하급 정령들 말이야. 대지 곳곳에 퍼져 있는 하급 정령들은 어디서든지 우리의 눈과 귀의 역할을 해. 방금 그들이 어디서 무엇을 하고 있는지 궁금해했지? 그래서 그들의 수다 소리가 귓가로 전해진 것뿐이야. 당연한 현상이니까 너무 그렇게 겁먹을 것 없어."

휴우, 그런 거구나. 정말 다행이다……가 아니라! 뭐야, 트로웰! 난 제대로 설명한 적도 없는데 어떻게 그렇게 상세하게 내 상황을 아는 거야? 설마 정말로 생각을 읽는 건가?

나는 안심할 겨를도 없이 또다시 경직된 상태로 트로웰을 응시했다. 그러자 그의 얼굴에 바로 난처한 미소가 떠올랐다.

"너무 그렇게 경계하지 마. 꼭 내가 위협하는 느낌이잖아."

"그, 그치만…… 너 방금…… 아니, 그전부터…….'

"네가 말하지도 않은 걸 알고 있다 이거지?"

나는 미친 듯이 고개를 끄덕였다. 그에 트로웰이 쓰게 웃으며 어깨를 으쓱해 보였다.

"일단 네가 생각하는 그건…… 맞아. 일부러 읽으려고 하는 건 아니지만."

"헉! 저, 정말로 읽는다고? 남의 생각을?"

이 순간 나는 경악을 금할 수 없었다. 이미 의심하고 있었긴 했지만, 설마 정말일 줄은 몰랐으니까. 기겁한 내 반응에 그는 더욱 난처한 표정을 지었다.

"음, 뭐라고 해야 하나…… 혜안이라고 하면 될까? 굳이 읽는다기보단 빠르게 유추해내는 쪽이야. 어떻게 보면 눈치가 좋은 편에 가깝지. 그렇다고 아주 안 들리는 건 아니고, 들으려고 하면 들을 수도 있지만."

"그, 그러니까 결국 들린다는 거잖아?"

"뭐, 그렇지. 전부 들리는 건 아니긴 해도."

싸악— 얼굴에서 핏기가 가시는 소리가 들렸다. 처음 그를 만난 자리에서 속으로 남자 주제에 요염하다느니, 두근거린다느니, 별의별 주책을 다 부렸던 것이 떠오른 것이다. 그런데 그걸 본인이 전부 다 듣고 있었다는 거잖아!

"표정이 왜 그래? 아주 파랗게 질렸는데."

"그, 그치만, 그게……! 나는……!"

"하하! 괜찮아, 괜찮아. 전부 다 들리는 건 아니라니까? 아무리 나라도 네가 감추고 싶어 하는 감정까진 읽지 못해. 같은 정령왕급은 투시가 통하는 데에도 한계가 있거든. 뭐, 인간이라면 얘기가 다르지만."

……그야말로 지옥 끝에서 구조되는 기분이었다. 나는 절로 터

져 나오는 안도의 한숨을 목 안으로 삼켰다.

설마 트로웰 이 녀석, 일부러 이런 반응을 즐기고 있는 건 아니 겠지? 여유만만하게 웃는 그를 보니 아주 틀린 것만도 아닌 것 같다. 앞으로 그 앞에 있을 때는 생각하는 것도 조심해야겠군. 나는 속으로 몇 번이나 다짐했다.

"사실 내 주 능력은 타인의 과거와 미래를 보는 거야. 투시는 그 속에 포함된 일부일 뿐이지."

"헉! 과거와 미래를 본다고? 그럼 예언을 한다는 거야?"

"맞아. 이것 역시 상대에 따라 볼 수 있는 영역에 한계가 있긴 하지만. 대대로 트로웰들에게 내려지는 특이 능력이지. 정령왕들은 전부 고유의 능력을 하나씩 가지고 있거든."

"우와, 굉장해."

나는 진심으로 감탄을 금치 못했다. 정령왕이라는 것만도 대단한데 과거를 보고 미래를 예언하다니. 이건 거의 신이 부럽지 않은 능력이잖아? 게다가 어딘지 그에게도 잘 어울리는 것 같다. 유독 차분하고 깊은 그의 황금색 눈동자 때문에 더 그렇게 느껴지는 것 같았다.

'어라? 근데 전부 고유의 능력이 있다고?'

그럼 나한테도 그런 능력이 있다는 건가? 때마침 스친 생각에 나는 멍하니 트로웰을 응시했다. 그러자 내 생각을 읽었는지 그가 곧장 설명을 이었다.

"물의 정령왕의 고유 능력은 재생과 치료술이야. 목숨만 붙어 있다면 그 어떤 상처라도 완벽하게 낫게 할 수 있지."

"헤에? 치료술?"

"응. 치료의 상급 신과 거의 비슷한 위력이라고 들었어."

상처를 회복시킬 수 있다니! 예상했던 것보다 훨씬 더 굉장한 능력이었다. 나는 한껏 들뜬 기분으로 물었다.

"그건 어떻게 하는 건데?"

"글쎄. 네가 알지 못한다면 나로선 조언할 방법이 없어. 스스로 터득하길 기다리는 수밖에."

"으음, 그런가."

하긴 물의 정령왕 고유의 능력이라면 다른 사람의 조언을 들어도 별로 소용이 없을 것이다. 결국 이것도 스스로 깨달아야 하는 건가. 내가 침울해하자 트로웰이 부드러운 표정으로 위안했다.

"너무 의기소침해 하지 마. 지훈의 문제는 시간이 지나면 다 해결될 것들이니까. 못 하겠다고 했으면서도 벌써 정령을 만들었잖아? 네가 스스로 정한 한계를 일부라도 깨트렸다는 증거야. 그러니까 벌써 조급해할 필요 없어."

"그, 그런가?"

"당연하지. 나는 미래를 본다고 했잖아. 그러니까 믿어."

그 어떤 응원보다 안심이 되는 말이었다. 덕분에 기분이 나아진 나는 크게 고개를 끄덕였다. 이프리트라면 그저 다그치기 바빴을 텐데, 확실히 트로웰은 친절하다.

"근데 트로웰, 정령이 다치기도 해?"

"응? 설마. 정령계는 워낙 평화로운 곳이라서 그런 일은 거의 없어. 설령 다친다 해도 시간이 지나면 알아서 자체적으로 치유되는 편이고. 게다가 아크아돈에 내려가서는 실체로 존재하는 것이 아니니까 위협을 당할 일도 전혀 없지."

"……그럼 치료 능력이 있어도 전혀 쓸모가 없잖아."

아무리 훌륭한 의사라 해도 환자가 없다면 무용지물인 법이다. 다치는 일이 없는데 치료 능력 따위 가져 봤자 무슨 소용이란 말인가. 이루 말할 수 없는 실망감에 나는 얼굴을 찌푸렸다. 그러자 트로웰이 냉큼 대답했다.

"육체를 가진 존재를 치료하면 되지. 예를 들면 인간들 같은."

"어? 인간들을 만날 수 있어?"

"당연하지. 지금 당장은 무리지만, 지훈 네가 원한다면 나중에 아크아돈을 돌아보며 여행을 다닐 수 있어. 제대로 유희를 즐기려면 중간계의 종족과 계약을 해야 하지만."

"중간계? 계약?"

분명 알아들을 수 있는 언어인데도 이해가 되는 말들이 하나도 없었다. 내가 당황하자 트로웰은 잠시 곤란한 표정을 짓더니 곧 차분한 어조로 설명을 이었다.

"우리가 사는 곳이 정령계라고 불리는 건 알지? 중간계는 아크아돈처럼 인간 종족들이 사는 차원을 말해. 우리 정령들은 영체에 가까워서 이 모습 그대로는 인간에게 보이지 않아. 때문에 사람들과 어울리기 위해선 임시로 사용할 육체를 구성해야 하는데, 이때

다른 종족과의 계약을 통해 그의 힘을 빌려야 하지. 물론 그 대가로 우리 쪽에서도 그를 도와야 하지만 말이야."

그러나 아무 대상과 계약을 할 수 있는 것은 아니라고 그는 조언을 덧붙였다. 정령에게 마나를 공급하는 것은 상당히 까다로운 일이기 때문에 그만한 자격을 지닌 자만이 계약을 할 수 있다는 것이다.

"그, 그럼 그 자격은 어떻게 알아보는데?"

"딱 보면 알 수 있어. 자격을 지닌 자는 몸에 흐르는 기운이 우리와 비슷하거든. 아마 상당히 친숙하게 느껴질 거야."

"그럼 일일이 찾아다녀야 하는 건가?"

"아니, 꼭 그렇게 하진 않아도 돼. 중간계 종족 중에선 타고나면서부터 우리와 계약할 자격을 충분히 갖춘 자들도 있거든."

"헤에, 그렇구나."

그러면서 트로웰이 덧붙인 말에 의하면, 간혹 자격을 지닌 이들 중에서 우리를 일방적으로 부르는 경우도 있다고 했다. 소환 의식이라는 특이한 방법을 통해 이쪽과 잠시간 통신이 연결된다는 것이다.

오래전 정령들이 계약자를 보다 편하게 찾기 위해 세상에 알려준 방법이라는데, 자격을 갖춘 이들은 누구나 이 방법으로 원하는 정령을 소환할 수 있다고 했다. 물론 그렇다 해서 소환된 정령이 무조건 계약을 할 필요는 없다. 소환 자체는 거부할 수 없지만 마음에 들지 않으면 계약은 거절할 수 있다는 것이다.

모든 설명을 마친 트로웰은 못 말린다는 듯이 투덜거렸다.

"이프리트가 이런 것도 알려 주지 않은 거야? 나 참, 처음부터 그냥 내가 가르칠 걸 그랬네. 미안해."

"아니야, 덕분에 많은 걸 알았어. 고마워, 트로웰. 아 참, 그러고 보니 한 가지 더 궁금한 게 있었는데……."

"뭔데? 뭐든 물어봐."

나는 차분하게 질문을 기다리는 트로웰을 보며 쑥스럽게 웃었다. 주고받는 대화에서 그와 내가 마치 선생님과 학생이 된 것 같은 기분이 들었기 때문이다. 친절하고 자상한 데다 외모까지 근사하다니. 이렇게 섹시한 선생님이라면 학생들이 새벽부터 줄을 지어 등교하지 않을까?

"어? 내가 그렇게 섹시해? 칭찬 고마워."

"……쿨럭, 부탁인데 이런 생각은 좀 읽지 말아 줘."

"일부러 읽은 게 아니라 그냥 들린 거야."

나는 생긋 웃는 트로웰을 보며 머리를 짚었다.

내가 미쳐! 트로웰 앞에선 생각을 조심하자고 다짐한 지 몇 분도 안 돼서 이게 대체 뭔 망신이람. 그나마 이런 낯 뜨거운 소리를 듣고도 그가 나를 기피하는 느낌은 없어 다행이었다. 나는 뜨겁다 못해 재가 되어 날아갈 것 같은 얼굴을 느끼며 서둘러 화제를 돌렸다.

"흠흠, 어쨌든…… 내가 물어보고 싶은 건 이거야. 정령을 일단 만들긴 만들었는데…… 이프리트가 보여 줬던 방식이랑은 좀 다른 것 같아서."

"다르다니?"

"이프리트는 그냥 손을 뻗으니까 이그니스가 휙 하고 나타났거든. 그런데 난 어제 몸에서 갑자기 힘이 빠져나가더니 물거품 같은 게 잔뜩 끓어올랐어. 하룻밤 새 내내 말이야. 정령이 태어났다는 사실도 오늘에서야 겨우 알았고."

"하하, 그거야 당연하지. 네가 한꺼번에 많은 정령을 만들어냈기 때문이니까. 수천수만 마리의 정령이 동시에 태어나는데 이프리트처럼 한순간에 만들어낼 리가 없잖아?"

"어? 그렇게 많이 태어났다고?"

더 있을 거라곤 생각했지만 설마 그렇게 많은 숫자일 줄은 몰랐기에 나는 두 눈을 휘둥그렇게 떴다. 트로웰은 가볍게 웃으며 고개를 끄덕였다.

"아마 너 자신이 본능적으로 부족한 숫자만큼 만들어냈을 거야. 어제와 오늘, 피부에 와 닿는 감각이 다르지? 네 힘이 그만큼 아크아돈에 많이 퍼졌다는 증거니까 전혀 염려할 것 없어."

"으음, 그렇구나. 다행이다. 실은 제대로 된 건지 계속 불안했거든. 그때 내 의지와는 상관없이 멋대로 이상한 소리가 튀어 나가서……."

"이상한 소리?"

"으응. 이상하달지, 뭐랄지. 억양이랄까, 발음 같은 게 분명 똑같은 언어인데도 뭔가 다른 느낌이랄까. 뭔가 위화감이 든다고 해야 하나……."

"아아, 무슨 소린지 알겠다."

의아한 표정을 짓던 트로웰은 곧 무언가를 깨달은 듯 나를 똑바로 응시했다.

"이렇게 말이지?"

"헉……!"

나는 깜짝 놀라 헛숨을 삼켰다. 똑같았다. 정확히 어디가 어떻게 같은 건지는 설명하기 힘들었지만, 방금 그가 사용한 말은 어제 내가 내뱉은 의문 모를 외침과 완전히 동일한 구조였다. 나는 붕어처럼 입을 뻐끔거리며 물었다.

"뭐, 뭐야? 방금 그거…… 어떻게 한 거야?"

당혹감을 역력히 드러낸 나를 향해 트로웰은 다시금 싱긋 웃었다.

"언령이야."

"어, 언령?"

"쉽게 설명해서 말을 통해 의지를 발현하는 거지. 네가 내뱉는 말 한 마디 한 마디가 바로 눈앞에서 현실로 이루어진다고 보면 돼. 신(神)이나 그에 근접한 존재들만이 쓸 수 있는 상위 능력 중 하나지. 물론 다 같은 언령이라도 위력은 신이 사용하는 언령이 가장 뛰어나지만 말이야."

"허어……."

말을 하면 이루어지는 능력이라…….

내가 그런 엄청난 걸 사용했단 말이지?

기쁘긴 했지만 아직은 얼떨떨한 심정이 더 강했다. 사실 언령이라고 해 봤자 나 자신도 어떻게 했는지 알 수조차 없으니 뿌듯해하고 말고 할 것도 없었던 것이다. 그때 이런 내 마음을 읽었는지 트로웰이 평온한 어조로 말했다.

"아마 다시 할 수 있을걸?"

"으응?"

"무의식적이라도 언령을 사용했다는 건 좋은 징조야. 네가 그만큼 본성에 가까워졌다는 뜻이니까. 하물며 이미 한 번 터득한 방법을 잊었을 리가 없어."

"하지만, 어떻게 하는지 모르는데?"

"그건 너 혼자만의 생각이지. 지금 마음속으로 정령을 만들고 싶다고 강하게 염원해 봐. 아마 바로 알 수 있을 테니까."

그의 말에 따라 나는 차분히 정신을 집중하고 속으로 중얼거리기 시작했다. 정령, 정령을 만들고 싶다. 너무 많이는 말고 딱 시큐엘 한 마리만.

사실 물거품으로 가려진 탓에 제대로 정령들이 태어나는 과정을 못 본 것이 내심 아쉽기도 했다. 이번 기회에 시큐엘이 만들어지는 광경을 제대로 두 눈에 담아 두고 싶다는 욕심도 있었다.

그러자 갑자기 입 안쪽에서 무언가 간질간질한 느낌이 들기 시작했다. 어젯밤 물거품이 일기 전 무슨 말이라도 내뱉고 싶은 충동이 일었던 것과 비슷했다.

'설마 이게 언령의 징후인가?'

나는 긴가민가한 심정으로 조심스럽게 입속에 맴도는 말을 밖으로 내뱉었다.

"나와, 시큐엘—!"

출렁—!

그 순간 내 몸 안에서 무언가 울리는 느낌이 들었다. 마치 파도가 치기 전 물결이 크게 일렁거리는 것 같았다. 이어 묘하게 간지러운 느낌이 내 가슴에서 팔을 타고 천천히 손을 향해 나아가기 시작했다. 그리고 그렇게 모인 기운은 곧 손바닥 위에서 작은 소용돌이를 일으키기 시작했다.

쏴아아 철썩!

그렇게 일어난 소용돌이는 순식간에 거대한 물줄기로 바뀌었다. 그리고 나는 곧 그 안에서 조각이 새겨지듯 뭉툭한 형체가 천천히 드리우는 것을 발견했다. 시간이 지날수록 그것은 선명한 늑대의 형상을 이뤄 가고 있었다. 물의 늑대 시큐엘이었다.

이윽고 완성된 시큐엘은 공중에 거꾸로 도약하여 한 바퀴 빙그르르 돌았다. 그리곤 내 앞에 낮게 포복한 자세로 엎드리며 정중하게 인사를 건넸다.

—존귀하신 물의 지배자, 나의 주군, 엘퀴네스 님을 뵙습니다.

"헤에……."

"거봐, 된다고 했지?"

트로웰의 말에 나는 멍하니 고개를 위아래로 끄덕였다. 상당히 바보 같아 보였을 테지만 어쩔 수 없었다. 지금의 난 내가 스스로 행한 일에 감동하느라 타인의 시선을 신경 쓸 여유 따윈 전혀 존재하지 않았으니까.

생각만 했는데 됐다. 설마 정말로 정령이 만들어질 줄이야!

그 엄청난 현실은 그때까지 그저 막연하기만 하던 여러 가지 감각을 한꺼번에 일깨우기 충분했다. 덧붙여 나는 실감하지 못했던 한 가지 사실까지 덩달아 확실하게 인지할 수밖에 없었다.

내가, 인간이 아니라는 사실 말이다.

1.

 언령을 사용하게 된 이후 나는 조금 당당해졌다. 직접 정령을 만들어낸 만큼, 이제 더 이상 내가 정령왕이 아닐지도 모른다는 의심을 하지 않아도 되는 것이다.
 기분이 좋아진 나는 마치 장기 자랑을 하는 어린애처럼 계속해서 정령들을 만들어냈다. 그때마다 트로웰이 잘했다는 듯이 웃으며 내가 하는 양을 지켜봤다. 매번 반복되는 과정을 지켜보는 것이 제법 무료할 텐데도 짜증 내거나 얼굴을 찌푸리는 일 한 번 없었다(이런 걸 보면 트로웰은 유치원 교사가 적성에 맞을지도). 덕분에 나는 더 신이 난 상태였다. 아마 뜻밖의 방해꾼이 모습을 드러내지 않았다면 몇 날 며칠이고 지치지도 않고 정령을 만들었을지도 모른다.

"야! 정령 좀 그만 만들어! 이게 보자 보자 하니까 정도라는 걸 모르네! 아크아돈을 물바다로 만들 일 있니?"

신경질적으로 소리친 존재는 여느 때와 같이 도도하고 우아한 모습으로 나타난 이프리트였다. 트로웰이 반갑게 손을 흔들며 그를 맞이했다.

"어서 와, 이프리트."

"뭐야, 트로웰. 너도 여기 있었어?"

"응, 지훈 좀 봐. 정말 대단하지 않아? 벌써 이만큼이나 능력을 자각했어."

트로웰은 마치 자기 일을 자랑하듯 주변을 가득 채운 물의 정령들을 가리켰다. 물론 그에 같이 감동해 줄 정도로 마음씨 고운 이프리트가 아니었다.

"흥! 당연한 걸 가지고 뭐가 대단하다는 거야? 그리고 나 지금 놀러 온 거 아니거든?"

"그럼 왜 왔는데?"

"물의 정령이 너무 많이 태어나는 바람에 이쪽의 기운이 확 줄어들었잖아! 짜증이 나서 항의하러 온 것뿐이야. 트로웰 넌 옆에 있으면서 말리지 않고 뭘 한 거야?"

"난 괜찮았거든."

"으휴! 정말이지, 이래서 상성이 맞는 것들이란!"

분통을 터뜨린 이프리트는 한구석에 모여 있던 갓 태어난 물의 정령들을 노려보기 시작했다. 그 위협적인 시선에 정령들이 잔뜩 어깨를 움츠렸다.

"그만 노려봐. 애들이 무서워하잖아."

"노려보긴 누가 노려봤다는 거야?"

"누구긴 누구야, 이프리트 너지. 봐! 네가 무서워서 떨고 있잖아."

"흥! 시끄러워. 정령왕인 내 앞에서 그 휘하의 정령들이 겁내는 건 당연한 거지!"

"내가 만들어낸 내 정령들이거든? 너한테 겁내라고 만든 거 아니거든?"

"뭬야? 그래서 어쩌라고? 지금 나랑 한번 해보자는 거야?"

그 말을 마침과 동시에 이프리트의 전신에서 불길이 치솟아 올랐다. 이글이글 타오르는 시뻘건 불길은 그냥 척 보기에도 몹시 공격적이었다.

평소였다면 쫄아서 아무 말도 못 하고 그대로 얼어붙었을지도 모른다. 하지만 지금 이 순간 나는 나름 정령왕으로서 한껏 자신감이 차오르던 상태였다. 한마디로 눈에 보이는 것이 없는 상태였다는 소리다.

"하! 해보자면 내가 못 할 줄 알아?"

호기롭게 맞받아친 나는 이프리트가 한 것처럼 한쪽 손에 물의 기운을 끌어모았다. 그렇게 뭉쳐진 물덩이는 마치 송곳처럼 날카롭게 소용돌이를 일으키기 시작했다.

양쪽 다 언제 부딪칠지 모를 일촉즉발의 순간이었다.
때마침 옆에서 들려온 트로웰의 중얼거림이 아니었다면, 아마도 이곳 물의 영역은 순식간에 초토화가 되었을지도 몰랐다.
"흐음, 역시 피는 못 속이는 건가? 왠지 전대 엘퀴네스와 이프리트 때를 보는 것만 같은 기분이……."
"어?"
"무슨 소리를 하는 거야, 트로웰?"
전대의 엘퀴네스가 어쨌다고?
당황한 나에 이어 이프리트가 불쾌한 표정으로 그를 응시했다. 트로웰은 어깨를 으쓱하며 대답했다.
"지훈 말이야, 처음엔 아닌 것 같았는데 볼수록 전대 엘퀴네스랑 닮은 것 같아서. 아무래도 같은 엘퀴네스니까 기운이 비슷한 건 당연하겠지만."
"어, 진짜? 내가 전대랑 비슷해?"
"말도 안 돼! 누굴 어디다 감히 비교해?"
순수하게 호기심을 비치는 나와 달리 이프리트는 앙칼진 목소리로 소리쳤다. 덕분에 나는 머쓱해질 수밖에 없었다.
뭐야, 근데 이거 은근 기분이 나쁘네? '감히'라니. 전대 엘퀴네스가 워낙 대단했다니 나 같은 녀석이랑 비교하는 것이 기가 찬 심정이야 이해는 하지만. 같은 말을 해도 다르게 표현할 수는 없는 건가? 기분이 상한 나는 얼굴을 찌푸리고 이프리트를 바라봤다.

"야, 이프리트. 무슨 말을 그렇게 하냐? 전대나 나나 다 같은 엘퀴네스인 건 마찬가지인데, 말이 좀 심한 거 아냐?"

"흥, 지위만 같으면 단 줄 알아? 외모며 능력이며 성격이며, 어디 뭐 하나 비슷한 구석이라도 있어야 닮았다고 인정을 하지. 꼴에 같은 엘퀴네스라고 그와 동등하다고 생각하는가 본데. 그건 단지 네 착각일 뿐이라고. 주제 파악 좀 해."

"뭐어?"

"양심이 있어야지. 지금 네 주제에 전대 엘퀴네스와 비교하는 게 어디 가당키나 하니? 누굴 작정하고 모욕하는 것도 아니고."

거침없이 이어지는 언사에 부글부글 화가 끓었다. 이 녀석은 대체 왜 이렇게 나를 못마땅하게 여기는 걸까? 면전에서 이런 얘기를 들을 만큼 내가 이 녀석에게 잘못한 거라도 있었나? 아무리 생각해도 이해가 되지 않는 것투성이였다. 나는 울컥해서 소리쳤다.

"아, 그래! 양심 없어서 미안하게 됐다! 그런데 모욕하면 좀 어때서? 어차피 너랑 전대랑 사이가 좋았던 것도 아니었잖아?"

"뭐, 뭐?"

"별로 사이도 좋지 않았던 전대를 뭘 그렇게 두둔하냐는 거야! 너야말로 이미 죽은 녀석의 입장만 생각하느라 날 심하게 대하고 있다는 생각은 안 해? 누가 보면 꼭 네가 전대를 좋아한 줄 알겠다?"

"……!"

그러자 곧장 나에게 반격할 거란 예상과 달리 이프리트의 얼굴이 파랗게 질렸다. 그 잠깐의 변화를 나는 놓치지 않고 전부 목격했다. 그제야 마지막 퍼즐의 조각을 찾은 것처럼, 모든 것들이 하나둘씩 맞아떨어지는 기분이었다.

"……뭐야. 정말 그런 거였어?"

헐, 어쩐지! 왜 그렇게 나한테 날을 세우나 했다! 그럼 그렇지! 이프리트, 너 딱 걸렸어!

나는 약점을 잡은 사람처럼 득의양양해져서 헤실거리기 시작했다. 그런 내 모습을 본 이프리트의 얼굴이 단번에 시뻘겋게 달아올랐다.

"아, 아냐! 누가 그래? 절대 아니거든? 난 단지 너랑 전대를 비교하는 게 너무 황당했던 것뿐이야! 객관적으로 봐도 그렇잖아!"

"헤헹, 아니면 아닌 거지 뭘 그렇게 당황하고 그러시나. 그렇게 변명하는 것부터가 다 속에서 찔리니까 그런 거지."

"아, 아니라니까! 무슨 말도 안 되는 소리를 하는 거야?"

"이거 왜 이러실까. 강한 부정은 긍정이라는 소리도 못 들어 봤어?"

"응? 강한 부정은 긍정이라고? 왜?"

그때 불쑥 다른 목소리가 대화에 끼어들었다. 궁금한 표정으로 나를 바라보고 있는 트로웰이었다.

헐, 왜 하필이면 이런 순간에. 질문은 나중에 하면 안 되겠니?

한창 잘나가던 순간 이어진 질문은 흐름을 끊어 놓기 충분했다. 그러자 이프리트가 그 틈을 놓치지 않고 바로 반격에 들어갔다.

"그, 그래! 내 말이 바로 그거야! 부정이면 부정이지, 그게 어떻게 긍정이라는 거니? 인간으로 살다 오더니 애가 이상한 사상에 빠져 있다니까? 괜히 엉뚱한 상상이나 하고 말이야. 네가 그러니까 이제껏 제대로 된 정령왕 구실을 못 하지!"

"컥! 이 정령왕이 또 생정령 잡네? 너 툭하면 날 무시하는데, 네 행동 충분히 수상한 거 맞거든? 그렇게 당당하면 처음엔 왜 제대로 대답을 못 한 건데? 전대를 좋아한 거냐고 물었을 때 너 분명히 머뭇거렸거든?"

"그, 그건……."

"이것 봐. 또 아무 말도 못 하잖아. 변명하려고 하는 것 자체가 충분히 수상하단 증거라고. 속이려면 속일 수 있는 상황에서 속여야지! 내가 물로 보이냐?"

"어라? 지훈, 너 물 맞잖아?"

"크흑! 트로웰! 지금 일부러 그러는 거지?"

"내가 뭘……."

가만히만 있으면 중간이라도 간다는데 트로웰은 오히려 한술 더 떠서 말하는 족족 태클을 거는 쪽이었다. 원망스럽게 바라보자 그는 영문을 모르겠다는 표정으로 어깨를 으쓱했다.

하지만 다행히 이번엔 이프리트에게서 아무런 반격이 없었다. 그저 꾸욱 입을 다문 채 고개만 숙이고 있었다. 누가 보더라도 자신의 패배를 인정하는 꼴이다.

후후, 내 승리인가?

그러나 승리의 기쁨은 말 그대로 잠시였다. 잠시 후 눈앞에 보이는 이프리트의 모습에 나는 하던 말을 멈추고 입을 다물 수밖에 없었다. 나를 노려보는 그의 두 눈에 눈물이 그렁그렁 맺혀 있던 것이다.

"이, 이프리트?"

장난을 칠 때의 사람 심리란 게 늘 그렇지만, 상대방이 울 거라곤 전혀 상상하지 못한다. 그건 나 역시 마찬가지였다. 할 말을 잃고 굳어져 버린 나를 향해 이프리트는 앙다문 입술을 열었다.

"너 같은 녀석, 진짜 싫어."

"……"

"꼴도 보기 싫어. 다신 너 같은 거 안 볼 거야!"

그게 끝이었다. 무수한 저주나 폭언을 퍼붓지도, 폭력을 행사하지도 않았다. 그저 울먹이는 목소리로 외친 이프리트는 내가 뭘 어떻게 할 겨를도 없이 그대로 불길이 되어 사라져 버리고 말았다. 그야말로 순식간에 벌어진 일이었다.

'큰일 났다!'

그냥 살살 약 올리며 자백을 받아내려 했던 것뿐인데. 설마 일이 이렇게 틀어질 줄이야. 그때 망연하게 서 있는 내 옆쪽으로 트로웰이 가볍게 혀를 차는 소리가 들렸다.

"아아, 울려 버렸네."

"읔! 어, 어떡하지, 트로웰? 내가 말이 너무 심했나 봐."

나는 안절부절못하며 손톱을 물어뜯었다. 여자(?)를 울리다니.

강지훈 인생에서 처음 벌어진 사달이다. 이거 당장 찾아가서 석고대죄라도 해야 하는 거 아니야?

"석고대죄? 그게 뭔데?"

"음. 그게 뭐냐면, 돌에 머리를 박으면서 사죄를 거듭하는…… 트로웰, 마음 읽지 말라니까."

무심코 설명하려던 나는 허탈하게 어깨를 늘어뜨렸다. 트로웰은 가볍게 웃으며 사과했다.

"미안, 미안. 그런데 이번엔 네가 먼저 사과하려고?"

"응? 이번은……이라니?"

내가 언제 또 이프리트하고 다툰 일이 있었나? 아니, 다투기야 자주 다투지만 그건 일방적으로 이프리트 쪽에서 시비를 거는 거고, 한 번도 이렇게까지 틀어진 적은 없었는데?

뭔가 미묘한 질문이란 생각에 나는 어리둥절해하며 트로웰을 바라보았다.

"엘퀴네스랑 이프리트는 대대로 사이가 안 좋다고 했잖아? 이전엔 다투면 늘 이프리트 쪽에서 사과했거든. 전대의 엘퀴네스는 절대 먼저 굽히고 들어가는 성격이 아니라서 말이야."

"헤에, 그렇구나. 하지만 지금은 내가 잘못한 거니까."

"글쎄, 별로 다르진 않을걸. 심한 말을 한 건 이프리트도 마찬가지였잖아. 게다가 이전에도 딱히 누군가 잘못해서 다툰 건 아니었거든."

"그럼 왜 싸웠는데?"

"지금처럼 일방적으로 이프리트가 시비를 걸고 화내다가, 결국 밀린다 싶으면 울면서 도망쳤지. 오랜만에 봤더니 좀 신선하긴 하네. 아마 본인도 감회가 새로울 거야."

"……그러니까, 이런 일이 상당히 흔하다는 거지?"

"마지막으로 외치고 간 말까지 똑같았어."

"……."

생긋 웃는 트로웰의 모습에 나는 복잡한 심경을 감추지 못했다. 뭐야, 그럼 결국 조금 전 눈물을 보인 건 죄다 연극이라는 소린가? 아니, 그치만 정말로 운 것 같았는데?

나는 찝찝한 기분으로 다시 트로웰을 응시했다.

"저기, 트로웰. 그럼 이럴 때 보통 이프리트가 언제쯤 사과를 해?"

"음, 때때로 달라. 빨리 풀어질 때도 있지만 오래갈 땐 몇 년에서 몇십 년을 넘기기도 하거든. 전대와는 오백 년이 넘게 말 한마디 주고받지 않은 적도 있어."

"헉! 오, 오백 년?"

"그게 최고 기록이지. 이프리트가 바짝 약이 올라서 언제까지 가나 두고 보자고 승부를 걸었거든. 결과는 그의 패배였지만."

"으아, 아무리 승부라지만 오백 년이나 참은 것도 대단한데? 그렇게 오랫동안 서로 말을 하지 않는 게 가능해? 세상에서 단 4명밖에 없는 정령왕이잖아."

그 말에 트로웰이 조금 묘한 표정으로 나를 바라보았다. 나는 주춤하며 조심스럽게 그의 눈치를 살폈다. 혹시 뭔가 실수를 한 건가 싶었던 것이다.

"왜, 왜?"

"아니, 그냥. 그런 식으로 생각해 본 적은 없었거든. 단 4명밖에 없는 존재라……. 그래, 그렇게 볼 수도 있겠네. 하지만 우리는 인간처럼 사회적인 존재가 아니니까. 딱히 교류 같은 건 하지 않아도 상관없어."

"그, 그래?"

"응, 서로 존재하기만 하면 필요한 부분은 알아서 다 채울 수 있거든. 그래서 개인적인 성향이 큰 편이야. 전대는 그중에서도 특히 더 독단적인 편이었지. 늘 물의 영역에서만 지내서 우리가 먼저 찾아가지 않으면 모습을 볼 일도 없을 정도였으니까."

"헐……."

정령왕의 수명은 만 년이 넘는다고 하지 않았나? 그런 어마어마한 세월 동안 물의 영역에서만 지내다니. 전대의 엘퀴네스라는 놈은 엄청난 아웃사이더였던 게 분명하다.

"그런 녀석을 좋아하다니. 이프리트도 취향 참 특이하네."

"응? 이프리트가 전대의 엘퀴네스를 좋아한다고?"

그 순간 금시초문이라는 듯 트로웰이 눈을 동그랗게 떴다. 그 반응에 나는 오히려 더 황당해질 수밖에 없었다.

"뭐야, 트로웰. 지금까지 우리가 주고받은 대화 전부 다 들었잖아. 그런데 마치 처음 듣는다는 듯이."

"듣기야 했지. 하지만 이프리트가 아니라고 했잖아."
"어? 그건 그냥 거짓말한 거 아냐?"
"설마, 정령은 거짓말을 하지 않아."
"헉! 정말?"
"감정에 솔직하지 않은 건 인간들이나 그렇지. 우리 정령은 늘 자신의 본심에 충실한 종족이야. 그런 걸 숨길 이유는 없잖아?"
헐, 그럼 정말로 좋아하는 게 아니라고?
다른 사람은 몰라도 상대방의 마음을 투시하는 트로웰이 그렇게 말한다면 생각이 달라질 수밖에 없다. 하지만 그럼 왜 그때 아무 말도 못 한 거지? 정말 아니라면 날 쥐어 패서라도 무슨 헛소리냐고 해도 되는 거였잖아?
'그렇다고 트로웰의 능력을 무시할 수도 없고. 으으, 이거 정말 골치 아프네.'
트로웰의 말을 믿자니 의심 가는 구석이 한두 군데가 아니고, 그렇다고 내 직감을 믿자니 너무 신뢰도가 떨어진다. 남의 연애사라는 것이 복잡한 것인 줄은 알았지만 이렇게 골치가 아플 줄이야.
'으음, 어쨌든 일단 지금은 이프리트한테 사과부터 하자. 남의 감정을 가지고 놀리려고 했던 건 내 잘못이 맞으니까. 게다가 먼저 화가 풀리길 기다렸다간 내가 제명에 못 살 것 같아.'
최소 몇 년에서 몇십 년이라니. 그런 엄청난 기간을 어떻게 기다린단 말인가. 차라리 내가 지고 들어가는 게 낫지. 암, 그렇고말고.

　결심을 굳힌 나는 당당하게 주먹을 움켜쥐었다. 그러나 현실이란 생각보다 만만치 않았으니…….

　"어? 왜 그러고 있어, 지훈? 이프리트한테 사과하러 가는 거 아니었어?"

　그 자리에서 굳어져 움직이지 못하는 나를 향해 트로웰이 의아한 표정으로 물었다. 이프리트한테 간다고 말하지도 않았는데 알고 있는 것을 보면 틀림없이 내 마음을 읽은 것이겠지만 항의하고 싶은 마음도 들지 않았다.

　나는 최대한 덤덤히 트로웰을 돌아보았다. 지금 이 순간, 신이 나에게 희망을 내려 줬다면 그건 바로 그가 내 옆에 있다는 것이었다.

　"저기 트로웰…….."

　"응?"

　"불의 영역에는 어떻게 가는 거지……?"

　"……."

　순간 나와 그의 주변에 무거운 침묵이 흘렀다. 시간이 멈춘 게 아닌가 의심이 갈 정도로 고요한 정적이었다.

　풋!

　그 숨 막힐 것 같은 정적을 깬 건 허파를 간질이듯 작게 터져 나온 바람 소리였다. 빠르게 고개를 돌리자 근처에 서 있던 물의 정령들이 부릅뜬 눈으로 고개를 바짝 치켜들었다. 하나같이 내 시선을 피하느라 분주한 모습이었다.
 이것들이, 감히 상사의 무지를 비웃어?
 정령왕인 트로웰도 이렇게 부들부들 떨면서 서 있는데 쪼매난 것들이 어디서 감히…… 감히, 응? 부들부들 떤다고?
 그에게 시선을 보낸 순간 나는 움찔 굳을 수밖에 없었다. 손등으로 입가를 가린 채 서 있는 그의 몸이 가늘게 떨리고 있었던 것이다. 게다가 언뜻 무표정으로 보인다 싶었던 얼굴도 자세히 보니 확연히 붉은빛을 띠고 있었다.
 "트로웰……?"
 "……크흠. 흠흠, 응? 왜?"
 "……웃고 싶으면 그냥 웃어도 되는데."
 "아니, 나는 별로…… 픕! ……으음. 미안, 지훈. 자, 잠깐만. 풋! 하하하!"
 "…….''
 이후 간신히 웃음보를 가라앉힌 트로웰이 이동 언령의 사용법을 알려 줄 때까지, 나는 한참을 홀로 그렇게 멍하니 서 있어야 했다.
 나는 세상에서 가장 불행한 정령왕이었다.

2.

정령계의 구조는 거대한 십자 형태로 나뉜 각 정령왕의 성역과 그 가운데 펼쳐져 있는 아름다운 정원으로 이뤄진다.
 오직 직속 계열의 정령만이 출입할 수 있는 성역과는 달리 정원은 누구나 드나드는 것이 가능한 자유로운 공간이었다.
 푸르른 창공과 그 위를 유유히 흐르는 구름, 정원을 가득 채운 풀숲과 아기자기한 나무들, 그 사이로 흐르는 맑은 시냇물과 청명한 바람. 그 안에서 가지각색의 정령들은 신분과 속성에 관계없이 한데 어우러져 노닐었다. 그것만으로도 신들은 이 정원의 가치를 높게 평가했다.
 그러나 이 정원이 특별한 이유는 또 다른 부분에 있다. 바로 이곳에 속하는 모든 식물이 진귀한 보석으로 이뤄졌다는 사실이었다.
 사파이어의 잎사귀에 루비의 꽃잎, 순금으로 만들어진 개나리와 레드 다이아몬드로 빚어진 장미, 불꽃으로 피어 있는 카네이션과 백금으로 만들어진 에델바이스.
 '에바스 에덴.'
 4대 차원을 통틀어 가장 아름다운 정경으로 손꼽히는 황금의 정원이었다.
 하지만 그 아름다운 광경을 무심한 시선으로, 그것도 자신의 공간 안에 주저앉아서 영상을 통해 바라보고 있는 한 존재가 있었다. 타오를 것같이 화려한 붉은색의 머리칼과 매혹적인 외모. 모든 불과 화염을 지배하는 정령왕 이프리트였다.

"……재미없어."

우울하게 중얼거린 그는 이내 한 손을 저어, 보고 있던 영상을 사라지게 했다. 이미 다른 일로 머릿속이 꽉 찬 그에게 천공의 휴양지든 대(大)차원의 5대 절경 중 하나라고 손꼽히는 아름다운 광경이든 그것이 제대로 눈에 들어올 리 없었다.

그는 바짝 세운 무릎 사이에 얼굴을 파묻고 푸념했다.

"하아…… 난 항상 왜 이러는 거지? 이놈의 입이 문제야, 입이. 이제 어떡해. 이번엔 아무리 그 녀석이라도 화났겠지? 아무리 마음이 좋아도 참고 넘기는 데에는 한계가 있잖아. 그렇게 매정하게 쏘아붙이고 왔으니 이제 두 번 다시는 상종 안 하려 들지도……."

이전 대의 엘퀴네스는 농담이 통하지 않는 존재였다. 조금이라도 자신에게 건방지게 굴거나 자존심을 자극하는 행동을 하면 바로 그 자리에서 응징을 가하는 것은 기본이고, 한 번 틀어지면 백 년은 넘게 상종 안 하는 것이 예사였으며, 사과를 받기 전까진 설령 아크아돈의 공적인 일에 관계된 일이라 할지라도 먼저 말을 붙이는 법이 없었다.

그게 너무 얄미워서 이프리트 자신도 똑같은 수법으로 맞받아쳤지만 결국 승자가 되는 건 언제나 늘 엘퀴네스였다(물론 지지 않고 덤비는 그를 향해 다른 동료들은 피장파장이라 불렀다).

그러던 그가 단 한 번, 정말 단 한 번 이프리트가 거는 시비에 그냥 넘어간 일이 있었다.

지금도 눈을 감으면 그때의 상황이 선명하게 떠오른다.

그날도 시작은 평소랑 똑같았다. 아니, 조금 다른 것 같기도 했다. 늘 물의 영역에만 처박혀서 모습을 드러내지 않는 엘퀴네스가 그날만은 에바스 에덴에 나와 있었으니까. 유희는커녕 가벼운 산책도 잘 즐기지 않는 그로선 상당히 흔치 않은 일이었다.

'저 녀석이 여긴 웬일이지?'

반가운 기분에 이프리트는 자신도 모르게 그에게 다가가 말을 걸었다. 하지만 돌아오는 반응은 늘 그랬듯 싸늘한 무시뿐이었다. 그에 울컥한 이프리트는 그만 평소처럼 화를 내 버리고 말았다.

"너 같은 거 진짜 짜증 나!"

"……."

"정말이야! 정말이라고! 정말 네가 너무너무 싫거든? 빨리 소멸이나 해 버려!"

한두 번 하던 말도 아니었고, 새삼 양심에 걸릴 정도로 심한 욕설도 아니었다. 그러나 말을 내뱉은 순간 이프리트는 하얗게 굳어 버릴 수밖에 없었다. 자신을 향한 반감에는 사소한 것에도 늘 바로 응징을 가하던 엘퀴네스가 그 순간엔 그냥 웃어넘겼기 때문이다.

딱히 즐겁다거나 재미있어서 웃는 것 같진 않았다. 그저 입 끝을 살짝 들어 올렸을 뿐인, 밀랍인형 같은 미소였다.

그리고 그다음 날.

이프리트는 정말로 거짓말같이 엘퀴네스가 명계로 떠났다는 소식을 들었다.

처음엔 그가 소멸했다는 사실을 믿을 수가 없었다. 별다른 작별 인사도 없이, 떠나는 모습조차 보지 못했기에 더욱 그랬다. 마지막까지 그는 이기적인 존재였다.

분한 나머지 이프리트는 마음속으로 다음 대의 엘퀴네스 따위 차라리 태어나지 말았으면 좋겠다고 생각했다. 자신이 인정하는 엘퀴네스는 오직 그뿐이었으니까.

그런데 무슨 하늘의 장난인지 그 바람이 현실이 되고 말았다. 정말로 다음 대의 엘퀴네스가 태어나지 않은 것이다.

그리고 이어서 닥친 아크아돈의 재앙. 물의 정령왕의 부재로 인한 사태는 생각했던 것보다 더욱 심각했다. 정령왕 본인들도 자신들의 존재가 그만큼 중요하다는 것을 그제야 깨달았을 정도였다.

모조리 말라 버린 샘과 강물. 지독한 염분 때문에 걸러서조차 마실 수도 없게 되어 버린 바다와 끝없이 늘어나는 사막.

신들의 힘을 빌려 간신히 멸망이라는 최악의 결과까지는 막을 수 있었지만, 이미 너무나 망가져 버린 자연은 설령 엘퀴네스가 돌아온다 하더라도 다시 회복될 수 없을 것처럼 보였다. 이프리트는 이 모든 일이 자신의 책임인 것만 같아 가슴이 무거웠다.

'내가 그때 그 녀석에게 소멸해 버리라고 말해서……. 아니, 이번 엘퀴네스가 태어나지 않았으면 좋겠다고 생각하지만 않았어도…….'

만약 그랬다면 지금 느끼는 죄책감의 절반도 느낄 필요가 없었을 텐데.

실제로 이 모든 일이 그의 말 때문에 이루어진 것은 아니었지만 이프리트는 심할 정도로 자신을 책망했다.

그러던 와중에 오래도록 감감무소식이었던 엘퀴네스가 태어난 것은 비단 아크아돈의 회복 문제를 차치하더라도 그에게는 이미 구원이나 다름없었다. 때문에 이프리트는 이번에 태어난 물의 정령왕에게 반감 따위는 전혀 없었다. 아니, 오히려 호감이 더욱 강한 상태였다.

물의 태동을 느낀 순간은 감동적이었고, 다시 생명력으로 충만해진 물의 영역을 보는 것은 눈물이 나도록 반가웠다. 그 속에서 그림처럼 서 있는 엘퀴네스의 모습을 발견했을 땐 태어나서 처음으로 전율이라는 것을 느꼈다.

새로 태어난 엘퀴네스는 전대와 똑 닮은 푸른색 머리카락과 투명하도록 시린 하얀 피부, 조각처럼 수려한 이목구비를 지니고 있었다. 전체적으로 여성적이지도 남성적이지도 않은 중성적인 모습이었는데, 그것이 오히려 묘한 충동을 불러일으켰다.

외견상으로는 전 엘퀴네스와 그다지 닮았다고 할 수는 없었지만 물의 정령왕만이 가지는 특유의 청명한 기운만큼은 똑같았다. 아니, 오히려 더욱 맑고 시원한 느낌이었다. 그만큼 그의 영혼이 순수하고 아름다운 것이리라. 그래서 이프리트는 더욱 그가 마음에 들었다.

그러나 그의 시선이 이쪽을 향하는 순간 이프리트는 그만 울컥해 버리고 말았다. 전대와 너무도 똑같은, 그래서 그라고 착각하게 할 만큼 선명한 푸른 눈동자가 다른 정령왕들을 담는 순간 입가에 은은한 미소를 지어 보였던 것이다.

그의 아름다운 외모에 걸맞은, 보는 사람까지 절로 기분 좋아지게 하는 미소였다. 그냥 보기에도 상당히 온화한 성정임을 느낄 수 있었다. 그러나 그 모습이 오히려 이프리트의 심기를 거슬렸다.

'왜 저렇게 바보같이 웃는 거야!'

대대로 엘퀴네스들은 냉혈한이었다. 그 어떤 말로도 설명할 수 없이 딱 그랬다. 정령 외의 다른 존재는 곁에 두지도 않았고, 말을 섞는 법도 없었다. 웃거나 상대방의 입장을 살피는 배려는 가뭄에 콩 나듯 했다. 심지어 정령 중에서도 오직 물의 정령만을 챙기는, 동료의 입장에서 보기에도 심기를 불편하게 하는 존재였다.

그러한 성향은 바로 전대의 엘퀴네스가 가장 심했다. 그나마 시비를 걸던 이프리트를 제외하면 누구도 먼저 그에게 말을 걸지 않는 것이 불문율이 될 정도였다.

그런 최강의 싸가지 집안(?)에서 태어난 녀석이 저딴 헤픈 웃음이라니! 어설프게 내뱉은 '안녕?'이란 소리는 더 웃기지도 않았다. 엘퀴네스가 언제부터 타인에게 인사를 건네는 존재가 되었단 말인가. 미네르바와 트로웰이 그에게 더욱 호감을 느끼는 것을 보고 있자니 가슴속에서 한없이 끓어오르던 것이 폭발할 지경이었다.

'저런 녀석이 엘퀴네스의 능력을 물려받았다니, 인정할 수 없

어!'

 그래서 그는 일부러 화내는 모습을 보기 위해 첫 대면도 엉망으로 만들어 버리고, 만나는 족족 시비를 걸었다. 곤란해하는 모습이 보고 싶어서 능력 자각을 돕는 일에 제대로 조언도 해 주지 않았다.

 처음에는 이 마음만 좋은 물의 정령왕을 골리는 일이 재밌었다. 자신이 시비 걸 때마다 일일이 말대꾸하면서도 결국 밀리고 마는 모습이 우스웠고, 따라오기 어려운 수업 방식에 쩔쩔매는 모습이 고소했다.

 그런데 이상한 건 그를 향해 투덜거리는 엘퀴네스의 모습이 정작 진심으로 화가 난 것 같지는 않다는 것이었다. 아무리 심한 말을 해도 기분이 상하는 건 잠시뿐, 종래엔 다시 생글생글 웃고 만다. 애초 머릿속에 분노를 느끼는 기관 자체가 존재하지 않는 것 같았다.

 그 점이 못내 이프리트의 심기를 자극했다. 일부러 화를 내지 않는 그의 행동이, 마치 그에게서 전대의 모습을 찾고 있는 자신을 비웃는 것같이 느껴졌다.

 그 때문에 이프리트는 날이 갈수록 그를 더 험악하게 대했다. 그리고 오늘, 마침내 절교 선언까지 하고 돌아와 버린 것이다.

 불의 영역으로 돌아온 뒤 마음이 진정되고 나서야 아차 싶었지만, 이미 때늦은 후회였다. 조금만 심통을 부려 보려던 것이 걷잡을 수 없이 커져 버렸다. 그가 생각하기에 자신과 엘퀴네스 사이에 벌어진 감정의 골은 이미 메울 수 없을 만큼 깊어 보였다.

"몇 년이나 갈까. 백 년? 삼백 년? 이번엔 정말 천 년이 넘을지도……."

이프리트는 우울한 포즈로 구석에 처박힌 채 중얼거렸다. 그 순간 뒤편에서 낯익은 외침이 들려오지 않았다면 앞으로도 족히 몇 년간 그렇게 앉아 있었을 것이다.

"뭐야, 이프리트! 나랑 천 년이나 안면 몰수하고 살겠다고? 야! 아무리 내가 싫어도 그렇지! 너무 심한 거 아냐?"

"……!"

3.

도착하자마자 내 눈앞에 펼쳐진 것은 엄청난 불구덩이였다.

바닥은 온통 숯처럼 새카맣게 그을려 갈라진 상태였고, 그 사이사이에서 채 식지 않은 붉은 불씨가 분수처럼 뿜어져 나왔다. 희뿌연 재가 날리는 하늘에는 군데군데 검붉은 기둥이 박혀 있었는데, 그 위에서 용암처럼 걸쭉한 액체가 폭포수처럼 흘렀다.

마치 영화 속에서나 보던 세계 종말의 순간을 맞이하는 기분이다. 이런 곳에 사니까 이프리트의 성격이 그 모양이지. 왠지 보는 것만으로도 질리는 기분에 나는 꿀꺽 마른침을 삼켰다.

……이거 그냥 걸어가면 화상 입는 거 아닐까?

나는 주저하며 아래를 내려다보았다. 물속에 있을 땐 별로 의식하지 않았는데, 지금 난 아무것도 신지 않은 맨발이었다.

딱히 뜨겁다거나 아픈 건 아니었지만 왠지 이 새빨간 불덩이 속을 그냥 걸어가려니 심리적으로 거부감이 들었다.

'하다못해 신발이라도 신었으면 좋겠는데.'

그러자 놀라운 일이 눈앞에서 벌어졌다. 발아래에서 작은 간지러움이 느껴진다 싶더니, 순식간에 운동화가 신겨지는 것이 아닌가!

'……헐?'

뭐야, 이거. 생각만 하면 그냥 알아서 생기는 거였어?

언령도 경험한 상태에서 딱히 놀랄 만한 일은 아니었지만 그래도 신기한 건 신기한 거다. 게다가 운동화라니. 모양도 이전에 내가 즐겨 신고 다니던 것과 상당히 흡사했다. 지금 입고 있는 옷도 그렇고. 아무래도 내 생각에 영향을 받아 내게 익숙한 형태로만 만들어지는 것 같다.

'혹시 다른 옷으로 바뀌기도 하나?'

치미는 호기심을 견디지 못한 나는 정신을 집중하고 이곳의 복식을 상상했다. 그러자 이번에도 간지러운 감각이 들더니, 입고 있던 옷이 눈앞에서 천천히 다른 형태로 변해 가기 시작했다. 상상했던 그대로, 이곳의 복식에 걸맞은 치렁치렁한 차림이었다.

"우와……."

나는 변한 옷차림을 이리저리 돌아보며 탄성을 터뜨렸다. 내친

김에 다른 복장으로도 변형시켜 볼까 싶은 생각도 들었다. 이미 이곳을 찾아온 본래의 목적은 까맣게 잊은 상태였다.

그때 갑자기 눈앞에 웬 시뻘건 형체가 불쑥 튀어나왔다.

―저어, 엘퀴네스 님?

"으악! 허억! 뭐, 뭐야, 이그니스! 놀랐잖아."

모습을 드러낸 건 불의 상급 정령 이그니스였다. 내 허리만큼이나 오는 커다란 불 독수리(?)의 모습에 나는 놀라서 벌렁거리는 심장(실제로 존재하진 않겠지만)을 부여잡았다.

―죄, 죄송합니다, 엘퀴네스 님. 계속 한자리에만 계시기에 혹 무언가 문제가 있으신 건가 싶어 주제넘게 나섰습니다. 제발 용서를…….

"엥? 아니, 뭘 그 정도 가지고 용서까지야……. 괜찮으니까 신경 쓰지 마. 그보다 이프리트는 어디에 있어?"

―왕께서는 현재 침소에 계십니다.

"침소? ……라고 해 봤자 거기가 어딘데?"

―오른쪽으로 가시면 됩니다.

이프리트의 영역도 기본적인 구조는 내 물의 영역과 같았다. 그냥 끝도 없이 넓은 공간이 이어지고 이어지는, 커다란 원룸의 형태랄까. 그 커다란 정도가 거의 웬만한 야구장을 넘어서는 것 같긴 하지만 아무튼 실로 단순한 구조라는 것만은 분명했다.

다만 그저 파랗기만 한(대신 깊이가 상당하다) 물의 영역에 비해, 이곳 불의 영역은 듬성듬성한 바위가 여기저기 드리워 있어 탁 트인 정경은 아니었다. 그저 막연히 돌아다니는 것만으론 이프리트를 찾아내기가 쉽지 않을 것 같았다.

나는 우선 이그니스가 가리킨 방향으로 천천히 걸어가기 시작했다. 걸을 때마다 바닥에서 튀어나오는 불씨에 움찔움찔 놀라긴 했지만. 여기까지 와서 불 바닥을 걷기 싫다는 이유로 다시 돌아갈 수도 없으니 할 수 없지. 그냥 눈 감고 걸어가는 수밖에.

다행히 나는 오래지 않아 탁자와 장신구들을 비롯한 자잘한 가구를 발견할 수 있었다. 내 영역에 있는 침구에 해초와 조개가 붙어 있었던 것처럼 이곳의 가구들은 전부 불에 달궈져 시뻘게져 있었다. 이프리트는 그 바로 아래에 주저앉아 심각한 얼굴로 뭔가를 중얼거리고 있었다.

'뭐 하는 거지?'

나는 기척을 내지 않게 조심하며 그 앞으로 가까이 다가갔다. 그러자 혼잣말로 떠드는 이프리트의 목소리가 들려왔다. 평소의 생기발랄하다 못해 오만하기까지 한 말투는 어디에 갖다 버렸는지, 푸념처럼 중얼거리는 목소리는 잔뜩 기가 죽어 있었다. 물론 그 내용은 범상치 않았지만 말이다.

"몇 년이나 갈까. 백 년? 삼백 년? 이번엔 정말 천 년이 넘을지도……."

커헉! 저건 설마 나랑 인연 끊고 지낼 기간을 말하는 건 아니겠지? 기운이 없어 보이길래 그래도 제 잘못은 아냐 보다 했더니만, 천 년이라니! 이건 해도 해도 너무하잖아! 내가 뭘 그렇게 잘못했다고!

나는 더 이상 참지 못하고 불쑥 앞에 나서며 소리쳤다.

"뭐야, 이프리트! 나랑 천 년이나 안면 몰수하고 살겠다고? 야! 아무리 내가 싫어도 그렇지! 너무 심한 거 아냐?"

"……!"

그러자 갑작스러운 내 등장에 놀랐는지 이프리트가 번쩍 고개를 들었다. 하지만 그것도 잠시였을 뿐, 눈이 마주친 순간 그는 고개를 설레설레 젓더니 다시 얼굴을 무릎에 파묻었다. 마치 못 볼 것을 봤다는 듯 노골적으로 무시하는 행동에 나는 몸을 부들부들 떨었다.

이제 사람…… 아니 정령을 바로 눈앞에서 경시하기냐? 덕분에 사과하려던 생각이 싹악 사라져 버렸다.

오냐! 그래, 이프리트. 네 도전을 받아 주마. 어디 한번 갈 데까지 가 보자고! 나는 한 손가락으로 이프리트를 가리키며 소리쳤다.

"에에잇! 이젠 나도 못 참아! 결투다, 이프리트! 여자처럼 생겼어도 안 봐줄 거야!"

"시끄럿! 환상 주제에 무슨 헛소리를 지껄이는 거…… 엉? 뭐야, 너 진짜 엘퀴네스였어?"

뭐야, 지금 나를 환상 취급한 거야?

이제야 알아봤다는 듯이 놀라운 표정을 짓는 그의 모습에 나는 황당해질 수밖에 없었다. 모처럼 불붙었던 전투 모드는 다시 오프

(off) 스위치를 내린 상태였다. 사람(?)이 너무 기가 막히면 화낼 기운도 사라진다더니, 지금 내가 딱 그랬다. 그런데도 이 반성할 줄 모르는 정령왕은 이제 대놓고 나를 노려보기 시작했다.

"……네가 여긴 웬일이야? 내가 다시는 안 본다고 했잖아?"

홋, 그렇게 말하면 내가 쫄 줄 알고? 이미 나에게는 비장의 카드가 있다, 이 말씀이야. 나는 자신만만하게 이프리트의 시선을 맞받아치며 웃었다.

"트로웰한테 다 들었어. 전대 엘퀴네스하고 만날 이런 식으로 싸웠다며? 오랜만에 봐서 신선하다고까지 하던걸. 뭘 그런 거 가지고 어린애같이 삐치고 그러냐?"

"뭐, 뭐야? 어린애?"

"솔직히 내가 뭐 틀린 말 했나? 전대 엘퀴네스 좋아한 거 맞잖아? 내가 아무리 눈치가 없어도 그 정돈 알아채거든? 그게 뭐가 창피하다고 숨기고 그러냐?"

"하! 기, 기가 막혀서! 너 아직도 정신 못 차렸구나? 좋아하긴 누가 누굴 좋아해?"

"그럼 정말 아니란 말이야? 에이— 아무리 생각해도 말이 안 되는데. 그럼 아까 내 말에 왜 반격을 못 한 건데?"

"으윽! 그, 그건…… 뭐, 뭐야, 너! 아까로는 부족해서 더 시비 걸려고 온 거야? 트로웰이 그건 말 안 했나 본데! 난 싫은 녀석이랑은 백 년이 넘어도 상종 안 한다고!"

벌떡! 이프리트는 스프링 튕기듯 자리에서 일어나며 소리쳤다.

부릅뜬 눈동자에서 금방이라도 불똥이 뚝뚝 떨어질 것만 같았다.

그 앙칼진 태도에 순간 찔끔했지만 나는 굴하지 않고 이프리트를 마주 노려보았다.

"혜에, 그래? 그건 또 몰랐네. 백 년이라……. 아까는 천 년이라고 하지 않았어? 천 년에서 백 년이면 감지덕지네, 뭐. 나 백 년 후에 다시 올까?"

"뭐, 뭐라고?"

이프리트는 벼락이라도 맞은 것처럼 몸을 부르르 떨었다. 설마 내가 이렇게까지 반격을 가할 거라고는 미처 예상하지 못했던 모양이다. 하긴, 나도 지금 자신의 말발에 놀라고 있는 지경인데, 딴 사람이야 오죽하겠는가.

"필요 없어! 백 년이든 천 년이든 다신 너 안 볼 거니까 찾아오지 마!"

"정말?"

"그, 그래! 정말이야! 뭐야! 지금 내 말을 못 믿겠다는 거야? 너 자꾸 그런 식으로 밀어붙이면 내가 사과라도 할 줄 아는 모양인데! 그건 천만의 말씀이라고!"

이미 어찌할 수 없을 만큼(화가 나서) 얼굴을 붉게 물들인 이프리트는 당장에라도 나를 쫓아낼 것처럼 사정없이 손을 흔들었다. 하지만 정작 가장 중요한 '나가!'라는 말은 그의 입에서 나오지도 못하고 그대로 사그라질 수밖에 없었다. 바로 내가 가지고 온 '비장의 카드'로 인해서.

"알아들었으면 지금 당장 나……."
"미안해."
"……!"
순간 불쑥 꺼낸 고백(?)에 이프리트가 헛숨을 삼키는 것이 보였다.
완전히 할 말을 잃었는지 굳어 버린 그를 향해 난 거듭 고개를 숙여 보였다.
"내가 잘못했으니까 그만 화 풀어. 남의 감정을 가지고 장난치려고 했던 건 확실히 내 실수였어. 정말 미안해."
"너, 너…… 지금……."
"원래는 오자마자 바로 사과하려고 그랬는데, 어쩌다 보니 또 이렇게 됐네. 하하, 내가 원래 좀 이렇다. 미안."
어라라? 근데 어째 사과받는 표정이 영 아니다?
나는 잔뜩 구겨진 이프리트의 얼굴을 발견하고 속으로 식은땀을 흘렸다. 내가 숙이고 나오면 신나서 방방 뛰는 것까지는 아니더라도, 한껏 으쓱거리며 '당연히 그렇게 나와야지!' 라고 말할 거라 생각했다. 그러나 오히려 그는 두 팔을 부들부들 떨면서 점점 더 짙은 살기를 피워 올리고 있었다.
설마 내가 또 무슨 잘못이라도 한 걸까? 아니, 그럴 리가. 굳이 만들자면 난 사과한 죄밖에 없단 말이다!
그런데 정말 황당하게도, 이프리트에게는 그것이 죄가 되는 모양이었다.

"왜 네가 사과를 하는 거야!"

"엥? 왜, 왜냐니……."

"바보 아냐? 왜 네가 사과를 해? 내가 찾아갈 때까지 기다릴 자존심도 없는 거야? 네가 왜 날 찾아와? 왜 네가 먼저 숙이고 들어오는 거냐고!"

"저, 저기…… 이프리트?"

먼저 사과하는 게 이렇게 문책받을 정도로 큰일인가? 그의 예민한 반응에 나는 어찌할 바를 몰라 마냥 서 있을 수밖에 없었다. 그 사이에도 이프리트는 계속해서 바락바락 소리쳤다.

"태도가 너무 밋밋하잖아! 화가 났다면 계속 화를 내란 말이야! 이전의 엘퀴네스라면 이런 식으로 간단히 넘어가지 않았어! 찾아오기는커녕 우연히 만나더라도 못 본 척 고개를 돌려 버렸을 거야! 백 년이고 천 년이고 먼저 사과를 받기 전까진 꿈쩍도 하지 않았을 거라고! 그게 누구의 잘못이든 간에!"

"으음, 하지만 난 이전의 엘퀴네스가 아닌걸. 그렇게 생각할 필요는……."

"왜 아니야! 그의 능력을 물려받았잖아! 그와 똑같은 기운을 가지고 있잖아! 똑같은 파란색 눈동자에 똑같은 물빛 머리카락이잖아! 그런데 왜 다르다는 거야?"

"왜냐고 해도……."

나는 뭐라고 대답해야 할지 몰라 머뭇거렸다. 그러자 이프리트가 더 힘을 얻은 듯이 소리쳤다.

"언제나 거만하게 혼자만 위대한 척 지내란 말이야! 다른 녀석들에게 웃지도 말고, 얘기도 나누지 마! 누가 시비 걸면 반죽음을 만들어 놓는 한이 있어도 그냥 넘어가지 말고! 그것 때문에 다른 녀석들과 사이가 틀어져도 절대 사과하지도 마! 다른 하급 정령들이 조금만 실수해도 그 존재 자체를 소멸시켜 버리라고!"

"……헐, 너 나를 성격파탄자로 만들고 싶은 거냐?"

"맞아! 성격파탄자! 바로 그거야!"

"……."

그래, 이제 알았어. 이프리트, 너…… 정상이 아니구나.

아주 당당하게 고개를 끄덕거리는 이프리트를 보며 나는 잠시 속으로 회한에 잠겼다. 대체 내가 왜 여기까지 찾아와서 이런 일을 당하고 있는 걸까? 이럴 줄 알았으면 그냥 모른 척하고 있을 걸 그랬다. 아무래도 나한텐 스스로 무덤을 파는 독창적인 재주가 있는 것 같다.

'그런데 이렇게까지 강요하는 걸 보면…… 설마 전대 엘퀴네스의 성격이 그랬던 건가?'

그때 문득 스치는 생각에 나는 멈칫하고 이프리트를 바라보았다. 하기야 정말 친해지고 싶다면 저런 성격을 바라진 못할 것이다. 게다가 그저 막연하게 설명하는 것치곤 지나치게 예시가 구체적이지 않은가.

아웃사이더라는 것에서 이미 보통이 아니라는 것은 짐작했지만 설마 그런 엄청난 녀석이었을 줄이야. 전대의 엘퀴네스도 대단하지만, 그런 녀석을 좋아한 이프리트가 훨씬 더 위대해 보인다. 그러고도 모자라 순진한(?) 후대인 나까지 똑같은 성격으로 만들고자 하다니……. 네 정신세계는 대체 어떻게 되어 먹은 거냐!

트로웰, 네가 틀렸어. 이프리트는 전 엘퀴네스를 좋아한 게 맞았다고!

"저기, 이프리트? 말해 두지만, 나는 전대의 엘퀴네스가 아니야."

"……? 그건 나도 알아."

"아니야. 너 지금 착각하고 있어. 난 전 엘퀴네스와는 아무런 상관이 없는, 완전히 별개의 존재야. 그러니까 그 녀석과 똑같은 성품을 지닐 필요도, 그럴 생각도 없어. 내가 아무리 전생의 기억에 얽매여 정령왕의 자각이 더디다고 해도 지금 이프리트 네 행동이 잘못되었다는 것 정도는 알아. 지금 넌 나한테서 전 엘퀴네스의 모습을 찾으려고 하잖아. 네 지금 행동은 마치…… 그래, 마치 기억을 잃은 사람에게 억지로 기억해내라고 소리치고 있는 것 같아. 실제로 그 사람은 그저 닮았을 뿐인, 전혀 다른 사람인데도 말이야."

"……."

이야기가 이어지는 동안 이프리트는 한참을 가만히 서서 멍하니 듣기만 했다. 왠지 그 모습이 금방이라도 부서질 유리 인형처럼 보여서 나는 속으로 안절부절못했다.

"이, 이프리트?"

혹시 쇼크를 받아서 선 채로 기절이라도 한 건 아니겠지?
 그런 생각이 들 수밖에 없는 게, 그는 조금 전부터 꼼짝도 하지 않고 있었다. 미동도 없이 눈조차 깜빡이지 않는 모습이 숨을 쉬고 있긴 한 건가 의심이 일 정도였다.
 걱정스러운 마음에 다시 이프리트를 살피는 순간 나는 그대로 경직되고 말았다. 그의 두 눈에 금방이라도 쏟아질 것처럼 눈물이 차올랐기 때문이다.
 아놔! 왜 또 우는 거야!
 "……내가 바보 같지?"
 "뭐?"
 "그래, 내가 생각해도 나 정말 바보 같아. 근데 말이야. 정말 그런 식으로 엘퀴네스가 소멸하게 될 줄은 몰랐거든. 만약 알았다면 너 같은 거 빨리 소멸해 버리라는, 그런 마음에도 없는 말은 하지도 않았을 거야."
 "쿨럭. 그, 그랬어?"
 "응, 정말 이상하지? 분명히 나는 그를 좋아했어. 그런데 왜 입으로 나가는 말은 항상 저주와 비난이었을까? 사랑한다고 고백해도 모자랐을 시간에 자존심을 내세우고 싸우느라 바빴어. 지금도 마찬가지야. 사실은 네가 먼저 사과하러 와 줘서 기뻤어. 그런데도 이런 식으로밖에 대하질 못하다니, 난 모순덩어리야."
 씁쓸한 듯이 고개를 젓는 이프리트가 처음으로 슬퍼 보였다. 다가가서 어깨를 끌어안고 괜찮다고 말해 주고 싶을 만큼.

물론 그것을 실행으로 옮길 정도로 나는 담대하지 못했다. 어쨌거나 현실은 여자아이 손도 하나 못 잡아 본 모태솔로인 것이다.

'으으, 이럴 땐 뭐라고 말해야 하지?'

되지도 않는 위로를 건네느니 차라리 그냥 침묵하고 있는 것이 더 나을지도 모른다. 그러나 이러한 생각과는 달리 입은 자기 멋대로 주절주절 말을 늘어놓기 시작했다.

"괘, 괜찮아, 이프리트. 너만 아니라 사람은 누구나 모순적인 면을 가지고 있으니까. 왜 그런 유명한 말도 있잖아? 인간은 모순의 동물이다!"

"……우린 정령이거든?"

"어? 아, 맞다, 그랬지. 하하하! 에이, 뭐 어때. 정령이라고 꼭 자신의 감정에 솔직하라는 법은 없잖아? 좋아도 싫다고 할 수도 있고, 속내를 내색하지 않을 수도 있는 거지. 그런 거 일일이 따지다간 머리 아파서 못 살아. 무엇보다 상대가 어지간해야 말이지. 누구라도 너와 같은 상황이면 감정을 감출 수밖에 없었을 거야. 암, 그렇고말고."

"무슨 소리를 하는 거야?"

"응? 전대의 엘퀴네스 말이야. 나 같아도 그런 성격파탄자를 좋아한다고 밝히기는 쉽지 않았을 것 같거든. 그런 의미에서 나는 너를 상당히 존경한다, 이프리트. 취향이 참 많이 이상…… 아니, 독특한 것 같아. 음, 그래. 아주 개성 있어."

나는 고개를 끄덕거리며 엄지손가락을 추켜세웠다. 그러자 그렇지 않아도 날카로운 이프리트의 눈꼬리가 더욱 사납게 치켜 올라갔다.

"뭐야? 너 죽을래?"

"하하, 나는 그저 대단하다는 뜻에서……."

"흥! 그래도 전 엘퀴네스가 너보단 훨씬 낫거든?"

"뭐? 내가 어디가 어때서?"

"어떻긴! 어리바리하고 멍청하잖아! 우유부단해서 답답한 것보다야 좀 재수 없더라도 자신의 의사가 확고한 게 낫지! 내가 널 보면서 가장 궁금한 게 뭔지 알아? 이전의 엘퀴네스가 지금 여기 나타나서 널 보면 속으로 무슨 생각을 하게 될까, 이거야. 대대로 싸가지의 전통을 이어 오던 집안에서 이런 맹한 녀석이 탄생했으니 아마 적잖아 기막혀할걸?"

쳇, 그딴 싸가지는 부럽지도 않거든?

본인 앞에서 대놓고 욕을 하는 이프리트를 보며 나는 속으로 조용히 투덜거렸다. 남이 모처럼 위안해 줬건만(?) 오히려 은혜를 원수로 갚다니. 이래서 머리 검은 짐승은 거두는 게(?) 아닌가 보다.

한숨 더 떠서 이프리트는 귀찮다는 표정을 지으며 손을 내저었다.

"아무튼 네가 먼저 사과했으니 나도 미안하다고 인정은 할게. 인제 그만 돌아가 줘. 혼자 생각할 게 있으니까."

"뭐?"

그게 진정 사과하는 태도냐? '미안하다'도 아니고, 미안하다고

'인정'한다는 건 또 뭐람? 한마디 해 주고 싶었지만 나는 그냥 입을 다물었다. 돌아서는 이프리트의 표정이 조금 쓸쓸해 보였기 때문이다. 그러고 보니 지금 이 상황에서 혼자 생각할 거라면 전 엘퀴네스에 대한 것밖에 없겠지.

그나마 나를 통해서 엘퀴네스의 부재를 만족하려고 했던 모양인데, 그걸 내가 단호히 끊어 버렸으니 지금 이프리트는 말은 하지 않아도 굉장히 허탈할 것이다. 고백이라도 한번 해 봤다면 후회라도 없었을 텐데. 오히려 소멸하기 직전까지 싸우다 끝낸 모양이니, 스스로 얼마나 한심하고 원망스러울까?

전 엘퀴네스라는 녀석은 이런 이프리트 마음도 모르고 지금쯤 신 나서 새로운 삶을 살고 있겠지. 그렇게 생각하고 보니 갑자기 그 녀석이 괘씸하게 느껴졌다.

뭐랬더라? 소멸한 정령왕은 신이 된다고 했던가? 그러고 보니 인세에서 환생하더라도 드래곤으로 태어날 확률이 높다고 들었던 것 같다. 갑자기 머리가 맑아지는 것을 느끼며 나는 곧장 질문을 던졌다.

"이프리트, 혹시 아크아돈에도 드래곤이 있어?"

"뭐? 그야 당연하지."

"그럼 최근에 새끼 드래곤이 태어났다는 이야기 같은 거 못 들어 봤어?"

"새끼 드래곤이라니…… 헤츨링을 말하는 거야? 글쎄. 아, 그러고 보니 얼마 전에 레드 드래곤의 헤츨링이 태어났다는 얘기는 들었어. 그런데 갑자기 그건 왜?"

 이프리트는 한껏 짜증이 섞인 얼굴로 나를 돌아보았다. 가라고 했는데도 계속 머문 채 이것저것 질문을 늘어놓는 내가 마음에 들지 않는 기색이 역력했다. 하지만 나는 굴하지 않고 계속해서 말을 이었다.

 "아니, 그게 말이야. 정령왕이 소멸하게 되면 드래곤으로 태어날지도 모른다잖아. 혹시 이번에 태어난 헤츨링이 전 엘퀴네스가 아닐까 해서."

 "……뭐? 그게 무슨 소리야? 정령왕이 소멸하면 드래곤으로 태어난다니?"

 "아니, 전부 드래곤으로 태어나는 건 아닌 것 같고. 신이 되거나 내세에서 환생하거나 둘 중 하나라던데. 그러면 드래곤으로 태어날 확률이 높다고……."

 "그걸 네가 어떻게 알아?"

 눈을 동그랗게 뜨고 되묻는 이프리트로 인해 나는 잠시 머뭇거렸다. 저건 아직 정령왕의 자각도 제대로 못 하는 주제에 그런 건 언제 배웠냐는 뜻일까, 아니면 전혀 금시초문인 사실을 내가 어떻게 알고 있냐는 뜻일까? 비참해지지 않으려면 후자의 질문이 더 나은 것 같다. 그래서 나는 억지로 후자의 뜻이라 단정하고 조심스럽게 대답했다.

 "명계에 있을 때 들었거든. 아레히스라는 사람한테서."

 "아레히스? ……설마 망자의 신 아레히스 말이야?"

"……신? 헐, 아레히스가 신이었어?"

이번엔 내가 놀랄 차례였다. 저승사자(그들은 인도자라고 불렸지만)들이 모셔 온 존재인 만큼 위치가 높을 거라곤 생각했지만 설마 그가 신일 줄은 전혀 예상치 못했던 것이다.

"그는 명계의 중급 신이야. 죽은 망자의 영혼을 총괄하는 신이지."

"으음, 그렇다면 맞을 거야. 자신이 꽤 높은 신분이라고 얘기했거든."

"그런데 그 신이 너한테 무슨 말을 했다고?"

나는 그에게 들었던 그대로 전부 이프리트에게 설명했다. 조금 전까지만 해도 별로 관심 없는 기색이더니 그는 이번엔 아주 열성적으로 내 말에 집중했다. 그리고 모든 설명이 끝난 순간 탄성을 지르듯 신음을 내뱉었다.

"세상에…… 정령왕이 신이 되기 전의 견습 단계라는 말이 사실이었구나."

"어?"

그건 또 뭔 소리래? 어리둥절해서 바라보자 충격받은 듯 멍한 얼굴이 되어 있는 이프리트가 침착하게 설명하기 시작했다.

"실은 이전부터 그런 소문이 돌았거든. 정령왕은 주신이 인간들을 다스리기 위해 만든 가장 순결한 신의 영혼이라고. 창조된 직후 적응 과정을 위해 잠시 정령왕의 임기를 거쳤다가, 훗날 가장 걸맞은 신의 직위를 부여받는다는 거야."

"헤에, 그럼 내 말이 맞았네. 잘됐다, 이프리트."

나는 순수하게 축하하는 마음으로 말했다. 하지만 돌아오는 것은 뾰족하게 날이 선 음성이었다.

"잘되긴 뭐가 잘돼?"

"으응?"

"신이 되나 환생을 하나 어차피 만날 수 없기는 매한가지잖아. 신계가 어디 아무나 갈 수 있는 곳인 줄 알아? 특히 우리 정령왕들은 아크아돈 외의 다른 차원엔 이동할 수 있는 능력이 없다고! 설령 네 말처럼 드래곤으로 태어났다고 해도 그래. 그게 여기 아크아돈의 드래곤이라는 보장이 어딨니? 드래곤이 존재하는 차원이 어디 한두 개인 줄 알아? 운이 좋아 아크아돈에서 태어났다 치자. 기운이며 외모며 모든 것이 달라졌을 텐데 그걸 어떻게 알아봐? 너 바보야?"

"크, 크흑! 아니 이 정령왕은 왜 걸핏하면 나더러 바보래? 내가 뭘 어쨌다고!"

"그럼 좀 말이 되는 소리를 해 보든가! 에잇, 너 때문에 기분만 더 잡쳤잖아! 짜증 나!"

……어째 이놈의 정령왕은 예뻐할 구석이 하나도 없는 건지 모르겠다. 나는 얼굴을 와락 찌푸리고 말했다.

"남이 기껏 생각해 줬더니 한다는 말이 겨우 그것뿐이냐? 너 진짜 너무한 거 알아?"

"네가 가능하지도 않은 걸 말하니까 그렇지! 누구 약 올리는 것도 아니고!"

"일부러 그런 거 아니거든? 우리가 신계로 이동을 못 한다는 걸 내가 어떻게 알았겠냐? 어? 잠깐, 정령왕들은 아크아돈 외의 다른 곳에 못 간다고? 그럼 명계로도 못 가는 건가?"

"당연하지! 그걸 말이라고 해?"

"그럼 명계 쪽은? 명계에서도 이쪽으로 못 오는 거야?"

내 질문에 이프리트는 짜증 내던 것을 멈추고(드디어 나란 놈에 대해 포기한 것 같다) 한층 차분한 어조로 대답했다.

"아니, 그쪽에선 올 수 있어. 정령도 언젠가는 소멸을 하니까. 망자의 영혼이 있는 곳이면 그네들은 어디든지 다닐 수 있거든."

"호오…… 그렇단 말이지."

"……뭐, 뭐야?"

작게 중얼거리는 말에 이프리트가 어깨를 움찔 떠는 것이 보였다. 아무래도 내 눈빛이 심상치 않은 것을 감지한 모양이다.

후훗, 이프리트? 나 방금 좋은 생각이 떠올랐어.

나는 회심의 미소를 지으며, 여전히 영문을 모르겠다는 표정을 지은 이프리트를 마주 보았다.

"어쩌면…… 전 엘퀴네스의 현재 상황 정도는 알 수 있을지도 몰라."

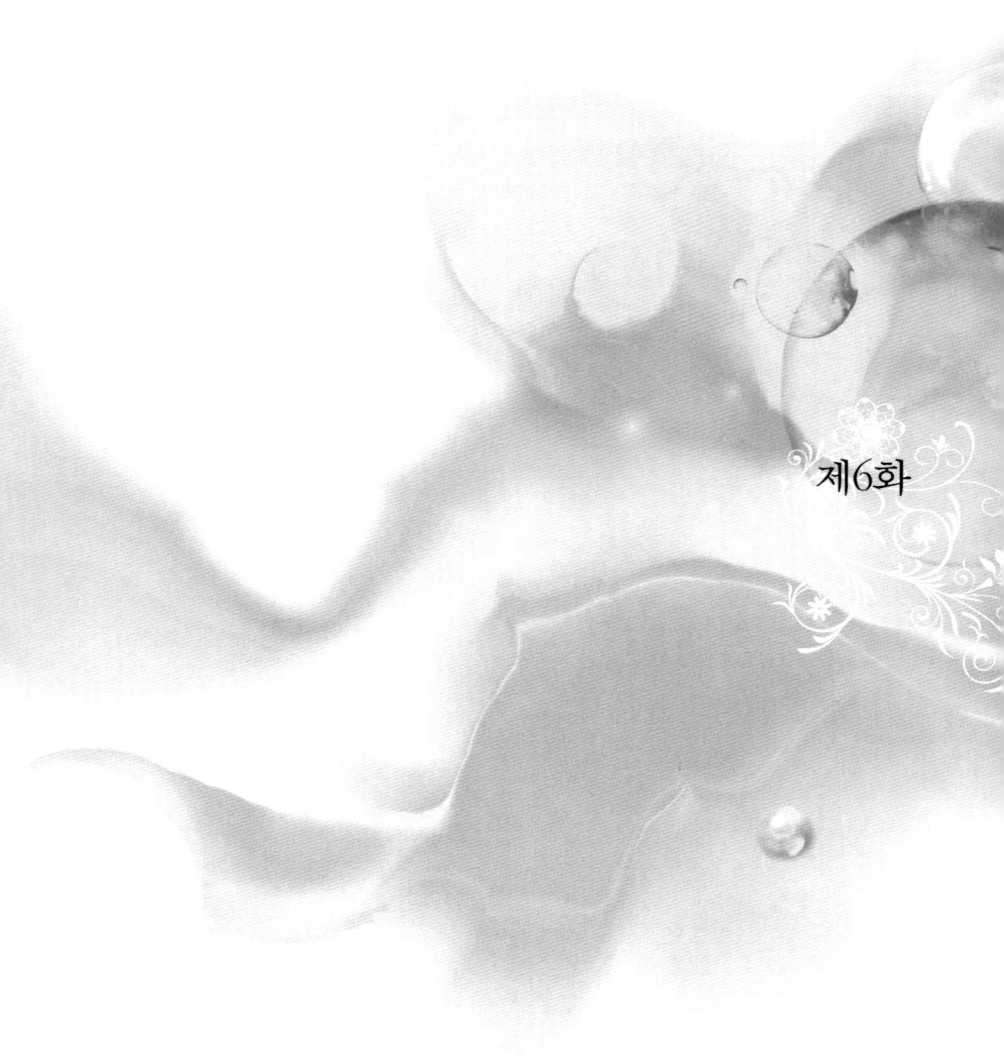

1.

"뭐? 어, 어떻게?"

내심 자포자기하고 있었던 탓인지, 어둡게 가라앉았던 이프리트의 표정이 순식간에 기대감으로 부풀어 올랐다. 그에 대답하기에 앞서, 나는 미리 연막을 쳐 두는 걸 잊지 않았다.

"일단 섣부른 기대는 금물이야. 나도 내가 생각한 이 방법이 통할지는 자신이 없으니까."

"대체 무슨 방법인데?"

"듣고 나서 화내지 않는다고 약속하면 말해 주지."

"……네가 지금 당장 죽고 싶은가 보구나?"

아닙니다. 그럼요, 여왕님. 당장 말씀드리고말고요.

나는 비굴한 눈물을 삼키며 곧장 머릿속에 구상한 생각을 실토했다.
"……명계를 이용하는 거야."
"이용이라니?"
"그전에 먼저 묻고 싶은 게 있어. 정확한 건 아닌데 정령왕들은 소멸의 시기에 이르면 명계로 가서 후계자에게 능력을 물려준다고 들었거든. 내가 알고 있는 게 맞아?"
"응, 맞아. 네 이전의 엘퀴네스도 명계로 이동해서 소멸했으니까."
"그럼 일단 그전에 명계로 이동해야 한다는 거잖아? 그건 어떻게 하는 거야?"
"그거야 당연히 명계의 인도자들이 데리러 오지. 인간들이 죽을 때처럼, 정령왕도 소멸 시기가 가까이 오면 명계에서 인도자들이 데리러 오거든."
"아하! 그 인도자들은 자신 외의 다른 존재도 얼마든지 차원 이동시킬 수 있다는 거네?"
"그거야 그렇……! 너 설마?"
그제야 내 계획을 눈치챘는지 이프리트의 입 모양이 동그랗게 벌어졌다. 그렇다. 바로 그것이다. 명계의 인도자들이 어디든지 나타날 수 있는 거라면, 그들에게 부탁해 신계로 차원 이동을 할 수 있을지도 모르는 일 아닌가.
설령 그게 불가능하더라도 현재 엘퀴네스가 어떤 처지인지는 알아봐 줄 수 있을 것이다. 하지만 이프리트는 기뻐하기보다 회의에 가까운 표정을 지었다.

"좋은 방법이긴 한데, 아마 불가능할 거야. 이미 끊어졌던 전생의 인연을 다시 이으려고 시도하는 걸 명계에서 좋게 볼 리가 없어. 무엇보다 명계는 운명의 신들 개입이 큰 곳이고……."

"흐음. 그거야 해 보지 않으면 모르는 일이지. 스스로 찾아볼 노력을 하지 않았기 때문에 못 만난 것일 수도 있잖아? 어차피 정령왕들이 나중에 신이 되는 거라면 언젠가는 다시 인연이 이어진다는 건데 굳이 지금 막을 이유가 뭐가 있어?"

"……."

하지만 이건 어디까지나 내 생각일 뿐, 이프리트의 말처럼 쉬운 일이 될 것 같지는 않았다. 일단 다른 문제는 다 차치하더라도 명계의 인도자들을 만나는 것부터가 난관이었으니까.

그런 내 복잡한 심경을 아는지 모르는지, 이프리트는 계속 뭔가에 충격받은 얼굴로 멍하니 앉아 있을 뿐이었다. 그래도 눈빛에 어린 기대를 풀지 못하는 걸 보면 아닌 척해도 어지간히 전 엘퀴네스를 만나고 싶었던 모양이다.

그 때문에 나는 더더욱 이번 계획을 성사시켜야겠다는 사명감으로 불타오르고 있었다. 내 생에 사랑의 큐피드 역할을 자청하게 될 날이 올 줄이야. 이래 봬도 한때는 '닭살 커플 훼방 놓기 운동 본부회'의 총회장직을 맡았던 몸인데 말이다.

"흠, 아무튼 가장 큰 문제는 이거야. 인도자를 만나야 뭔가 시도라도 할 텐데 지금으로썬 그들을 만날 방법이 없다는 거지. 인도자를 부르겠답시고 멀쩡한 정령을 죽일 수도 없고. 대체 어떻게 해야……."
"있어."
"응?"
푸념처럼 중얼거리는 말에 이프리트가 정신을 차렸는지 단호한 얼굴로 대답했다. 기쁨이 가득 만개한 얼굴에는 이전엔 보이지 않았던 희망이 철철 넘쳐흐르고 있었다.
"명계의 존재들이 방문하는 장소가 있어."

*　　*　　*

눈앞에 펼쳐진 것은 끝없이 이어진 푸르른 초원과 한 편의 그림 같이 아름다운 꽃밭이었다. 정령으로 태어난 이후 처음으로 보는 구름 가득한 창공과 넓은 대지, 초원 사이로 흐르는 맑은 시냇물에 나는 말을 잇지 못하고 멍하니 서 있었다.
동그란 언덕 너머로 보이는 푸른 숲이 청량한 잎사귀를 흔들며 자태를 뽐내고, 달콤한 향기가 은은히 주변을 가득 채웠다. 창공을 날아다니는 한 떼의 요정들은 바람의 하급 정령이 틀림없었다. 나는 금실 같은 햇살이 이 모든 아름다운 정경을 뒤덮는 걸 황홀한 기분으로 바라보았다.
그러나 조금 더 가까이 다가가서 본 그 광경은 더욱 장관이었다. 이름을 알 수조차 없는 수많은 아름다운 꽃들이 전부…… 전부!

"보석이잖아!"

척 보기에도 셀 수 없을 만큼 많은 수십만 종의 꽃이 전부 보석! 그것도 섬세하게 가공된 휘황찬란한 보석으로 되어 있었던 것이다.

바람에 흔들리는 꽃잎들이 햇빛에 반짝이는 순간, 그 눈부심에 차마 눈을 뜰 수도 없을 지경이었다.

그뿐만이 아니다. 바닥에 깔린 풀잎들은 고운 실크로 짜여 있었고, 조약돌이며 굴러다니는 돌멩이라고 여겼던 것들이 전부 다 금덩이요, 은덩이였다. 하다못해 시냇물은 벌꿀의 맛과 똑같았다.

"무슨 이런 황당한 곳이 다 있어!"

감탄보다는 먼저 경악으로 굳어져 버린 내게 이프리트가 옆에서 친절하게 이곳의 정체를 알려 주었다.

"에바스 에덴. 오직 이곳 정령계에만 존재하는 황금의 정원이지. 각 속성의 정령만을 받아들이는 성역과는 달리 이곳은 4대 정령 모두가 함께 공존할 수 있는 장소야."

"뭐? 그런데 나한테는 왜 이제야 가르쳐 주는 건데?!"

"그거야 내 맘이지."

"……."

이제는 화를 낼 기운조차 없다. 나는 차라리 마음 편하게 지금이라도 알게 된 것을 다행이라고 생각하기로 했다. 이런 일이 없었다면 아마 몇 년이 지나도 몰랐을 게 뻔하니까.
 보아라, 이 빛나는 긍정적 마인드! 아, 내가 생각해도 난 너무 착한 것 같아.
 "그런데 여긴 갑자기 왜 온 거야, 이프리트?"
 나는 다시 주위를 두리번거리며 물었다. 사실 이렇다 할 설명도 없이 별안간 끌려온 참이라(덕분에 다수의 공간 이동도 가능하단 사실을 알게 됐지만) 그저 어리둥절한 심정이었다. 이프리트는 한심한 시선으로 나를 바라보며 대꾸했다.
 "아까 뭘 들은 거니? 명계의 존재들이 방문하는 장소가 있다고 했잖아."
 "아, 여기가 그곳이라고?"
 "그래. 에바스 에덴은 4대 차원에서 손꼽는 절경으로, 타계(他界)인들에게도 굉장히 유명하거든. 특히 명계의 존재들이 휴양 차원에서 자주 놀러 오는 편이야."
 "헤에, 휴양? 거기 사람들한테도 휴식이 필요해?"
 "당연하지. 그럼 그 어마어마한 시간을 일만 하고 살 일 있니?"
 "……그건 그렇지."
 하긴 죽은 사람의 영혼을 명계로 인도하고 다음 탄생지를 분배하고, 인세로 환생시키는 과정 전부가 그들에게는 업무 과정의 일부였을 것이다. 특히 최근엔 행방불명된 나를 찾는 일과 더불어 아크아돈의 10년 가뭄 탓에 죽은 사람이 부쩍 늘어나 이래저래 고생이 많았을 거라고, 이프리트가 설명을 덧붙였다.

그러고 보니 아레히스의 안색이 꽤나 나빴던 것 같은데. 그게 전부 과로 때문인 건가? 어딜 가나 일에 치이는 삶이라니, 사후의 세계라는 것도 별거 없구나.

그에 비하면 정령왕은 그저 존재하기만 해도 충분하다고 하니, 나는 정말 운이 좋은 것 같다.

아, 물론 옆에서 바보라고 상습적으로 구박하는 마녀만 없다면 말이다.

"널 찾았으니 이제 급한 일도 어느 정도 마무리되었겠다, 아마 다들 오랜만에 휴가를 받았을 거야. 즉 이곳을 방문하는 명계인들도 많을 거란 소리지."

마녀, 이프리트의 말에 따라 나는 천천히 주변을 둘러보았다. 워낙 넓은 공간이라 한눈에 다 파악할 순 없었지만 정령 외의 다른 기척의 감각은 전혀 느껴지지 않았다.

"아무도 없는데?"

"나도 보면 알거든? 매일 방문자가 있는 건 아니니까 없을 수도 있지."

"흠, 이곳을 찾는 사람의 방문일이나 목록 같은 걸 알 방법은 없어?"

"그런 건 몰라. 에바스 에덴은 개방된 장소라서 누구든지 아무 때나 드나들 수 있거든."

"……뭐야. 그럼 그냥 여기서 마냥 기다려야 하는 거야?"

"그, 그럼 어쩌라고! 다른 방법이 있으면 네가 말해 보든가!"

아니, 그렇게 말하면…… 나도 딱히 방법은 없긴 하지.

그 뒤 나와 이프리트는 정원에 죽치고 앉아 누군가 방문하기를 하염없이 기다리기 시작했다. 어차피 남아도는 것이 시간이었고, 주변은 며칠을 봐도 질리지 않을 만큼 아름다운 것 일색이었기 때문에 이러고 있는 시간이 마냥 지루하진 않았다.

주변을 돌아보던 나는 멀찍이 떨어진 곳에서 바람의 하급 정령들을 발견했다. 그들은 조금 전부터 풀잎 사이에 숨은 채 이쪽을 힐끔힐끔 경계하고 있었다.

"저 녀석들은 왜 저러는 거야?"

"뭐? 실프 말이야?"

"아아, 저 애들을 실프라고 해?"

결 좋은 생머리에 귀여운 얼굴을 가진 실프들은 내 손바닥에 올려놓을 수 있을 정도로 작은 크기였다. 누가 바람의 정령 아니랄까 봐 모습이 전체적으로 투명했는데, 그들의 왕인 미네르바의 축소판이라고 봐도 좋을 만큼 분위기가 닮아 있었다.

"바람의 하급은 실프, 중급은 슈리엘, 상급은 진이잖아. 이런 건 이제 좀 가르쳐 주지 않아도 스스로 알아보면 안 되니?"

"나도 그러고는 싶은데, 아직 내 정령 이름도 다 못 외워서 말이지."

"그게 자랑이니, 멍청아!"

쳇쳇, 모를 수도 있는 거지. 본능도 잊어버렸는데 그까짓 정령 이름이 대수냐! 나는 속으로 투덜거리며 턱짓으로 다시 실프들을 가리켰다.

"그래서, 왜 저 애들은 저렇게 멀찍이 떨어져 있는 건데?"

"무서워서 그래."

"무섭다고? 우리가?"

"하급은 본능적으로 정령왕의 기운을 두려워해. 그나마 실프는 하급 중에선 가장 배짱이 있는 편이야. 다른 하급 정령들은 근처에 오지도 못하고 있잖아?"

"아, 그러고 보니."

4대 정령이 전부 모이는 장소라고 했는데, 그런 것치곤 다른 정령들의 모습은 찾아볼 수 없었다. 정령왕들이 나와 있을 땐 으레 숨는다는 것이다.

"잘 찾아보면 나이아스들도 있을 거야. 네 휘하의 정령들인데 인사라도 해 두지그래?"

"헤에, 그럴까."

나이아스들은 아직 목소리밖에 들어 보지 못했다. 직접 만들지 않아도 알아서 탄생하는, 어떻게 보면 상당히 기특한 녀석들이었기 때문에 나는 그들을 만나 볼 기대감에 부풀어 올랐다.

"왕의 명령인데 부르면 모이겠지? 나이아스! 전부 집합!"

그러자 그 순간 신기한 광경이 눈앞에 펼쳐지기 시작했다. 마치 비눗방울 같은 물거품들이 내 앞으로 우르르 모여들었던 것이다. 이윽고 도착한 물방울들은 곧 실프처럼 작은 요정의 모습으로 변했다.

푸른색의 곱슬거리는 머리칼을 허리 아래까지 늘어트린 귀여운 소녀의 모습이었다. 유일하게 다른 점은 하반신이 물고기의 꼬리로 되어 있다는 것이다.

본래 귀가 있어야 할 부분에도 마찬가지로 아가미로 보이는 지느러미가 달려 있었다. 마치 동화 속에서 등장하는 인어공주의 모습을 그대로 재현한 모습이었다.

'우와, 귀엽잖아!'

나이아스들은 갑작스러운 내 부름에 무척 당황했었는지, 어깨를 잔뜩 움츠리고 있었다. 작게 달싹이는 그들의 입술 사이에서 익숙한 목소리가 흘러나왔다.

―**물의 지배자, 우리의 주군, 엘퀴네스 님을 뵙습니다.**

전에 물의 영역에서 들었던, 끊임없이 재잘거리던 수다쟁이들과 똑같은 목소리였다. 다만 지금은 긴장한 탓인지 그때 들었을 때보다 한층 주눅이 들어 있었다. 나는 이들이 무서워하지 않도록 나름대로 상냥하게 말을 걸었다.

"다들 너무 겁먹지 마. 그냥 보고 싶어서 부른 거니까. 우리 첫 대면이지? 앞으로 잘 지내보자."

그러자 눈이 동그래진 나이아스들이 저희끼리 수군거리기 시작했다. 왜, 왜 그러지? 내가 뭘 잘못했나? 불안한 기분에 이프리트를 바라보자 그가 시큰둥한 어조로 설명했다.

"하급 정령들은 정령왕의 기분에 가장 민감하게 반응해. 네가 자신들에게 호의적인 걸 알고 두려움이 없어진 거야."

"아, 그래? 그럼 다행이네."
"흥, 그렇게 마냥 좋아할 일은 아닐걸?"
"응? 그게 무슨 소리야?"
"하급들은 대개 엄청난 수다쟁이거든."

나는 굳이 이프리트가 한 말의 의미를 곱씹어 볼 필요가 없었다.

그 순간 갑자기 태도가 돌변한 나이아스들이 소란스럽게 말을 걸어오기 시작한 것이다.

─잘 부탁드려요, 엘퀴네스 님!
─만나 뵙게 되어서 너무 기뻐요!
─머리카락 한 번만 만져 봐도 돼요?
─그 위에서 미끄럼틀 타 보고 싶은데 안 될까요?

"……"

과연, 이런 뜻이었군.

겁이 없어지다 못해 대담해진 나이아스들을 보며 나는 속으로 식은땀을 흘렸다. 그런 나를 향해 이프리트가 잘해 보라는 듯이 윙크를 날렸다.

'이런 건 빨리 말해 달라고!'

흔히 여자들의 수다는 파괴력이 대단하다고 하지만, 그건 작은 꼬마들이라고 해도 별반 다르지 않았다. 어찌나 쟁알쟁알 떠들어 대는지 나중에는 파리채로 한 마리씩 휘어잡고 싶어질 지경이었다.

'그래도 귀여우니까 화를 내진 못하겠고. 으으······.'

나는 지끈거리는 머리를 부여잡고 억지로 웃었다. 그때 나이아스들이 갑자기 나를 빤히 응시하기 시작했다.

"응? 왜 그래?"

―엘퀴네스 님! 정말 너무 아름다우세요!

―이렇게 아름다우신 분이 우리의 왕이라는 게 자랑스러워요!

"아, 정말? 고, 고마워."

순수한 호의를 담은 칭찬에 나는 낯간지러운 기분을 느끼며 감사를 표했다. 그러자 나이아스들의 얼굴에도 순식간에 붉은 벚꽃이 피었다.

―꺄아! 엘퀴네스 님이 고마우시대!

―엘퀴네스 님이 우리한테 웃어 주셨어!

―우와, 우와! 칭찬받았다!

―기쁨의 축제를 벌이자!

―와아! 찬성!

―나도, 나도!

"어어? 얘, 얘들아?"

그 순간 이어지는 광경에 나는 벌어진 입을 다물지 못했다. 갑자기 나이아스들이 앞다투어 공중으로 날아오르는가 싶더니, 내 머리 위에서 하나의 원형을 이루어 선 것이다. 그 상태에서 그들은 각자 작은 물방울들을 하나씩 품 안으로 끌어 올리고는 내 머리 위로 떨어트리기 시작했다.

보석처럼 영롱한 물방울들은 떨어지는 순간 햇빛에 반사되어 불꽃처럼 주변을 수놓았다. 알록달록하게 번지는 빛 가루의 모습이 마치 무지개 색 장막 같았다. 그 상태에서 나이아스들은 공중을 빙글빙글 돌면서 아름다운 목소리로 노래를 부르기 시작했다.

존귀하고 거룩한 우리의 지배자시여!
그 이름도 영원한 아름다운 물의 왕이여!
축복받은 아크아돈, 풍요의 대지여!
정령들의 보금자리, 황금의 정원이여!
그 이름 영광 있으라! 그 이름 영광 있으라!

맑고 고운 음성이 울릴 때마다 작은 물방울들이 춤을 추듯 둥실둥실 떠올랐다. 차마 그냥 보기 아까울 만큼 아름다운 광경이었다.
"우와아……."
나는 홀린 기분으로 나이아스들의 춤에서 시선을 떼지 못했다. 하지만 감동의 순간은 그리 오래 이어지지 못했다. 옆에서 들려온 이프리트의 빈정거림에 의해서.
"네 정령들은 널 닮아서 단순하구나. 고작 그 정도 인사말에 좋다고 춤추긴."
"……꼭 말을 그렇게밖에 못 해? 이렇게 예쁜 광경을 보고."
"흥! 내 카사들의 춤이 더 아름답거든?"

아, 그러셔?

황당한 표정으로 바라보자 이프리트는 뭐가 불만이냐는 듯 오히려 목을 꼿꼿이 세웠다. 하지만 다음으로 이어진 말에 나는 더 당황했다.

"말해 두지만 내가 더 예뻐."

"……하?"

"뭐 눈엔 뭐만 보인다고, 나이아스들이라서 네가 특별히 더 아름답게 보이는 것뿐이야. 다른 사람들 시선에는 너보단 내가 훨씬 더 예쁘거든? 그러니까 혹시라도 네가 정령왕들 중에서 가장 아름다울 거라느니 그런 착각엔 빠지지 않았으면 좋겠어."

"아, 그래……."

뭐야. 그것 때문에 꽁했던 거냐.

이제 보니 나이아스들이 내 외모를 칭찬한 것에 경계심을 느낀 모양이다. 아니, 그보다 내가 왜 이런 말을 들어야 하는 거야! 난 여성체가 아니라고!

"어? 잠깐 기다려. 손님이 온 것 같은데?"

"뭐? 어디?"

반사적으로 고개를 돌린 난 꽃밭을 서성이는 한 남자를 어렵지 않게 발견했다. 척 봐도 정령이 아님이 명백한, 이질적인 기운이 느껴지는 존재였다. 그는 이제 막 정원에 도착했는지 주위를 둘러보며 감탄하는 중이었다.

"정말이네. 어디서 온 놈일까? 이왕이면 명계인이면 좋겠는데…….”

"아마 맞을걸? 신이나 신족들은 저보다 훨씬 더 위압감이 있거든.”

"헤에, 그래?”

순간 빠르게 시선을 마주한 나와 이프리트가 동시에 그를 향해 소리쳤다.

"이봐, 거기!”

"잠깐 멈춰!”

2.

우리가 외친 소리는 예상 밖의 참사를 일으켰다. 마침 불꽃으로 만들어진 장미에 흥미를 보이며 다가서던 남자가 자신을 부르는 소리에 깜짝 놀라 손을 데고 만 것이다.

"앗뜨뜨!”

그는 데인 손을 부여잡고 그 자리에서 펄쩍펄쩍 뛰었다.

그 모습에 얼른 다가가 사과를 하려는데 이프리트가 한심한 표정으로 중얼거리는 소리가 들렸다.

"……저거 바보 아냐?”

"이, 이프리트. 그러지 마. 우리 때문이잖아.”

"흥! 그러게 누가 불로 된 꽃에 가까이 다가가래? 그냥 봐도 위험해 보이잖아. 부주의한 쪽의 잘못이지."

"그래도 다쳤는데 그런 말은……."

"정 미안하면 가서 치료라도 해 주든가. 치료 능력은 엘퀴네스들의 특기잖아?"

이런 젠장. 내가 그런 것까지 할 줄 알면 오늘날 이 시점에서 이런 고생을 하고 있겠냐? 많은 의미가 담긴 눈으로 쏘아보자 이프리트는 흥, 하고 코웃음 쳤다. 정말이지 이 정령왕은 날 괴롭히는 것을 삶의 보람이라고 생각하는 모양이다.

"크읍……! 아아, 정령왕들을 뵙습니다. 저를 부르셨습니까?"

화상의 통증을 조금 가라앉혔는지 남자는 처음보다 한층 진정된 모습으로 인사를 건넸다.

가까이서 본 그는 생각보다 건장한 체격을 지니고 있었다. 지금까지 만나 왔던 사람들이 대개 모델처럼 가늘고 호리호리한 느낌이라면, 이쪽은 투박하고 선이 거친 사내다운 축에 속했다. 바짝 날을 세워 깎은 머리형과 구릿빛 피부가 그러한 분위기를 더욱 강조하고 있었다.

어쨌건 결론은 이놈도 꽤나 잘생겼다는 거다.

젠장, 나도 이제 평범하게 생긴 놈을 만나고 싶어!

"괜찮아요? 화상 입은 것 같던데."

"아하하. 괜찮습니다. 살짝 데였을 뿐입니다. 그나저나 이곳 에바스 에덴은 정말 아름답군요. 선배들이 휴양지로 적극 추천한 이유를 알 것 같습니다. 거기다 운 좋게도 이렇게 정령왕들까지 뵈었으니…….”
"선배들?"
"아! 그러고 보니 제 소개가 늦었군요. 전 유라우스라고 합니다. 명계의 일족으로, 망자의 혼을 모셔 오는 인도자 역할을 하고 있습니다. 두 분 아름다우신 정령왕들을 뵙게 되어 영광입니다."

빙고! 명계인이었구나.

게다가 마침 찾던 인도자라니, 아무래도 우리 일정에 운이 따르려는 게 분명하다. 반갑게 인사하려던 나는 문득 그의 손을 발견하고 흠칫 놀랐다. 살짝 데였다는 말과는 달리 화상을 입은 부분이 보기에도 괴로울 만큼 빨갛게 달아올라 있었던 것이다.

꽃잎을 세게 움켜쥐었었나? 자꾸 신경 쓰여서 바라보고 있자 옆에서 이프리트가 시큰둥하게 입을 열었다.

"그 꽃은 그냥 평범한 불이 아니야. 지옥에서 피어나는 염화의 일부거든. 닿은 순간 순식간에 육체를 집어삼키고 영혼에까지 상처를 입히지. 저 정도 화상으로 그친 것이 용한 거야. 자칫하면 손이 아주 녹아 버렸을지도 모르니까. 뭐, 그렇다고 지금도 썩 괜찮은 상태라는 건 아니지만."

아아, 이런. 경악으로 굳어져 버린 유라우스가 보인다. 그는 화상 입은 손을 부여잡고 실성한 듯이 '지옥의 염화를 만지다니…….'라고 중얼거렸다.

하긴 설명만으로도 상당히 무시무시한 꽃이긴 했다. 육체를 집어삼키고 영혼까지 상처 입히는 불이라니. 꽃 주제에(?) 그런 위험한 성질은 왜 가지고 있단 말인가? 게다가 그걸 정원에 심어 놓은 이유는 또 뭐고? 저러다 정령들이 다치기라도 하면 어쩌려고.
"저거…… 그냥 저렇게 둬도 괜찮은 거야?"
아닌 게 아니라 꽃밭 위엔 실프들이 서슴없이 날아다니고 있었다. 심지어 아무 꽃봉오리에나 안착해서 데굴데굴 구르는 녀석도 심심찮게 눈에 띄었다. 내 걱정스러운 시선에 이프리트는 여전히 시큰둥하게 대답했다.
"정령들은 각 자연의 속성을 극한까지 가지고 있는 존재야. 제 아무리 지옥의 염화라고 해도 우리에겐 아무런 해를 입히지 못해. 아무렴 정령에게 위험한 걸 이곳에 가져다 두겠니?"
"하긴 그렇겠구나. 하하……."
"쓸데없는 걱정은 그만하고, 저 인도자의 상처나 어떻게 해 봐. 염화의 불꽃은 완전히 치료하지 않으면 열기가 멈추지 않고 전신에 전부 퍼지니까. 저러다 죽을지도 몰라."
"헉?"
나는 깜짝 놀라 유라우스의 상처를 살폈다. 정말로 손바닥에 입었던 화상이 어느새 팔뚝까지 넓게 번져 있었다.
"괜찮아요?"
"예에. 괘, 괜찮습……."
그는 고통을 참는 얼굴로 고개를 끄덕였다. 하지만 붉게 달아오른 피부엔 식은땀이 흥건히 맺힌 상태였다. 다급해진 나는 열상이 일어난 부위를 꼭 붙잡은 상태로 이프리트에게 도움의 눈길을 보냈다.

"어, 어떡하지, 이프리트? 이거 치료할 수 있는 약 같은 건 없는 거야?"

"그런 게 어디 있어? 정령이 어디 다칠 일이 있어야지. 거기다 다치게 되더라도 엘퀴네스의 능력이 있으니 필요하지도 않았단 말이야. 네가 알아서 해 봐."

"난 어떻게 하는지 모르겠단 말이야!"

"괜찮아. 아직 전신에 퍼지기까지 시간은 충분하니까."

저, 저런 마녀 같으니라고! 사람(?)이 죽을지도 모른다는데 그걸 지금 위로라고 하고 있냐!

그러는 사이에도 열상은 빠르게 번져 나가 어깨까지 검붉게 물들이고 있었다. 나는 우선 유라우스의 상의를 모조리 벗겨 낸 후 그를 자리에 눕게 했다. 서 있는 것조차 힘들어하던 그는 내 지시에 따라 순순히 몸을 눕혔다.

화상을 입은 사람의 응급처치가 뭐였더라? 아, 그래. 우선 찬물로 열을 식혀야지.

"이프리트! 가서 물 좀 떠 와!"

"……넌 지금 너 자신을 뭐로 생각하는 거야?"

엥? 그게 무슨…… 아, 맞다. 내가 물의 정령이었지!

뒤늦은 자각에 나는 얼굴을 벌겋게 물들였다. 물을 관장하는 정령왕이 다른 것도 아니고 물을 떠 오라고 시키다니, 내가 생각해도 정말 멍청한 행동이었다. 하지만…….

"난 아직 물을 만들어내는 방법은 모른단 말이야!"

"아주 바보라고 광고를 해라!"

소리치는 이프리트의 얼굴엔 짜증이 가득했다.

"만들긴 뭘 만드니, 멍청이! 전에도 말했잖아! 네 자체가 물이라고! 지금 이렇게 팔을 잡고 있는 것만으로도 이미 물로 식히고 있는 상태란 말이야!"

"헉? 정말?"

"그래! 그리고 한 가지 더. 이곳에 있는 모든 물이 곧 네 일부라고도 했던 거 잊어버렸니? 공기 중의 수분을 끌어모으기만 해도 호수 한 개는 만들겠다. 다신 어디 가서 물이 없어 뭘 못하겠다는 멍청한 말은 하지 마! 알겠어?"

안 그래도 사나운 눈빛에 살기까지 담으니 박력이 장난이 아니다. 이대로는 죽을지도 모른단 생각에 나는 필사적으로 고개를 끄덕였다. 그제야 이프리트는 노려보던 눈에서 힘을 빼고 말했다.

"좋아, 그럼 계속해."

"네, 넵!"

명령조의 말투가 상당히 거슬렸지만 나는 일단 닥치고 다시 유라우스의 상태를 살폈다. 이프리트의 말을 들어서 그런가. 인제 보니 열상이 번지는 속도가 느려진 것 같기도 했다. 아마 전신으로 퍼지는 것은 막을 수 있을 것 같았다.

문제는 이미 열상이 생긴 부분들이었다. 검붉게 변색한 부분의 상태가 꽤 심각했던 것이다. 새빨갛게 익은 살갗 위로 커다란 물집들이 보기 흉하게 부풀어 오르고 있었다.

'으음, 이걸 어떻게 하지.'

당장에라도 치료가 시급한 상황이었지만 이곳에 치료할 사람이 나밖에 없다는 것이 비극이라면 비극이다. 치료 능력 따위 불필요하다고 푸념한 지 얼마 되지도 않았는데 이렇게 빨리 필요한 순간이 올 줄이야. 이쯤 되면 신이 나를 시험하고 있는 게 아닌가 진지하게 의심이 든다.

왜 하필이면 치료 능력을 갖추고 있는 게 물의 정령왕인 걸까.

하다못해 같은 물의 정령이라도 시큐엘도 있고 운디네도 있고 나이아스도 있는데, 왜 나한테만!

'……아! 그리고 보니 지금까지 진심으로 바라면 이루어졌잖아? 이번에도 비슷하지 않을까?'

나는 에라 모르겠다는 심정으로 유라우스의 팔을 부여잡고 눈을 감았다. 그리고 집중도를 높이기 위해 입안으로 중얼거리기 시작했다.

"으으, 그러니까…… 나는 상처를 치료하고 싶다, 치료하고 싶다……."

"얼씨구. 그런다고 안 되는 게 되니?"

"에에잇! 시끄러워. 마인드 컨트롤 중이니까 말 걸지 마."

이프리트는 어디 얼마나 잘하는지 두고 보겠다는 듯 피식피식 웃었다. 도와주지는 못할망정 남의 수고를 비웃다니, 정말 나쁜 정령왕이다.

그러나 잠시 후 벌어진 광경에 나는 그를 향한 불만을 멈출 수밖에 없었다. 화상 부근을 붙잡고 있던 내 손바닥 밑에서, 파도에 떠밀려 나오듯 새하얀 물거품이 흘러나오기 시작한 것이다.

빠른 속도로 번져 나온 물거품은 마치 스스로 의지를 지닌 것처럼 위쪽으로 흘러가더니 열상이 새겨진 부근을 전부 뒤덮었다. 그리고 피부밑으로 스며든다 싶은 순간, 어느새 그의 피부는 본래의 말끔한 상태로 돌아와 있었다.

"……헉!"

"나왔다!"

뭐, 뭐야! 방금 무슨 일이 일어난 거야?

시간으로 치면 불과 몇 초에 해당할 뿐인, 그야말로 순식간에 벌어진 일이었다. 이프리트 역시 상당히 놀란 듯 입을 꾹 다물고 있었다. 아픈 팔을 끙끙거리며 부여잡고 있던 유라우스도 눈이 동그래진 상태였다.

"세, 세상에. 제 눈으로 보고도 믿을 수가 없군요. 염화에 입은 상처가 이렇게 말끔하게 회복되다니……. 감사합니다, 엘퀴네스 님! 정말 감사합니다!"

"아, 아뇨. 뭘요. 아무튼 무사히 치료가 돼서 다행이네요."

"정말입니다. 엘퀴네스 님의 치료술은 귀가 따갑게 들어 왔지만 정말 이렇게 대단할 줄은 몰랐습니다! 돌아가면 선배들에게 자랑할 겁니다. 정령왕들을 뵌 것도 모자라 이렇게 직접 은혜까지 입었으니 말입니다. 아마 다들 부러워서 뒤집어질 거예요. 하하하!"

"아, 예. 하하하······."
 펴이나 부럽기도 하겠다. 자칫하면 죽었을지도 모르는 위험한 상황에 직면했던 놈치고 너무나도 천연덕스러운 태도에 나는 황당한 심정을 감추지 못했다.
 육체를 가진 종족이야 죽어도 영혼이 있으니 그렇다 치지만, 이미 영혼인 저승사자는 죽으면 그걸로 끝 아닌가? 근데 저놈은 왜 저렇게 멀쩡한 거야?
 나와 같은 심정인지 놈을 보는 이프리트의 표정에도 황당함이 가득했다.
 "엘퀴네스보다 웃긴 놈일세. 너 그거 알아? 엘퀴네스가 치료를 안 했으면 네 존재 자체가 완전히 소멸했을 거라는 사실 말이야. 염화에 입은 상처는 상급 치유신이 아니면 거의 못 고친다는 거 알지?"
 "하하, 물론입니다."
 "근데 왜 그렇게 태연한 거야? 너 방금 죽을 뻔했다가 살아난 거라고."
 "그래도 지금 이렇게 살아 있지 않습니까? 오히려 위기를 극복해서 그런가. 오늘따라 세상이 정말 아름답게 보이는 것이, 가끔은 이런 경험도 나쁘지 않네요. 정말 운이 좋은 날인 것 같습니다. 하핫!"
 ······긍정적 마인드도 이 정도면 도를 넘은 것 같다. 이프리트조차 할 말을 잃었는지 입을 다물 정도였다.

이 지나치게 긍정적인 인도자는 넉살 좋게 웃으며 나를 바라보았다.

"아, 그러고 보니 엘퀴네스 님께 사과를 드리는 것을 잊었군요. 이번에 저희 측 실수로 큰 폐를 끼쳤다고 들었습니다. 특히 제대로 망각의 과정을 거치지 못하고 가셔서 윗선들의 염려가 이만저만이 아니셨지요. 하지만 오늘 이렇게 치유술을 행하시는 모습을 보니, 안심하셔도 된다고 보고 드려도 될 것 같습니다."

"하아, 뭐 보고할 것까지야······."

"아닙니다. 모두 기뻐하실 겁니다. 특히 결정자께선 우연이라도 엘퀴네스 님을 뵙게 되면 어찌 지내시는지 알아봐 달라고 모든 인도자에게 신신당부 하셨는걸요."

"결정자라고 하면······ 아레히스 말인가요?"

"예, 맞습니다."

헤에, 그가 나를 걱정했다고?

그렇지 않아도 인사도 제대로 못 하고 헤어져서 내심 미안했는데, 이런 이야기를 들으니 가슴이 좀 뭉클했다. 이런 것도 모르고 나는 맛없는 액체를 강제로 먹였다며 원망이나 하고 있었다니. 왠지 천하의 몹쓸 놈이 된 기분이다. 게다가 그 몹쓸 액체도 결국은 나를 위하는 것이었고.

'으으, 생각할수록 내가 나쁜 것 같잖아.'

그렇게 잠시 옛 추억(?)에 잠겨 있을 때였다. 그 순간 이어지는 유라우스의 말에 나는 퍼뜩 정신을 차렸다.

"그런데 저는 무슨 일로 부르셨는지?"

"……헉! 맞다! 상처 치료하는 것 때문에 깜빡 잊고 있었네!"

찔끔한 표정으로 이프리트를 바라보니, 어쩐 일인지 대뜸 '바보'라고 중얼거려야 했을 녀석이 이번엔 묵묵부답이다. 그렇다는 것은…….

'너도 잊고 있었냐!'

뜨악해서 보자 붉어진 얼굴로 '흥' 하고 고개를 돌리는 게, 정말로 잊고 있었던 모양이다. 무관심한 척 태연하게 있었어도 유라우스가 다쳤을 때 당황하긴 당황했었나 보다.

어쩐지 굉장히 기분이 유쾌해졌다. 구제 불능의 악동에게서 순수한 이면이 남아 있음을 발견할 때의 흐뭇함이랄까. 그런 내 모습이 못마땅했는지 얼굴을 잔뜩 구긴 이프리트가 빽 하고 소리쳤다.

"뭘 그렇게 실실거리고 있는 거야? 빨리 저 녀석한테 용건이나 말해!"

"아아, 미안."

"저어, 저는 '저 녀석'이 아니라 엄연히 '유라우스'라는 이름이……."

"시끄러. 닥쳐! 내가 저 녀석이라면 저 녀석인 거야. 어디서 말이 많아! 나랑 한번 해보자는 거야?"

"……."

살벌하게 몰아붙이는 이프리트의 말에 유라우스는 어깨를 바짝 움츠렸다. 아니, 그것보단 어느새 이프리트의 손에서 타오르고 있는 불덩어리에 위협을 느꼈다는 표현이 맞을 것이다.

심지어 그냥 불덩어리도 아니고 어디서 많이 본 것이…… 어이, 어이. 그건 아까 그 위험한 장미꽃이잖아! 그건 또 언제 따서 들고 온 거냐!

이프리트는 새하얗게 질린 유라우스를 보며 음산하게 웃었다.

"원한다면 이번엔 이 꽃잎을 한 장 한 장 떼어내어 네 몸에 붙여 주지."

"아, 아닙니다! 저 녀석이어도 좋고 그 녀석이어도 좋고 야, 인마도 좋고 아무거나 다 좋습니다! 이프리트 님 편하실 대로 부르십시오!"

이미 한 번 그 꽃이 주는 효과(?)를 호되게 경험한 상대에게 트라우마를 재확인시키다니, 진정한 의미에서 악랄한 수법이다. 덕분에 기죽은 유라우스는 어린 양처럼 얌전해졌다. 아무리 긍정적인 사고방식을 가지고 있는 그라도 조금 전의 고통을 다시 맛보고 싶진 않은 모양이었다.

"저기, 이름이 유라우스 라고 했죠? 실은 한 가지 부탁드릴 게 있어요."

"……부탁이라 하시면?"

유라우스는 의아한 표정으로 나를 응시했다. 동시에 옆에 있던 이프리트가 꿀꺽 마른침을 삼켰다. 의연함을 가장하고 있지만 상당히 긴장한 것이 분명했다.

"인도자는 다른 사람과 함께 차원 이동을 할 수 있다고 들었거든요. 혹시 우리를 신계로 데려가 줄 수 있나요?"

"예에? 신계요? 그건 안 됩니다!"

"뭐야?"

"아, 아뇨! 그게 아니라…… 하고 싶어도 불가능하다는 말씀입니다."

정색하며 고개를 흔들던 그는 이프리트가 노려보는 순간 즉시 말을 정정했다. 그래, 내가 그 마음 잘 알지. 나는 속으로 그에게 동정을 금치 못하며 물었다.

"왜 불가능한데요? 규율에 걸리는 건가요?"

"비슷합니다. 저희 인도자들은 어느 차원이든 자유롭게 오갈 수 있습니다만, 유일하게 신계로의 출입만은 금지되어 있습니다. 그곳에 가려면 차원의 결계를 지키는 문지기의 출입 허가서가 필요합니다. 한데 이게 망자를 데리러 가는 경우가 아니고선 발급이 되는 게 아니라서요."

"으음, 출입 허가서라……."

"혹은 결정자께서 길을 열어 주시는 방법이 있긴 합니다만. 그런 경우가 아니고서는……."

난감해하던 나는 이어진 유라우스의 말에 반색을 표했다.

"결정자? 아레히스 말이죠? 그가 신계로 가는 길을 열 수 있다는 건가요?"

"예, 예. 그, 그렇습니다."

"그럼 그를 만나게 해 주면 안 될까요? 제가 직접 부탁해 볼게요."

"으음, 하지만 쉽지 않으실 겁니다. 아무리 그분이라도 공식적인 업무에 관계된 일이 아닌 이상 신계로의 방문은 꺼리시는 편이라……."

"그래서 해 주겠다는 거야, 말겠다는 거야!"

그 순간 이프리트의 손에 들려 있던 염화의 불꽃이 눈덩이처럼 부풀어 올랐다. 금방이라도 덮쳐들 듯 코앞에서 넘실거리는 불덩어리에 놀란 유라우스는 비틀거리며 바닥에 주저앉았다.

"모, 모시겠습니다."

사랑에 빠진 여자(?)는 위대했다.

3.

"이런, 이런. 이러시면 정말 곤란합니다, 엘퀴네스 님."

명계에 도착한 나와 이프리트를 맞이한 건 이곳에 온 목적이자 우리가 만나려고 했던 존재인 아레히스, 바로 그 장본인이었다.

갑작스러운 그의 등장에 당황한 나와 이프리트는 곧장 유라우스를 바라보았다. 그가 사전에 미리 연락을 넣은 건가 싶었던 것이다. 하지만 유라우스의 얼굴도 경직된 것을 보아, 그 역시 예상치 못했던 일인 듯했다.

"아하하, 오랜만이네요, 아레히스……. 그동안 잘 지냈어요?"

별수 없이 나는 총대를 메는 심정으로 그 앞에 나섰다.

사실 오랜만이라고 해도 제대로 계산하면 아직 헤어지고 난 지 채 한 달도 되지 않았다. 하지만 아레히스는 별다른 지적 없이 예의 그린 듯한 미소로 내 인사에 화답했다.

"걱정해 주신 덕분에 잘 지내고 있습니다. 엘퀴네스 님도 본래의 환경에 잘 적응하신 것 같아 다행입니다. 이래 봬도 그렇게 떠나신 후 상당히 염려하고 있었답니다. 한데 역시 괜한 염려였던 것 같네요. 이제 누가 뭐라 해도 완전한 정령왕이시군요."

"아, 아뇨. 뭘요."

"외모도 몰라보게 바뀌셨네요. 만약 제게 영혼의 기운을 감별하는 능력이 없었다면, 그때의 지훈 군과 동일 인물이라고 생각하기 힘들 정도입니다."

"하하…… 그거 칭찬인가요?"

"물론입니다."

그렇게 말하면서 빙긋 웃던 아레히스는 이내 정색하며 얼굴을 굳혔다. 한순간에 표정이 달라진 그의 모습에 나는 반사적으로 움찔 어깨를 움츠렸다. 그는 이제껏 본 적 없는 굉장히 엄한 얼굴로 훈계하듯 말을 이었다.

"정령왕이 지켜야 할 자리를 비우시다니, 정말 무모하셨습니다. 지난 몇십 년간, 물의 정령왕의 부재로 아크아돈에 재앙이 임한 것을 벌써 잊으신 겁니까? 엘퀴네스 님은 아직 자각이 덜 되어서 그렇다 치더라도. 설마 이프리트 님까지 이런 일에 동참하실 줄은 몰랐습니다."

"그, 그게 실은……."

"변명을 듣고자 하는 게 아닙니다. 그나마 다행스럽게도 서로 상극인 두 분이 함께 자리를 비우셔서 망정이지, 두 분 중 어느 한 분이 빠진 것이었다면 간신히 진정된 아크아돈에 또 다른 피해가 생겼을 겁니다. 완벽한 존재로 일컬어지는 정령왕에게 주신께서 차원 이동의 능력을 허(許)하지 않으신 것엔 다 그만한 이유가 있는 겁니다. 정녕 그 뜻을 모르시겠습니까?"

"……."

그런 식으로는 전혀 생각해 보지 못했다. 하지만 이프리트의 굳은 표정을 보니 그는 어느 정도 이런 문책을 각오했던 것 같았다.

확실히 나는 아직 자각이 부족한 상태구나. 아레히스의 말처럼 완전한 정령왕이 되려면 아직도 갈 길이 먼 것 같다. 그러면서 한편으로, 그걸 알면서도 이곳까지 올 결심을 굳힌 이프리트에게 새삼 시선이 가는 것은 어쩔 수 없었다.

그는 차원의 재앙을 각오하고 이곳에 온 것이다. 오직 전대 엘퀴네스의 행방을 알기 위해서.

다행히 아레히스도 그 이상 책망을 이을 생각은 없는 듯했다. 가벼운 한숨을 내쉰 그는 어쩔 수 없다는 듯이 나와 이프리트를 돌아보았다.

"그래, 여기까지 오신 용건은 무엇입니까? 이리 대책 없이 차원까지 건너오셨으니 그만큼 중요한 일이겠지요?"

"어라? 알고 있는 거 아니었어요? 전 우리가 오자마자 나타나기에 당연히 다 알고 온 줄 알았는데⋯⋯."

"설마요. 아무리 저라도 그런 것까진 알지 못합니다. 지금은 단지 이곳 명계를 향한 차원 이동의 파장에 정령의 기운이 서려 있기에 이상해서 나와 본 것뿐입니다."

"그래요? 그럼 운이 좋았던 거였네요. 실은 아레히스를 만나려고 온 거거든요."

"절 말입니까?"

"네, 부탁드리고 싶은 게 있어요."

잠시간 나를 물끄러미 바라본 그는 짧은 침묵과 함께 고개를 끄덕였다.

"⋯⋯알겠습니다. 그럼 우선 장소를 옮기도록 하지요. 유라우스, 당신은 이제 그만 돌아가도 좋습니다."

"예? 그, 그래도 됩니까? 처벌은⋯⋯."

바짝 긴장하고 있던 유라우스는 그 말에 당황하며 고개를 들었다. 그의 입에서 나온 '처벌'이란 단어에 덜컥 심장이 내려앉았다. 이제 보니 그 역시도 처음부터 처벌을 각오하고 있었던 것이다.

그제야 내가 아무 생각 없이 시작한 이 일이 얼마나 엄청난 것이었는지 실감이 들었다.

'완전 민폐였잖아!'

다행히 아레히스는 이 모든 사태를 불문에 부치기로 한 듯 가볍게 고개를 저었다.
"정령왕을 이곳으로 모셔 온 일은 그리 가벼운 사안이 아니긴 합니다만, 그렇다고 규정에 어긋나는 일도 아닙니다. 그러니 이번 한 번은 특별히 그냥 넘어가 드리도록 하죠. 하지만 다음에도 이와 같은 선처가 주어지진 않을 겁니다."
"명심하겠습니다. 선처에 감사드립니다."
반색하며 감사를 표한 유라우스는 이어서 우리에게도 허리를 굽혔다.
"그럼 전 이만 물러나겠습니다. 두 분 정령왕을 뵙게 되어 영광이었습니다."
"으음. 잘 가요, 유라우스. 어려운 부탁이었을 텐데 들어주셔서 감사해요."
"아닙니다. 목숨을 살려 주신 은혜도 입었는데 오히려 이런 것밖에 해 드리지 못해 죄송스러울 뿐입니다. 부디 뜻하시는 일을 이루시길."
마지막까지 그는 정중한 인사를 잊지 않았다. 이윽고 그는 다시 한 번 아레히스를 향해 정중히 허리를 숙인 다음, 공간의 한 부분에 있던 문을 열고 어디론가 사라졌다.
고작 한 명의 공백이었지만 주변은 순식간에 무거운 침묵이 내려앉았다. 나와 이프리트는 난감한 표정으로 서로의 눈치를 살폈다. 이제부터 뭘 어떻게 해야 할지 알 수 없었던 것이다.

그때 아레히스가 앞서 몸을 돌리며 말했다.

"두 분은 저를 따라오십시오."

＊　　＊　　＊

아레히스가 향한 곳은 언젠가도 들른 적이 있던 새하얀 공간이었다. 다른 점이 있다면 이번엔 들어섬과 동시에 주변 풍경이 바뀌기 시작했다는 점이랄까.

달라진 공간은 역시 마찬가지로 붉은 카펫 위에 티 테이블이 놓인 그때의 그 장소였다. 테이블 위에는 미리 준비해 두기라도 한 것처럼 더운 김이 나는 주전자와 세 사람분의 찻잔이 놓여 있었다.

나와 이프리트가 머뭇거리는 동안 아레히스가 의자를 빼어 그 위를 가리켰다.

"자, 앉아서 얘기하도록 하지요."

그는 찻잔에 뜨거운 찻물을 따른 후 차례대로 건넸다.

"그럼 이제 말씀해 보십시오. 제게 부탁하실 일이라는 게 뭡니까?"

"음, 실은…… 신계에 가고 싶어요."

"신계요?"

"네, 아레히스가 그곳으로 가는 길을 열 수 있다고 들었어요. 한 번만 도와주시면 안 될까요?"

뜻밖이었는지 아레히스는 두 눈을 멍하니 뜬 채 한참 말이 없었다. 그러다 겨우 정신을 차렸는지 당황한 기색으로 물었다.
"갑자기 무슨 일로 신계를……. 아무리 저라도 신계로 향하는 연결문을 사사로이 열 순 없습니다. 무슨 일인지 상세히 설명해 주실 수 있으십니까?"
"개, 개인적으로 알아볼 게 있어서요."
"흐음? 이제 갓 태어나신 엘퀴네스 님이 신계에서 알아보실 것이 뭐가 있죠? 딱히 인연이 닿은 존재가 있으신 것도 아니실 텐데요. ……아아, 혹시 이프리트 님의 문제입니까?"
그의 시선이 홀로 차를 홀짝이던 이프리트를 향했다. 혹시라는 말로 질문하고 있었지만 이미 확신을 담고 바라보는 눈이었다. 하지만 이프리트는 긍정하지도 부정하지도 않는 모호한 상태로 조용히 시선을 피했다. 하기야 오랜 시간 남몰래 속에서 끓여 왔던 감정을 오늘 처음 만난 존재에게 털어놓을 리 없을 것이다.
이럴 때 내가 아니면 누가 나서겠나 싶어 나는 서둘러 입을 열었다.
"아, 아니에요, 아레히스. 제가 용건이 있는 거예요. 실은 제 바로 전대의 엘퀴네스였다는 자를 만나 보고 싶거든요."
"이전 세대의 엘퀴네스 님 말입니까?"
"네, 하도 그에 관한 이야기를 많이 듣다 보니 대체 어떤 사람인지 궁금해서 참을 수가 있어야죠. 이프리트는 제가 같이 가자고 졸라서 어쩔 수 없이 따라온 거예요."

후후후. 어떠냐, 이프리트. 내 이 쩔어 주는 희생정신이. 틀림없이 감동했겠지?

그러나 힐끔 살펴본 녀석은 이게 뭘 잘못 먹었냐는 표정이다. 시망, 괜히 도와준다고 나섰나?

"흐음, 그렇군요. 그런데 전 엘퀴네스 님이 현재 신계에 있으리라는 보장은 어찌하신 겁니까?"

"네? 아, 그게…… 보장은 없었는데요. 그냥 무작정 찾아가 보면 되지 않을까 해서. 전에 아레히스가 그랬잖아요. 정령왕이 소멸하면 신계로 들어가거나 내세의 길을 걷거나 둘 중 하나라고. 그래서 그냥……."

"그렇습니까."

나는 조심스럽게 아레히스의 표정을 살폈다. 너무 사사로운 용건이라 안 되는 걸까? 반색하고 들어줄 거란 기대는 하지 않았지만 그래도 예상보다 반응이 너무 나빴다.

차라리 그냥 사실대로 말하고 동정심 작전으로 나갈 걸 그랬나?

사랑하는 존재의 소멸, 그럼에도 끝내 포기하지 못하는 애틋한 짝사랑. 이 모든 걸 그럴듯하게 설명했다면 일이 훨씬 수월해졌을지도 모른다. 무엇보다 나를 이 자리에 오게 한 이유가 그것이었으니까.

삽시간에 굳어지는 주변 공기를 느끼며 나는 몸을 살짝 움츠렸다. 할 수 없지. 이렇게 되면 그냥 타협점을 찾는 수밖에.

"저기, 신계로 데려가 주는 것이 곤란하다면 전대의 엘퀴네스가 지금 어떻게 되었는지만이라도 알아봐 주시면 안 될까요? 혹시 그것도 어려울까요?"

"……글쎄요."

그것도 안 되는 건가.

난처한 표정으로 어색하게 웃는 아레히스를 보며 난 실망을 감추지 못했다. 설마 여기까지 와서 아무런 소득도 없이 그냥 돌아가야 하는 건가? 조금 전보다 한층 침울해진 이프리트를 보니 더 기분이 언짢았다.

치사해! 신이라면서 고작 그 정도는 들어줘도 괜찮잖아, 아레히스!

"엘퀴엔입니다."

"예?"

뜬금없는 아레히스의 말에 나는 눈을 크게 떴다. 뭐, 뭐야. 이제 이 신도 투시력을 쓰는 건가? 근데 방금 뭐라고 한 거지? 자기 이름이 아레히스가 아니라 엘퀴엔이라고?

어리둥절한 기분에 나는 이프리트를 바라봤다. 그 역시 어깨를 으쓱하며 의문을 표하고 있었다. 그 모습이 재밌었는지 아레히스가 쿡쿡 웃음을 터뜨렸다.

"엘퀴네스 님이 궁금해하시는 선대의 새 이름 말입니다. '엘퀴엔 크리노 루사테'라 합니다. 엘퀴네스 님의 생각이 맞았습니다. 그분은 현재 신계로 들어가 신의 지위를 부여받았습니다. 마(魔) 속성의 상급 신이자 차원 바이톤을 관장하는 최고신이지요."

"컥! 뭐, 뭐라구요?"

"그게 정말인가요?"

비명과도 같은 외침과 동시에 이프리트의 몸이 용수철처럼 튀어 올랐다. 아레히스는 전혀 당황한 기색도 없이 차분하게 고개를 끄덕였다.

"본래는 알려선 안 되지만 두 분이 정령왕이시니 특별히 말씀드리는 겁니다. 어차피 훗날 정령왕의 임기를 마치시면 다 알게 되실 내용이니까요."

"그, 그렇군요. 설마 하긴 했는데 정말로 신이 되다니 놀랍네요. 그치, 이프리트?"

"……."

동의를 구하는 말에 이프리트는 멍하니 고개를 끄덕였다. 다시 자리에 앉긴 했지만 이미 혼이 나간 사람 같았다. 하긴 나도 놀라서 심장이 벌렁거릴 정도인데 녀석은 오죽할까.

게다가 상급 신이라니. 그냥 듣기에도 엄청 대단한 존재라는 생각이 든다. 그리고 그건 내 예감이 맞았다. 상급 신은 주신을 제외하면 신계에서 가장 지위가 높을 뿐더러, 그 숫자가 20명도 채 되지 않을 만큼 상당히 희소한 존재라는 것이다.

그 순간 내 머릿속에는 어린 시절 첫사랑이 훗날 엄청나게 출세해서 백마 탄 왕자님이 되었다는 흔한 로맨스 소설의 스토리가 떠오르고 있었다. 지금 이프리트의 심정이 딱 그렇지 않을까 싶다. 엘뤼엔이라는 이름도 꽤 근사하고.

'……가만. 그런데 이런 사실을 알려 준다는 건 역시 직접 만날 순 없다는 소리겠지?'

각오하긴 했지만 막상 최후통첩이란 생각이 들자 씁쓸한 기분이 들었다. 이프리트도 그 사실을 깨달은 듯 뒤늦게 아쉬운 표정이 역력했다. 그나마 근황이라도 듣고 가게 돼서 다행이라고 해야 하나.

그때 기다렸다는 듯 아레히스가 앉아 있던 자리에서 몸을 일으켰다.

"자, 그럼……."

"……!"

뭐야, 설마 벌써 돌려보내려고?

나와 이프리트는 동시에 깜짝 놀라 그를 올려다보았다. 그러자 허둥거리는 우리의 모습을 본 그가 다시 육성으로 웃음을 터뜨렸다. 미련이 남아 전전긍긍하는 모습이 그렇게 보기 좋은가? 진짜 보면 볼수록 얄미운 신이다.

하지만 그 순간 들려온 말에 나는 귀를 의심해야 했다.

"뭐하십니까? 신계에 안 가실 겁니까?"

"예? 에에?"

"마침 시간도 오후 시간대군요. 아실지도 모르겠지만 4대 차원은 시간의 흐름이 동일합니다. 이 시각이면 엘뤼엔 님의 궁처를 방문해도 실례가 되지는 않을 겁니다."

"……그, 그럼?"

정말 신계에 데려다 준다는 건가?

틀림없이 틀렸다고만 생각했던 참이라 나는 더 놀람을 감출 수 없었다. 분명 그는 사소한 용무로는 문을 열 수 없다고 했고, 누가 보기에도 내가 신계에 가려는 이유는 상당히 별 볼 일 없는(고작 어떤 놈인지 궁금해서라는 게 말이 돼?) 편에 속했다. 그런데 왜 갑자기 마음이 변한 거지?

이런 내 의문을 읽은 듯 그는 가볍게 설명했다.

"엘퀴네스 님에게는 빚이 있으니까요."

"네? 아, 그, 그치만⋯⋯."

"괜찮습니다. 저희 때문에 고생하신 것도 있는데 이 정도 부탁은 들어 드려야죠. 대신 시간을 오래 드릴 순 없습니다. 아주 잠시 인사만 드리고 오는 정도가 될 겁니다. 물론 오늘 이후로 두 번 다시 제가 문을 열어 드리는 일 또한 없을 겁니다."

"그, 그럼요! 염치없이 또 이런 부탁을 하려고요. 저도 다신 안 해요! 맹세할게요!"

나는 긴장한 나머지 굳이 하지 않아도 될 말까지 나불거렸다. 그게 재밌었던 것일까. 고개를 끄덕이는 아레히스의 얼굴에 옅은 웃음이 떠올랐다.

"좋습니다. 그럼 가 보실까요? 이번 일은 굉장히 이례적인 사건이 될 것 같군요. 정령왕이 신계로 가기 위해 이곳까지 넘어온 일은 간혹 몇 번 있긴 했습니다만, 성공한 사례는 지금까지 전무했거든요."

그런데 그런 까다로운 요청을 나 때문에 들어준다는 건가!

아아! 앞서 걷는 뒷모습에 후광이 비추는 것 같다. 치사하다느니 얄밉다느니, 조금 전에 투덜거렸던 거 전부 다 취소! 나는 대체 이렇게 착한 신을 두고 무슨 생각을 했던 거지? 이 은혜는 절대 잊지 않겠습니다! 고마워요, 아레히스!

"잘됐다, 이프리트. 신계에 갈 수 있대!"

"으, 으응!"

감동에 젖은 나만큼이나 이프리트 역시 두 볼이 발갛게 상기되어 있었다. 그때 걸어가던 아레히스의 발이 잠시 멈칫했다.

"아아, 그렇지. 한 가지를 빼놓을 뻔했군요."

"예, 말씀만 하세요, 아레히스!"

대답한 것은 이프리트였다. 어느새 그의 추종자가 된 것인지 평소엔 쓰지도 않는 경어를 외치는 모습에 나는 속으로 혀를 내둘렀다.

저러다 전대 엘퀴네스를 만나면 넙죽 절이라도 하는 거 아냐? 쉽게 상상은 가지 않지만 왠지 지금 이 상태라면 그러고도 남을 것 같아 무섭다.

그 순간 마주한 아레히스의 얼굴에 나는 어깨를 움찔했다. 그의 입가에 의미심장한 미소가 떠올라 있었기 때문이다.

"그러고 보니 엘뤼엔 님을 만나 뵙고 싶어 하시는 분이 엘퀴네스 님이라고 하셨던가요?"

"네, 네? 아, 네…… 뭐어, 그게……."

"동료를 위하는 마음은 아름답지만 거짓말하는 것은 좋지 않습니다, 엘퀴네스 님."

"아하하……."

'들켰다!'

하긴 용건이 있던 녀석치곤 내가 너무 담담하게 행동했던 것 같다. 오히려 이프리트가 안절부절못했으니 눈치를 못 채면 그게 이상한 거지. 민망한 기분에 나는 억지로 웃는 것으로 대답을 대신했다. 그러자 이프리트가 그제야 깨달았다는 듯이 나를 돌아보았다.

"뭐야, 그런 거였어? 어쩐지 왜 갑자기 나서나 했지. 웃긴다, 너?"

"웃기다니……. 그럴 땐 고맙다고 말하는 거라고. 나름 신경 써 준 사람한테 건네는 감상이 고작 그것뿐이냐?"

"흐응— 그러게 누가 시키지도 않은 일 하래? 뭐, 어쨌든 기분이 나쁘진 않네. 너한테도 쓸 만한 점이 있긴 하구나."

"……."

뭘 바랐던 거냐, 강지훈. 저 녀석이 마녀라는 건 이미 오래전에 터득했잖아? 그래. 그러니까 난 이 정도에 새삼 상처받지 않아. 상처받지 않아, 상처받지 않……기는 개뿔!

'에에잇! 뭐 이래? 남이 기껏 생각해 줬더니!'

내가 다시는 시키지 않은 일 하나 봐라!

나는 속으로 이프리트를 향한 복수를 다짐했다. 그래 봤자 내가 그를 이길 날은 앞으로도 영원히 없을 것 같았지만.

*   *   *

"자, 여기입니다."
 미로처럼 복잡한 복도를 돌고 돌아 도착한 곳은 으슥한 곳에 위치한 작은 방이었다. 창문도 없이 캄캄한 내부에는 별다른 장식물도 없이 오직 길고 거대한 가구 하나만이 덜렁 놓여 있었다. 그나마도 두꺼운 천이 덮고 있어 내용물이 무언지 알 수 없었다.
 신계로 간다더니 왜 이런 곳에?
 나와 이프리트가 어리둥절하게 서 있는 사이 아레히스가 성큼성큼 걸어가 천을 걷어냈다. 그러자 쌓여 있던 먼지(이곳에도 먼지가 쌓인다니 놀라운 일이다)들이 사방에 퍼짐과 동시에 그 속에 가려져 있던 커다란 물체가 모습을 드러냈다. 길고 둥그런 원형으로 이루어진, 내 키보다 더 큰 거울이었다.
 먼지의 양을 보면 꽤 오래 방치한 것이 분명한데 거울의 표면은 이제 막 공정을 마친 새것처럼 깨끗했다. 마치 내 앞에 또 다른 내가 서 있는 듯한 느낌이 들 정도였다.
 무심코 만져 본 순간 손에 닿는 감각에 나는 깜짝 놀라 뒤로 물러섰다. 예의 딱딱하고 차가운 감촉이 아닌 출렁거리는 물에 잠기는 느낌이 들었던 것이다.
 "뭐, 뭐야?"

실제로 거울 표면 역시 잔잔한 파문이 일고 있었다. 설마 여기서는 유리가 아니라 호수를 박아 넣어 거울로 쓰는 건가? 심각하게 고민하는 내 귓가에 담담한 아레히스의 목소리가 울렸다.

"연결의 거울입니다."

"여, 연결?"

"평소엔 평범한 거울입니다만 중급 신 이상의 존재가 서면 지금처럼 성질이 변화되지요. 일종의 신계로 향하는 '문'이라고 할 수 있습니다."

"문이라니…… 그럼 이 안으로 들어가야 한다는 건가요?"

"보시는 그대롭니다."

대답과 함께 아레히스는 불쑥 손을 거울 안으로 집어넣었다. 풍덩거리는 소리와 함께 그의 팔은 어깨까지 아무런 저항 없이 잠겨 들었다. 시범을 마친 그는 다시 팔을 빼내며 말했다.

"통로는 한 사람당 개별적으로 열립니다. 안에 들어가서는 만나실 수 없으니 이 점 미리 숙지해 주십시오. 제가 먼저 들어가면 문이 닫히기 때문에 두 분 정령왕께서 앞서시는 것이 좋겠습니다."

"으음, 안쪽엔 뭐가 있는데요? 물속?"

"그냥 평범한 복도가 나올 겁니다. 그대로 반대편에 있는 연결문이 나올 때까지 쭉 걸어가시면 됩니다. 그곳에서 문을 열고 나가면 신계의 입구라 불리는 '신들의 회랑'이 나올 겁니다."

우와, 이렇게 들으니 무언가 본격적이라는 느낌이 드는걸?

그래서일까. 조금 전까지만 해도 아무렇지 않았는데 갑자기 긴장이 되기 시작했다. 반면 이프리트는 오히려 신이 난 듯 보였다.
"흐응— 그냥 걸어가기만 하면 된다는 거죠? 저 먼저 들어가도 돼요?"
"차례는 상관없습니다."
"좋아, 그럼 나 먼저 들어간다. 이따 봐, 엘퀴네스."
"헉! 자, 잠깐, 이프리트……!"
그는 내가 미처 만류할 겨를도 없이 불쑥 거울 안으로 사라졌다. 손을 내밀다 만 자세로 망연히 서 있는 내게 아레히스가 의아한 표정으로 물었다.
"엘퀴네스 님은 안 들어가십니까?"
"저, 저기…… 하하, 잠시만요. 아시다시피 제가 좀 경험이 많이 부족하잖아요. 그래서 조금 마음의 준비가…….''
그러자 생긋 웃은 아레히스가 친절한 설명을 이었다.
"그거 아십니까? 앞서 들어간 사람이 있어도 제가 마지막에 들어가지 않으면 통로에 반대편 문이 생성되지 않습니다."
"에?"
"혹시 명계를 협박해 신계로 침입하려는 위험인물이 나타날 수도 있으니까요. 그것을 대비해 만들어진 트릭이지요. 덧붙여 알려 드리자면 처음 진입한 존재 다음으로 제가 들어서야 하는 텀도 정해져 있습니다. 그 시기를 놓치면 저절로 문이 닫혀 버리죠. 즉, 지금 이렇게 엘퀴네스 님이 지체하시는 만큼 제가 들어갈 텀이 늦어져 문이 닫힐 수도 있다는 겁니다. 그렇게 되면 이프리트 님은 출구를 찾지 못한 채 영원히 거울 속에서 헤매게 될지도……."
"으악! 가요! 간다고요!"
나는 비명을 지르듯 외치며 황급히 거울 속으로 뛰어들었다.
그 순간 나는 보고야 말았다. 승리감에 젖은 아레히스의 짓궂게 휘어지는 눈동자를!
'제엔장! 나를 가지고 논 거냐!'
얄밉다는 말 취소했던 거 다시 취소야! 제길!

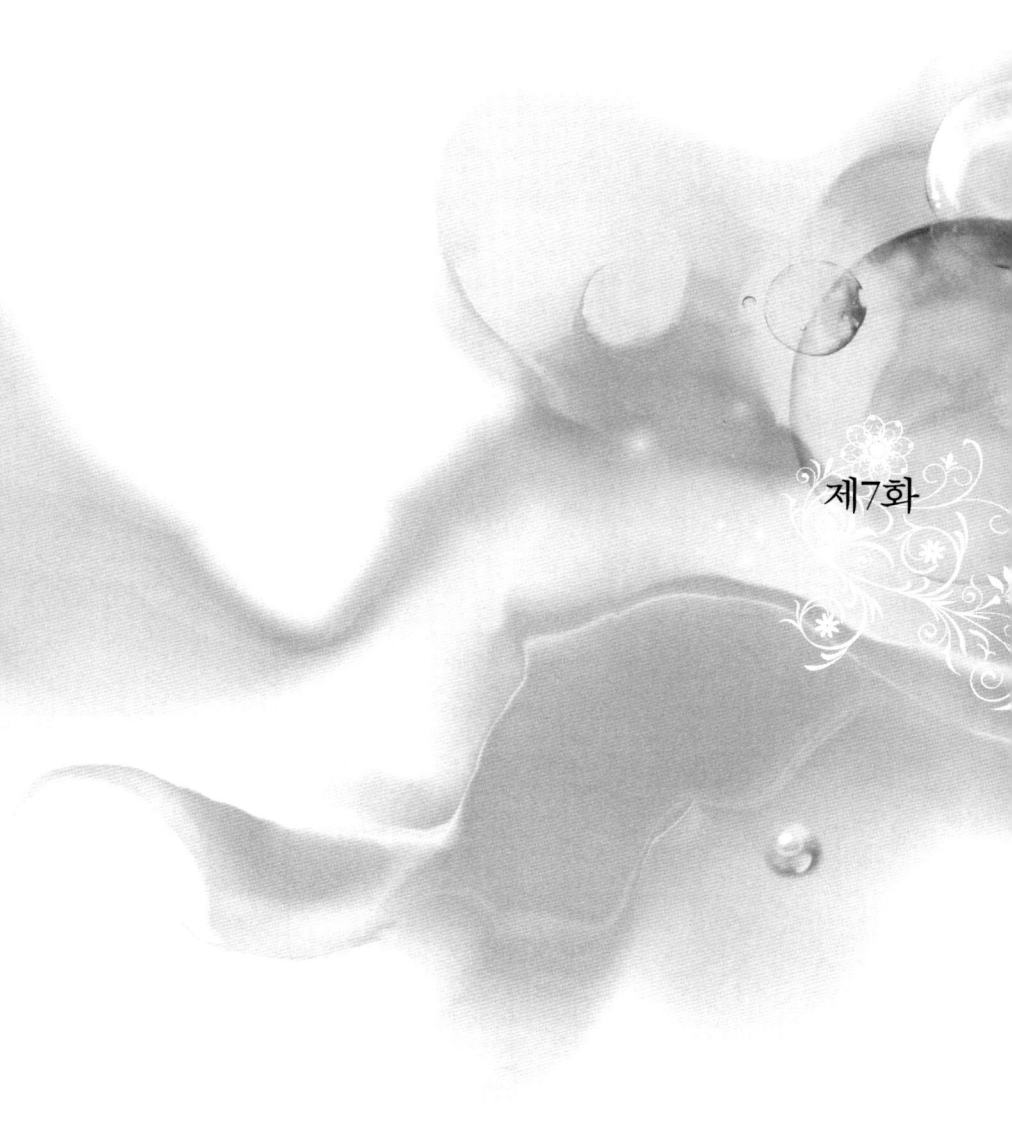

1.

 거울 속의 복도는 매우 좁고 길었다. 개별적으로 생성되는 통로라더니 간신히 성인 한 명이 겨우 서 있을 정도의 수준이다. 이왕 생기는 거 좀 넓고 큼직하게 해 줄 것이지. 폐소공포증 환자는 어쩌라는 거야? 나는 속으로 쓸데없는 생각을 하며 무작정 앞으로 걸어 나갔다.

 그러나 출구에 이른 순간 내 앞엔 예상치 못한 난관이 펼쳐졌다. 당연히 하나일 줄 알았던 문이 두 개나 있었던 것이다. 그것도 간판도, 별개의 표식도 없이 둘 다 동일한 색, 동일한 모양이었다.

 "……뭐야. 이런 말은 없었던 것 같은데."

 대체 어디로 나가야 하는 거지?

결국 고민 끝에 나는 아무 문이나 열기로 했다. 어차피 어디로 나가든 같은 장소로 연결되겠지, 라는 가벼운 생각이었다.

그러나 문을 열고 발을 내디딘 순간 나는 갑자기 바닥이 쑥 꺼지는 것을 느꼈다. 문 너머로 땅이 존재하지 않았던 것이다. 그것을 자각했을 땐 이미 몸이 빠르게 아래로 추락하고 있었다.

"우와악!"

왜 이런 곳에 벼랑이 있는 거야! 설마 신계에 오려면 목숨을 걸어야 했던 거냐! 난 듣지 못했어! 이런 말은 듣지 못했다고, 아레히스!

다행히 생각보다 높진 않았는지 나는 금방 바닥에 떨어졌다. 다만 추락한 부근이 하필이면 언덕이었던 것이 비극이라면 비극이었다. 나는 상황을 파악할 틈도 없이 한참을 더 아래로 굴러 내려가야 했다.

"으으, 뭐야, 이건……."

정신을 차렸을 땐 정체 모를 풀숲이 주변에 펼쳐져 있었다. 어찌 됐건 무사히 도착을 하긴 한 모양이다.

그저 문을 열고 나가면 된다고 했던 그 단순한 과정이 이렇게 스펙터클할 줄이야. 나는 둔탁한 통증에 신음하며 간신히 몸을 일으켰다. 상처가 난 부분은 없었지만 온몸이 두드려 맞은 것처럼 아팠다.

덕분에 정령도 통증을 느낀다는 사실을 알게 됐지만. 그런다고 좋아해 줄까 보냐, 아레히스! 이 망할 놈의 신 같으니! 하마터면 그대로 세상 하직하는 줄 알았잖아! 이런 상황은 미리 경고를 해줬어야지!

사전에 미리 알기만 했어도 꼴사납게 언덕을 구르는 사태만은 방지할 수 있었을지도 모른다. 나는 속으로 이를 갈며 그를 향한 복수를 다짐했다.

'그러고 보니 이프리트는 어떻게 됐지? 괜찮은 건가?'

나는 나보다 앞서 이런 상황을 겪었을 녀석의 모습을 찾아 고개를 들었다. 그러나 그 순간 내 눈앞에 펼쳐진 건 이프리트가 아닌 크고 거대한 나무 한 그루였다.

단순히 크다는 설명으로는 부족한 게, 기둥의 크기가 성인 십수 명이 둘러싸도 다 끌어안지 못할 정도로 넓었다. 잔가지의 굵기가 일반적으로 볼 수 있는 나무줄기만 한 듯했다.

이 거대하고 큰 나무는 가지마다 주렁주렁 새하얀 열매를 매달고 있었다. 나무의 덩치만큼이나 열매의 크기 또한 비정상적으로 컸다. 물론 그것뿐이었다면 그저 신계의 나무는 상당히 크다고만 여기고 말았을 것이다. 하지만 열매를 자세히 본 순간 나는 멍하니 입을 벌릴 수밖에 없었다. 껍질이 투명하도록 얇은 탓에 그 안에 들어찬 내용물이 적나라하게 보였던 것이다. 그런데 그 내용물의 정체가 무려…….

"사, 사람? 사람이잖아!"

나무에 열린 열매, 그 속에 들어 있는 건 이리 보고 저리 봐도 틀림없는 사람이었다. 그것도 어린아이가 아니라 다 자란 성년의 모습을 한 사람 말이다.

뭐야, 이건! 설마 이곳 사람들은 나무에서 열리는 건가? 아니면 저 나무가 식인 습성이 있어서 사람을 잡아다 가둬 둔 건가아!

패닉에 빠진 나는 어찌할 바를 몰라 우왕좌왕하기 시작했다. 당장 구해야 한다는 생각은 들었지만 나무가 너무 거대하다 보니 열매에 손이 닿지도 않을뿐더러, 건드려도 되는 상태인지조차 감이 잡히질 않았다.

바스락.

"……!"

그 순간 들려온 소리에 나는 반사적으로 뒤를 돌아보았다. 이프리트나 아레히스가 나를 찾아온 것인가 싶었던 것이다.

"어?"

하지만 그곳에 서 있는 건 생전 처음 보는 금발의 남자였다. 심지어 엄청나게 잘생겼다! 그동안 정령왕들이랑 살면서(?) 꽤 미남 미녀에 익숙해졌다고 생각했는데, 그러한 생각을 단번에 무너뜨릴 정도였다.

어깨 부근에서 가볍게 묶어 허리 아래까지 늘어트린 백금색의 머리칼은 한 올 한 올 순금을 뽑아 만든 듯이 반짝거렸고, 피부는 상아로 빚은 듯 희었다. 시린 얼음을 박아 넣은 것 같은 눈동자는 연한 물색을 띠어 더 신비롭게 보였다. 마치…… 그래, 보석으로 빚은 조각상이 살아 움직이는 것 같았다.

이 살아 있는 조각 같은 미인은 무심한 시선으로 나를 내려다

보고 있었다. 살짝 가늘어진 눈빛이 무언가 불만을 느끼는 것처럼 보이기도 했다.

"뭐야, 넌."

헉! 목소리도 좋잖아.

듣는 순간 청량감이 느껴질 정도로 낮고 울림이 좋은 미성이다. 그래선지 처음부터 다짜고짜 반말을 하는데도 그것이 거슬리게 느껴지기는커녕, 오히려 잘 어울린다고 바보같이 생각해 버렸다. 뭐 이런 사기적인 캐릭이 다 있어?

잠시간 정신을 놓고 있던 나는 빤히 응시하는 시선에 정신을 차리고 급히 두 손을 저었다.

"아, 죄, 죄송해요. 저는 그냥……."

"정령왕이 왜 이곳에 있는 거지?"

"에?"

"……게다가 너 하나만이 아니군."

우왁, 대단해. 그걸 어떻게 알았지?

놀라서 굳어 있는 동안 그는 못마땅하다는 듯이 내 모습을 위아래로 훑어 내렸다.

"뜨겁고 건조한 기운에, 습하고 칙칙한 기운이라……. 문이 열렸다 했더니 명계의 짓인가."

잠시간 혼잣말처럼 중얼거린 그는 이내 관심 없다는 듯 다른 쪽으로 고개를 돌렸다.

"무슨 생각으로 이곳까지 온 건지 모르겠지만 빨리 돌아가라.

너희가 정령계를 오래 비우면 골치 아파지니까."

"앗! 저, 저기요. 잠시만요!"

지나쳐 걸어가던 그는 내 부름에 다시 무심한 시선을 보냈다. 할 말이 있으면 빨리하라는 표정이다. 보기보다 성격이 급한가. 머뭇거리면 그냥 가 버릴 것 같은 예감에 나는 급히 말을 내뱉었다.

"실은 제가 지금 뭐가 뭔지 잘 모르겠거든요."

"……뭐?"

"여기가 신계 맞나요?"

내 질문이 그렇게 이상했나?

남자는 황당하다는 듯이 나를 바라보다가 곧 냉랭한 어조로 대꾸했다.

"그래, 덧붙이자면 그중에서도 청공의 방이다."

"청공……?"

"모르고 온 건가?"

"네에, 전 그냥 떨어져 보니까 여기라서……. 헉! 그럼 여긴 신들의 회랑이랑은 전혀 다른 곳인 건가요? 전 그곳으로 가야 하는데!"

"……무작위에 걸려들었군. 하긴 그렇지 않고서야 이곳에 들어올 수 있을 리 없지."

그는 이번에도 알아들을 수 없는 말을 중얼거리며(망할 하이튼 놈이 어쩌고 투덜거리는 것 같다) 고운 아미를 찡그렸다. 그리곤 눈짓으로 어딘가를 가리키며 물었다.
"저거 보이나?"
그가 지목한 건 조금 전 내가 발견하고 경악했던 바로 그 거대한 나무였다. 나는 얼결에 고개를 끄덕이며 대답했다.
"아, 저 인간이 달린 나무……."
"인간이 아니라, 신족이다."
"……에? 신족?"
내가 이해하지 못한 기색을 보이자 그는 다시 얼굴을 찌푸리곤 옅게 한숨을 내쉬었다. 혹시 짜증이 난 건가 싶어 식은땀을 흘리는데, 그가 짧게 한마디 내뱉었다.
"기다려."
"네?"
그는 어리둥절하게 서 있는 나를 놔두고 성큼 나무 앞으로 다가갔다. 그러자 그 순간 놀라운 일이 일어났다. 가득히 열려 있던 열매 중 하나가 살짝 꿈틀거리더니, 갑자기 바닥으로 툭 떨어진 것이다.
"……!"
땅에 떨어진 후에도 열매는 마치 스스로 의지를 지닌 것처럼 좌우로 꿈틀거렸다. 안에 들어 있는 사람은 이러한 파동을 전혀 느끼지 못하는지 눈을 감고 무릎을 세운 자세로 앉아 있었다.
그때 지이익— 무언가 잘리는 소리와 함께, 복숭아처럼 굳게 몽우리 진 열매의 끝 부분이 조금씩 벌어지기 시작했다. 동시에 갈라진 틈에서부터 정체를 알 수 없는 액체가 뭉글뭉글 솟아올랐다.

쿠욱— 촤아아!

껍질은 정확히 반으로 갈라져 천천히 양옆으로 밀려 나갔다. 그때마다 안을 채우고 있던 액체가 폭포수처럼 터져 바닥으로 흘렀다. 부푼 볼처럼 빵빵하던 열매의 부피가 절반으로 줄어든 건 순식간이었다. 이제 남은 건 탄력을 잃고 쭈그러든 껍질과 그 아래 덮인 사람뿐이었다.

'주, 죽었나?'

열매가 터진 이후에도 그 속에 있던 사람은 한동안 아무런 움직임이 없었다. 걱정이 되어 다가가려고 하자 그때까지 무심히 지켜보던 남자가 팔을 뻗어 나를 제지했다.

"기다리라고 했을 텐데."

"잠깐만요. 아무리 그래도 사람이 살아 있는지는 살펴야……."

"멍청한 소리를 하는군. 당연히 살아 있다. 이제 막 태어났으니까."

"네?"

태어났다고?

나는 무슨 의미인지 묻기 위해 그를 바라보았다. 하지만 내가 입을 열기도 전에 늘어진 껍질 안쪽에서 들썩이는 미동이 느껴졌다. 의식을 차린 사람이 몸을 일으키고 있었던 것이다.

"……쿨럭, 쿨럭!"

작은 기침을 내뱉으며 모습을 드러낸 사람은 새하얀 머리칼과

분홍색 눈동자를 지닌 아름다운 소녀였다. 고개를 든 그녀의 이마 위에는 특이한 그림이 새겨져 있었다. 두 개의 저울추를 매단 천칭을, 기다란 뱀이 감싸고 있는 문양이었다.

'무슨 낙인 같기도 하고…….'

그렇게 생각이 든 이유는 문양 부분이 움푹 파여 있었기 때문이다. 일부러 상처를 만든 것이 아니고서야 저런 자국이 생길 이유가 없지 않은가. 그러나 보통 낙인이 붉은 자국으로 남는 것과는 달리 소녀의 이마의 문양은 새하얀 색이었다. 그래선지 아프거나 징그럽다는 느낌보다는 신비롭고 아름답다는 느낌이 더 강했다.

잠시 멍하니 그 문양을 바라보던 나는 곧 화들짝 정신을 차렸다. 소녀가 아무것도 걸치지 않은 맨몸이라는 사실을 깨달은 것이다. 아니, 정확히는 아직 열매의 껍질 부분으로 몸을 감싸고 있긴 했지만.

"저, 저기, 괜찮아요? 일단 옷을……."

"내버려 둬."

금발의 남자는 이번에도 냉랭하게 말했다. 나는 발끈해서 그를 바라보았다.

"이봐요. 도와주지는 못할망정 왜 자꾸 아까부터……."

하지만 내가 내뱉은 말은 그것으로 끝이었다. 돌연 소녀의 몸에서 빛이 터진다 싶더니, 그녀를 덮고 있던 껍질의 형태가 변형을 일으킨 것이다.

갈라진 부분마다 각기 따로 꿈틀거리던 그것은 소녀의 등 뒤에서부터 이어지고 있었다. 요동치는 횟수가 많아질수록 늘어지고 볼품없던 껍질의 두께가 점차 얇아지며, 소녀의 몸에 완전히 밀착되는 것이 보였다. 그것들은 곧 기지개를 켜듯 하늘을 향해 활짝 펼쳐 오르더니 이내 여섯 장으로 된 새하얀 깃털 날개로 화했다.

그 모든 변화를 낱낱이 지켜본 나는 소리 없이 굳을 수밖에 없었다. 어디선가 많이 본 듯, 내 눈에 몹시 익숙한 그 모습이 마치, 마치…….

"……천사?"

"그렇게 불리기도 하지. 직함이긴 하지만."

내 말에 반응한 건 예의 금발의 남자였다. 나는 뻣뻣하게 경직된 목을 억지로 그에게 돌렸다.

"여, 여긴 천사가 태어나는 곳인 건가요?"

"정확히는 신족이다. 아까도 말했을 텐데."

"신족이 대체 뭔데요?"

"……보다시피. 신을 섬기기 위해 태어나는 일족이지. 평소엔 탄생수에 맺혀 있다가, 지금처럼 자신을 필요로 하는 신의 존재를 느끼면 깨어난다."

"에에? 그럼 당신이 신이라고요?"

당황해서 외친 말에 그의 표정이 일그러졌다. 지금까지 본 것 중에서 가장 크게 찌푸린 얼굴이었다.

"당연한 소릴 하는군. 정령왕이면서 내 몸에 흐르는 기운을 알아보지 못했다는 거냐?"

"아하하, 제가 좀 둔해서……."

"……확실히 그런 것 같군. 이왕 알려 주는 김에 한 가지 더 가르쳐 주지. 여긴 본래 신밖에 들어오지 못한다."

"네에? 저, 정말요?"

"내가 그것에 또 답해야 하나?"

시리게 바라보는 시선에 나는 입을 꾹 다물었다. 신이라더니 아레히스만큼이나 치사한 녀석이다. 고작 그 정도 질문에도 대답해 줄 친절이 없는 건가.

내가 속으로 투덜거리는 사이 그는 비틀거리며 일어나는 소녀에게 다가갔다. 그리고 걸치고 있던 자신의 겉옷을 벗은 다음, 그녀의 몸에 둘러 주면서 말했다.

"네 이름은 나드엘이다."

"나드엘……."

"날 알아보겠나?"

다소 멍한 표정으로 남자를 응시하던 소녀는 오래지 않아 고개를 끄덕였다. 그러자 그녀의 이마에 새겨졌던 문양에 새파란 색이 감돌기 시작했다. 마치 사파이어를 가루로 빻아 뿌린 것처럼 아름다운 빛이었다.

"나드엘, 고귀하신 주인을 뵙습니다."

이윽고 두 손으로 가슴을 감싼 소녀가 공손히 땅에 무릎을 꿇었다. 그러자 표정이 없어 마치 얼음처럼 보였던 남자의 입가에 처음으로 엷은 미소가 떠올랐다. 그는 무릎 꿇은 천사의 머리를 부드럽게 쓸어 넘기며 속삭였다.
"환영한다, 나드엘. 나의 아이야."
"……."
그 순간엔 뭐랄까. 나와 전혀 관계가 없는 장면을, 단지 지켜보고 있는 것뿐인데도 가슴이 뭉클해졌다. 갑자기 온 세상이 전부 새하얘지고 이 세상에 오직 그와 소녀의 모습만 존재하는 것처럼 느껴졌다.
아아, 그런가. 신에게 천사는 귀여운 아이 같은 존재인 거구나.
그제야 내가 다가가려 했을 때 그가 제지했던 이유를 알 것 같았다. 갓 태어난 소중한 아이에게 애먼 놈이 손을 대려 하는데 누가 두고 보겠는가.
그들 사이의 유대감은 생판 낯선 존재인 나 같은 게 감히 끼어들 수 없는 부분이었던 것이다. 그것도 모르고 난 오히려 도우려는 걸 방해한다고 생각하다니. 그가 얼마나 속으로 나를 한심하게 여겼을까 싶었다.
"뭐지?"
남자는 아직도 그곳에 있었냐는 시선으로 나를 바라봤다. 당황한 나머지 나는 나도 모르게 아무 말이나 주절거렸다.
"아, 아뇨! 그냥 참 보기 좋은 장면이라는 생각이 들어서요. 저어, 아이라고 부르는 건 무슨 뜻인가요?"
"내 기운을 받아 탄생했으니 앞으로 영원히 내가 책임질 내 몫이지. 그런 의미에서 부른 호칭이다."

"헤에, 역시 그렇구나. 정말 멋지네요."

"멋지다고?"

"아, 특별히 이상한 뜻은 아니에요. 뭐랄까. 둘 사이에만 흐르는 끈끈한 유대감이랄까. 마치 부모와 자녀 사이 같은, 타인과는 공유할 수 없는 그런 것들이 서로에게 존재하는 느낌 있잖아요. 제가 예전부터 그런 걸 좀 동경하는 편이었거든요. 방금 당신과 천사를 보면서 그런 느낌을 받았어요. 조금 부럽네요."

"……별게 다 부럽군. 정령왕도 휘하의 정령들에게 같은 느낌일 텐데?"

"아, 하긴. 그건 그렇네요."

거기까진 생각지 못했기에 나는 어색하게 웃었다. 남자는 그런 나를 빤히 응시하더니 조금 허탈한 목소리로 중얼거렸다.

"상처투성이로군."

"네?"

"이런 깨지기 쉬운 유리그릇 같은 녀석이 엘퀴네스라는 게 놀랍다는 소리다. 이거야, 원. 물의 정령왕이 복귀했다고 안심할 게 아니었군."

"……초면에 좀 말이 심하시네요. 저 그쪽한테 그런 말 들을 정도로 잘못한 거 없습니다. 참견받을 이유도 없고요."

"뭐, 그렇다면 그런 거겠지."

중얼거리는 그의 입가엔 노골적인 비웃음이 서려 있었다. 조금 전까지 들떴던 기분이 한순간에 가라앉는 것 같았다.

나는 울컥해서 말했다.

"그런데 왜 아까부터 자꾸 반말하는데요? 그쪽이 아무리 신이라지만, 전 정령왕이거든요?"

"그래서?"

"그래서라뇨! 사회생활도 안 해 보셨어요? 신으로만 사셔서 아직 잘 모르시나 본데! 아무리 나이가 어리고 직급이 자신보다 못 미쳐도 한 세계의 왕 정도 되는 존재면 존중해 줘야 하는 게 예의입니다! 자꾸 이런 식으로 무례한 태도를 보이시면 몹시 불쾌합니다만!"

"그럼 너도 놓으면 되잖아."

젠장, 끝까지 이렇게 나온다 이거지. 남자는 제법 재밌어하는 얼굴로 나를 바라보고 있었다. 내가 무슨 반응을 보일지 궁금하다는 투다. 탐색하는 시선에 나는 이성을 잃고 발끈했다.

"에에잇! 내가 놓으라면 못 놓을 줄 알아? 그러고 보니 당신은 대체 어디서 뭐 하는 신이야! 이름이나 밝혀! 처음 만났을 땐 자기소개가 기본이라는 거 몰라? 비겁하게 내가 엘퀴네스라는 건 알고 있으면서 자기 이름이랑 정체는 전부 쏙 빼놓다니!"

"비겁? 나는 내 능력으로 널 알아본 거다. 너도 알고 싶다면 재주껏 스스로 알아내지그래."

"뭐어? 그런 게 어딨어! 나는 딱 봐도 정령인 게 티 나잖아! 게다가 정령왕은 고작 4명밖에 없다고! 세상에 4명밖에 없는 정령왕 중 한 명이랑, 발에 치일 정도로 많은 신 중 한 명이랑 누가 찾아낼 확률이 더 크겠어? 딱 봐도 내가 더 불리하잖아!"

"흐음, 발에 치일 정도라……."

"그래! 게다가 나는 지금 중요한 용건이 있어서 신계에 온 거란 말이야! 그런 거 조사하러 다닐 시간 없거든? 정령계를 오래 비울 수 없는 몸이라고!"

"그건 네 사정이지."

"……이익!"

내가 도대체 왜 여기서 이런 녀석과 다투고 있는 거지? 심지어 화를 내고 있는 것은 나 혼자뿐, 상대방은 여유만만하게 내 반응을 관찰하고 있을 뿐이다. 마치 동물원 원숭이가 된 심정이었다.

잠시 후 그는 씩씩거리고 있는 내 머리를 툭툭 가볍게 토닥이며 말했다.

"네가 재밌는 녀석이란 건 잘 알았다. 더 놀아 주고 싶지만 이만 헤어져야 할 시간 같군."

"뭐어? 놀아 주긴 누가……!"

"저기, 널 찾으러 온 것 아닌가?"

"……!"

그 순간 뒤편에서 나를 부르는 희미한 음성이 들렸다. 반사적으로 돌아본 나는 멀찍이서 달려오는 낯익은 사람들의 모습을 발견할 수 있었다. 바로 이프리트와 아레히스였다.

"이프리트! 아레히스! 여기예요, 여기!"

반가운 나머지 나는 양손을 번쩍 들고 크게 흔들었다. 그때 내 머리를 헝클듯 쓰다듬은 남자가 나직하게 말하는 소리가 들렸다.
"다시 날 만나게 되면 선물을 주지."
"……에?"
다시 만나게 되면, 이라고?
뭔가 이상하단 느낌에 나는 곧장 고개를 들었다. 그러나 바로 보여야 할 그의 모습은 어느새 홀연히 사라져 있었다. 그 옆에서 공손히 서 있던, 갓 태어난 신족 나드엘 역시 마찬가지였다.
"어, 어라?"
"엘퀴네스 님!"
"엘퀴네스! 이 바보야!"
그 사이 한달음에 달려온 두 사람이 나를 부여잡고 안도의 숨을 내쉬었다.
"이런 곳에 계셨군요. 괜찮으십니까?"
"멍청아! 너 대체 왜 이런 곳에 있는 거야? 우리가 널 얼마나 찾았는지 알아?"
사색이 되어 나를 살피는 아레히스와 달리 이프리트는 곧장 타박부터 건넸다. 아니 내가 뭘 잘못했다고. 그냥 문을 열고 나왔더니 여기였는데 어쩌라는 거야. 얼굴을 찌푸리자 아레히스가 한숨을 내쉬며 말했다.
"그나마 찾았으니 다행입니다. 무작위에 걸리셨다는 걸 알고 얼마나 놀랐는지……."
"무작위?"

그러고 보니 금발의 남자도 그런 말을 했던 것 같다. 아레히스가 난처한 표정으로 설명했다.

"차원의 이동을 관장하는 상급 신 하이튼 님은 장난이 몹시 심한 분이시죠. 간혹 이동 구간을 불규칙하게 만들어 엉뚱한 곳에 떨어지게 하는데, 이럴 때 무작위에 걸렸다고 말합니다. 아무리 그래도 연결의 문을 건드리신 적은 없는데……. 아마 잠시 손보시는 사이에 엘퀴네스 님이 들어가신 모양입니다."

뭐야, 결국 내가 운이 억수로 없었다는 거잖아. 얼굴을 찌푸리는 나를 향해 이프리트가 한심하다는 시선을 보냈다.

"정말이지. 너란 녀석은 어떻게 된 게 뭐 하나 한 번에 제대로 하는 법이 없니? 하여튼 사건을 사서 만드는 이상한 재주가 있다니까."

"그게 내 탓이냐. 나도 놀랐거든?"

"그래도 멀지 않은 곳에 떨어지셨으니 운이 좋으신 겁니다. 무작위에 잘못 걸리면 차원의 틈새에 빠져 영원히 한길 속에서 헤매거나, 자칫 손을 쓸 수 없는 위험한 장소에 떨어지기도 하거든요. 특히 지옥 같은 곳에 빠졌다면 다시 나오는 데 상당한 시일이 걸렸을 겁니다."

아레히스는 웃는 얼굴로 아무렇지 않게 무서운 말을 내뱉었다. 그리곤 기가 질린 채 서 있는 나와 이프리트를 향해 다시 생긋 웃으며 말했다.

"아무튼 어서 이곳을 나가도록 하죠. 이곳 청공의 방은 신족들의 탄생수가 자라는 곳으로, 상급 신 외에는 출입이 엄히 단속되는 신계의 금역 중 하나입니다. 지금은 어쩔 수 없는 상황이라 문지기에게 부탁하여 겨우 들어올 수 있었지만 오래 지체할 순 없습니다."

"에? 상급 신?"

"예, 왜 그러십니까?"

"아하하. 아니에요, 아무것도."

뭐야, 그럼 그 금발 남자가 상급 신이었다는 거야?

하긴 보는 순간 숨을 쉬는 것조차 잊을 정도로 대단한 존재감이긴 했다(그 이유에 외모가 반 할 이상을 차지하는 것 같긴 하지만). 지금 눈앞에 있는 아레히스도 신이긴 하나, 그 남자 앞에 설 때만큼 위축되는 느낌은 없었다.

그런데 난 그런 대단한 존재에게 반말을 하고 화까지 냈던 건가. 게다가 신 따윈 발에 치일 정도로 많다는 말까지 했었지, 아마?

다시 날 만나게 되면 선물을 주지.

이 순간 그가 마지막으로 했던 말이 떠오른 건 단지 우연만이 아닐 것이다. 그땐 무슨 헛소리인 건가 싶어 그냥 넘겼는데, 아무래도 그냥 단순한 의미로 한 말이 아닌 것 같다. 확실한 건 저 선물이란 것이 절대 좋은 의미의 선물일 리는 없다는 거겠지.

'왠지 대형 사고를 친 것 같은 기분이…….'

나는 흐르는 식은땀을 남몰래 닦아냈다. 그 녀석이 그냥 가 버려서 천만다행이다. 이대로 돌아갈 때까지 다신 마주치지 않기를 바랄 뿐이었다.

2.

신계는 청공의 방을 포함한 13개의 금역과 189개의 성역, 2,069개의 개방터, 그리고 무한한 신의 궁처들로 이루어져 있었다. 한곳에서 전경이 훤히 내려다보이는 정령계와는 그 규모 면에서부터 차원이 달랐다(실제로 차원이 다르다는 것이 난센스지만).

"우와……."

곳곳마다 펼쳐진 언덕과 들판, 아름답게 가꾸어진 가로수들을 보며 나는 연방 감탄을 내뱉었다. 신들이 사는 곳이니만큼 굉장할 거란 건 익히 예상했던 바지만 기대 이상으로 아름답고 평화로운 느낌이었다. 어딘지 공기 중에서 좋은 향기가 나는 것도 같았다.

"엘뤼엔 님의 궁처는 여기서 조금만 더 걸어가면 됩니다."

아레히스는 주변을 살피느라 정신이 없는 나와 이프리트를 흐뭇하게 바라보며 말했다. 나는 앞서 걷고 있는 그의 옆으로 바짝 따라붙으며 물었다.

"저어, 아레히스. 신들은 모두 자신의 궁처를 갖고 있다고 했죠? 그럼 아레히스도 이곳에 궁처가 있나요?"

"물론입니다. 신전 규모의 협소한 수준이긴 하지만요."

"신마다 궁처의 규모가 달라요?"

"궁처는 대개 본인이 지닌 신력에 영향을 받아 형성됩니다. 그때문에 저와 같은 중하급의 신들은 대개 저택이나 신전 수준의 작은 궁처를 가지는 편입니다. 그에 비해 상급 신의 궁처는 굉장히 크죠."

"헤에, 그렇구나."

"저기, 저 궁전 보이십니까?"

아레히스의 손짓에 따라 고개를 돌린 난 거대한 성벽이 둘러싼 궁전의 모습을 곧장 발견할 수 있었다. 푸른 숲의 한가운데 이어진 오솔길이 우뚝 솟은 유백색의 궁전과 어우러진, 마치 한 폭의 그림 같은 광경이었다.

"굉장히 예쁜 성이네요. 저게 상급 신의 궁처인 건가요?"

"맞습니다. 꽃의 여신 프라워스 님의 궁처입니다. 신들의 궁처 중에서 가장 아름답기로 유명하지요. 그 외에도 상급 신들의 궁처는 대개 웅장하고 아름답습니다. 지금 저희가 찾아가는 엘뤼엔 님의 궁처도 마찬가지고요."

잠시 후 모습을 드러내기 시작한 엘뤼엔의 궁처는 그의 말처럼 정말로 화려하고 웅장했다. 입구에서부터 성에 이르기까지 걷는 거리만 한 마을의 크기에 해당할 정도로 길었는데, 쭉 이어진 돌바닥이 전부 다이아몬드로 되어 있었다. 양쪽으로 펼쳐진 거대한 숲에선 바람이 불 때마다 마치 하프처럼 청아하고 맑은 소리가 울렸다.

지니고 있는 신력에 영향을 받아 지어진다고 했던가. 주변 경관만 보아도 이곳에 사는 주인이 얼마나 대단한 존재인지 알 수 있을 것 같았다.

"엘뤼엔은 무슨 신이에요?"

"그게 무슨 말씀이십니까?"

"왜, 꽃의 여신이라든지 차원의 이동을 관할한다든지. 그런 식으로 신마다 불리는 호칭이 있는 것 같아서요. 아레히스는 망자의 신이라고 들었던 것 같은데."

"……으음, 그게 궁금하십니까?"

그러자 차분하던 아레히스의 눈빛에 처음으로 미미한 동요가 일었다. 뭔가 꺼림칙해하는 표정이랄까. 지금까지 나서서 설명해 주는 일은 있을지언정 묻는 말에 대답을 회피한 적은 없었기에 나는 조금 놀라서 그를 바라봤다. 이프리트 역시 조바심이 난 표정이었다.

"음, 엘퀴네스 님. 신들은 전부 타고난 속성 같은 것들이 있습니다. 내부에서도 다시 자잘하게 갈라지긴 합니다만, 일단 크게 나누면 천의(天意)속성과 마(魔)속성으로 구분됩니다."

"알아요. 엘뤼엔은 마속성의 신이라고 했잖아요."

내 대답에 그는 천천히 고개를 끄덕이며 설명을 이었다.

"천의속성이 인간의 선한 감정이나 아름다운 것들로 이루어진다면, 마속성은 그 반대의 것들로 이루어져 있습니다. 아, 물론 속성이 그렇다 해서 그것을 담당하는 신의 성정까지 선악으로 가려지는 건 아닙니다. 전부 인간들을 다스리는 데 필요한 부분들이니까요. 사건이 잦고 더 다루기 까다롭다는 점에서 마속성의 신들이 천의 속성보다 더 강한 신력과 담대한 성정을 갖긴 합니다만, 어쨌든 담당 영역과 본 성격은 전혀 관계가 없다는 거지요."

사족이 길었지만 나는 그가 하려는 말을 어느 정도 짐작할 수 있을 것 같았다. 한마디로 무서운 호칭을 지녔다고 해서 미리 편견을 갖지 말라는 게 아닌가.

'대체 얼마나 흉악한 칭호기에……'

사실 그다지 놀랍지만은 않았다. 이미 전대 엘퀴네스의 성격이 보통이 아니라는 것쯤은 알고 있었으니까. 오히려 천의속성이었다면 그게 더 당황스러웠을 것이다. 그래선지 이프리트도 별로 신경 쓰는 눈치는 아니었다.

그런데도 아레히스는 여전히 조심스러운 기색이었다.

"엘뤼엔 님이 담당하신 차원이 '바이톤'이라고 했던 걸 기억하십니까?"

"아, 네. 기억해요."

"여러분이 다스리는 아크아돈과 같이, 수많은 중간계 차원 중에선 4대 차원에 직접적으로 영향을 받는 지역이 몇 개 있습니다. 바이톤도 그중 하나로, 마계와 하나의 통로로 연결이 되어 있죠. 거의 제2의 마계와 다름이 없습니다."

"흐음, 그렇군요."

"……몇몇 상급 신이 담당하셨다가 몇 년도 안 돼서 포기했던 차원입니다."

"……!"

방금 내가 무슨 소리를 들은 거지?

멍한 시선으로 고개를 들자 아레히스는 웃는지 우는지 알 수 없는 애매한 표정을 지었다.

"마족은 본래 이곳 신계에 속하던 일족이었습니다. 하지만 성정이 너무 난폭한 나머지 다루기가 무척 까다로웠죠. 능력은 신족과 거의 다름이 없는데 피와 살육을 즐기고 매시간 치열하게 다투는 것에만 시간을 쏟았거든요. 당연히 그들이 머무는 곳은 온전한 형태를 갖추기가 힘들었습니다. 결국 그들을 창조한 마신께서 더 이상 수습이 불가능하다 판단하시고, 그들 종족끼리만 머물도록 한 차원에 가둬 버리셨죠. 그렇게 해서 만들어진 것이 지금의 마계입니다."

"……어떤 종족인지 알 만하네요."

"정말 엄청난 일족이죠. 그들에 대해서 말하자면 아마 몇 날 며칠 밤을 새워도 끝이 나지 않을 겁니다."

어쨌건 마계가 생긴 이후로 신계는 평화를 되찾았다. 아무리 사고를 쳐도 자신들의 땅에서만 이루어지는 일이라면 별로 문제 될 것이 없었으니까.

게다가 마신이 쳐 둔 결계로 인해 마족들은 누군가의 소환을 받지 않는 한 직접적으론 중간계에 내려갈 수 없었다. 간혹 한두 마리 정도가 내려가 문제를 일으키는 일이 생기긴 했지만 그건 그 차원을 담당한 신이 해결할 수 있는 수준이었다.

그렇게만 끝났다면 그저 한때의 좋은 추억으로 남았을 것이다.

그런데 얼마 전 모두를 경악하게 하는 엄청난 사건이 생겼다. 바이톤이라는 이름의 어느 중간계 차원에서, 한 인간 마법사가 마계와 연결되는 차원의 통로를 뚫어 버리고 만 것이다.

"……헐, 그게 가능해요?"

경악하는 내게 아레히스는 씁쓸하게 웃으며 고개를 끄덕였다.

"인간은 주신이 직접 창조한 종족입니다. 그래선지 조금 특별한 구석이 있죠. 가장 힘이 없고 나약해 보이면서도 때때로 불가사의한 힘을 발휘하곤 하거든요. 아마 전 종족 중에서 유일하게 기적을 일으킬 수 있는 존재일 겁니다."

"기적이라……."

"차원의 벽을 허문 것이 기적이 아니고 뭐겠습니까?"

하지만 그로 인해 벌어진 결과는 참담했다. 연결 통로를 통해 바이톤으로 뛰어든 마족들이 무차별적으로 그곳의 주민들을 학살하기 시작한 것이다.

지금껏 갇혀 살았던 울분을 풀기라도 하듯, 마족들은 빠르게 바이톤을 점령했다. 본래 그곳을 담당하고 있던 신이 어떻게든 수습을 하려 했지만 역부족이었다. 그러는 사이 바이톤은 완전히 마계에 복속되어 버리고 말았다. 차원 연결을 담당하는 신들이 미처 손을 쓰기도 전에 벌어진 일이었다.

"끔찍했습니다. 그 이후로 바이톤을 담당하는 신들마다 전부 피를 토하실 정도로 크게 스트레스를 받으셨죠. 마족들만으로도 감당이 안 되는데 기존의 주민들을 그들에게서 보호까지 해야 했으니 오죽하겠습니까? 사실 솔직하게 말씀드리면 마족들을 감당할 수 있는 신은 아마 마신밖에 없을 겁니다. 그들을 창조한 분이기도 하지만 신 중에서 가장 강하시거든요. 그거 아십니까? 그런데도 마계를 담당하는 상급 신이 두 분이나 됩니다."

"옛? 두 명이요?"

"예, 마신인 카노스 님과 지옥의 신 크라제 님 입니다. 마족들이 하도 말을 안 들으니까 자꾸 사고 치면 지옥에 처넣어 버리겠다고 마신이 지옥의 신을 섭외하셨죠. 그런데 거기서 또 제2의 마계가 만들어진 겁니다. 어떤 상황인지 아시겠습니까?"

"……"

알다마다. 너무 소름 끼치게 실감해서 오히려 탈일 정도다. 맙소사. 그런데 그런 위험한 곳을 전대의 엘퀴네스가 담당하게 되었단 거야?

갑자기 백마 탄 왕자에서 조폭들에게 시달리는 말단 형사로 이미지가 바뀌는 건, 비단 내 생각만이 아니겠지.

이미 이프리트의 얼굴은 새하얗게 질린 상태였다. 그는 매달리듯 아레히스의 옷깃을 붙잡고 물었다.

"에, 엘뤼엔은 괜찮은 건가요? 그는 무사해요?"

거친 호흡을 삼키며 떨리는 손끝으로 가슴을 부여잡는 모습이 마치 전쟁에 나간 연인의 안부를 확인하듯 비장하다. 그러나 아레히스는 대답 대신 희미한 미소를 지으며 질문했다.

"혹시 전대 엘퀴네스 님의 새로운 이름인 '엘뤼엔 크리노 루사테'가 무슨 뜻인지 아십니까?"

그런 걸 알 리가 있나. 나와 이프리트는 약속이라도 한 듯 동시에 고개를 가로저었다. 아레히스 역시 이미 그럴 거라 짐작한 얼굴이었다. 잠시 후 다시 이어진 그의 말을 듣는 순간 나와 이프리트는 그대로 굳어 버릴 수밖에 없었다.

"엘뤼엔은 신어로 '파괴하다' 라는 뜻입니다."

"……네?"

"크리노는 '심판하다', 루사테는 '헐다' 또는, '파멸시켜 죽이다' ……라는 뜻이지요."

뭐, 뭐야. 무슨 이름 뜻이 다 그따위야?

듣기만 해도 전신이 오싹할 만큼 무시무시한 이름이다. 발음이 참 예쁘다고 생각했는데 설마 저런 의미가 담겨 있을 줄이야.

할 말을 잃은 채 멍하니 입만 벌리고 있는 우리를 향해 아레히스가 생긋 웃었다.

"마속성의 최고신이신 엘뤼엔 님이 관할하시는 영역은 '저주와 형벌' 입니다. 그분께 바이톤보다 적절한 차원이 없다고 판단하신 건 바로 주신이십니다. 그러니 두 정령왕들께서는 그분을 조금도 걱정하지 않으셔도 됩니다."

"저, 저주? 형벌?"

"예, 그중에서도 특히 형벌 쪽에 특화되어 계시죠. 한 가지 더 덧붙이자면, 최근 마족들이 가장 무서워하는 신은 마신이 아니라 바이톤의 '엘뤼엔'이라는 소리가 있을 정도랍니다."

"……."

'그런 건 진작 말해!'

괜히 걱정해서 손해만 봤다. 황망한 심정에 나는 이프리트의 모습부터 확인했다. 어떤 표정을 짓고 있을지 궁금했던 것이다.

그러나 과연 살아온 세월은 무시할 수 없는 건가. 그는 달관한 얼굴로 고개를 끄덕이고 있었다. 심지어 당연하다는 태도다. 그 녀석은 그럴 만도 해, 라니! 넌 대체 어떤 괴물을 좋아했던 거야!

'그 녀석이랑 만나서 살아남을 수 있을까?'

아무래도 이번 만남엔 액운이 낀 것이 분명하다. 하늘이 다 노래지는 기분이었다.

3.

궁전 앞에 이르자 거대한 홀이 우리를 반겼다. 새하얗고 정갈한 느낌의, 주인의 취향을 알 수 있게 꾸며진 공간이었다. 다만 알려진 명성(?)과는 다르게 궁전 내부는 상당히 고요했다. 심지어 청소하는 하인들의 모습조차 보이지 않았다.

"아무도 없는 것 아닐까요?"

"아뇨, 엘뤼엔 님은 궁처를 비우는 일이 거의 없으신 편입니다. 유난히 조용한 건 그분이 번잡한 걸 싫어하시기 때문입니다. 시끄럽다는 이유로 신들의 연회에 단 한 번도 참석하지 않으셨을 정도니까요. 그 때문에 처음엔 그분의 외모조차 잘 알려지지 않았죠. 특히 허락도 없이 방문하는 자들을 아주 질색하셔서……."

"윽! 그거 괜찮아요? 우리도 허락 안 받고 온 거잖아요?"

"……뭐, 어떻게든 되겠지요."

그게 뭐야!

애매하게 웃는 아레히스를 보며 나는 식은땀을 흘렸다. 이번만큼은 이프리트도 질린 표정이었다.

"설마 아무 대책 없이 온 거였어요?"

"으음, 아니라곤 말씀을 못 드리겠군요. 사실 저도 신이 되신 이후의 엘뤼엔 님을 뵙는 건 처음이라……. 하지만 아마 괜찮을 겁니다. 이미 저희가 이곳에 접근한 걸 느끼셨을 텐데, 지금까지 아무런 반격 조치가 없었잖습니까?"

"반격 조치라뇨?"

"번개를 내리거나, 화염구를 떨어트리거나, 갑자기 땅이 꺼지거나, 그밖에 이것저것……."

……그냥 통과할 수 없는 곳이었어?

방금 전까지 아무 생각 없이 걸어온 그 길에서 사실은 죽었을지도 모른다는 생각이 들자 가슴 안쪽이 다 서늘했다. 물론 아레히스는 고작 그 정도에 죽지는 않는다고 상큼하게 대답했지만. 그럼 다치는 건 괜찮다는 거냐, 이 자식!

"어쨌든 그런 과정이 없었다는 건 이미 반은 허가를 내주셨다는 뜻으로 보입니다."

"……보인다구요?"

"아하하. 아니, 정말입니다. 여기서 기다리고 있으면 곧 그분의 수행천사가 나올 겁니다."

대체 뭘 믿고 그렇게 확신하는 건데!

하지만 그의 말은 사실이었다. 그리 오래지 않아 사박거리는 발걸음 소리와 함께 한 여인이 모습을 드러낸 것이다. 등 뒤에 여섯 장의 날개를 달고 있는 아름다운 외모의 천사였다.

"망자의 신 아레히스 님과 두 분 정령왕을 뵙습니다."

우아하게 허리를 숙여 인사를 건네는 천사의 모습에 나와 이프리트는 당황하여 서로 바라보았다. 그런 우리를 향해 부드럽게 미소 지어 보인 천사가 단정한 어조로 말했다.

"엘뤼엔 님께서 기다리고 계십니다. 안으로 들어오십시오."

* * *

"……어?"

천사가 우리를 안내한 곳은 엘뤼엔의 집무실이었다. 그의 뒤를 따라 걷던 나는 문득 특이한 점을 발견했다. 복도의 벽면 위쪽, 가장자리에 작은 문양이 일직선으로 쭉 새겨져 있었던 것이다.

그런데 그 새겨진 모양이 어디선가 본 듯 몹시 낯이 익었다. 내가 기억을 떠올리기 위해 눈을 가늘게 뜨자, 옆에 있던 아레히스가 의아한 표정으로 물었다.

"왜 그러십니까, 엘퀴네스 님?"

"아뇨, 저거…… 어디선가 본 것 같은 기분이…….”

"네? 아아, 신의 문양 말입니까?"

"에?"

……신의 문양이라고?

그 순간 마치 가시가 목에 걸린 것처럼 텁텁한 기분이 들었다. 좋지 않은 예감에 얼굴을 찌푸리는 나를 향해 아레히스는 담담히 웃으며 설명을 이었다.

"신들은 각기 자신을 상징하는 고유의 문양을 가지고 있습니다. 저 새하얀 천칭에 뱀이 휘감겨 있는 문양은 이 궁처의 주인이신 엘뤼엔 님의 표식이지요."

"……잠깐만요. 그 표식이란 거, 설마 천사들의 이마에도 새겨져 있다거나 그런 건 아니겠죠?"

아니겠지? 절대 아닐 거야. 아무렴, 아니어야 하고말고!

나는 허허 실없는 웃음을 흘리며 간절하게 아레히스를 바라봤다. 하지만 그는 이러한 내 기대를 무참히 저버리는 말을 꺼내고 말았으니!

"어떻게 아셨습니까? 바로 맞히셨습니다. 신족들은 태어나는 순간부터 자신이 섬기는 신의 문양을 이마에 새기고 태어납니다."

"헐……?"

"왜 그래, 엘퀴네스?"

굳어 버린 내가 이상했는지 이프리트가 어리둥절한 표정으로 바라보는 것이 느껴졌다. 하지만 이미 나는 패닉에 빠져 허둥거리는 상황이었다.

"저기, 자, 잠깐만 기다려. 나 지금 막, 방금, 몹시도 불길한 생각이 들었거든? 그래서 말인데, 난 그냥 돌아가면 안 될까?"

"뭐? 여기까지 와서 무슨 소리를 하는 거야?"

"아니, 그러니까…… 사실 생각해 보니까 나는 굳이 그를 만나 볼 필요가 없을 것 같거든. 엘뤼엔에게 용무가 있는 건 너 혼자잖아. 안 그래, 이프리트? 아하하! 그런 의미에서 난 이만 돌아갈 테니, 넌 여기 남아서 실컷 해후를 즐기고 천천히 돌아오면……."

그러나 나는 미처 말을 다할 기회를 잡을 수 없었다. 때마침 나타난 고풍스러운 문 앞에서, 우뚝 걸음을 멈춘 천사가 사무적인 어조로 통보해 왔던 것이다.

"다 왔습니다."

헉! 벌써 다 왔다고?

반사적으로 고개를 돌렸을 땐 이미 천사가 문고리를 잡아당긴 뒤였다. 미처 말릴 틈도 없이 순식간에 일어난 일이었다.

끼익.

문이 열리는 육중한 소리가 내게는 마치 지옥의 입구가 열리는 소리처럼 들렸다. 바짝 얼어 버린 나를 향해 천사는 그 고운 얼굴만큼이나 다정한 어조로, 지옥의 언어를 속삭였다.

"들어가시지요."

"……."

"뭐 하는 거야? 얼른 들어가지 않고."

결국 나는 강제로 등을 떠미는 이프리트의 재촉에 못 이겨 억지로 문 안에 들어설 수밖에 없었다.

저기, 이프리트. 애타는 마음은 충분히 알겠는데 이러지 좀 말아 줄래? 지금 나는 너보다 더 심장이 벌렁거려서 미치겠거든? 네 쪽은 아련한 첫사랑의 그리움에 들뜰지 몰라도 난 이 만남에 생명이 걸려 있다고!

물론 이 모든 것은 마음속의 외침일 뿐, 현실의 나는 이미 들어선 내부의 정경을 착실하게 둘러보고 있었다. 가장 먼저 눈에 들어온 건 산처럼 쌓인 종이 더미들이었다. 도무지 어디서부터 어디까지 이어지는지 알 수가 없을 만큼 거대한 종이의 산이 높은 탑처럼 천장까지 아슬아슬 닿아 있었다. 분명 집무실이라고 들었는데 이런 종이 천지라니.

'설마 이게 다 서류인 건…… 아니겠지?'

무너지지 않고 버티고 있는 것이 신기할 정도다. 그 엄청난 종이 산 주변엔 여섯 장의 날개를 지닌 천사들이 한창 분주하게 움직이는 상태였다.

나는 그들 중에서 어렵지 않게 낯익은 얼굴을 발견했다. 새하얀 머리칼과 붉은 눈동자를 지닌 소녀. 나드엘이었다.
'설마설마했는데 결국……'
붙잡고 있던 마지막 희망까지 무너지는 것을 느끼며 나는 슬쩍 종이 산의 너머를 살폈다.
아니나 다를까. 묵직한 종이 뭉치들 사이에 조금 튀어나온 원목의 책상, 그 앞에 약간 비틀어 앉아 있는 한 남자의 모습이 보였다. 백금색의 화사한 머리칼에 정신이 멍해질 만큼 아름다운 얼굴. 청공의 방에서 나를 농락(?)한 그 신이 틀림없었다.
'네가 엘뤼엔이었냐!'
하늘도 무심하시지, 하고많은 신 중에서 왜 하필 거기서 만난 신이 엘뤼엔이란 말인가.
그는 한 손에 깃펜을 든 채, 무언가 마음에 안 든다는 듯 얼굴을 잔뜩 찌푸린 상태였다. 분명 우리가 온 것을 알고 있을 텐데도 이쪽에는 시선조차 주지 않았다.
그때 누군가 내 팔을 강하게 움켜잡는 것이 느껴졌다. 슬쩍 고개를 돌리자 뻣뻣하게 굳어 있는 이프리트의 모습이 보였다. 조금 전까지의 의연함은 온데간데없이, 그는 누가 보기에도 바짝 긴장한 상태였다. 부릅뜬 눈으로 입술을 악문 모습이 어찌 보면 조금 웃기기도 했다. 흔히 말하는, 목구멍으로 심장을 토해낼 것 같다는 게 바로 이런 표정이 아닐까.
"어, 어떡하지? 엘퀴네스가 맞아. 머리 색깔이 달라지긴 했지만…… 맞아. 틀림없는 그 녀석이야."

"엘퀴네스는 난데."
"이익! 지금 장난할 기분 아니거든?"
"아니, 난 그냥 긴장 좀 풀어 보라는 뜻에서……."
어설프게 웃자 이프리트는 새파란 시선으로 날 쏘아보았다. 하지만 본래라면 바로 이어져야 했을 타박은 들리지 않았다. 그가 입을 벌리는 순간, 곧장 이어진 나직한 음성 때문이었다.
"시끄러워."
"……!"
음성의 주인은 바로 엘뤼엔이었다.
우리에게 아무 관심도 없는 듯하더니 대화는 전부 듣고 있었던 건가? 그는 동시에 입을 다문 나와 이프리트를 흘낏 곁눈질로 응시한 다음, 이내 옆에 서 있던 천사에게로 다시 시선을 돌렸다.
"그래서 다음 건은?"
"제36구역에 일어난 소동에 관련된 내용입니다."
"제36구역? 거긴 빈민가 아닌가?"
"예, 맞습니다. 그곳의 인간 주민들이 우연히 접촉한 마족과 문제가 벌어졌는데, 이에 관한 보고입니다."
"……또 그놈들인가. 빌어먹을 놈들. 그래서, 이번엔 무슨 일이지?"
건성건성 대답하는 엘뤼엔의 목소리엔 희미하게 짜증이 서려 있었다. 그다지 흥미가 생기지 않는 일이라는 것을 증명하듯, 들고 있는 서류의 검토도 한눈에 대충하는 것이 눈에 보일 정도였다.

"사건의 발단은 어린 인간 아이가 무심코 마족의 알을 주운 것에서부터 시작되었습니다. 마침 부화 직전이었던 알은 오래 지나지 않아 깨어났지만, 그 속에서 태어난 마족 아이는 필요한 영양분을 충분히 공급받지 못한 상태였습니다. 그에 자신을 주워온 인간 아이는 물론, 주위에 있던 다른 인간들을 습격해서 그 피를 취했습니다. 그에 놀란 인간들이 자경단을 형성하고, 오랜 추격 끝에 마족 아이를 죽였습니다."

"그런데?"

"우연히 그 마족 아이의 어미인 여성 마족이 나중에 그 사실을 알게 된 겁니다. 그 여성 마족은 분노에 차올라 제36구역의 인간들은 물론, 근처 도시에까지 넘어가 학살을 자행했습니다. 이로 인한 사상자가 3천 명이 넘습니다."

"그 마족은 잡았나?"

"예, 궁처로 끌고 와 모든 마력을 봉쇄하고 지하 감옥에 구금해 둔 상태입니다. 엘뤼엔 님의 처분을 기다리고 있습니다."

"쯧……."

엘뤼엔은 짧게 혀를 찬 다음 들고 있던 깃펜을 던지듯 내려놓았다.

"애초에 마족의 알이 왜 바이톤에 떨어진 거지? 모든 마족의 알은 마계의 금역에서 철저히 관리하고 있을 텐데?"

"죄송합니다. 저희도 그 이유까지는……."

"……망할 카노스, 그놈 짓이군."

짧게 투덜거린 엘뤼엔은 찌푸린 얼굴로 이마를 덮었던 머리카락 일부를 가볍게 쓸어 올렸다. 그 간단한 동작조차 TV 광고 속에 등장하는 모델처럼 우아하다. 지켜보는 이프리트의 얼굴이 홍시처럼 붉게 달아오른 것은 말할 필요도 없었다.

'그나저나…… 이건 상당히 골치 아픈 문제네.'

학살을 한 건 물론 그 마족이 잘못한 거지만, 애초에 원인은 마족 아이를 죽인 인간들에게 있다고 봐도 무관했다. 세상에 어느 엄마가 자기 아이를 죽인 놈들을 가만히 놔두겠는가? 이성을 잃는 게 당연하지.

하지만 반대로 인간들 입장에서 보면, 아무리 어리다 해도 사람을 습격하는 마족을 그냥 내버려 둘 수는 없었을 것이다. 무엇보다 자신의 방어가 최우선이니까 말이다.

'그렇다고 마족 아이가 나빴다고 하기엔 단순히 배가 고파서 그런 거니 무조건 탓을 하기도 애매하고.'

엘뤼엔은 과연 이 사건을 어떻게 처리할까? 나는 명심판관의 판정을 기다리는 사람처럼 두근두근한 가슴을 안고 그의 입이 떨어지길 기다렸다. 하지만 펼쳐진 현실은 기대만큼 따뜻하지도, 명쾌하지도 않았다. 이어지는 말을 들었을 때, 나는 머리부터 발끝까지 얼어붙는 것을 느껴야 했다.

"태형 천 대. 그 후 피부를 전부 벗겨 낸 다음 염전에 던져 넣어."

"예? 하지만……."

"죄질이 나쁜 놈을 그냥 곱게 죽여 줄 순 없지. 무고한 생명을 3천이나 해쳤다면 응당 그 대가를 치러야지 않겠나? 마침 새로운 본보기가 필요했는데 잘 됐군. 살갗이 타들어 가는 고통에서 몸부림치다 죽어 가게 해라. 그리고 시체가 되거든 꼬챙이에 꿰어 마계에 던져 놔. 누구도 다신 그딴 짓을 벌이지 못하도록 말이야."

"알겠습니다, 엘뤼엔 님."

맙소사! 정말로 그런 잔인한 형벌을 내린다고? 아무리 형벌의 신이라지만 이건 해도 해도 너무하잖아!

쾅!

머릿속이 새하얘지는 기분에 나는 현재 상황도 잊고 그 앞으로 뛰어들었다. 책상을 내리치는 순간, 놀란 천사들과 일행들이 나를 바라보는 것이 느껴졌지만 이미 시위를 떠난 화살이었다.

"넌 선처라는 말도 모르냐! 어떻게 그런 끔찍한 벌을 내릴 수가 있어!"

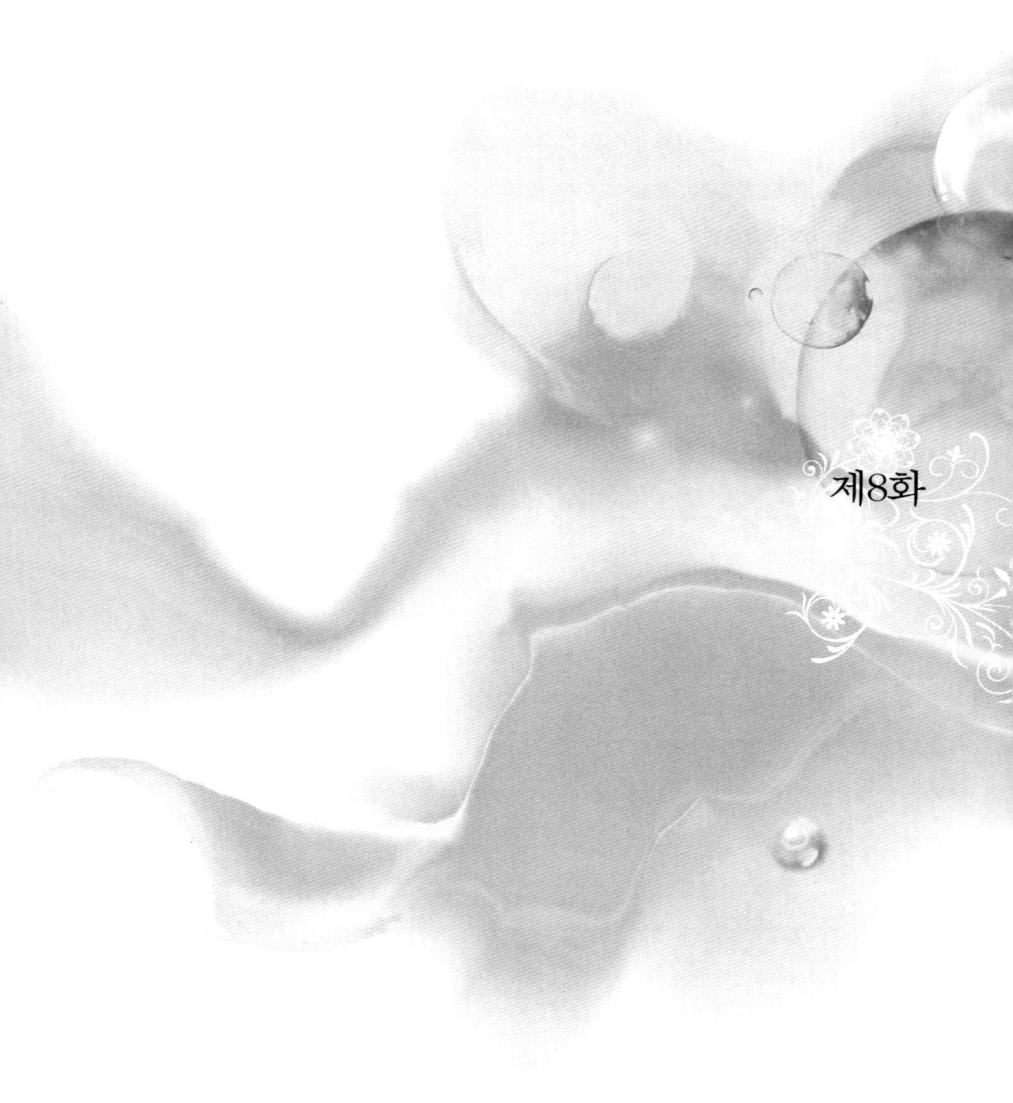

1.

"이놈의 자식, 죽어라! 죽어!"

둔탁한 타격 음과 함께 지독한 통증이 퍼진다. 이젠 지긋지긋할 정도로 익숙했지만, 동시에 결코 익숙해지지 않은 고통이었다. 내가 할 수 있는 건 고슴도치처럼 두 손 안에 머리를 말아 넣고 비명을 지르는 것뿐이었다.

"아파! 아파요, 아버지! 그만! 제발 그만 하세요!"

"닥쳐라, 이놈! 아버지는 누가 네놈의 아버지야! 당장 죽어 버려! 빨리 죽어서 그 재수 없는 면상 좀 내 눈앞에서 치우란 말이야!"

쨍그랑!

머리 위에서 날카로운 아픔이 퍼지고 유리병이 산산조각 나서 흩어진다. 문득 뜨거운 액체가 흐르는 느낌에 나는 두 눈을 멍하니 깜빡였다가, 곧 손을 들어 천천히 이마 부근을 매만졌다. 다시 내려다본 손바닥엔 붉은 피가 흠뻑 묻어 있었다. 그것을 보자 울컥 억울한 감정이 치솟아 올랐다.

"대체…… 대체 왜 이러시는 거예요? 제가 뭘 그렇게 잘못했어요?"

"아니, 그래도 이놈의 자식이? 어디서 감히 눈을 부라려? 지금 내게 반항하는 거냐?"

"저는…… 전 단지 이유를 알고 싶어서……."

"허허, 그래! 네가 오늘 죽고 싶어서 환장을 했구나! 네가 뭘 그렇게 잘못했냐고? 오냐! 내가 알려 주마!"

소매를 걷어 올린 거친 팔엔 어느새 두꺼운 쇠막대기가 들려 있었다. 공중으로 높이 솟구쳐 오른 그것이 빠르게 내게 쏟아져 내려오는 것을 마지막으로, 나는 질끈 두 눈을 감았다.

"넌 태어난 것 자체가 죄였어!"

                    *   *   *

"으으음……."

오랜만에 지독한 꿈을 꿨다. 이상할 정도로 지끈거리는 머리를 부여잡고 힘겹게 눈을 뜨자, 까마득히 높은 천장과 그 가운데 주렁주렁 매달린 화려한 샹들리에가 보였다.

'여기가 어디지?'

자다 일어나서 그런가. 정신이 몽롱한 게 무슨 일이 있었는지 하나도 기억이 나지 않는다. 내가 왜 이런 곳에 있는 거지? 정령계가 아닌 것만큼은 확실한데 말이야. 아니, 그보다 난 왜 자고 있었던 거야?

정신을 차리려고 고개를 흔들었지만 여전히 머릿속은 먹통이라도 된 듯 깜깜했다. 그나마 알 수 있는 거라곤 생판 처음 보는 낯선 방 안에 내가 누워 있다는 것 정도일까.

"윽……."

침대에서 몸을 일으키려고 하자 섬뜩한 느낌이 전신으로 퍼졌다. 머리가 지끈거리는 것과는 비교도 할 수 없을 만큼 격렬한 통증에 나는 얼굴을 와락 찌푸렸다. 꼭 아버지한테 붙들려서 흠씬 두들겨 맞고 난 다음 날 같은 것이…… 아아, 이래서 그런 꿈을 꾼 건가?

아마 그때가 중학교 1학년 때쯤이었을 것이다. 평소엔 그저 무관심하기만 할 뿐인 아버지는 술에 취하기만 하면 폭력적이 되기 일쑤였다. 쌓아 둔 앙금을 단번에 해소하기라도 하듯 나를 붙잡고 폭행을 일삼았다. 어느 때는 일부러 술에 취하기도 했다. 부모와 형제들이 나를 진심으로 증오하고 있다는 사실을 깨달았던 것도 아마 그때쯤이었을 것이다.

혹, 부모 형제와 유대감이 없지는 않았습니까?

언젠가 아레히스가 내게 했던 질문이 다시 떠올랐다. 갑자기 기분이 가라앉는 것 같아 나는 서둘러 고개를 좌우로 흔들었다.
'어휴, 언제까지 이럴래, 강지훈. 이제 잊어버릴 때도 됐잖아.'
이게 전부 다 아파서 그런 거다. 원래 사람(?)은 아플 때 정신이 약해진다고 하잖아? 그러니까 굳이 내 탓은 아니야. 암, 그렇고말고.
'아니, 근데 도대체 왜 이렇게 아픈 거지? 마치 누군가에게 맞기라도 한 것처럼…… 어? 맞았다고?'
순간 머릿속에 퍼뜩 한 장면이 스쳐 지나갔다. 책상을 내리친 두 손바닥에서부터 퍼지던 진동, 휘날리던 종이 더미들, 그리고 나를 똑바로 응시하던 푸른 눈동자!
"맞다! 엘뤼엔! 그 자식! 아윽……."
벌떡 일어나려 했지만 또다시 울리는 통증에 나는 침대 위에 엎어졌다. 이제 전부 기억이 난다. 내가 왜 이렇게 아픈 건지. 그렇게 왜 이런 곳에 있는지까지도!

콰아앙!
열 받아서 책상을 내리친 순간 깜짝 놀란 천사들과 달리, 나를 응시하는 엘뤼엔의 표정은 담담하기만 했다. 흩날리는 종이 더미들을 잠시 못마땅하게 바라본 그는 한쪽 손으로 턱을 괴고 눈을 내리뜨며 말했다.

"물러나. 네가 나설 일이 아니다."

"뭐어? 아니, 나도 이런 때 나서는 게 주제 넘는다는 건 알고 있긴 하지만, 그래도 네 판정에 항의하고 있는 거잖아! 변명 정도는 하라고!"

"변명?"

"자식을 잃은 부모가 화나서 벌인 짓이잖아. 아무리 죄질이 나빠도 어느 정도는 감안을 해 줘야지. 그냥 곱게 죽여도 되는 걸 꼭 그렇게 잔인한 처벌을 해야겠어? 이 피도 눈물도 없는 자식아!"

"……말이 통하지 않는 녀석이군."

한숨을 내쉰 엘뤼엔은 들고 있던 서류 중 일부를 거칠게 책상 위로 던져 놓았다. 그리곤 한낮의 햇살을 그대로 머금은 창문을 흘낏 보더니 앉아 있던 자리에서 천천히 일어섰다.

본래 그가 가진 존재감도 그렇지만, 나보다 머리 하나 더 큰 녀석이 바로 코앞에 서니 그 위압감은 실로 대단했다. 인간 같지 않은(실제로도 인간은 아니지만) 그의 화려한 외모 때문에 저절로 위축되는 것 같았다. 그때야 탈출했던 정신이 서서히 돌아오는 것을 느끼며 나는 뒤로 주춤 물러섰다.

"뭐, 뭐야."

"난 분명히 물러나라고 했다. 그 경고를 어긴 건 너야. 그러니

원망은 듣지 않겠어."

"……뭐?"

그 직후, 그의 손에서 눈부신 빛이 터져 나오는 것이 보였다. 동시에 새하얀 빛덩어리가 빠르게 쏘아져 들어오는 느낌이 들었다. 그 순간 언뜻 이프리트와 아레히스의 비명이 들린 것 같지만 확실하진 않았다.

그것이 내 마지막 기억이었으니까.

"하! 뭐야. 그럼 나 맞아서 기절했던 거야?"

고작 한 방에 쓰러진 나도 좀 문제가 있긴 하지만, 물러나라는 경고를 무시했다는 이유로 때려서 기절을 시켜? 뭐 그딴 놈이 다 있어? 이프리트의 말대로 정말 성격파탄자였잖아!

나는 이번에야말로 온몸의 격통을 무시하고 몸을 일으켰다. 여기가 어딘지 모르겠지만, 다시 찾아가서 한마디 해 주지 않으면 분이 풀리지 않을 것 같았다.

"아, 엘퀴네스 님. 정신이 드셨습니까?"

그때 굳게 닫혀 있던 문이 열리더니 한 남자가 모습을 드러냈다. 아레히스였다.

"아레히스, 여기가 어디예요?"

"엘뤼엔 님 궁처에 있는 손님방 중 하나입니다. 몸은 좀 괜찮으십니까? 아, 하긴 이건 괜한 질문이었군요. 의식이 없는 상태라면 모를까, 물의 정령왕의 치료술이라면 그런 통증쯤은 간단히 가라

앓힐 텐데 말입니다."

"에?"

헉, 맞다! 치료술, 나한테 그게 있었지?

당황해서 눈을 크게 뜨자 아레히스의 얼굴에 어이없는 표정이 떠올랐다.

"설마, 잊고 계셨습니까?"

"아하하……."

나는 그제야 허둥지둥 내 몸에 치료술을 시전했다. 그러자 조금 전까지만 해도 욱신거리던 통증이 씻은 듯 사라지는 것이 느껴졌다. 이렇게 좋은 거 진작 할 것을. 이래서 머리가 나쁘면 손발이 고생한다는 말이 있는가 보다.

아레히스는 잠시 못 말린다는 표정으로 내가 하는 양을 지켜보다 이내 한숨을 내쉬며 말을 이었다.

"아무튼 무사히 깨어나셔서 정말 다행입니다. 정말 얼마나 조마조마했는지. 엘뤼엔 님은 가볍게 기절시킨 거니 걱정할 필요 없다고 하셨지만, 아무리 그래도 안심이 되어야 말이죠. 마신과 거의 비등하다고까지 알려진 그 강대한 신력으로 그렇게 무자비하게 내리치시다니."

"에? 신력? 그 이상한 하얀빛 말이에요?"

"네, 맞습니다. 신이 사용할 수 있는 가장 순수한 힘이죠. 다행히 의식을 잃는 정도에서 끝나셨으니 망정이지, 운이 나쁘셨다면 아마 그 자리에서 바로 소멸하셨을지도 모릅니다."

"소, 소멸이요?"

그거…… 죽는다는 거지?

기겁해서 되묻자 아레히스는 한층 무거워진 얼굴로 고개를 끄덕였다.

"부탁이니 제발 조심해 주십시오. 중간계라면 계약자의 마나를 빌어 임시 육체를 투영할 수 있으니 아무리 강력한 공격이라도 맞아서 문제 될 게 없겠지만, 이곳 4대 차원 내에선 본체 그대로 존재하기 때문에 받은 타격이 곧장 목숨과 직결됩니다. 정령 분들은 워낙 중간계 쪽의 상황에만 익숙해서 그런지 이 사실을 곧잘 잊어버리더군요. 그래서 신계에 모셔 오길 꺼린 건데……."

"으음, 소멸하면 어떻게 되는데요?"

"그야 강지훈 때처럼 혼령이 되어 저와 함께 명계로 가셔야 했겠죠. 그렇게 되면 아마 역사에 남게 될지도 모르겠군요. 역대 정령왕 중에서 가장 짧은 임기를 보낸 정령왕으로 말입니다."

그딴 걸로 역사에 남고 싶지 않아!

경직된 내 모습에 아레히스는 빙긋 웃으며 농담이라고 말했다. 무슨 농담을 저렇게 살벌하게 한담? 그마저도 참 그답다고 생각하며 나는 속으로 투덜거렸다.

"그런데 이프리트는 어디 갔어요?"

"아아, 그분은 지금 엘뤼엔 님과 대화 중이십니다."

"엑! 단둘이서요?"

뜻밖의 대답에 나는 질겁했다. 대화라니! 성격이라면 이프리트도 만만치 않은데 그 둘이 제대로 된 대화를 나눌 리가 없잖아. 혹시 그 녀석도 나처럼 한 대 맞고 실려 오는 거 아냐?

단지 내 예상일 뿐이지만 가능성은 충분히 차고 넘쳤다. 허둥거리는 나를 향해 아레히스가 부드럽게 웃으며 말했다.

"아마 괜찮을 겁니다. 엘퀴네스 님이 기절하셨을 때 이프리트 님이 조금 흥분하시긴 했지만, 그 외에 딱히 험악한 분위기는 아니었으니까요."

"어? 그, 그래요?"

"예. 저도 조금 전까지 함께 있다가 엘퀴네스 님의 상태가 걱정되어서 잠시 빠져나온 겁니다. 걱정되시면 같이 가 보시겠습니까?"

"좋아요!"

나는 냉큼 대답하고 침대에서 훌쩍 뛰어내렸다. 하지만 솔직히 말하면 이프리트의 안전에 대한 걱정보다는 엘뤼엔을 만나서 담판을 짓고 싶다는 마음이 더 컸다.

다짜고짜 공격해 놓고 이런 곳에 그냥 던져 놓다니. 이거야말로 노골적인 무시가 아닌가. 가만히 있어도 울컥울컥 화가 치밀어 올랐다.

'내가 그렇게 만만했다 이거지! 이번에야말로 그 높은 콧대를 왕창 꺾어 주고 말겠어!'

그러자 그런 내 생각을 눈치챈 듯 옆에서 아레히스가 작게 중얼거리는 소리가 들렸다.

"잊지 마십시오. 이번에 맞으면 정말 소멸입니다."

2.

집무실 앞에 이르자 두런두런 대화를 나누는 소리가 들렸다. 이프리트와 엘뤼엔의 목소리였다.

나는 살짝 문을 연 다음, 그 틈으로 조심스럽게 안을 살폈다. 그 둘은 작은 티 테이블을 사이에 두고 마주 보고 있었다. 뒤돌아선 탓에 엘뤼엔의 표정은 잘 알 수 없었지만, 맞은편에 앉은 이프리트의 얼굴이 토마토처럼 붉게 달아올라 있는 것만은 확실히 보였다.

'아주 좋아 죽는구만.'

친구가 지금 사경을 헤매다(?) 왔는데 넌 그렇게 만든 범인 앞에서 수줍게 얼굴을 붉히고 싶더냐!

나는 쯧쯧 혀를 차며 문을 벌컥 열어젖혔다. 그러자 정신없이 엘뤼엔을 바라보고 있던 이프리트가 흠칫 놀라 어깨를 들썩였다.

"까, 깜짝이야. 어? 뭐야, 엘퀴네스. 지금 깨어난 거야, 너?"

"어째 깨어나서 아쉽다는 투다?"

"무, 무슨 소리를 하는 거야. 내가 언제 그랬다고."

이프리트가 당황한 얼굴로 말을 우물거리는 동안 나는 그 앞에 앉아 있는 엘뤼엔을 노려보았다. 그는 나에게 시선도 주지 않은 채 조용히 찻잔을 입에 가져가는 중이었다.
 순간 욱하는 기분에 나는 이번에야말로 그와 결판을 내려고 했다. 하지만 그에 앞서 내 뒤를 따라 들어온 아레히스의 부드러운 목소리가 울렸다.
 "말씀들은 다 나누셨습니까?"
 말을 건넴과 동시에 그의 잔잔한 눈빛이 슬쩍 나를 향했다. 그것을 보자 이곳에 오기 전 그가 했던 경고가 머릿속에 다시 떠올랐다.

 이번에 맞으면 정말 소멸입니다.

 "……."
 아무리 내 머릿속이 객기로 가득 찼어도 선뜻 무시하기 힘든 말이었다. 잠깐 겪어 본 것뿐이지만 저 엘뤼엔은 정말 화가 나면 서슴없이 날 죽일 수 있는 남자. 자존심이 상했다고 고작 이런 일에 목숨을 걸 수는 없지 않은가.
 '으으, 정말 뭐 이래!'
 나는 속으로 투덜거리며 이프리트의 옆에 털썩 주저앉았다. 그런 나를 이프리트가 잠시 이상하다는 듯 바라보았지만, 이내 다시 엘뤼엔에게 시선을 돌린다. 그리곤 조금 전까지 하던 이야기를 마저 이을 생각인지 이해할 수 없는 대화를 나누기 시작했다.
 "그럼 그땐 정말 다시 생각해 주는 거지? 응? 엘뤼엔."

"……글쎄."

"치이, 신이 되더니 더 무뚝뚝해졌어."

"나야말로 지금 네 태도가 적응이 안 되는군. 나만 보면 시비 걸기 바빴던 것 같은데 말이야."

"어머, 내가 언제 시비를 걸었다고. 호호호……."

"……."

무슨 내용인지는 잘 모르겠지만, 아마도 내가 기절한 그 사이에 둘의 관계가 상당히 진척된 것만은 분명했다. 형벌의 신이라는 사실에 경직될 때는 언제고, 두 눈이 하트 모양이 돼선 화기애애하게 대화를 나누고 있는 이프리트의 모습을 보니 배알이 조금 뒤틀렸다. 게다가 어울리지도 않는 콧소리라니! 이래서 여자들이란!

"하하, 정말 화목한 분위기로군요. 전대의 정령왕과 현대의 정령왕 분들이 이렇게 다정하게 담소를 나누고 계시는 모습을 보니, 명계의 신으로서 감회가 새롭습니다."

눈치 없는 아레히스는 덩달아 들뜬 얼굴로 감탄을 연발했다.

그때 돌연 엘뤼엔의 눈빛이 서늘해지는가 싶더니, 그가 들고 있던 찻잔을 테이블 위에 내려놓으며 말했다.

"그러고 보니 아레히스, 그대에게는 따로 할 말이 있었지."

"예? 제게 말씀입니까?"

의아하게 바라보는 아레히스를 향해 엘뤼엔은 살짝 고개를 끄덕였다. 왠지 입가에 서린 웃음이 조금 비틀린 것처럼 보였다.

"이렇게 보니 정말 감회가 새롭긴 하군. 정령왕의 임기를 마치고 명계에서 봤을 때 이후 처음인가? 그 뒤로 쭉 다시 만나고 싶었는데 보다시피 일이 너무 쌓여 있어서 말이야. 통 시간이 나지 않더군."

'헉! 저 엄청난 종이 더미가 정말 서류였다고?'

예상이 맞았다는 사실에 충격을 받은 나는 다시금 방 안 전경을 질린 기분으로 돌아보았다. 신이 되면 탱자탱자 놀고먹기만 할 줄 알았는데, 이렇게 많은 일거리에 치여 살 줄은 몰랐다. 이래서 세상일은 겪어 봐야 안다는 거구나.

아레히스 역시 그 어마어마한 분량에 놀란 모습이었다.

"상급 신의 일이 고되다는 말은 들었습니다만 정말 굉장하군요. 그런데 제겐 무슨 일로?"

"짐작 가는 일이 있을 텐데."

"짐작 가는 일이요?"

짐짓 모르겠다는 듯 의아하게 묻는 그였지만, 왠지 어색하게 굳어진 표정을 보니 이미 무슨 이유인지 알고 있는 게 분명했다. 엘뤼엔이라고 그 사실을 모를 리 없을 터. 눈썹을 살짝 꿈틀거린 그는 두 손을 깍지 끼운 채 싸늘하게 웃었다.

"나는 이야기를 끄는 것은 질색이다. 잊었다면 말해 주지. 소멸의 때가 되어 명계에 갔을 때 그대는 내게 두 가지 길을 제시했다. 신이 되는 길과 내세를 걷는 길. 그렇지 않나?"

"네? 아아, 그, 그랬었죠."

"기억하고 있다니 다행이군. 그럼 그때 내가 어떤 선택을 했는지도 기억하나? 개인적으론 기억하고 있길 바라는데 말이야."

"……내세를 택하셨습니다."

'헉?'

짧은 침묵과 함께 이어진 아레히스의 대답에 나는 경악했다. 저 신으로 살기 위해 태어난 것 같은 남자가 선택의 갈림길에서 내세를 택했다고? 아니, 일단 그건 그렇다 치고, 그런데 왜 지금 신이 되어 있는 거지?

놀란 것은 이프리트 역시 마찬가지인가 보다. 그는 두 눈을 부릅뜬 채 엘뤼엔과 아레히스를 번갈아 바라보는 중이었다.

"귀찮은 것은 싫다— 그렇게 말했었지. 신이 되면 짊어져야 할 책무가 많아지니 아무리 누릴 권리가 많다 해도 사양하고 싶다고. 그런 건 이미 지난 정령왕 시절로도 신물 나게 겪었다고 말이야."

"맞습니다, 엘뤼엔 님. 그리고 저는 당신만큼 신의 위치에 어울리는 분이 없으니 생각을 재고해 주실 것을 부탁드렸지요."

"그래, 그 말 그대로다. 하지만 나는 다시 거절했지. 또다시 선택의 시간이 주어지더라도, 역시 한 번쯤은 내세의 길을 걷고 싶다고 말이야. 그땐 그대도 그런 내 의사에 납득한 듯 보였다. 그런데……."

잠시 말을 끊은 엘뤼엔은 서슬 퍼런 눈으로 아레히스를 노려보았다.

"왜 내가 신이 되어 있는 거지?"

"아하하…… 그, 그게……."

"기가 막히더군. 그대가 안내하는 길을 따라 걸으면서 무언가 이상한 기분이 들긴 했지만 단순히 기분 탓이라 여겼다. 그런데 태어나 보니 상급 신이라……. 게다가 엘뤼엔의 이름을 하사받았다고 말이지. 나중엔 기다렸다는 듯이 그 썩을 것들이 넘쳐흐르는 땅 바이톤을 담당하라고 서둘러 임명장이 오더군. 그때부터 나는 그대를 다시 만나기만을 정말 손꼽아 기다렸다. 감동해도 좋아. 내가 누군가를 이토록 그리워해 보기는 난생처음이니까."

표정은 분명 웃고 있는데 주변에선 섬뜩한 한기가 흘렀다. 나는 황망한 기분으로 식은땀을 비처럼 흘리고 있는 아레히스를 바라봤다. 설마 아레히스, 당신……!

'엘뤼엔을 속여 먹은 거야?!'

그게 사실이라면 정말 대단한 용기라고 말해 줄 수밖에 없었다. 아레히스는 손수건을 꺼내 흥건히 젖은 이마를 닦아내며 입을 열었다.

"그게, 변명을 드리자면 저로선 정말 어쩔 수가 없었습니다. 이제 와 말씀드리는 겁니다만, 윗선에서 공문이 내려왔었거든요."

"……공문?"

"으음, 상급 신이 너무 부족하니 누구든 강제로 신의 길을 택하게 하라는 내용이었습니다. 엘뤼엔 님도 아시다시피 현재 신계에 상급 신이 채 20명도 되지 않잖습니까? 본래 자격을 갖춘 영혼들이 전부 신이 되었다면 적어도 50명은 되어야 했습니다. 그마저도 상당히 적은 숫자죠. 그런데 다들 내세의 길을 고집하시니……."
 자격을 갖춘 영혼, 즉 신의 영혼들은 내세를 택해도 다음 생에서 다시 선택의 갈림길에 서게 된다고 한다. 한마디로 얼마든지 내세를 경험하고 나중에 신이 돼도 상관없다는 소리였다. 그러나 반대로 일단 한 번 신을 선택한 이후에 다시 내세로 가기 위해선 꽤 까다로운 절차를 거쳐야 한다고 했다.
 그렇다 보니 신의 영혼 대부분은 바로 신이 되기보단 내세를 돌아볼 것을 선택했는데, 그 때문에 신계의 인력이 극도로 부족하게 되었다는 것이다. 특히 상급 신의 업무는 누군가 대신할 수 있는 것도 아니라서 신계는 오래도록 진통을 앓아 왔다고 했다.
 그리하여 종래엔 결국 선택의 길에서 무엇을 택하든 무조건 신이 되게 했다는 것이다. 엘뤼엔은 그것에 희생된 운 나쁜 첫 번째 타자라고 할 수 있었다.
 거기까지 설명을 들은 엘뤼엔은 잠시 기막힌 표정을 짓더니 곧 이를 갈 듯이 내뱉었다.
 "그럼 내가 '바이톤'을 맡게 된 이유는?"
 "상급 신의 담당 차원은 주신의 의지로 결정되는 겁니다. 주신께선 당신의 능력이 그에 합당하다고 판단하신 것 같습니다."
 "……빌어먹을."
 나직하게 욕설을 내뱉은 엘뤼엔은 신경질적으로 머리를 쓸어 넘겼다. 굉장히 화가 난 것이 분명한데 예상외로 별다른 반응이 없는 것이 이상할 정도였다. 나는 옆에 있던 이프리트에게 귓속말로 물었다.

"저기, 이프리트. 주신이 그렇게 굉장해?"

"바보야, 당연하지. 주신은 신 중의 신이자, 모든 신들의 창조주라고. 그의 명령이 곧 이 세상의 법이자 진리야. 거역하고 살아남을 수 있을 것 같아? 아니, 그전에 거역할 마음조차 들지 않을걸?"

"헤에, 그렇구나."

결국 제아무리 날고 기는 놈이라도 주신 앞에선 전부 순한 양이 된다는 소린가.

'너도 알고 보니 꽤 불쌍한 놈이었구나.'

하지만 그렇다고 해서 내게 벌인 행동을 용서할 생각은 추호도 없었다. 오히려 이런 상황에서 저런 얘길 듣고 나니 묵혀 놨던 10년 체증이 확 풀리는 것 같았다. 기분이 좋아진 나는 그에게 들리지 않도록 작은 목소리로 중얼거렸다.

"그것참 쌤통이다."

그런데 아무래도 내가 신이라는 존재를 너무 간과했던 모양이다. 그가 살벌한 시선으로 나를 바라보는 것이 아닌가. 찔끔한 나는 되는 대로 지껄였다.

"뭐, 뭐야. 난 못 할 말 한 거 없거든? 쌤통인 걸 쌤통이라고 한 게 뭐가 나빠!"

"……이번에야말로 죽고 싶은가 보군."

"누, 누가 그렇대? 그, 그치만 난 잘못한 거 하나도 없어. 납득이 되지 않을 정도로 잔인한 형벌을 내리는데 그걸 어떻게 그냥 두고 보란 말이야? 신이면 다냐! 이건 횡포야! 독재자는 물러가라!"

빠르게 외치는 내 말에 아레히스는 한 손으로 얼굴을 덮었고, 이프리트는 저게 뭘 잘못 먹었나라는 표정을 지었다. 그리고 이 모든 말을 들은 엘뤼엔은 가볍게 고개를 옆으로 기운 채 무심한 시선으로 나를 바라보고 있었다.

"독재자라……."

이번에도 바로 신력으로 칠 줄 알았는데 왜인지 재밌어하는 기색이다. 청공의 방에서 내가 하는 양을 물끄러미 구경하던 때와 비슷했다. 그래서 나는 더 울컥해 버렸다.

"그래! 그러니까 당장 납득할 만한 이유를 대든가, 아니면 사과해! 무조건 때리고 기절시키면 다냐! 너 때문에 난 별로 기억하고 싶지 않았던 것까지 기억해 버렸거든? 최악의 악몽이었다고! 그러니까 하다못해 변명이라도 하는 게 좋을걸? 안 그러면……!"

"안 그러면?"

"어? ……아, 안 그러면…… 아, 그래! 화낼 거야! 엄청나게 무지무지 화내고 저주할 거라고!"

……그래, 나도 알고 있다. 이게 얼마나 유치하고 황당한 답변인지. 말하는 나 자신도 얼굴이 뜨거울 정도인데 듣는 엘뤼엔은 오죽하랴. 이프리트와 아레히스는 아예 낙담한 얼굴로 고개를 절레절레 흔들고 있었다.

'그치만 나더러 어쩌라고! 정령왕의 능력으로 상급 신을 이기는 게 어디 가당키나 하냔 말이야!'

이럴 줄 알았으면 처음부터 덤비지나 말 걸 그랬다. 때늦은 후회가 밀물처럼 밀려 들어왔지만 나는 철철 흐르는 눈물을 삼키며 끝까지 억지를 부렸다.

"아, 아무튼 그러니까 당장 설명해! 굳이 그 마족에게 그렇게 잔인한 처벌을 내린 이유가 뭐냐고! 납득이 되면 날 때린 것도 그냥 넘어갈 테니까!"

"저주도 내리지 않고 말이지?"

"그, 그래!"

"내가 저주와 형벌을 관할하는 신이라는 건 알고 하는 말인가?"

"……."

헉, 맞다! 그랬지! 할 말을 잃고 얼어 버리자 옆에서 이프리트가 '바보……'라고 대놓고 중얼거리는 소리가 들렸다. 크흡, 이왕이면 그런 소리는 작게 해 주면 안 되겠니? 굳이 그렇게 콕 집어서 알려 주지 않아도 되거든?

한동안 집무실 안엔 어색한 침묵이 흘렀다. 그것이 깨진 건 가볍게 한숨을 내쉰 엘뤼엔이 입을 열면서부터였다.

"……뭐 하나 아는 것도 없고 감정적이고, 기억력도 별로 좋지 않은 것 같고. 나설 때와 그렇지 못할 때를 구분하는 눈치도 없군. 그런 주제에 의협심만은 강해서 목숨의 위협에도 굴하지 않는다라……."

"으……."

말 한 마디 한 마디가 가시처럼 찌르는 것 같다. 차마 얼굴도 보지 못하고 흠칫흠칫 어깨만 떨고 있는 내게, 그가 한심하다는 듯 중얼거리는 소리가 울렸다.

"역대 엘퀴네스 중에서 이런 타입은 처음이군."

"나, 나도 내가 덜떨어진 거 알거든?"

"그렇게까진 말하지 않았다."

이게 지금 누구 약 올리나? 이미 그렇게 들리도록 다 말해 놓고 아니라고 하면 그만이냐고!

순간 울컥했지만 나는 이번에도 화를 낼 기회를 놓치고 말았다. 곧장 엘뤼엔의 질문이 이어졌기 때문이었다.

"그 마족이 왜 인간들을 죽였다고 생각하지?"

"에? 그야…… 자기 아이를 죽였기 때문이잖아?"

내 대답에 그는 다소 어이없다는 표정을 지으며 웃음을 터뜨렸다.

"그거야말로 가장 웃기지도 않는 이유지."

"무슨……."

"마족은 모성애가 없다."

"……어?"

또 우습게 여기는 건가 싶어 화를 내려는 찰나 이어지는 그의 말에 잠시 멈칫했다. 그에 관한 설명을 이은 건 옆에 있던 이프리트였다.

"그건 사실이야. 마족들은 자기 알을 낳자마자 바로 버리는 종족이거든. 아이에 대해서는 관심도 없고, 태어난 아이를 제 자식이라고 여기지도 않아. 심지어 자기의 마력을 확장하기 위해 잡아먹는 경우도 있어. 아니, 오히려 그런 일이 비일비재할걸? 그래서 마계에선 알들을 회수해서 보호하는 역할을 맡는 계급이 따로 있을 정도야."

"어? 정말? 그, 그럼 그 마족이 특이한 건가?"

"……인제 보니 지나치게 긍정적이기까지 하군."

엘뤼엔의 한숨 섞인 소리에 나는 주먹을 꽉 움켜쥐고 그를 노려봤다.

"그게 아니면? 왜 자기 아이를 죽인 인간들을 해친 건데?"

"당연한 것 아닌가? 그냥 학살을 즐긴 거잖아."

"……뭐?"

"내가 담당한 이후로 규율이 강화되어 함부로 인간들을 해칠 수 없게 되니 그럴듯하게 구실을 만들어낸 거지. 어쩌면 본래 자신이 먹으려고 했던 어린 마족을 인간들이 못쓰게 해 놓은 것에 대한 화풀이일 수도 있고. 어쨌건 어느 쪽이든 네가 생각하는 애틋한 복수 따위가 아니라는 거다."

"그런……."

할 말을 잃고 망연해 있는 내게 엘뤼엔은 묵묵히 내가 미처 짚어내지 못했던 사실을 지적했다.

"정말 모성애가 넘치는 타입이었다면 애초에 알을 방치하지도 않았겠지. 모르는 것 같으니 이것도 알려 줄까. 마족의 알에서 정상적인 아이가 태어나려면 성인 마족이 주기적으로 알에 마력을 주입해야 한다."
 "……?"
 "하지만 태어난 어린 마족은 극심한 영양부족이었지. 그 옆에 있는 인간들을 습격할 정도로 말이야. 그 어미가 전혀 돌보지 않았다는 소리다."
 "아……."
 갑자기 온몸에서 힘이 빠지는 느낌이 들었다. 결국 모든 것은 내 오해일 뿐이었다는 건가?
 하긴 아무리 신이라곤 해도 그렇게 무작정 잔인한 처벌을 내리진 않았을 것이다. 다 그럴 만한 이유가 있기 때문에 내려진 판결일 텐데, 나 혼자 불복하고 열을 내다니.
 '정말 내가 나설 일이 아니었잖아…….'
 나는 혹시 무조건 나만 옳다고 생각했던 걸까? 그래서 신인 그보다 더 명쾌한 판단을 내릴 수 있다고? 바보 같다, 정말. 모든 부모가 자식을 사랑하는 게 아니라는 건 이미 누구보다 잘 알고 있었는데도.
 그렇게 생각하니 지금 이 자리에 있는 것이 두려울 정도로 몹시 창피해졌다. 도대체 무슨 낯으로 엘뤼엔의 얼굴을 봐야 할지 알 수가 없었다.
 "이제 설명이 됐나?"

"……으윽! 미, 미안해요. 난 그런 것도 모르고……."

황급히 사과를 건네자 그는 만족의 표정 대신 가볍게 고개를 옆으로 기울였다. 뚫어지게 응시하는 시선에 나는 의아해하며 그를 마주 보았다.

뭐, 뭐야. 대체 왜 저렇게 보는 거지? 고작 사과 따위로 넘어가려 하다니 간이 배 밖으로 나왔다 이건가? 이번엔 또 얼마나 아프게 때리려고!

하지만 잠시 후 그에게서 나온 건 내가 전혀 예상하지 못했던 말이었다.

"인제 보니 상당히 이상한 부분에 집착하는 것 같군."

"……에?"

"네가 너와는 아무런 상관이 없는 마족을 두둔한 건 그가 죽은 아이를 위한 복수를 했다고 믿었기 때문이 아닌가? 그리고 사실은 그게 아니라는 것을 알게 되자 상당히 실망하는군. 보통은 살육을 즐기기 위해 제 자식까지 이용하는 그 잔학한 성품에 놀라기만 할 텐데 말이야."

"그, 그거야……."

"청공의 방에서 만났을 때도 그랬지. 나와 신족의 부모와 자녀 같은 유대감이 부럽다고."

그러자 아레히스와 이프리트의 시선이 나에게 향했다. 언제 거기서 그를 본 거냐고 묻는 기색이 역력한 얼굴이었다. 전혀 아는 척하지 않기에 그냥 넘어가 주는가 했더니 왜 갑자기 그 이야기는 꺼내고 그런담? 나를 곤란하게 하는 것이 목적이었다면 상당히 성공했다고 말해 주고 싶다. 나는 어색하게 그들의 시선을 회피하며 변명하듯 말을 더듬거렸다.

"아니, 그때 그건, 딱히 깊은 의미를 담아서 한 말은······."

"그런 것치곤 꽤 집요한 시선으로 보던데."

"그, 그럼 안 돼? 나는 신족을 보는 것도 처음이었고, 태어나는 걸 보는 것도 처음이었다고. 신족이 신을 섬기는 일족이라는 것도 그때 처음 알았단 말이야. 신이 친히 이름을 붙여 주고 종주의 관계를 형성하는 게 그냥 신기해서 본 것뿐이야."

"신기하다라······. 하긴 그럴 만도 한가. 네가 행방이 묘연했던 지난 시절 동안 인간으로 잘못 태어났었다는 말은 들었다. 꽤나 부모란 자들에게서 정서적인 안정을 얻지 못하고 살았던 모양이던데."

"······뭐?"

왜 갑자기 여기서 그런 이야기가 나오는 거지? 당황한 나머지 나는 무심코 주먹을 꽉 움켜쥐었다. 엘뤼엔은 그런 나를 차분한 시선으로 내려다보고 있었다.

"그래서 그런 식으로나마 아이를 위하는 부모의 사랑을 체험하고 싶었나?"

"······!"

나도 모르게 흠칫 어깨가 떨렸다. 발끈해서 고개를 들자 나를 똑바로 응시하는 푸른색 눈동자가 들어왔다. 도무지 무슨 생각을 하는지 알 수 없이 고요하기만 한 눈빛이었다. 그 탓에 나는 다시 우물쭈물 시선을 내렸다. 그러자 그가 가볍게 혀를 차는 소리가 들렸다.

"아직 어린애로군. 그런 정신 상태로 앞으로 자립이나 할 수 있을까."

"나, 남이사! 어린애든 뭐든!"

"글쎄, 하지만 나 역시 한때 엘퀴네스였던 자로서 한마디 하지 않을 수가 없군. 난 엘퀴네스였던 과거에 자부심이 있다. 그런데 내 직속 후배인 네가 이런 식으로 엉성한 걸 보니 진심으로 안타까운 기분이 드는군. 상당히 곤란해."

"윽……."

얼굴이 화끈 달아오르는 기분이다.

내가 잘못한 건 사실이지만 사과까지 했는데 이렇게 무안을 줄 필요는 없잖아? 아무리 생각해도 이 녀석은 정말 나쁜 놈이 틀림없다.

"그러고 보니 이건 기억하나?"

"뭐, 뭘?"

"다시 만나게 되면 선물을 주겠다고 했지."

'헉! 또 무슨 흉흉한 짓을 꾸미려고?'

있지도 않은 털이 온몸에서 곤두서는 느낌이었다. 기겁한 나는 그에게서 한 발짝 뒤로 물러섰다.

"나, 난 그런 거 필요 없……!"

"필요의 여부는 내가 결정한다. 네가 아니라."

그런 게 어딨어!

선물이란 건 본래 받는 쪽에서 기뻐야 가치가 있는 법 아닌가. 그런데 엘뤼엔은 그 당연한 이치조차 깡그리 무시할 기세였다.

그가 불쑥 손을 움직이는 것을 보고 나는 반사적으로 두 팔을 들어 올려 방어 자세를 취했다. 행여나 또 신력이 날아올까 싶었던 것이다. 하지만 그 순간 이어진 건 격렬한 통증이 아닌, 머리를 가볍게 쓰다듬는 손길이었다. 그와 함께 믿을 수 없는 한마디가 귓가에 들려왔다.

"너, 내 아들 해라."

"……!"

3.

여기저기서 막힌 숨이 터지는 소리가 울렸다. 아레히스와 이프리트는 물론, 주변에 있던 천사들조차 할 말을 잃고 얼어붙은 모습이었다.

하지만 단연코 맹세하건대, 이 순간 나보다 더 이 상황이 황당한 사람은 없을 것이다. 어안이 벙벙해졌지만 나는 최대한 침착하게 되물었다.

"뭐, 뭐라고?"

"이제 말귀도 못 알아듣는 거냐?"

"아니, 제대로 다 들었거든? 나더러 아들을 하라니? 그게 무슨 뜻인데?"

"말 그대로, 내가 네 부모가 되어 주겠다는 거지."

헉, 이번 것은 제법 충격이 컸다. 지금 저치의 입에서 부모란 말이 나온 거야? 나는 흐르는 식은땀을 닦아내며 얼굴에 일어나는 잔경련을 진정시키기 위해 노력했다. 잠깐 사이에 수명이 10년은 줄어든 기분이었다.

"그게 무슨 말도 안 되는……."

"왜 말이 안 되지? 피가 이어진 건 아니지만 네가 내 일부를 물려받은 존재인 건 맞다. 내 힘을 이어받아 다음 대의 엘퀴네스가 된 존재니까, 어떻게 보면 내 계승자인 셈이지. 즉, 굳이 내가 이런 제안을 하지 않더라도 너는 날 아버지로 여기는 게 옳다."

어, 그, 그런 거야?

왠지 그럴듯하단 생각에 절로 고개를 끄덕이려는 찰나 나는 이프리트의 표정을 보고 바짝 정신을 차렸다. 그의 얼굴이 세상에서 가장 어처구니없는 이야기를 들은 사람처럼 잔뜩 구겨져 있었던 것이다.

'나와 같은 정령왕인 이프리트가 저런 표정을 짓는다는 건……?'

나는 혹시나 싶은 심정으로 엘뤼엔을 향해 물었다.

"저기, 후계자라고 하니까 하는 말인데. 그럼 그쪽도 본인의 전대 엘퀴네스를 부모처럼 여기는 거야?"

아니나 다를까.

엘뤼엔의 표정이 대번에 찌푸려졌다.

"내가 왜 그런 미친 짓을 하지?"

"……."

"무엇보다 나는 그런 관계를 바란 적도, 이상적으로 여긴 적도 없다. 이미 나 홀로 충분히 완벽했으니까. 너와는 달라."

'에에잇! 역시 그냥 날 놀리는 거였잖아!'

본인 스스로 미친 짓이라고 생각하는 일을 내게 아무렇지 않게 제안하다니! 그것도 모자라 엘뤼엔은 뻔뻔하게 내 의사까지 확인하려 했다.

"그래서, 대답은?"

"안 해! 절대 싫어! 됐거든?"

"흠, 거절한다는 건가?"

"당연하지! 그럼 내가 '아이고, 감사합니다!' 하고 넙죽 받아들일까 봐? 나도 아버지 같은 거 필요 없거든? 충분히 혼자서 잘 살 수 있거든?"

"그 말에 토라진 건가. 성격도 소심하군."

"……."

말끝마다 사람을 화나게 하는 것도 재주라면, 엘뤼엔은 그 분야에서 이미 챔피언을 거머쥐었을 거다. 나는 더 이상 상관하지 않겠다는 뜻으로 아예 고개를 돌리고 그를 외면했다. 그러자 가볍게 한숨을 내쉬는 소리가 들리더니 엘뤼엔의 담담한 목소리가 이어졌다.

"네게 명분을 준 것뿐이다."

"뭐?"

"본래라면 있을 수 없는 개념이긴 하다. 하지만 아무런 연결 고리도 없이 네가 날 아버지라 여기긴 쉽지 않겠지. 그러니 내 일부를 물려받은, 내 계승자라고 생각하라는 거다. 그편이 좀 더 받아들이기 편할 테니까."

농담치고는 너무도 진지한 어조였다. 그제야 나는 그의 눈빛에 서린 진심을 읽고 조금 당황했다. 설마 정말로 날 아들로 삼겠다고 한 거였나? 어째서?

"……동정하는 거야?"

모든 것에 허술하고 엉망진창인 내가 그렇게 불쌍해 보였던 걸까. 그래서 이런 황당무계한 제안을 할 정도로?

차라리 무시당하는 쪽이 더 나을 뻔했다. 그 어느 때보다 비참한 기분에 나는 입술을 꽉 악물었다. 그런 내 모습에 엘뤼엔은 살짝 얼굴을 찌푸렸다. 착각일지 모르지만 조금 난감해하는 모습이었다.

'에이, 설마……. 저 엘뤼엔이 난감해한다고?'

나는 속으로 고개를 설레설레 저었다. 그때 그가 살짝 혀를 차며 말을 잇는 소리가 들렸다.

"미안하지만 이럴 땐 무슨 말을 해야 할지 모르겠군. 난 이제껏 누군가를 동정해 본 일이 없어서 말이야."

"……."

"형벌의 신인 내가 하는 일은 주어진 상황을 객관적으로 분석하고 판단하는 일뿐이다. 그 일엔 동정이란 감정이 스며들 틈이 없지. 이건 다른 부분에도 마찬가지고. 게다가 동정이란 건 가여운 처지에나 쓰는 말이라고 알고 있는데. 넌 너 스스로가 가엾다고 생각하나?"

"아니."

나는 바로 고개를 저었다. 지금도 그렇고 전생에서도, 나는 단 한 번도 나 자신을 가엾다고 여긴 적은 없었다.

가족과의 관계가 불편하긴 했지만 그 대신 주변에는 정말 좋은 친구들이 많이 있었다. 그래서 나는 필사적으로 더 내가 행복하다고 생각했다. 내가 불행하다고 생각하면, 나를 위하고 사랑해 주는 그들을 기만하는 행위가 될 테니까. 그게 누군가의 말처럼 지나치게 긍정적인 것으로 보일 수도 있겠지만 말이다.

엘뤼엔은 피식 웃으며 고개를 끄덕였다.

"그렇다니 다행이군. 나도 마찬가지다."

"그, 그럼 왜 갑자기 날 아들로 삼으려고 하는 건데? 지금까지 그렇게 구박해 놓고선!"

"내가 널 언제 구박했다는 거냐?"

"덜떨어졌다느니, 어린애라느니, 너무 긍정적이라느니, 소심하다느니 그랬잖아! 그게 구박이 아니면 뭐야?"

"소심한 것도 사실이고, 긍정적인 것도, 어린애 같은 것도 전부 사실이지. 있는 그대로의 사실을 말한 것뿐이다. 그리고 덜떨어졌다는 말은 네가 한 말이잖아."

헉! 그, 그랬었나? 그러고 보니 그랬던 것 같기도 하고?

나는 잠시 당시 상황의 진위를 파악하기 위해 머리를 굴리다 다시 그를 쏘아보았다.

"아, 아무튼! 아들로 삼으려는 이유는 뭔데! 아직 그것에 대해선 대답하지 않았어! 난 아무리 생각해도 모르겠다고!"

"선물을 준다고 했잖아. 지금 네게 가장 필요한 부분이 그것이라 여겼기 때문이다. 그리고 나 역시 제법 네가 마음에 들었거든."

"헉! 말도 안 돼! 내 어디가?"

"글쎄, 건드렸을 때 즉각 반응이 돌아오는 점? 온종일 지켜봐도 별로 심심하진 않을 것 같군."

내가 무슨 장난감이냐! 어이, 너희는 뭘 또 동조하고 있는 거야!

나는 그의 옆에서 덩달아 고개를 끄덕이고 있는 아레히스와 이프리트를 발견하고 이를 갈았다. 세상에 믿을 사람 하나 없다더니 그 말이 정말 딱이다. 이프리트는 그렇다 치고 아레히스 당신이 날 그렇게 생각하고 있었다니!

배신감에 치를 떨고 있는 내게, 빙긋 미소 지은 엘뤼엔이 가볍게 머리를 쓸어 넘기며 말했다.

"어쨌든 이제 이유도 다 알았겠다. 다시 내 제안을 수락할 기회를 주지. 설마 이번에도 거부할 생각은 아니겠지?"

"뭐? 나, 나는……."

"잘 생각하는 게 좋을 거다. 만약 거절할 시엔 내게 지금까지 건방지게 군 대가를 받아낼 생각이니까. 물론 반말을 한 것도 포함해서 말이야."

"내, 내가 언제 건방지게 굴었다고! 게다가 먼저 말을 놓으라고 한 건 당신이잖아!"

"놓으면 된다고 했지, 실제로 놓으라고 한 기억은 없다만."

'이, 이런 사기꾼 같으니!'

아무리 말이 아 다르고 어 다르다지만 그딴 걸로 낚시를 하기야! 게다가 지금까지 아무 말 없다가 갑자기 이러는 건 무슨 경우냐아!

그 순간 난 보고야 말았다. 엘뤼엔의 손바닥 위에 맺혀 가는 새하얀 빛줄기를 말이다. 틀림없는 신력이었다. 게다가 이번엔 이전에 보았던 것보다 더 빛이 퍼지는 범위가 크다. 그렇단 건, 그만큼 더 위험하다는 거겠지?

"저, 저기?"

"마지막 기회다."

꿀꺽!

나는 마른침을 삼키며 천천히 뒤로 물러섰다. 그런 나를 똑바로 응시하는 엘뤼엔의 모습이 마치 지옥의 사신처럼 보였다.

저기, 엘뤼엔? 오해하지 말고 들어줬으면 좋겠어. 우리는 말을 할 수 있는 존재잖아? 게다가 그쪽은 특히 그중에서도 신이라는 직책을 맡은 고귀한 존재란 말이지. 신이라면 모름지기 폭력보다는 대화로 먼저 상황을 해결해야 한다고 생각하거든? 아무리 형벌의 신이라도 지켜야 할 도리와 선이라는 것이 있다고나 할까. 아니, 그러니까 내가 꼭 맞는 게 무서워서 이러는 건 아니고. 이게 다 그쪽을 생각해서……

한순간에 수많은 말이 입가에서 마구 맴돌았다.

그러나 내가 머릿속으로 구상한 말을 내뱉는 것보다 엘뤼엔의 질문이 이어지는 것이 더 빨랐으니……!

"그래서, 이번 대답은?"

"하, 할게! 한다고! 한다니까? 아들 하면 되잖아! 앞으로 잘 부탁드리겠습니다, 아버지! 젠장!"

엘뤼엔은 발악하듯이 소리 지르는 나를 만족스러운 눈길로 바라보았다. 그리고 신력을 다시 꺼트려 없앤 다음, 손을 들어 내 머리를 천천히 쓰다듬기 시작했다. 그런 행동에 어쩐지 자상함이 배어 있는 것같이 느꼈다면 그저 나만의 착각이겠지?

이상하리만치 부드럽게 대답하는 그의 목소리도 역시 착각이길 바란다. 급조로 만들어진 아버지 따위에 기대고 싶어지길 바라진 않으니까.

"현명한 선택이었다, 아들아."

4.

"자, 도착했습니다."

다사다난한 시간을 보내고 다시 정령계로 돌아왔을 땐, 어느새 훌쩍 새날이 밝아오고 있었다. 나는 아침 햇살에 눈부신 빛을 반사하는 에바스 에덴을 바라보다, 아레히스를 향해 살짝 고개를 숙였다.

"고마워요, 아레히스. 여기까지 직접 데려다 주실 필요까진 없었는데……."

"아닙니다. 이왕 모시게 된 거 끝까지 책임을 져야지요. 아무 일 없이 모든 용건을 무사히 마무리하게 되어 다행입니다."

"그러게요. 한때는 어떻게 될까 봐 정말 조마조마했는데 말이죠."

무작위에 걸려서 잘못 떨어지고 거기서 엘뤼엔을 만나고, 신력에 맞아 기절까지 해 보고. 정말 하룻밤 사이에 별의별 일을 다 겪은 것 같다. 게다가 마지막엔 거창한 부자(父子) 선언까지 하고 말이지.

그러자 내 생각을 읽었는지 아레히스가 부드럽게 웃으며 말했다.

"아버지가 생기신 것, 다시 한 번 경하드립니다."

"아하하……."

나는 뒤통수를 매만지며 어색하게 웃었다. 얼결에 수락하긴 했지만, 아직 아버지가 생겼다는 실감도 나지 않는데 축하를 받으니 미묘한 기분이다.

무엇보다 사는 세계가 이렇게 달라서야 앞으로 다시 만날 날이 있기나 할까. 내 쪽에선 신계에 갈 방법이 없고 그렇다면 엘뤼엔이 오는 수밖에 없는데, 그가 나를 만나기 위해 이곳까지 찾아온다는 건 사실 상상할 수가 없었다. 안 그래도 엄청 바빠 보였는데 말이지.

"난 인정 못 해!"

아직 그 관계를 받아들이지 못하는 건 나만이 아니라 이프리트 역시 마찬가지였다. 정작 그 자리에 있을 땐 일언반구도 하지 못하더니, 녀석은 뒤늦게 씩씩거리며 손톱을 물어뜯었다.

"믿을 수가 없어. 엘뤼엔은 도대체 왜 그런 결정을 내린 거람? 양아들이라니. 자식이야 나랑 나중에 결혼해서 낳으면 되는걸."

"헉, 결혼이라니? 언제 얘기가 그렇게까지 진행됐어?"

내가 기절한 사이에 벌써 그런 언약이 오갔단 말이야? 경악해서 바라보자 이프리트는 당황한 표정으로 대답했다.

"그, 그냥 말이 그렇단 거지. 그걸 또 곧이곧대로 듣니?"

"뭐야, 그냥 네 희망 사항인 거야?"

"흥, 소망이 곧 현실이 될 수도 있는 거 모르니? 아레히스에게 물어보니까 신이 될 때 성별을 선택할 수 있다던 걸. 그래서 난 여신이 될 생각이야."

"흠, 그러고 보니 고백은 제대로 했어? 아까 보니까 분위기는 나쁘지 않은 것 같던데."

퍼뜩 생각나서 묻는 말에 이프리트의 얼굴이 화롯불처럼 붉어졌다. 혹시 또 시비만 걸다 온 건 아닌가 싶었는데 다행히도 내 기우였던 모양이다.

"내 마음에 대해서는 전했어. 더 이상 감추고 숨기기만 하다가 후회하지 않기로 했거든."

"오오, 장하다. 그래서 엘뤼엔이 뭐라고 대답했는데?"

"그다운 답변이었지 뭐. 머리에 피도 안 마른 게 어디서 사랑타령이냐고, 나중에 여신이 되면 그때 가서나 말하라지 뭐야?"

"네 나이가 지금 몇인데?"

"나 말이야? 이천 조금 넘었는데, 왜?"

"……."

의아하게 바라보는 이프리트의 모습에 나는 잠시 할 말을 찾지 못했다. 이천이라니. 인간으로 치면 역사가 몇 번 바뀌고도 남을 어마어마한 시간이 아닌가.

그런데 그 엄청난 나이를 보고 머리에 피도 안 말랐다는 건 대체 무슨 생각이야? 이러니 이제 갓 태어난 나는 어린애로 취급하는 게 당연하지. 과연 이 녀석들 눈에 다 자란 인간이 성년으로 보이기나 할지나 의문이다.

하지만 투덜거리는 말투와는 달리 이프리트는 상당히 만족한 기색이었다. 상급 신인데다가 외모까지 출중하다 보니 평소 엘뤼엔을 향한 여신들의 구애가 끊이질 않는 편인데, 그때마다 모르쇠로 일관했던 그가 그나마 이프리트에게는 제대로 된 대답을 했다는 것이다.

"……그래서 좋냐?"

"당연하지! 그럼 안 좋겠니?"

내가 보기엔 딱히 그거나 이거나 무시하는 것처럼 보이긴 매한가지였지만. 아니, 희망 고문이라는 점에서 오히려 몇 배나 질이 나쁜 걸로 보이는데, 단지 내 착각일까?

하지만 이렇게 말하면 이번에야말로 한 대 맞을 것 같아 나는 얌전히 입을 다물었다. 물론 말했다 하더라도 듣지도 않을 것이다. 이미 이프리트는 자기만의 세상에 한껏 도취해 있었으니까.

"아아, 엘뤼엔. 엘퀴네스 시절에도 멋있었지만 신이 되니까 더 멋있는 것 같아. 역시 상급 신이란! 정말 어쩜 그렇게 멋있을 수가 있지?"

"난 지금의 네 변화가 더 놀라운데. 지금까지 그렇게 말하고 싶은 걸 어떻게 참고 살았어?"

"시끄러! 아무튼 내 목표는 훗날 여신이 돼서 엘뤼엔과 결혼하는 거야. 너, 그의 아들이 됐다고 방해할 생각하면 절대 용서 안 해. 알았어?"

"미안하지만 방해할 생각 없네요. 근데 신이 결혼을 하고 아이를 낳기도 해?"

"그럼 당연하지. 신이 우리처럼 무성인 것도 아니고 엄연히 성별이 있는 걸."

"흐음……. 그럼 신들이 결혼해서 아이를 낳으면 그 아이의 종족은 뭐가 되는데? 신?"

그러자 아레히스가 고개를 끄덕이며 설명했다.

"맞습니다. 그 사이에서 태어나는 아이는 중하위급 신이 됩니다."

"상급 신끼리 결혼해도요?"

"하하! 그렇다 해도 마찬가지입니다. 상급 신은 특별한 자격 요건을 갖춘 존재만이 부여받는 자리거든요."

"특별한 자격?"

"일단 주신이 직접 창조한 가장 고결한 신의 영혼이어야 하고, 정령왕의 견습 기간을 거쳐야 하지요. 지금 여기 계신 여러분 정령왕님들처럼 말입니다."

"……에?"

우리처럼이라니. 그냥 나중에 신이 되면서 등급이 갈리는 게 아니었어? 당황스러운 기분에 나는 내가 이해한 사실을 다시 확인하기 위한 질문을 건넸다.

"설마…… 저희가 소멸하면 상급 신이 되는 거라고요? 그렇게 말씀하신 게 맞아요?"

"이런, 제가 거기까진 설명을 안 드렸었나요? 예, 맞습니다. 정령왕 분들은 전부 예비 상급 신이라고 할 수 있습니다. 그런 의미에서 여신이 되신다는 이프리트 님의 말씀에 저는 무척 감동했습니다. 아무쪼록 엘퀴네스 님도 선택의 시간이 주어질 때 신의 길을 선택해 주시길 부탁드립니다. 자꾸만 빠져나가는 인원을 충당하기가 여간 힘든 게 아니라서 말이죠."

"……."

얼떨떨해하는 나와는 달리 이프리트는 아주 신이 난 표정이었다. 상급 신이 되면 엘뤼엔에게 더 가까이 다가갈 수 있다고 여기는 것이 분명했다. 그 모습을 흐뭇하게 바라본 아레히스가 이윽고 정중히 허리를 숙이며 말했다.

"그럼 전 이만 돌아가 보겠습니다. 명계를 너무 오래 비우면 안 되어서요. 두 분 정령왕과 함께하게 되어 영광이었습니다. 이제 소멸의 때에나 뵐 수 있겠군요. 그때까지 아무쪼록 평안하시길."

"잘 가요, 아레히스. 정말 고마웠어요."

"아닙니다."

그 뒤 아레히스가 돌아간 후에도 이프리트는 연방 콧노래를 부르며 들뜬 기색을 감추지 못했다. 나는 쯧쯧 혀를 차며 말했다.

"너무 좋아하는 거 아니야?"

"어머, 기뻐할 건 당연히 기뻐해야지. 그런 의미에서 넌 이제 나한테 엄마라고 부르도록 해."

"……뭐?"

"미래의 새어머니니까 당연히 엄마라고 불러야지. 그때 가서 부르려면 쑥스러울 것 아냐. 그러니까 지금부터 미리 예행연습하는 셈 치고 그렇게 부르란 소리야."

"내가 미쳤냐!"

아직 엘뤼엔의 아버지 선언도 감당이 안 되는데, 이젠 엄마? 니들 전부 쌍으로 날 놀리려고 작정한 거지?

경악하는 나를 향해 이프리트는 짐짓 안타깝다는 듯 한숨을 내쉬며 자신의 머리칼을 쓸어 넘겼다.

"후우, 어쩔 수 없잖아? 나로서도 창창한 나이에 이렇게 다 큰 아들을 두고 싶진 않지만, 낭군님의 뜻이 그러하니 받아들일 수밖에. 나 역시 앞으로 널 아들이라고 부르도록 노력할 테니까……."

"하지 마! 부르지 마! 노력하지 말라고!"

"뭘 하지 마?"

"글쎄, 이프리트가 날 아들이라고 부른다는 망언을…… 어?"

무심코 대답하던 순간 느껴지는 위화감에 나는 눈을 크게 떴다. 방금 내가 누구한테 대답한 거지? 이곳엔 나와 이프리트만 있던 게 아니었나?

그리고 뒤를 돌아본 즉시, 나는 그곳에서 서늘한 표정을 한 채 조용히 팔짱을 끼고 서 있는 트로웰의 모습을 발견했다. 그 옆에는 미네르바가 역시 마찬가지로 엄격한 표정을 한 채 서 있었다.

"트, 트로웰. 미네르바……?"

대체 언제 온 거지? 아니, 그보다 둘의 표정이 좀 이상하다. 평소보다 어둡고 무서워 보이는 것이, 마치 화가 난 사람 같았던 것이다.

나는 어리둥절해하며 두 정령왕을 바라보았다. 그때 낮게 가라앉은 트로웰의 목소리가 울렸다.

"너희, 도대체 어떻게 된 거야?"

"어?"

"두 정령왕의 기운이 한꺼번에 이 땅에서 사라지다니. 우리가 얼마나 걱정했는지 알아?"

"……!"

그제야 나는 우리가 그들에게 아무런 언질도 없이 머나먼 외출을 했다는 사실을 깨달았다. 이프리트를 도울 생각에만 열중한 나머지 다른 일은 전혀 생각지 못했던 것이다.

화해하러 간 녀석이 그 당사자와 함께 꼬박 하루 동안 행방이 묘연했으니, 두 정령왕의 심정이 얼마나 타들어 갔을지는 익히 짐작할 수 있었다.

"읔! 트로웰, 미네르바. 그, 그게 말이지, 어떻게 된 거냐면…….''

식은땀을 흘리며 변명하려 하자 트로웰은 차분하게 가라앉은 황금색 눈동자에 차가운 빛을 더하며 나를 응시했다.

"설명해 봐. 언제 어디서 누구와 무슨 일이 있었는지, 하나도 빼놓지 말고 전부 다."

"아, 아니. 시, 실은 그게 말이야…….''

말을 더듬으며 힐끗 옆을 바라보자 이프리트가 열심히 내게 눈짓을 하는 게 보였다. 나더러 전부 알아서 설명하라는 표정이었다. 할 수 없이 나는 이번에도 총대를 메고 지난 일들을 전부 설명해야 했다.

이야기가 이어질수록 두 정령왕의 얼굴은 파랗게 질려 갔다. 그들은 우리가 차원을 이동했다는 사실에 놀랐고, 향한 장소가 신계라는 사실에 당황했으며, 신이 된 전대의 엘퀴네스를 만나고 왔다는 현실에 경악을 금치 못했다.

"신계에 가서 전대의 엘퀴네스를 만났다고?"

"대체 무슨 짓을 한 거야!"

"아, 아니. 전례가 없는 일이긴 했지만 딱히 별일은 없었……."

"별일이 없는 게 문제가 아니잖아! 애초에 정령왕이 차원을 건넌다는 것 자체가 얼마나 위험한 일인 줄 알아? 엘퀴네스는 그렇다 쳐도, 이프리트 너까지 이러면 어떡해?"

　하나같이 구구절절 맞는 말들뿐이라 나와 이프리트는 꼼짝없이 기가 죽을 수밖에 없었다.

　그 뒤 두 정령왕의 분노가 가라앉기까지는 장장 1시간이 넘는 시간이 걸렸다. 그 시간 동안 나와 이프리트는 묵묵히 그들의 잔소리를 듣고 그때마다 사죄를 거듭했으며, 다시는 이런 짓을 벌이지 않겠다는 서약까지 해야 했다.

　모든 일에는 대가가 따른다는, 힘겨운 교훈을 얻은 순간이었다.

5.

"흐음, 그런 일이 있었구나."

모든 일이 마무리 된 후에도 나는 트로웰과 단둘이 남아 신계에 서 있었던 일을 화제로 이야기를 나누었다. 전대의 엘퀴네스가 형벌의 신 엘뤼엔이 되었으며, 동시에 내 아버지가 되었다는 사실을 알게 된 그는 처음엔 놀랐지만 곧 아무렇지 않게 납득하는 듯 보였다.

"정말 미안해, 트로웰. 상의도 없이 멋대로 이렇게 일을 벌여서."

"아니, 이제 그건 됐어. 충분히 반성한 것 같으니까. 그보다 아버지가 생겼다니. 잘됐다, 지훈. 축하해."

"으음, 사실은 잘 모르겠어. 이게 과연 축하받을 일인지."

"어째서? 충분히 축하받을 일이라고 생각하는데."

"하, 하지만 정말 엘뤼엔이 진심으로 한 말인지도 여전히 잘 모르겠고. 그리고 다른 정령왕들에게는 없는데 나만 아버지가 생긴다는 것도. 왠지 내 부족한 점을 인정하는 것 같아서 좀 그렇달까……."

"인정하면 안 돼?"

"어? 그, 그야. 실제로 많이 부족하니까…… 인정하는 게 당연한 거겠지만……."

내가 작은 목소리로 중얼거리자 트로웰은 어쩔 수 없다는 듯이 미소 지었다.

"그런 뜻이 아니야, 지훈. 난 네가 정령왕으로서 부족하다고는 한 번도 생각한 적 없어. 실제로 지금까지 아주 잘해 주고 있고.

다만, 엘뤼엔이 그렇게 말했다고 했지? 네게 가장 필요하다고 생각하는 부분을 주기 위해 아버지가 되는 거라고."

"으응? 응, 그랬던 것 같아."

"나도 그 점에는 동감하고 있거든. 네게는 의지할 장소, 더불어 네 자립을 도와줄 존재가 필요해. 아니, 정확히 말하면 네가 무너지지 않게 다독여 줄 존재라고 해야 할까."

"그게…… 무슨 의미야?"

내 질문에 트로웰은 가볍게 어깨를 으쓱인 다음 설명을 시작했다.

"이 세상에는 굉장히 많은 종족이 있어. 우리 정령을 비롯한 인간과 엘프, 그리고 드래곤과 드워프, 몬스터들도 그중 하나지. 각자 삶의 방식도, 수명도 천차만별이야. 하지만 너는 인간으로서의 자아를 가장 먼저 인식했어. 하필이면 수명도 짧고, 가장 사회적인 성향이 강한 종족을 말이야."

"……!"

"그래서인지 타인과의 관계 형성에서 자신의 가치를 찾으려고 하는 경향이 있어. 지훈, 너 자신은 잘 못 느끼는 것 같지만. 누가 봐도 네게 호의적이지 않은 이프리트에게 먼저 다가가는 것만 봐도 그래. 단순히 마음이 상냥해서가 아니라, 그에게 외면받는 게 무서웠잖아. 그렇지?"

"……."

마음속 깊은 곳에 감춰둔 치부를 그대로 꺼내 보인 기분이었다.

나는 시선 둘 곳을 찾지 못하고 황급히 고개를 숙였다. 트로웰은 내 머리를 쓰다듬으며 부드러운 말투로 말했다.

"그게 나쁘단 건 아니야. 오히려 그런 점 때문에 지훈은 다정하고 따뜻한 정령왕으로 기억될 거야. 하지만 그렇기에 이미 형성한 관계가 무너지게 되면 너는 그만큼 큰 충격을 받겠지. 특히 네가 어떻게 할 수 없는 이별 앞에선 더더욱. 예를 들면…… 죽음 같은 거 말이야."

지금 것은 한 번도 생각해 보지 않았던 문제였다.

내가 좋아하던 사람이 나보다 먼저 죽는다. 나보다 어렸던 아이가 어느새 할머니, 할아버지가 되어 병들었는데도 나는 여전히 지금의 모습 그대로다.

문득 소름이 돋았다. 난 어쩌면 지금의 처지를 너무 낙관하고 있었던 게 아닐까? 내가 생각하는 것만큼 앞으로의 인생이 순탄하진 않을 것 같았다.

"앞으로 시간이 흐르면서, 너는 너보다 늦게 태어났으면서도 훨씬 빨리 늙어 죽어 가는 인간들을 지켜보게 될 거야. 그때마다 크게 상처를 받고 힘들어하겠지. 그런 것이 반복되면 네 정신세계는 빠르게 무너질 수밖에 없어. 그거 알아? 정령왕은 정신적인 충격을 이기지 못하게 되면 폭주를 하게 돼."

"폭……주?"

"응. 아무것도 느끼지 못하고 깨닫지 못하고, 자신의 힘조차 무엇 하나 제어하지 못하지. 그때가 되면 진정될 때까지 봉인을 하거나 강제로 소멸시키거나, 둘 중 하나밖에 방법이 없어. 안 그럼 세상이 너무 위험해지니까."

그러고 보니 언젠가도 비슷한 말을 들었던 것 같다. 정령왕이 같은 정령왕을 제압할 수 있는 건 그가 세상에 위해를 가한다고 판단했을 때뿐이라고.

아직 벌어지지도 않은 그 일이 마치 지금 당장 눈앞에 다가온 것만 같아서 두려웠다. 내가 무심코 주먹을 움켜쥐자, 트로웰이 그 위를 자신의 손으로 가볍게 덮으며 말했다.

"물론 상당히 흔치 않은 일이긴 하지. 하지만 나는 만에 하나라도 지훈이 그런 슬픈 일은 겪지 않길 바라. 그런 의미에서 엘퀴엔의 선택이 옳다고 믿어. 네가 상실감에 빠져 힘들어하는 순간이 오면, 그는 너에게 큰 힘이 되어 줄 거야. 죽지도 않고 배신도 하지 않는, 언제나 한 자리에서 너를 지켜봐 주는 '아버지'니까."

'나를 지켜봐 주는……'

왜 갑자기 그 말에 눈물이 났는지는 모를 일이다. 울컥 치솟는 눈물을 감추기 위해 입술을 악무는 나를, 트로웰은 가볍게 끌어안고 자신의 어깨에 머리를 기대도록 했다.

"받아들이도록 해. 지훈은 그렇게 생각하지 않아도 너에게는 의지할 존재가 필요해. 그것이 우리 다른 정령왕들이 될 수는 없을 거야. 우리는 어디까지나 너와 같은, 동등한 존재니까. 아마 너 자신도 그것을 알기 때문에 마음껏 의지하지 못하겠지."

"……하, 하지만 정말 괜찮을까? 엘퀴엔은 그냥 장난으로 한 말인데 나 혼자 그렇게 여기는 거면…….”

“아니, 그건 틀림없이 진심이었을 거야. 그는 엘퀴네스였을 때도 빈말은 하지 않는 성격이었거든.”

“그, 그래?”

“응, 덧붙여 이전부터 일단 자신이 책임질 부분이라고 정해 놓은 것에는 한없이 관대한 면이 있었지. 그러니까 다음에 만날 땐 마음껏 어리광부려 봐. 아마 전부 받아 줄 테니까.”

“…….”

“어, 내 말 못 믿는 거야? 정말이래도?”

내가 불신의 시선을 보내는 걸 알았는지 트로웰은 과장되게 눈을 크게 깜빡였다. 그 모습을 보니 정말인가 싶었지만 나는 더 이상 기대감을 부풀리지 않기로 했다.

이미 지금도 충분히 믿을 수 없을 만큼 벅찬 기분을 만끽하고 있었으니까.

“정말이야, 지훈. 네가 앞으로 무슨 일을 하든, 무슨 사건에 부딪히든, 엘뤼엔은 절대로 너를 외면하지 않을 거야. 그러니까 아무것도 무서워하지 마. 그는 네 새로운 시작을 돕는 존재가 될 테니까.”

“…….”

새로운 시작이라…….

정령으로 태어난 지금도 충분히 새로운 시작이라고 생각했는데. 난 아직도 해결해야 할 게 많이 남아 있는 모양이다.

왠지 머릿속이 개운해지는 것을 느끼며 나는 번쩍 고개를 들었다.

"저기, 부탁이 있는데, 트로웰."

"응? 뭔데?"

"내 이름 말이야……. 다시 엘퀴네스로 불러 주지 않을래?"

"어?"

"으음, 미안. 내가 먼저 지훈이라고 불러 달라고 해 놓고 이렇게 말하니 좀 민망하긴 한데. 하지만 계속 그 이름을 사용하고 있으면 끝까지 그 시절에서 벗어나지 못할 것 같아서 말이야. 이젠 정말 너희의 동료로서, 또 한 명의 정령왕으로서 다시 내 가치를 부여하고 싶어."

그 말에 트로웰은 놀란 듯 눈을 깜빡이더니 이내 환하게 웃어 보였다.

"좋아, 엘퀴네스. 호칭을 바꾸는 거야 어렵지 않아. 오히려 이쪽이 더 익숙한걸."

"고, 고마워."

"천만에. 아아, 그래. 이건 어때? 엘퀴네스를 줄여서 '엘'이라고 부르는 거야. 이른바 애칭 같은 거지."

"엘……?"

"응, 귀엽지? 너랑 잘 어울리는 것 같아."

"쿠, 쿨럭! 귀엽다니……."

당황해서 연방 헛기침을 내뱉자 트로웰이 크게 웃음을 터뜨렸다. 그의 웃음소리에 저 멀리 꽃잎에 누워 잠들어 있던 수많은 실프들이 궁금한 얼굴로 고개를 갸웃거리는 것이 보였다.

공중에 떠다니는 자그마한 불씨들은 불의 하급 정령인 카사들이었다. 나비의 모양을 한 카사는 저들끼리 춤을 추며 밤하늘에 별빛보다 아름다운 무늬를 수놓았다.

언젠간 이 모든 것을 너무도 당연하게 생각하게 될 때가 오겠지. 그리고 그때에 난 더 이상 외롭다는 생각은 하지 않을 것이다. 그것은 얼마든지 나를 아찔한 행복 속으로 밀어 넣는 주문과도 같은 것이었다. 사랑하는 친구들과 동료들. 그리고 아직은 어색한 이름…… 아버지.

"탄생을 다시 한 번 축하해, 엘. 정령계로 온 것을 환영할게."

1.

 '엘'이라는 애칭이 생긴 이후로 내 일상은 빠르게 변화하기 시작했다. 그맘때쯤 내가 하는 일은 트로웰과 미네르바를 따라다니며 아크아돈의 자연을 정비하는 것이었다. 태어난 이래 처음 목격한 아크아돈은 예상했던 것보다 더 사막화가 진행되어 무척이나 황폐했다. 그나마도 물의 정령들이 많이 태어난 덕분에 요즘은 꾸준히 비가 내리고 있었지만, 그것만으로는 빠른 복구에 한계가 있는 듯했다. 이제 본격적으로 정령왕들이 나설 차례였다.
 처음 아크아돈에 내려왔을 땐 팔다리가 너무 무거운 기분이 들어 제대로 적응을 할 수가 없었다. 인간 세상에 오게 되면 본래 힘의 3분의 1밖에 내지 못한다는데, 그로 인해 생겨난 영향 중 하나인 것 같았다. 시간이 지나면서 차츰 익숙해지긴 했지만 아무래도 한동안은 적응하는 데 꽤 시간이 걸릴 것 같다.

그러면서 알게 된 사실이 하나 있는데, 이곳 아크아돈의 문명은 지구의 중세 시절과 상당히 비슷했다. 드래곤과 엘프들이 공존하는 세상이라고 하니 완전히 같지는 않겠지만, 건물 양식이라든가 숲의 모양 같은 게 중세 유럽의 전경을 떠올리게 했다. 간간이 지나치면서 보게 된 인간들의 복장도 마찬가지였다.

"우와, 저기 봐! 트로웰! 사람이야!"

"쿡쿡, 그렇게 신기해?"

"가까이 가서 구경해도 돼?"

"음, 상관은 없지만. 어차피 우릴 알아보지는 못할 텐데."

트로웰의 말처럼 그들은 우리를 전혀 알아보지 못했다. 내가 가까이 다가가 손을 흔들어 보고 툭툭 건드려 봐도 마찬가지였다.

"이곳 사람들은 키가 굉장히 크네?"

"그런가? 여기선 저 정도가 보통일걸?"

"헉! 딱 봐도 180은 되는 것 같은데, 그 정도가 보통이라고?"

"앗리시아인은 원래 타고난 골격이 큰 편이니까."

"앗리시아?"

"인간들의 문명은 고대 황금기를 거치고 난 이후 한 번 멸망했거든. 앗리시아는 그 뒤에 새로 생긴 인종을 부르는 호칭이야. 처음엔 숫자가 무척 적었지만 섞이고 섞이다 보니 지금은 인간 대부분에게 그 피가 흐르고 있지."

"헤에, 그렇구나."

"우스운 점은 뭔지 알아? 앗리시아가 드래곤의 이름이라는 거야."

"에?"

"인간으로 폴리모프한 드래곤이 멸망기에 생존한 인간 여자와 결혼해서 낳은 아이로 시작되었다는 거지, 지금 인간들은."

그래선지 유독 마법에 재능을 지닌 인간들이 많다는 것이 그의 설명이었다. 지금은 그들의 조상인 드래곤 앗리시아도 수명이 다 되어 죽었고, 그의 피도 많이 희석된 상태지만 가끔 드물게 뛰어난 대마법사나 정령사가 태어나곤 한다는 것이다.

'마법이라…… 역시 지구와는 완전히 다른 세상이구나.'

하지만 이곳 인간들의 또 다른 점은 머리색에도 있었다. 지금 나와 이프리트의 머리칼처럼, 만화나 영화에서나 보던 마치 물감을 섞은 듯 가지각색 선명한 색상이 이곳에선 실제로 존재했다. 타고난 머리색이 화려하다 보니 사람들의 외모도 더불어 더 화려해 보이는 느낌이었다.

"자, 그럼 이제 일을 시작하지."

미네르바의 말에 따라 난 고개를 끄덕였다.

주어진 일은 대부분 세 정령왕의 공동 작업이었다. 내가 더러워진 바다와 샘을 정화하고 사막으로 변한 땅에 수로를 만들면, 미네르바가 돌풍을 일으켜 꽃과 나무의 신들에게서 얻어 온 씨앗들을 그 위에 뿌린다. 트로웰은 그렇게 뿌려진 씨앗이 바닥에 자리

잡도록 도운 뒤 충분한 영양분을 공급했다. 그렇게 하면 놀랍게도 다음날 바로 싹이 터 올랐다.

오래도록 메마르고 황폐한 곳이라도 비가 내리면 반드시 싹이 트는 것을 늘 신기하게 여겼었는데, 다 이런 초자연적인 존재들의 남모를 노력이 있었던 것이다.

이런 작업이 두세 달쯤 이어지자 이젠 어딜 가도 깨끗한 강과 녹색의 대지가 펼쳐졌다. 이제 남은 것은 회복된 자연이 알아서 이전의 풍요로운 시절로 돌아가도록 기다리는 것뿐이었다.

정령계로 돌아온 우리는 에바스 에덴에서 작은 축배를 벌였다. 주최자는 트로웰로, 그는 평소 아껴 두었다는 술과 음료들을 꺼내어 전부 개봉했다. 전부 그가 직접 빚은 것들이었는데, 트로웰이 만든 술은 상당히 맛이 좋아 신계에서 없어서 구하지 못할 정도로 귀한 대접을 받는다고 했다.

특히 벌꿀로 된 샘물과 다이아몬드 백합으로 빚은, 이곳 정령계에만 존재한다는 특제주는 술맛을 모르는 내가 마시기에도 상당히 맛이 좋았다. 유일한 문제는 지나치게 높은 도수였지만, 이 경우에도 '물'이 지닌 영향은 나에게는 별로 해당 사항이 없으니 상관없었다.

"이거 진짜 맛있다, 트로웰."

"그래? 마음껏 마셔. 부족해지면 또 만들면 되니까."

트로웰은 생긋 웃으며 잔이 비워질 때마다 가득 채웠다. 내 옆에서 묵묵히 마시고 있던 미네르바의 얼굴에도 드물게 미소가 맴돌고 있었다.

"네가 담근 특제주를 마시는 건 오랜만이군."

"아, 그러고 보니 특제주는 네가 유일하게 좋아하는 술이지, 미네르바. 그동안은 벌꿀 샘이 말라 있어서 통 만들 수가 없었지. 다시 빚어 본 게 벌써 10년 만인가? 이제 다시 가득 만들어 둬야지."

"신들이 좋아하겠는걸."

"흥, 그놈들 줄 몫은 없어."

그답지 않게 툴툴거리듯 대답한 트로웰은 자신의 빈 잔에 다시 한가득 특제주를 채웠다. 그 옆에서 이프리트는 한마디 말도 없이 꿀꺽꿀꺽 연달아 잔을 비워 가는 중이었다.

"어쨌든 정말 기나긴 시간이었어. 이제야 마음 놓고 쉴 수 있겠네."

"그러게 말이야. 그동안 정말 수고했어, 엘."

"아냐, 나보단 너희가 고생이 많았지."

분위기는 몹시 화기애애했다.

그런데 그때, 난데없는 불청객의 목소리가 끼어들었다.

"엘이라니?"

"우와악?"

갑자기 나타난 외부인의 모습에 나는 한순간 내 눈을 의심했다. 눈부신 백금색의 머리칼에 하늘색의 눈동자를 지닌 장신의 남자.

다름 아닌 엘뤼엔이었던 것이다.

"어머, 엘뤼엔?"

"너…… 아니, 엘뤼엔이 왜 여기 있는 거야?"

깜짝 놀란 이프리트의 외침과 내 경악한 목소리가 동시에 울려 퍼졌다. 그러자 얼굴을 가볍게 찌푸린 그가 도리어 의아하다는 듯이 물었다.

"내가 내 아들을 만나러 온 게 뭐가 잘못됐나?"

"마, 만나러 왔다고? 나를?"

"당연한 소리를 하는군. 그런 게 아니면 내가 굳이 시간을 쪼개서 이곳까지 올 이유가 없잖아."

아니, 난 그 이유도 납득이 안 되는데?

당황한 건 트로웰과 미네르바도 마찬가지였다. 그들은 호기심 어린 얼굴로 엘뤼엔을 바라보며 놀라움을 금치 못했다.

"정말 이전의 엘퀴네스네. 얼굴도 똑같아."

"신이 되었다더니. 그게 정말이었군."

물론 그들 중에서 가장 들뜬 이는 바로 이프리트였다. 한달음에 달려 나간 그는 엘뤼엔을 아주 반갑게 맞이했다.

"어서 와, 엘뤼엔! 마침 잘 왔어. 이리 와서 앉아. 오랜만에 우리끼리 축배를 들고 있었거든. 같이 마시겠어?"

"특제주인가. 그리운 술이군."

"헤헤, 그렇지? 예전에 곧잘 마시던 거였으니까."

"아, 그럼 내가 잔을 더 가져올게."

"난 술을 더 가져와야겠다."

이프리트가 엘뤼엔을 자리에 안내하는 동안 나와 트로웰은 나머지 준비를 위해 곧장 몸을 일으켰다. 그사이에도 이프리트는 부산스럽게 그의 옆에 달라붙어 앉아 이것저것 끊임없이 종알거리고 있었다. 누가 보기에도 좋아한다는 것을 한눈에 알 수 있을 정도였다.

그 모습에 트로웰이 새로 꺼내 든 술 항아리를 한쪽 팔에 끌어안은 채, 감회가 새롭다는 표정을 지었다.

"흐음, 이프리트가 정말 이전의 엘퀴네스를 좋아했었구나. 어쩐지 직접 확인하니 놀랍네."

"정말 하나도 몰랐던 거야? 트로웰은 타인의 생각도 읽을 수 있잖아."

"말했다시피 나와 동급의 존재에겐 능력이 전부 통하지 않거든. 게다가 정령은 거짓말을 하지 않으니까 당연히 아니라고만 생각했어. 하지만 생각해 보면 거짓말을 안 하는 거지, 못 하는 건 아니긴 한데 말이야. 확실히 좋은 습관은 아닌 것 같아. 정령들은 자신이 거짓말을 하지 않으니까 흔히 타인도 당연히 그러리라 생각해서 낭패를 보는 경우가 많거든."

"음, 그래도 다른 사람을 믿는 게 잘못된 건 아니잖아. 난 오히려 좋은 것 같은데?"

"그런가. 하지만 지금 이프리트의 경우처럼 불편한 점도 꽤 있어. 아, 그렇지. 그에 관련된 재밌는 일화를 알려 줄까?"

재밌는 일화라고?

고개를 끄덕이자 그는 나직한 목소리로 이야기를 시작했다.

"지금은 죽었지만, 한때 미네르바가 인간과 계약을 한 적이 있어. 젊고 능력 있는 청년으로 가난했지만 무척 성실하고 열정을 지닌 인간이었지. 그의 순수한 모습에 반한 미네르바는 계약의 조건으로 자신과 평생 함께해 달라고 말했어."

"미네르바가 말이야?"

"응, 처음엔 괜찮았어. 하지만 그들의 행복한 시간은 그리 오래가지 못했지. 그 인간 남자는 날이 갈수록 점점 탐욕스러워졌거든. 아무것도 모르던 시절에야 미네르바처럼 아름다운 정령이 자신에게 손을 내민 걸 마냥 기쁘게만 생각했지만, 나이가 들수록 현실과 이상이 다르다는 걸 자각하게 된 거야. 정령인 미네르바와는 결혼도, 아이도 낳을 수 없었으니까."

본격적인 문제는 그로부터 몇 년 후에 벌어졌다. 한 백작가의 소녀가 그에게 반해 열렬히 구애하기 시작한 것이다. 남자는 처음엔 외면했지만 소녀의 아름다움과 그녀의 집안이 가진 재력, 무엇보다 자신을 사랑하는 소녀의 가련한 모습에 점차 흔들리기 시작했다.

하지만 이미 심정적으로 완전히 넘어간 후에도 그는 미네르바에게 솔직히 말하지 않았다. 마음이 떠났다는 것을 알게 되면 미네르바는 그를 놓아주고 사라질 테니까. 그렇게 되면 지금까지 정령왕의 계약자로서 그가 쌓아 왔던 공적 또한 함께 무너질 터였다. 그것이 두려웠던 것이다.

"그, 그래서?"

"그래서…… 그는 열심히 거짓말을 했지. 소녀가 자신을 일방적으로 귀찮게 하고 있다. 자신은 다른 여인에게는 전혀 관심이 없다. 오직 미네르바뿐이다. 우습지? 하지만 거짓말을 하지 않는 미네르바는 당연히 그 또한 마찬가지일 것이라 생각하고 그의 말을 신뢰했어. 내가 몇 번이나 경고를 했지만 믿지 않았을 정도로."

그리고 그 아슬아슬한 줄타기가 한계에 이르렀을 때, 마침내 비극이 벌어졌다. 자신의 거짓말을 이기지 못한 남자가 미네르바에게 그 소녀의 청부 살인을 부탁한 것이다.

그런 잔혹한 일을 미네르바가 실행할 리가 없다는 안이한 판단과 더불어, 그렇게까지 말함으로써 자신이 소녀를 사랑하지 않는다는 사실을 역으로 증명하기 위해서였다. 혹은 소녀의 처지를 가엾게 여긴 미네르바가 스스로 물러나길 바랐던 걸지도 모른다.

하지만 그때의 그는 한 가지 사실을 간과하고 있었다. 미네르바가 그와 계약한 정령이라는 사실 말이다. 대부분의 정령은 계약자의 의지를 거스르지 않으며, 그가 하는 말을 그 어떤 경우보다 최우선으로 생각한다. 그것은 이지를 가진 정령왕이라 할지라도 마찬가지였다. 하물며 사랑하는 사람의 부탁이 아닌가.

결국 미네르바는 계약자이자 자신의 연인인 그의 소원을 들어주기 위해 소녀를 살해했다. 그리고 그것을 증명하기 위해 소녀의 주검을 남자에게 직접 가져가기까지 했다.

"그럼 그 남자는……."

"물론 큰 충격을 받았지. 차디찬 주검이 된 소녀 앞에서 그 남자는 미네르바를 향해 온갖 저주를 다 퍼부었어. 모든 것이 자신의 말에서 비롯되었으면서도. 그 사실조차 끝까지 인정하지 않던 비겁한 놈이었지. 그리고 그 이후로 바람의 정령왕은 세상 사람들에게 잔학무도하고 냉정한 존재라고 알려지기 시작했어."

"……그런 녀석을 그냥 놔뒀어?"

듣는 내가 이렇게 화가 날 정돈데 당사자인 미네르바의 심정이 어땠을지 상상도 가지 않는다. 굳어진 얼굴로 묻자 트로웰은 담담히 고개를 저었다.

"물론 계약이 파기됐지. 녀석은 한순간에 가장 강력한 무기를 잃고 사랑하는 사람을 잃고, 명예까지 잃은 거야. 죽을 때까지 폐인이 되어 미친 듯이 거리를 돌아다녔어. 그리고 비가 내리는 날 지저분하고 어두운 골목에서 아무도 돌아보지 않는 비참한 죽음을 맞았지."

놈의 마지막을 지켜본 것이 나야.

그렇게 말하며 서늘하게 웃는 그의 눈동자가 그 어느 때보다 차디찬 한기를 뿜었다. 하지만 내가 긴장하자 그는 언제 그랬냐는 듯 생긋 웃더니 평소 때의 다정한 얼굴로 돌아왔다.

"아무튼 그렇다는 거야. 미안, 재밌는 이야기를 해 준다고 해 놓고 오히려 지루한 화제를 꺼낸 것 같네."

"아, 아니야. 미네르바에게 그런 일이 있었구나. 몰랐어. 어쩐지 조금 슬퍼 보인다고 생각했었는데…….”

“미네르바가 슬퍼 보여?”

“응, 눈빛이라든지 분위기가…… 으음, 미안. 이건 너무 실례되는 생각이겠지.”

“아냐, 엘. 실은 나도 조금은 동감하거든.”

씩 웃은 트로웰은 내 머리를 한 번 쓰다듬은 다음, 항아리를 이고 한창 무르익은 술자리로 걸어갔다. 그 뒷모습이 어째선지 유독 쓸쓸해 보였다.

나는 잠시간 머뭇거리다가 이내 그를 따라 자리에 합류했다. 그러자 이프리트가 곧장 핀잔부터 건넸다.

“잔 하나 가지러 가는데 뭐 이리 오래 걸리니?”

“하하, 어쩌다 보니. 저어, 근데 엘뤼엔이 여기까진 웬일이야? 일 많이 바쁘지 않아?”

나는 조심스럽게 엘뤼엔의 눈치를 살피며 물었다. 그는 술잔을 입에 가져가며 대꾸했다.

“네가 내 쪽으로 올 방법이 없으니 할 수 없지. 모처럼 부자지간이 되었는데 교류가 전혀 없다면 그것도 우스운 것 아닌가?”

“어? 난 괜찮은데…….”

“넌 괜찮아도 난 괜찮지 않다. 이래 봬도 무책임한 아버지가 될 생각은 전혀 없으니까. 사실은 진작 오려고 했지만, 네가 요즘 바쁜 것 같아서 일부러 한가해질 때를 기다린 거다만?”

“…….”

우와, 솔직히 말해서 조금 감동했다. 자신이 바쁜 것도 개의치 않고 날 만나러 와 주는 아버지라니. 바로 얼마 전까지 그를 다시 만나기 어려울 거라 생각했던 점도 있었기에 더 신기한 기분이었다.

"그보다 아까 그 엘이라는 호칭은 뭐지?"

"응? 아, 그건 트로웰이 지어 준 거야. 내 애칭이라고 해야 하나."

"애칭? 흠, 그것도 나쁘진 않군."

당장에 유치하다고 면박할 줄 알았는데 의외로 그는 마음에 들었다는 듯이 수긍했다. 겸연쩍게 웃는 나를 향해 엘뤼엔은 가벼운 미소를 보내며 물었다.

"아크아돈의 정비는 이제 다 끝났다고 하던데, 사실이냐?"

"으응, 맞아."

"그렇군. 그동안 고생 많았다."

"아, 아니. 내가 뭘……."

으레 예의적으로 건넬 수 있는 말인데도 왠지 그에게서 들으니 칭찬을 받는 느낌이었다. 엘뤼엔은 쑥스러워하는 내 머리를 가볍게 쓰다듬었다.

"앞으론 종종 찾아오마. 부자의 정을 돈독히 하기에 상당히 좋은 시간이 될 것 같군."

그러나 그 대답에 앞서 대답을 한 건 이프리트였다. 두 눈 가득 초롱초롱 빛을 밝힌 그가 덥석 엘뤼엔에게 얼굴을 들이민 것이다.

"엘뤼엔! 나랑은?"

"뭐가 말이지?"

"돈독한 시간 말이야. 나하고도 돈독한 시간 가져 줘!"

"난 엘퀴네스…… 아니, 이제 엘이라고 했지. 엘 말고 더 아들을 들일 생각이 없는데."

"아니, 그거 말고! 딸이면 딸이지, 내가 어째서 아들…… 에에잇, 이게 아니잖아! 난 미래의 엘뤼엔 신부 후보란 말이야!"

그러자 묵묵히 듣고 있던 엘뤼엔의 얼굴이 살짝 찌푸려졌다.

"누구 마음대로 신부 후보냐. 살아온 날보다 앞으로 살아갈 날이 더 많은 꼬마 주제에 간도 크구나."

"그, 그래도 나중에 여신이 되면!"

"그건 그때 가서 말하라고 했을 텐데."

"치이, 치사해."

툴툴거리던 이프리트는 이윽고 눈에 불을 켠 채 나를 노려보았다. 그리곤 다른 사람에겐 들리지 않게 작은 목소리로 은근히 쏘아붙였다.

"너어, 아들이랍시고 엘뤼엔을 혼자 독점하기만 해 봐. 절대 용서 안 할 테니까, 알았어?"

"아하하……."

친아버지도 아닌 양부에, 계모도 아닌 계모 '후보'의 협박이라…….

도대체 어쩌려고 내 인생은 이렇게 자꾸 꼬이는 걸까? 처음으로 짙은 의문이 생기는 순간이었다.

2.

처음 찾아온 날 이후로 엘뤼엔은 거의 매일같이 정령계를 방문했다. 오가는 횟수가 늘어나면서부터 머무는 시간은 점차 짧아졌지만, 그의 말처럼 정이 쌓이는 것인지 나는 빠르게 그와의 생활에 적응하기 시작했다. 그리고 그것은 다른 정령왕들도 마찬가지였다.

처음엔 마냥 어려워하는 느낌뿐이더니 최근엔 정령왕들 쪽에서 먼저 엘뤼엔에게 말을 걸기도 하고, 농담을 주고받는 모습도 종종 볼 수 있었다.

그들의 평가에 의하면 그는 엘퀴네스 시절보다 성격이 많이 온화해진 편이라고 했다. 이전엔 가벼운 농담에도 정색할 뿐만 아니라 필요 이상으로 가차 없이 보복을 가해 말을 붙이는 것조차 힘들었다는 것이다.

"헤에, 지금보다 더 나빴다고?"

"지금은 많이 좋아진 거라니까? 요즘은 귀찮으면 그냥 무시하는 편이잖아. 그땐 그런 것도 없었어. 꼭 상대방에게 항복 선언을 받아낼 때까지 괴롭혔거든. 온몸에 가시가 잔뜩 돋친 느낌이었달까. 전대의 이프리트가 있을 땐 그래서 하루하루가 전쟁터 같았어."

"전대의 이프리트?"

"응, 그는 참견하길 좋아하는 성격이었거든. 그래서 곧잘 엘뤼엔의 화를 샀지."

그때를 회상하듯 잠시 그리운 표정을 짓던 트로웰은 곧 무언가를 상기한 얼굴로 나를 돌아보며 말했다.

"아 참, 엘. 난 당분간 아크아돈에서 지내게 될 것 같아."

"응? 인간들 세상에서? 왜?"

"몇 년 전부터 이어 오던 유희가 있는데 이제 이곳의 일도 대부분 안정됐으니 슬슬 본격적으로 지내볼까 해. 주기적으로 들르긴 하겠지만 지금처럼 자주 오진 못할 것 같아. 혹시 내게 연락할 일이 생기면 언제든지 '놈'을 통해 전달해 줘."

"알았어. 근데 유희라면 그거지? 인간 세상의 존재와 계약을 해서 그곳의 사람들과 어울리는 거."

"응, 맞아."

"헤에, 좋겠다. 난 언제쯤 유희를 나가 볼 수 있을까?"

그러자 웃고 있던 트로웰의 얼굴이 얼핏 굳는 것이 보였다. 그는 조금 난처한 미소를 지으며 물었다.

"……엘, 너도 유희를 하고 싶다고?"

"응, 물론! 굉장히 재밌을 것 같거든. 그러고 보니 소환은 보통 언제쯤 돼? 나도 얼른 인간 세상에 정식으로 나가 보고 싶은데."

여행을 다닌다 해도 사람들이 날 알아보지 못하고, 그들과 교류

하지 못한다면 큰 의미가 없을 것이다. 무엇보다 누군가와 계약을 한다는 사실 자체가 무척 특별한 느낌으로 다가왔다. 그러나 한껏 기대에 부푼 나를 향해 트로웰이 건넨 건 사과의 말이었다.

"미안, 엘. 아마…… 당분간 유희는 힘들 거야."

"에? 왜? 누군가 날 소환하면 되는 거 아니야?"

"음, 뭐라고 해야 할까. 정령왕은 소환되는 사례가 정말 드물거든."

"헉……?"

이어지는 트로웰의 설명에 나는 크게 당황했다. 일반 정령들과는 달리 정령왕의 소환은 목숨을 걸어야 할 정도로 많은 양의 마나와 자연 친화력이 필요하다는 것이다. 그래서 시도 자체도 드물 뿐더러, 성공하는 경우도 대개 백 년에서 천 년에 한 번꼴에 해당할 만큼 상당히 희박하다고 했다.

하지만 그것보다 나를 더 경악하게 한 사실은 따로 있었다. 그것은 바로……!

"에, 엘퀴네스를 소환한 사람은 한 명도 없었다고? 지금까지 단 한 명도?"

"응, 우리 4대 정령 중에선 물의 정령의 기운이 가장 거친 편이거든. 그래선지 그것을 제대로 다룰 수 있는 인간이 극히 드문 편이지. 그 때문에 물의 정령사는 상당히 희소한 존재기도 하고."

"헉, 말도 안 돼……. 그럼 이제껏 엘퀴네스들은 한 명도 유희를 경험해 본 적이 없다는 거야?"

"아니, 아니, 그렇진 않아. 그러니까 일단 지금까지 내가 말한 건 전부 인간들의 경우거든. 다른 종족들은…… 예를 들면 드래곤 같은 종족은 무리 없이 정령왕을 소환할 수 있어. 엘퀴네스라도 마찬가지지. 그래서 지금까지 엘퀴네스들은 드래곤들과 계약을 해서 유희를 즐기는 편이었어. 사실 우리에겐 오히려 그편이 더 낫기도 해. 드래곤은 소유하고 있는 마나가 풍부한 데다 우리의 힘을 의지하는 일도 없어서 편리한 점이 상당히 많거든."

"헤에, 그렇구나. 어? 그럼 나도 드래곤이랑 계약하면 되는 거 아니야?"

"후우, 바로 그게 힘들다는 거야."

나는 재차 한숨을 내쉬는 트로웰을 의아하게 바라봤다. 그게 힘들다니. 혹시 드래곤들이 물의 정령왕과는 계약하지 않기로 담합이라도 한 걸까?

"으음, 비슷할지도."

"헉! 정말 그렇다고? 내가 어수룩해서 싫대?"

"아니, 그건 아니야. 드래곤들은 네가 인간으로 태어났었다는 사실조차 알지 못하는걸."

"그런데 어째서……?"

"엘, 물의 속성을 지닌 드래곤이 어떤 일족인지 알지?"

"으응, 알아. 블루 드래곤이랑 화이트 드래곤이잖아?"

트로웰의 질문에 나는 곧장 고개를 끄덕였다.

그동안 수집해 온 정보에 의하면 이곳에 사는 드래곤은 전부 일

제9화 **365**

곱 가지로 종류가 구분된다. 레드, 블루, 그린, 화이트, 실버, 블랙, 골드 일족이 바로 그들을 구분해서 부르는 호칭이었다.

드래곤은 일족마다 고유의 속성을 지니는데, 그 속성이 바로 자연의 4대 속성과 직결된다. 이를테면 레드 드래곤은 불의 속성을, 블루와 화이트 드래곤은 물의 속성을, 실버와 그린 드래곤은 바람을, 그리고 블랙과 골드 드래곤은 땅의 속성을 지니는 것이다.

"그럼 그 드래곤 중에서 어느 일족이 가장 강한지도 알고 있어?"

"음, 레드 일족……이었던가?"

"맞아, 레드 일족이야."

트로웰은 장하다는 듯이 고개를 끄덕이며 말했다.

정령과는 달리 드래곤은 일족마다 힘의 차이가 크게 벌어지는 종족이었다. 그중에서 가장 포악하고 강한 힘을 지닌 일족이 바로 레드 드래곤으로, 일족들 사이에서 가장 두려움을 사는 대상이라고 들었다.

"문제는 그 레드 드래곤 중에서 한 녀석이…… 드래곤들과 물의 정령왕의 계약을 방해하고 있다는 거야."

"……왜?"

"그 녀석이 전대의 엘퀴네스. 그러니까 지금의 엘뤼엔한테 홀딱 반했거든."

"……"

그, 그게 도대체 무슨 소린데?

황망함에 눈을 깜빡거리자 트로웰은 조금 곤혹스러운 표정으로 뺨을 긁었다.

"음, 그러니까 이걸 뭐라고 설명을 해야 할까. 지금으로부터 약 삼천 년 전, 레드 드래곤의 일족에서 '라피스라즐리'라는 녀석이 태어났어."

"……라피스라즐리?"

"응, 특이한 이름이지? 드래곤은 성룡이 되는 천 세까지는 아직 어린 드래곤이란 의미로 '헤츨링'이라 불리면서 일족의 보호 아래 머물러. 어른들로부터 일족의 일과 살아가는 지혜를 익히는 시기지. 정령들과 계약하는 것도 대부분 이때쯤이야. 솔직히 성룡이 되면 정령들의 도움이 거의 필요 없거든."

본래 보통의 헤츨링이 소환할 수 있는 정령의 등급은 상급이 한계였다. 우연히 정령왕을 소환하게 되더라도 자신의 속성과 직결되는 정령왕만 가능한 편이었다.

그런데 흔치 않게도 이 '라피스라즐리'라는 레드 드래곤은 태어나면서부터 대단한 힘을 소유하고 있었다. 그는 기존의 상식을 깨고 헤츨링이면서도 자신의 속성과 정반대의 정령왕인 엘퀴네스, 즉 현재의 엘뤼엔을 소환하는 데 성공했다.

"전대미문의 일이었던 만큼 레드 일족은 굉장히 기뻐했어. 일족에 뛰어난 드래곤이 태어난 것만큼 기쁜 일은 없으니까 말이야. 하지만 엘퀴네스 입장에서는 자존심이 상했던 거야. 아직 성년도 되지 못한 새끼 드래곤이 물의 계열도 아닌 주제에 자신을 소환해

낸 게 말이지."

"그, 그래서?"

"당연히 계약을 거절했지. 엘퀴네스의 성격상 본인이 불쾌한 계약을 받아들일 리가 없었거든."

하지만 하필이면 그때 라피스라즐리는 이미 물의 정령왕에게 완전히 홀려 버린 뒤였다. 계약을 이루지 못한 충격으로 상심한 그에게 어른 드래곤들은 다른 정령왕과의 계약을 권유했지만, 그는 끝내 자신의 고집을 꺾지 않았다.

이후로도 라피스라즐리는 계속해서 엘퀴네스의 소환을 시도했고 그때마다 엘뤼엔은 냉정하게 거절했다. 마지막으로 거절했을 때 그가 싸늘하게 쏘아붙인 말은 바로 이것이었다.

'너 따위가 아니어도 계약할 드래곤은 넘쳐난다.'

그래, 바로 그게 문제였던 것이다. 그 말에 화가 난 라피스라즐리는 그때부터 다른 드래곤들과 엘퀴네스의 계약을 방해하기 시작했다. 날 때부터 발군의 힘을 자랑하던 그는 성룡이 되었을 땐 아무도 넘볼 수 없을 만큼 강대한 존재가 되어 있었고, 그만큼 성격도 포악했다.

심지어 같은 레드 일족 사이에서도 그의 심기를 거스르지 않으려 노력할 정도였다. 당연히 암묵적으로 엘퀴네스는 그들 사이에서 기피해야 할 대상이 되어 가기 시작했다.

"드래곤들은 힘의 지배를 강하게 받아. 나이가 어려도 자신보다 힘이 강하면 굴복할 수밖에 없지. 그런 녀석의 독단적인 행동에 유일하게 벗어날 수 있는 존재는 이유를 불문하고 무조건 보호받아야 할 '헤츨링' 밖에는 없는데, 아쉽게도 물의 계열 쪽의 헤츨링이 한 마리도 없었어. 다른 헤츨링들은 엘퀴네스를 소환할 힘이 없고, 소환할 수 있는 성룡들은 라피스라즐리의 협박 때문에 엄두도 못 내고…… 그런 상황이 지금까지 이어지고 있는 거야."

"……나, 난 엘뤼엔이 아닌데?"

"음, 근데 아직 라피스라즐리가 세대교체 사실을 모르거든. 알려 주려고 했지만 유희를 떠난 이후로 소식이 끊겨서 지금 어디에 있는지 아무도 모르고 있다나 봐. 나도 그 녀석이 작정하고 숨으면 찾기가 힘들어서 말이야."

"녀석이 없다면 더 잘된 거 아니야? 없는 사이에 계약해 버리면 되잖아."

그러나 유일한 희망은 이어지는 트로웰의 말에 간단히 무너져 내렸다.

"드래곤들이 녀석을 너무 무서워해서 안 될 것 같아. 나도 몇 번이나 상황을 설명해 줬는데 다들 고개를 흔들더라고. 아무래도 라피스라즐리가 유희에서 돌아와야 말이 통할 것 같아."

"……그게 언젠데?"

멍하니 되묻는 내게 트로웰은 미안한 표정으로 어색하게 미소 지었다.

"글쎄…… 이번 10년 가뭄이 시작되기 전에 출발한 유희였다고 하니까, 이제 겨우 17년 남짓 됐나? 드래곤의 유희는 대부분 짧게는 백 년, 길게는 몇백 년까지도 이어진다고 하니까 앞으로도 몇백 년은 더 기다려야 할지도……."

"……."

몇백 년?

몇 년도 아니고 몇십 년도 아니고…… 몇백 년이라고?

'이 망할 놈의 드래곤 같으니! 만나기만 해 봐라!'

그날 나는 태어나 처음으로 누군가를 향해 살의를 품었다.

성격 나쁜 레드 드래곤, 라피스라즐리와의 악연이 시작되던 순간이었다.

3.

에바스 에덴은 시간을 때우기 참 적합한 장소다. 정령들의 춤을 보거나 그들의 수다를 듣는 것도 즐겁고, 보석으로 된 꽃잎을 하나씩 수집해 보는 재미도 쏠쏠했다.

금전적인 것에 관심이 없는 다른 정령왕들은 이런 내 심리를 이해하지 못했지만, 나로선 돈덩어리를 보고도 차마 그냥 넘어갈 양심(?)은 가질 수가 없었다. 아무리 귀한 도자기라도 가치를 아는 사람의 손에 있어야 빛나는 법! 자, 그런 의미에서 내가 마구마구 뽑아서 간직해 주마, 내 사랑스러운 꽃들아!

 신기한 것은 에바스 에덴의 꽃은 아무리 꺾거나 짓밟아도 금세 다시 피어나고 원래의 모습으로 회복한다는 점이었다. 즉, 이곳 자체가 무한한 보물 창고와 다름이 없는 것이다.

 "흐흐흐…… 부자네, 부자야. 이것만 한 개 있으면 몇십 년을 놀고먹겠네그려……."

 나는 루비로 된 장미 꽃잎을 쓰다듬으며 음침하게 웃었다. 그러자 뒤쪽에서 혀를 차는 앙칼진 목소리가 들려왔다.

 "쯧쯧, 그런 인간적인 생각이나 하고 있으니 네가 오늘날 이 꼴인 거야. 이러고 있을 시간에 그 라피스라즐리인지 뭔지 하는 드래곤을 찾으러 가면 되잖아. 다들 유희를 즐기는데 혼자 궁상맞게 이런 데서 놀다니. 너도 앞날이 참 뻔하다, 뻔해."

 한심하다는 듯이 혀를 끌끌 차며 나를 보고 있는 것은 다름 아닌 이프리트였다. 벌써 며칠째 보석 꽃잎 수집에만 정신이 팔려 있는 내가 어지간히 불쌍했는지, 그는 늘 이런 식으로 꼬투리를 잡으며 구박을 하기 일쑤였다. 하지만 그러면서도 가끔은 옆에 나란히 앉아 보석 따는 걸 도와주기도 했다. 이프리트가 건네주는 다이아몬드로 된 방울꽃을 받으며 나는 샐쭉하게 투덜거렸다.

 "숨었다는 놈을 어디 가서 찾아? 그리고 그런 건 자존심 상해서 싫다, 뭐."

 "어휴, 그래도 꼴에 정령왕이랍시고 자존심은 있니?"

 "당연하지! 내가 뭐 아무한테나 헤헤거리는 줄 알아? 그리고 또 모르잖아? 드래곤이 아니라 다른 종족이 나를 소환할 수 있게 될지."

"그게 바로 허황한 꿈이라는 거야. 트로웰한테 못 들었니? 엘퀴네스의 소환은 보통의 정령왕보다 훨씬 더 힘들단 말이야. 그만한 자연 친화력과 마나를 몸에 담을 수 있는 인간은 없어. 아마 소환하는 순간 바짝 말라 죽어 버릴걸?"

"……아크아돈의 종족에 인간만 있는 건 아니잖아?"

"설마 엘프들한테 기대를 걸려고? 아서라, 아서. 정령왕의 소환을 뭐로 보는 거야? 그건 하나의 '기적'이라고. 엘프들은 조화의 종족이라 세상의 균형을 깨는 '기적'과 같은 일은 벌이지 못해. 정령들과 가장 친숙한 존재이긴 하지만 그들로서도 어쩔 수 없는 게 있다고."

"으으. 그럼, 물의 계열 쪽의 드래곤이 태어나기를 기다리지, 뭐……."

체념에 가까운 말투에 질렸는지 이프리트는 더 이상 상관하지 않겠다는 얼굴로 고개를 저었다. 그리곤 몸을 털고 자리에서 일어나며 말했다.

"마음대로 해. 난 다시 유희를 나갈 생각이니까. 몇 년 전부터 공들인 일이 드디어 성과를 보이고 있거든. 나도 한동안은 돌아오지 못할 거야."

"넌 어디서 뭘 하는데?"

"그건 비밀. 남의 유희에 대해서 꼬치꼬치 묻는 건 실례라는 거 모르니? 아무튼 돌아다니다가 혹시 라피스라즐리라는 드래곤을 만나게 되면 잘 얘기해 줄게. 저도 양심이 있다면 정령왕의 세대교체가 있었다는 말까지 들었는데도 그냥 내버려 두겠어? 뭐하면 녀석이 다시 소환을 시도해 볼지도 모르지."

"……그 녀석한테 소환되고 싶지는 않아."

"네가 지금 찬물 더운물 가릴 처지야? 이대로 가다간 정령왕 최초로 유희 한 번 못 하고 생을 마감하게 될지도 모른다고."

쳇! 말이 되는 소리를 해야지. 삼천 년 전에 태어났다면 지금 그 드래곤 나이가 그 정도 됐다는 건데, 이제 겨우 태어난 지 두 달 넘어가는 나와 수명이 같을 리가 없잖아?

듣기론 드래곤의 평균 수명은 만 년에 조금 못 미친다고 한다. 즉, 녀석이 죽을 때까지 칠천 년만 참아도 나머지 내 수명 동안은 얼마든지 유희를 누릴 수 있는 것이다!

……라고 해도 사실은 하나도 반갑지는 않다. 칠천 년이라니! 고작 유희 하나 해 보겠답시고 그 어마어마한 세월을 여기서 이렇게 있어야 한단 말인가! 그럴 바엔 차라리 그 라피스라즐리라는 놈에게 달려가 계약을 부탁하는 것이 더 나을지도.

"그런데 이프리트 너는 그 레드 드래곤을 본 적이 없는 거야?"

"응, 삼천 년 전에는 내가 태어나지 않았을 때니까. 게다가 그 드래곤이 워낙 두문불출하는 타입이라 만나보기는커녕 얼굴도 본 적 없어. 내가 아니라 전대의 이프리트를 소환한 적은 한 번 있는 모양이던데."

"어, 그래?"

"주변 드래곤의 권유로 억지로 시험 삼아서 딱 한 번인가? 근데 글쎄, 날라리같이 생겼다느니 뭐라느니. 자기 취향이 아니라고 그 자리에서 찼다는 거 있지? 그것만 봐도 확실해. 그 녀석은 정말 재수 없는 성격일 거야."

"헐……."

나는 이프리트의 말에 크게 공감하며 고개를 끄덕였다. 역시 아무리 생각해도 그 녀석하고 엮여서 좋을 게 없는 것 같다. 최대한 다른 종족이랑 계약할 방법을 연구해 봐야지. 설마 천 년이 되기 전엔 그래도 좋은 소식이 생기지 않겠어?

그때 문득 떠오른 의문에 나는 불쑥 이프리트를 향해 물었다.

"그러고 보니 이프리트 네 나이가 이천이라고 했지? 다른 애들은 어떻게 돼?"

"트로웰이랑 미네르바 말이야? 트로웰은 사천 세고, 미네르바는 만 육천 좀 넘었나?"

"헉! 마, 만 육천?"

예상했던 것보다 더 어마어마한 수치에 나는 벌린 입을 다물지 못했다. 이프리트는 어깨를 으쓱하며 말했다.

"소멸 전의 엘뤼엔과 나이 차이가 거의 나지 않았으니까 아마 맞을 거야. 어머, 그러고 보니 미네르바, 어느새 평균 수명을 넘었네. 조금 있으면 소멸하게 될지도 모르겠는걸?"

"헉……."

정령왕이라 그런가? 누가 들으면 소멸이 마치 옆집에 놀러 간다는 말인가 싶을 정도로 가벼운 태도였다. 나는 깜짝 놀라 얼굴을 바로 굳혔다.

"이프리트, 아무리 친한 사이라지만 그런 이야길 그렇게 태연하게 말해도 돼?"

"뭐가 어때서? 소멸하면 소멸하는 거지."

"그렇지만…… 슬프잖아."

"수명도 다 채우고 가는 건데 슬프긴 뭐가 슬프니? 오히려 미네르바는 소멸을 맞으면 홀가분한 기분일걸? 게다가 이젠 딱히 소멸 뒤에 어떻게 되는 건지 모르는 것도 아니잖아."

"그거야 그렇지만……."

"그렇지만이라니? 아직 닥치지도 않은 일을 겁내는 건 그만둬. 그런다고 일어날 일이 사라지는 것도 아니니까."

"……."

이프리트의 충고에 나는 가만히 입을 다물었다. 그의 말대로 내가 지금 이런다고 해서 미래가 달라지는 것은 아니었으니까.

이후 그가 떠난 후에도 나는 왠지 모를 허전함과 두려운 마음에 한동안 멍하니 서 있었다. 아직 누구도 떠나지 않았건만 나는 벌써 미래에 예정된 이별을 두려워하고 있었다. 그것이 아무리 다음 만남을 기약하는 이별이라 해도 말이다.

"마음이 어지럽군. 여기서 혼자 뭘 하는 거냐?"

"……!"

심란한 마음이 흐트러진 건 그 뒤에 찾아온 뜻밖의 방문자 덕분이었다. 고개를 든 순간 보인 낯익은 얼굴에 나는 깜짝 놀랐다. 엘뤼엔이었기 때문이었다.

"어, 어서 와, 엘뤼엔. 오랜만이네."

그는 최근 들어 정령계를 방문하는 횟수가 눈에 띄게 줄어든 참이었다. 며칠 만에 만나니 아무리 그래도 반가운 기분이 드는 건 어쩔 수 없었다. 하지만 기쁨도 잠시, 엘뤼엔이 하는 말에 나는 곧장 실망감을 느꼈다.

"한동안은 바쁠 것 같아서 찾아오기 힘들 거라는 말을 하려고 왔다."

"어? 그, 그래? 얼마나?"

"최대한 빨리 끝내 보려고 노력하겠지만, 생각보다 좀 더 길어질 것 같다. 다른 녀석들은 다들 유희를 나간 것 같더군. 너도 계속 정령계에만 있지 말고 밖으로 나가 보는 게 어때."

"으음. 아니, 나도 유희를 가고 싶기는 한데……."

"가면 되잖아."

뭐가 문제냐는 듯이 바라보는 그에게 나는 살짝 한숨을 내쉬고 물었다.

"엘뤼엔, 혹시 라피스라즐리라는 드래곤 기억나?"

"……그게 누구지?"

"어? 아, 그러니까 레드 드래곤인데…… 몇 번이나 엘뤼엔을 소환해서 계약하려고 한 드래곤 있지? 그 녀석 이름이야."

"나와 계약하려고 한 드래곤?"

영문을 모르겠다는 듯이 되물어 오는 그의 모습에 오히려 내가 더 당황하고 말았다. 뭐야, 저 아무것도 모르겠단 표정은? 설마 기억을 못 하는 건 아니겠지?

나는 혹시나 싶은 기분에 차근차근 트로웰에게 들었던 대로 설명했다.

"그러니까 삼천 년 전쯤인가. 그때 헤츨링이었던 레드 드래곤이 엘퀴네스를 소환해서 꽤 이슈가 됐다고 하던데…… 아니었어?"

"삼천 년 전? 흐음, 그런 일이 있었나? 그러고 보니 생각이 날 것 같기도 하고."

허걱! 정말 기억을 못 하잖아!

이게 뭐야! 나는 내가 태어나기도 전에 있었던 사건 때문에 지금 유희도 못 나가게 생겼는데. 정작 당사자인 엘뤼엔은 기억조차 하지 못하다니. 너무한 거 아니야? 억울하다기보다는 기가 막힌 심정에 말을 못 잇고 있자 엘뤼엔이 의아하게 바라보았다.

"그런데 그걸 왜 물어보는 거냐?"

"아하하…… 그, 그게…… 그 레드 드래곤이 나와 드래곤들의 계약을 방해하고 있다고 하더라고."

"참 할 일도 없는 녀석이군. 왜 그런 짓을 하는 거지?"

왜긴 왜야! 너한테 차인 분풀이를 하는 거잖아!

나는 그렇게 말하고 싶은 것을 꾹 참고 볼멘소리로 대답했다.

"뭐, 나도 잘은 모르겠는데…… 자기가 갖지 못하는 것은 남한테도 못 준다는 심리인지 뭔지. 정확히는 엘뤼엔에게 계약을 거절당한 복수 심리 같기도 하고."

"복수 심리?"

"그러니까, 삼천 년 전에 엘뤼엔이 계약을 거절해서 그것 때문에 독이 바짝 올랐다고 하더라고. 자신과 계약하기 전까진 그 어떤 드래곤도 엘퀴네스와 계약할 수 없다고 주변을 윽박지른 모양이야. 근데 정작 그 장본인은 어디로 갔는지 요즘 통 보이지 않는 상태고. 덕분에 난 아무도 소환해 주지 않아서 독수공방인 신세랄까."

"결국 나 때문이라는 거군."

다행히 그는 손쉽게 내 말을 이해했다.

잠시간 미간을 찌푸린 엘뤼엔은 곧 알겠다는 듯이 고개를 끄덕였다.

"라피스라즐리라고? 잠깐만 기다려라, 아들아. 죽이고 오마."

"헉! 왜 얘기가 그렇게 되는 건데?!"

"골치 아픈 놈은 재빨리 제거해 버리는 게 상책이다. 천사들을 동원하면 현재 있는 위치쯤은 어렵지 않게 파악할 수 있을 테니 적당히 우연을 가장해서 없애 버리면……."

"제발 참아 줘……."

결국 당장 계획을 실행하려는 엘뤼엔을 만류하고 설득하기까지, 나는 상당한 시간을 소요해야 했다. 사실 마음 같아서는 혼내 주고 싶은 마음이 굴뚝같았지만, 내가 조금 편하게 놀고 싶다고 멀쩡한 드래곤을 죽일 수야 없는 일 아닌가? 조금 괘씸한 녀석이긴 하나, 나중에 만나서 내 손으로 직접 복수해 줘도 늦지 않았다.

생각해 보니 만 년이 넘는 삶인데 지금 미리 유희를 떠날 필요는 없잖아? 조급해하지 않아도 나중엔 질릴 정도로 나가 보게 될 것이다. 그러니 한동안은 정령계에서 시간을 보내는 것도 나쁘지 않을 거란 생각이 들었다.

물론 엘뤼엔은 그런 내 생각이 너무 안이하다며 혀를 차긴 했지만 말이다.

*　　*　　*

심리적으로 피곤한 하루를 마치고 물의 영역으로 돌아왔을 땐 이미 스산한 어둠이 가라앉아 있는 상태였다.

잠시간 침대 위에 누워 있었을까. 나는 어느새 깜빡 잠이 들어 버리고 말았다. 내가 그것을 의식하게 된 것은 어디선가 들려오는 목소리에 의해서였다.

『엘퀴네스.』

"우웅…… 뭐야……."

한창 잘 자던 중 들려온 목소리에 나는 부스스한 눈을 비볐다. 분명히 사람의 목소리인 것 같긴 한데, 이상한 건 귀로 들리는 게 아니라 머릿속에서 직접 울리는 것 같은 느낌이었다. 정령들의 대화도 비슷한 방식이라 머리에서 울리는 기분이 들긴 했지만, 이 정도로 강렬하게 다가온 적은 없었다.

 아직 잠에서 깨지 않았기 때문이라 치부하며 나는 정신을 차리기 위해 머리를 흔들었다. 그러자 그새를 참지 못한 목소리가 다시 나를 재촉했다.

 『엘퀴네스!』

 "으으, 알았어. 일어나고 있으니까 그만 불러……."

 대체 이런 시각에 누가 나를 찾는 거지? 인간일 때의 습관 때문에 밤이 되면 꼬박꼬박 잠을 자는 편이다. 그런 나를 잘 아는 정령왕들은 나에게 용건이 있더라도 늦은 시간에는 되도록 다음날로 미루곤 했다. 그런데도 오늘은 이렇게 부르는 걸 보면, 어지간히 중요한 일이 분명했다.

 하지만 머릿속의 생각과는 다르게 침대에서 몸을 일으키는 것은 생각보다 쉬운 일이 아니었다. 그 때문에 계속 미적거리자 이번에도 기다리지 못한 목소리가 다시 울려 퍼졌다.

 『제발, 엘퀴네스!』

 "하아아, 그러니까, 알았어! 알았으니까…… 으으, 일어나면 되잖아. 일어날게."

 어라, 그런데 지금 호칭이 좀 이상한데. 왜 나를 엘퀴네스라고 부르는 거지?

 트로웰이 애칭을 지어 준 이후, 정령왕들은 모두 나를 '엘'이라고 부르고 있었다. 그편이 더 간단하고 부르기 쉽다는 이유에서였다. 게다가 이제 보니 목소리도 조금 낯선 것 같다. 확연하게 여성

특유의 음색을 지닌 미네르바나 이프리트에 비해서는 상당히 낮았고, 트로웰과는 비슷했지만 그보다 좀 더 굵은 느낌이다.

이런 목소리가 내 주위에 있었던가?

그것에 조금 의문을 가진 순간 나를 깨우는 음성이 더욱 간절한 느낌으로 울렸다.

『나에게 와 줘, 엘퀴네스!』

……와 달라니? 이건 또 무슨 소리야?

짜증이 난 나는 아직도 눈꺼풀을 잡고 놓지 않는 잠 귀신들을 한 번에 떨쳐 버리곤 벌떡 몸을 일으켰다. 그러나 기가 막히게도 막상 눈을 뜨고 바라본 내 주위엔 아무도 없었다.

"뭐, 뭐야……? 설마 귀신?"

나는 황당한 심정으로 중얼거리며 여전히 스산한 어둠 속에 가라앉은 물의 영역을 천천히 둘러보았다. 그리고 잠시 후, 무심코 돌아본 근처에서 상당히 이상한 것을 발견할 수 있었다.

"어?"

마치 도넛처럼 생긴 거대한 원형의 테가, 홀로그램처럼 둥실둥실 흔들리며 내 눈앞에서 황금색 빛을 발하고 있었다. 금색의 테두리 안에는 복잡한 무늬와 도형들이 가득했다. 거대한 거울이 세워진 느낌이었다.

"이건 뭐야……?"

분명 잠들기 전까지, 아니 그 이전에도 한 번도 본 적이 없었던 현상이다. 당황스러운 기분에 나는 움직일 생각도 하지 못하고 소리 없이 자리에 굳어 있었다. 그때 그 둥그런 홀로그램 안에서 조금 전 나를 깨운 목소리가 다시 울려 퍼졌다.

『제발 날 도와줘, 엘퀴네스! 내 부름에 응답해 줘! 제발!』

"……!"

그 순간 나는 본능적으로 원형의 정체를 깨달았다.

헉, 하고 터져 나오려는 숨을 간신히 삼킨 나는 떨리는 손으로 입을 틀어막았다. 스스로 생각해도 믿을 수 없었다.

"소환……마법진?"

『정령왕 엘퀴네스』 2권에서 계속

외전:
나드엘의 하루

　안녕하세요, 저는 나드엘입니다. 저주와 형벌을 주관하는 상급 신 엘뤼엔 님의 수행천사로서, 얼마 전 갓 태어난 어린 신족이에요.
　저희 신족들은 등에 달린 날개로 계급이 구분되는데요, 저는 그중에서도 날개를 여섯 장이나 지닌 고위 신족이랍니다. 에헴!
　……뭐, 사실 그렇다곤 해도 제가 속한 이곳 엘뤼엔 님의 궁처에서는 딱히 대단한 일도 아니에요. 왜냐면 대부분의 수행천사가 다 고위 신족이거든요. 심지어 저기서 빗자루를 들고 바닥을 쓸고 있는 언니들까지도요. 오히려 태어난 연배로 따지면 제가 제일 막내이기 때문에 서열도 가장 낮다고 봐야겠죠.

그게 뭐 어떠냐 싶겠지만 이건 정말 굉장한 일이에요. 상급 신 중에서도 고위신족을 부릴 수 있는 신은 그다지 많지 않거든요.

신족은 처음 신의 탄생 과정에서 함께 태어나는 고위신족 한 명을 제외하면, 나머지는 저처럼 청공의 방에서 부름을 받아요. 이때 자신을 부르는 신의 신력에 따라 계급이 결정되지요.

대부분은 날개가 네 장인 상급, 또는 두 장으로 된 중급 신족으로 태어나는 일이 많아요. 운이 나쁘면 날개가 아예 없는 하급 신족이 되는 경우도 있고요.

그래서 대부분의 궁처엔 상중하급의 수행천사들이 골고루 섞여 있고, 고위신족이 그들을 관리하는 수장 격으로 한두 명씩 존재하는 편이에요. 그런데 이곳은 거의 전부가 고위신족이니, 이 궁처의 주인인 엘뤼엔 님의 신력이 얼마나 엄청난지 능히 짐작할 만하죠.

이런 곳은 마신의 궁처를 제외하면 여기 엘뤼엔 님의 궁처가 거의 유일하다고 들었어요. 그래선지 유독 엘뤼엔 님에 대해서는 꺼림칙한 소문들이 많아요. 잔혹한 성정이라느니, 신족들을 고문하길 즐긴다느니, 마족을 잡아다 씹어 먹는다느니. 심지어 괴물처럼 추하게 생겼다나요?

전부 엘뤼엔 님의 발치도 본 적이 없는 자들이 하는 헛소리일 뿐이죠. 실제론 얼마나 아름답고 우아하신 분인데요.

상앗빛의 피부는 어떻고, 물처럼 시린 눈동자에다가 머리칼은 또 어찌나 백금 같은지! 형벌의 신이 아니라 미의 신이라고 해도 믿을 정도라고요. 게다가 말투도 점잖으시고 신족이라고 함부로 대하신 적도 없어요.

현존하는 미의 결정체 같은 분에게 감히 괴물이라니! 이건 정말 분개할 만큼 모욕적인 말이에요.

그런 이야기를 들을 때마다 나드엘은 몹시 속상한데 언니들은 별로 신경 쓰지 않는 것 같아요. 그런 일들에 관심을 둘 바엔 서류 한 장이라도 더 검토하자는 주의거든요. 그런 점은 주인이신 엘뤼엔 님도 똑같아요. 덕분에 전전긍긍하는 건 늘 저 혼자뿐이죠.

"나드엘, 일어났니?"
"네에, 언니! 일어났어요!"

아침에 일어나면 저는 가장 먼저 정원에 있는 샘에 가서 가볍게 세수를 해요. 그런 다음 식당에 가서 아침 식사를 하죠. 신이나 신족들은 먹지 않아도 살 수 있지만, 전 기분의 활력을 위해서 맛있는 음식을 빠지지 않고 챙겨 먹는 편이에요.

신력으로 이루어진 궁처는 각자의 자아를 가지고 있어서, 날마다 맛있는 요리를 알아서 준비해 줘요. 오늘의 식단은 신선한 구름 복숭아와 무지개 포도, 진미 볶음 면 요리랍니다.

식사를 마치면 바로 주인님의 집무실에 가요. 그때부터 본격적인 일과가 시작되는 셈이죠. 상급 신들은 대개 일이 많지만 엘뤼엔 님의 궁처는 특히 일거리가 쏟아지는 편이에요. 아무래도 관할 영역인 바이톤에 마족들이 자주 드나들어서 더 그런 것 같아요. 집무실 안엔 늘 산더미 같은 서류들이 쌓여 있는 것이 일상이죠.

그렇다 보니 제가 하는 일도 거의 서류 업무에 치중해 있어요. 정확히는 서류를 용도에 맞춰서 분리하는 쪽이지만요. 아직 막내라고 언니들이 어려운 일은 안 맡기거든요. 실은 그 점은 내심 아쉬워요. 저도 잘할 수 있는데!

"나드엘, 거기 틀렸잖아. 마족들 쪽 사안은 여기에 두라니까."

"앗! 그렇네요. 헤헤헤……."

"얘도 참. 앞으론 조심해."

"네에."

으음, 죄송해요. 실은 아직 부족한 점이 많아요.

다른 언니들은 태어날 때부터 어떤 일이든 거뜬히 잘했다는데, 전 왠지 실수가 잦은 편이에요. 주인님이 신경 쓰지 않아서 아직 크게 꾸중을 듣지는 않았지만, 정말 정말 깊이 반성해야겠어요.

오전 업무가 끝나면 잠시 휴식 시간이에요. 이때 저는 정원에 나와서 나무에 한가득 열린 과일들을 따 먹으면서 놀곤 해요. 궁처의 과일엔 신력이 스며들어 있어서, 저희 같은 신족들에겐 최고의 영양식이자 체력 회복제와 다름없어요. 물론 맛도 굉장히 좋구요.

"나드엘, 미안한데 잠시 심부름을 좀 해 주겠니?"

"예! 무슨 일이신데요?"

절 부른 건 유리엘 언니예요. 유리엘 언니는 엘뤼엔 님이 신이 되셨을 때 가장 처음으로 탄생한 고위신족이에요. 그래선지 우리 중에서 가장 유능한 데다 외모도 엘뤼엔 님과 상당히 비슷해요. 주인님의 기분을 가장 잘 살피는 것도 바로 유리엘 언니죠. 일에는 엄격하지만 사실은 굉장히 다정한 분이기도 해요. 그 점도 주인님과 닮았어요.

"운명의 여신께서 보내신 연회 초대장에 관한 주인님의 답신이야. 네가 그분의 궁처에 가서 전해 드리렴."

"네, 알겠습니다."

언니가 제게 건네준 건 새하얀 봉투로 된 편지예요. 참고로 하얀색은 신들께서 서로에게 가벼운 서신을 주고받을 때 쓰는 색이에요.

그 밖에 금색은 공문에 관련된 것, 파란색은 초대장, 붉은색은 구애나 구혼, 검은색은 협박문이나 결투장이라고 들었어요. 검은색 서신을 전할 땐 상당히 조심해야 해요. 가끔 운이 좋지 않으면 상대 신에게 화풀이를 당할 수 있거든요.

일례로 마신의 궁처에서 있었던 사례가 가장 유명한데요. 간혹 마족들에게 화가 난 신들이 마신에게 검은색 서신을 보낸 적이 있었다나 봐요. 그런데 그때마다 전하러 간 천사들이 대부분 돌아오지 못했다고 하더라고요. 물론 서신을 보낸 신들도 전부 무사하지 못했죠.

저도 공문 때문에 몇 번 서신을 전하러 간 적이 있는데, 다행히도 그때마다 부재중이셔서 아직 마신의 얼굴을 뵌 적은 없어요.

그런 의미에서 말하는 거지만, 마신은 정말 정말 무서운 분이에요. 소문에 의하면 그분은 새카만 머리카락에 그만큼 검은 눈동자를 지니고 있다고 해요. 그 눈동자엔 짙은 마력이 담겨 있어서 보는 즉시 오금이 저리고 손발이 굳는다나요?

그 잔혹성은 그분이 창조하신 마족들의 성정만 봐도 충분히 알 수 있는 일이죠. 그분이야말로 소문처럼 추하게 생겼을 게 틀림없어요. 아, 그치만 제가 이런 생각을 하고 있다는 건 비밀이에요. 무서우니까요!

"어서 오십시오, 나드엘 님."

"안녕, 에라엘."

여신의 궁처에서 절 맞이한 건 두 개의 날개를 가진 중급 신족 에라엘이에요. 서신 때문에 종종 보아서 이제 서로 얼굴을 잘 아는 사이죠.

"주인님의 답신을 가지고 왔어. 여신께 전해 줘."

"이번에도 거절이신가 보군요."

"주인님은 복잡한 장소를 싫어하시는 분이니 어쩔 수 없지."

"잘 알겠습니다. 그럼 여기서 잠시만 기다려 주십시오. 여신께 전해 드리고 오겠습니다."

"응."

에라엘이 종종걸음으로 사라진 동안 저는 주변의 경치를 감상하며 놀아요. 이곳 궁처에도 사방에 탐스러운 과일나무가 자라 있어요. 하지만 주인님의 궁처에 있을 때처럼 함부로 따 먹을 순 없어요. 신력이 담긴 과일을 멋대로 먹는 건 신력을 절도한 셈이 되거든요. 신계에서 가장 엄격하게 금지하고 있는 일 중 하나예요.

그래도 이곳의 과일은 탐내는 자들이 많아요. 운명의 여신이 키우는 과일은 먹으면 잠시간 미래를 보는 힘을 얻는 것으로 유명하거든요.

실제로 백 년 전쯤인가. 마신이 이곳에 몰래 들어와 여신의 과일 하나를 훔쳐간 적이 있다고 해요. 그 때문에 여신과 마신의 사이가 그다지 좋지 않다고 하더라고요.

그에 대한 진실 여부는 알 수 없지만, 여신이 마신을 싫어하시는 것만은 분명한 사실이에요. 그분의 이야기만 나오면 항상 얼굴을 찌푸리시거든요. 그걸 보면 소문이 어느 정도는 맞는 것 같아요.

"너도 그 과일이 탐나느냐?"

"예? ……아앗, 라데카 님!"

돌아본 순간 나는 깜짝 놀랐어요. 제 바로 뒤쪽에 여신께서 서 계시는 게 아니겠어요? 그 옆에선 에라엘이 난처한 표정을 지은 채 서 있구요. 아무래도 서신을 받자마자 직접 행차하신 것 같아요.

"여신 라데카 님을 뵙습니다!"

운명의 여신인 라데카 님은 새카만 피부에 새하얀 머리칼, 금안을 지닌 아름다운 분이세요. 전해 듣기로는 마신만큼이나 오랜 세월을 살아오셨다고 해요. 그래선지 모습은 어린 소녀시지만 말투나 표정에서 상당한 연배가 느껴지는 분이죠.

"그 과일이 보여 주는 미래는 진정한 미래가 아니다. 그저 자신이 꿈꾸는 미래를 비추는 것뿐이지."

"오, 오해세요! 저는 절대 탐내지 않았어요! 그냥 구경하던 것뿐이었어요."

"그래, 그래야지. 저런 건 한낱 동태 눈깔에, 머리에 똥만 찬 붕어 대가리들이 앞뒤도 구분 못 하는 개돼지가 되어서 탐하는 것이다. 너처럼 고운 아이는 멀리하는 것이 좋다."

……한 가지 더 첨언하자면, 라데카 님은 말투가 좀 험한 편이세요. 얼굴은 귀여우신데 험악한 욕설들을 아무렇지 않게 내뱉으신다니까요. 그때마다 얼마나 깜짝깜짝 놀라는지. 그런데 저 엄청난 단어들이 설마 마신을 지칭한 건 아니겠죠?

"저어, 소문이 사실인가요?"

"무슨 소문 말이냐?"

"마신께서 라데카 님의 과일을 가져가셨다는……."

"그 씹어 먹어도 시원치 않을 놈 이야기는 꺼내지도 말거라."

우와, 단번에 눈빛이 살벌해지시는 걸 보니 아무래도 정말인가 봐요. 대체 마신은 그 과일을 훔쳐서 뭘 하려고 했던 걸까요? 어차피 신들에겐 딱히 필요도 없는 건데 말이죠.

"그는 때때로 도를 넘는 행동을 저지르곤 하지. 자신이 한 일이 어떤 결과를 초래할지 모르는 것도 아니면서 말이야. 아니, 알면서 하니 더 지독한 것일까. 그는 언젠가 자신이 저지른 과오의 값을 치를 것이다."

"……."

으음, 운명의 여신이 저렇게 말하니까 진짜 무서워요. 말투는 험하셔도 화를 내시는 일은 거의 없는 분인데. 마신에겐 정말로 단단히 분노하신 것 같아요.

"그나저나 네 주인도 참 너무하는구나."

"예?"

"몰라서 묻는 것이냐? 벌써 연회장을 열네 번째 보내는데, 그때마다 번번이 거절을 하고 있지 않으냐."

"에헤헤……."

이럴 땐 그저 어색하게 웃는 것 외에는 방법이 없어요.

사실 주인님이 거절하는 건 라데카 님의 연회만이 아니거든요. 심지어 반드시 참여해야 한다고 하는 신들의 주 회의에조차 불참을 선언하신 분이니까요. 라데카 님도 말씀은 저렇게 하시지만 내심으론 그냥 어쩔 수 없다고 여기시는 것 같아요.

"그래도 꼬박꼬박 답신을 보내는 걸 보면 성실하다고 해야 할지 철저하다고 해야 할지. 어쨌거나 서신을 전하러 온 녀석이 너라서 마음에 드는구나. 전엔 다른 녀석이 왔었는데 제 주인을 닮아서 여간 뻣뻣한 게 아니었다."

"에에, 그런가요. 그치만 전 주인님을 닮지 않아서 슬픈걸요."

"흥, 무슨 소리를 하는 거냐. 그런 똥고집에 멋대가리 없는 놈들은 지금 있는 놈들로도 충분하다."

덕분에 유리엘 언니를 비롯한 다른 천사 언니들이 순식간에 똥고집을 피우는 멋대가리 없는 존재들이 되어 버렸어요. 뭐, 어차피 언니들은 무슨 평가를 듣든 신경도 안 쓰겠지만요. 그런 점도 엘뤼엔 님과 똑같죠. 우웅, 생각해 보니 정말 이상하네요. 대체 왜 저만 이렇게 다른 걸까요?

"흐응, 아무튼 아쉽게 되었다. 이번에야말로 그가 들인 양자에 대해서 물어보려 했거늘. 가드가 저렇게 철저해서야 원."

"아! 라데카 님도 벌써 알고 계시는군요?"

"이미 이 일대에 소문이 파다한 걸 모를 리가 있겠느냐?"

하긴 그래요. 상급 신이 양자를 들이는 일은 흔치 않기 때문에 상당히 화제가 되었다고 들었거든요. 게다가 무뚝뚝하고 모습을 드러내지 않기로 유명하신 엘뤼엔 님의 일이라 더 크게 주목을 받는 것 같아요. 엘뤼엔 님이 밝히기 꺼리셔서 아직 양자의 정체에 대해서만은 알려지지 않았지만요.

그게 실은 말이죠. 이번에 엘뤼엔 님이 양자로 들이신 분은 정말 대단한 존재예요. 무려 물의 정령왕 엘퀴네스 님이거든요!

얼굴은 새하얗고 조각 같은 데다가, 눈이 굉장히 커서 꼭 인형 같아요. 가만히 보고 있으면 꼭 끌어안아 주고 싶을 만큼 사랑스러운 외모예요. 게다가 얼마나 성격이 순하고 귀여우신지! 주인님이 그분을 양자로 들이신 심정이 백번 이해가 된다니까요.

하지만 예쁜 딸이라고 해도 될 것을 굳이 아들이라고 칭한 건 조금 의아하긴 해요. 물론 그렇게 정하신 것엔 다 깊은 뜻이 있으시겠지만요.

"아 참 그렇지! 라데카 님, 쭉 여쭤 보고 싶었던 게 있어요."

"무엇이냐?"

"혹시 주인님께서 양자를 들이게 된 것도 그분의 운명에 정해져 있는 건가요?"

어라? 그런데 제 질문에 라데카 님은 그냥 웃기만 하세요. 혹시 제가 뭔가 실수한 걸까요?

"뭔가 오해하고 있구나. 운명이란 건 태어나면서부터 정해지는 것이 아니다."

"네? 그, 그럼요?"

"모든 것은 진실한 바람으로 이루어지는 것이다. 그 마음속에 있는 갈급함이 스스로 걸어 나가야 할 길을 인도하지. 그래서 인연이란 결코 우연으로 이루어지는 것이 아니란다."

"무슨 소린지 잘 모르겠어요."

"이를테면 그런 것이다. 모든 이의 애정을 받았지만 그 자신은 아무도 사랑하지 않아 방황했던 자, 모든 이에게 애정을 쏟았지만 그 누구에게서도 진실한 사랑을 받지 못해 고독했던 자. 그 절박한 마음들이 만나면 서로에게 필요한 부분을 나누게 되는 것이 당연한 이치지. 그러한 인연이 운명이 아니라면 무엇을 운명이라 부르겠느냐."

"……."
으음, 라데카 님의 말씀은 다 좋은데 너무 어려운 게 탈이에요. 좀 더 알아듣기 쉽게 설명해 주시면 좋으련만.
다행히 라데카 님은 제가 못 알아들은 것에 크게 언짢아하는 기색은 아니세요. 그저 가볍게 웃으시면서 다시 뜻 모를 말씀을 하시긴 하셨지만요.
"그래도 너를 보니 양자의 성격이 어떤지는 알 만한 것 같다."
"네에? 제가 왜요?"
"모르고 있었느냐? 네 성정은 네 주인에게서 온 것이 아니다."
"그, 그럼요?"
"신족의 성정과 능력은 처음 접촉한 상대에게 각인되면서부터 형성이 된다. 한데 너는 청공의 방에서 탄생한 순간 영향을 받은 존재가 하나 더 있구나."
"헉!"
맙소사, 그건 라데카 님의 말씀이 맞아요. 제가 태어났을 때 엘퀴네스 님도 그 자리에 같이 계셨거든요. 정신을 못 차리고 있던 제게 가장 먼저 말을 걸어 주신 것도 바로 그분이셨죠. 혹시 그것이 문제였던 걸까요?
어쩐지 이상하다고 생각했어요. 저 홀로 언니들과 성격이 너무 달랐거든요. 그런데 설마 엘퀴네스 님에게 영향을 받은 거였다니!
"그, 그럼 전 어떡해요?"

"어떡하긴 뭘 어떡하느냐? 지금까지 하던 대로 하면 되지."
"그, 그치만 전 주인님을 닮은 게 아니잖아요?"
"그래서 주인이 네가 싫다 하더냐?"
"그런 건 아니지만……."
"그럼 무슨 상관이냐. 성격에 영향을 받았더라도, 어차피 네게 신력을 주고 널 완성한 건 네 주인이다. 네가 그의 수행천사임은 변하지 않는 사실이지."

으음, 그런 걸까요. 그렇다면 다행이지만요.
어쨌거나 덕분에 상심하지 않을 수 있었어요. 그래서 하는 말은 아니지만, 라데카 님은 정말 좋은 분이신 것 같아요.

라데카 님의 궁처에서 돌아오니 어느새 휴식 시간이 다 끝났어요. 서신을 잘 전해 드렸다는 말씀을 드리고 전 슬슬 오후 업무에 들어가요.

오후 업무는 대부분 오전의 업무의 연장선이지만 조금은 달라요. 소원의 나무를 관리하러 가거든요.

소원의 나무는요, 중간계의 인종들이 엘뤼엔 님께 보내는 기도나 염원이 적힌 쪽지가 열리는 나무예요. 처음엔 별로 없었는데, 최근 엘뤼엔 님을 믿는 신도들이 늘어나면서 부쩍 나무들이 늘어나게 됐어요.

대부분은 쓸모없는 것들이라 바로 그 자리에서 폐기하지만, 정말 간절하거나 엘뤼엔 님께 중요한 존재가 보내는 기도는 반드시 수거해서 전해 드려요. 이걸 알아보는 방법은 아주 쉬워요. 중요한 쪽지는 겉면에서 반짝반짝 빛이 나거든요.

쿠우웅!

"꺅!"

한창 콧노래를 부르면서 쪽지를 수거하는데 갑자기 궁처 밖에서 커다란 소리가 울려요. 아마도 누군가 허락 없이 궁처에 접근해서 결계가 발동한 것 같아요. 이곳에선 종종 있는 일이죠.

그런데 왠지 평소 때보다 소음이 더 큰 것 같아요. 하늘에서 번쩍번쩍한 빛도 마구 쏟아져 내리네요. 자세히 보니 불이 붙은 돌덩어리들도 있어요.

우르릉 콰광!

마치 물줄기처럼 빗발치는 번개에 바닥에서는 지진까지 일어나기 시작해요. 얼마나 강도가 센지, 제가 있는 곳까지 다 흔들거릴 정도예요.

"최고 경계 레벨이다······."

결계가 발동되는 건 흔한 일이지만 그중에서 최고 레벨이 가동되는 건 태어나서 처음 봤어요. 누군지는 모르지만 저러다 죽는 게 아닐까요?

주저앉은 상태에서 얼이 빠져 있는데 계단을 타고 누군가 걸어 올라오는 것이 보여요. 머리에 후드를 뒤집어쓴, 굉장히 키가 큰 남자분이에요.

"우와— 너무하네, 엘뤼엔. 하마터면 다칠 뻔했잖아."

설마 저 엄청난 함정을 혼자 뚫고 들어왔다는 건 아니겠죠? 가볍게 옷의 먼지를 털어내며 중얼거리는데, 사실 전혀 위기를 느낀 모습은 아니에요. 왜냐면 남자분의 말투가 굉장히 유쾌한 데다 여유가 철철 흘러넘치는걸요.

"누, 누구세요?"

제 말에 남자분이 고개를 들고 절 쳐다봐요. 밤하늘같이 어둡고 새카만 눈동자예요. 그런데 왠지 시선을 뗄 수가 없어요. 마치 숨이 저절로 멈추는 듯한 기분이 드는데, 그 이유를 잘 모르겠어요. 생김새 때문일까요? 분명 준수한 얼굴이긴 하지만, 외모로 따지면 주인님이 훨씬 더 아름다우신데 말이죠.

남자 분은 절 빤히 쳐다보다가 이내 싱긋 웃음을 지어요.

"흠? 못 보던 애가 있네. 그새 천사를 하나 더 늘렸나?"

"네, 네에. 얼마 전에……."

"그래? 천사 하나 부르는 데 신력 소모가 상당히 만만치 않을 텐데. 그런 수고를 감안할 만큼 일이 꽤 많긴 하나 보네. 그나저나 넌 이름이 뭐야?"

"나, 나드엘이에요."

"호오, 나드엘. 꽤 귀엽게 생겼다?"

남자 분이 웃으며 손을 들어 올리는 것이 보여요. 아마도 제 머리를 쓰다듬으려는 것 같아요. 그런데 그때 뒤에서 싸늘한 목소리가 울려요.

"건드리지 마."

"……!"

놀랍게도 주인님이세요. 정말 깜짝 놀랐어요. 업무 중엔 좀처럼 밖을 나오시는 일이 없으신 분이거든요. 역시 저 남자분이 결계를 뚫고 들어온 것이 맞나 봐요. 그러니까 어지간하면 움직이지 않으시는 주인님이 직접 나오신 게 아니겠어요?

"치사하게. 만지는 것도 안 돼?"

"그러면서 남의 천사를 가로챌 생각이었겠지."

"아, 눈치챘나?"

"네가 방문하는 궁처마다 천사들을 하나씩 빼앗겼더군. 억지로 자신의 신력을 주입해 기존의 신력을 몰아내는 방법이었지. 남의 걸 강제로 가로채 가면 기분이 좋은가?"

"흐음, 들켰네. 역시 만만치 않다니까. 이렇게 되면 승부욕이 발동하는데 말이지."

"닥쳐."

으엑? 제 신력을 저분의 것으로 바꿀 생각이었다고요?

갑자기 온몸에 소름이 돋아요. 바짝 얼어붙은 절 보았는지 주인님이 가볍게 혀를 차는 소리가 들려요.

"나드엘, 들어가 있어라."

"예? 하, 하지만……."

"괜찮다. 이 썩을 놈은 내가 알아서 치울 테니까."

할 수 없이 저는 건물 안으로 달려갔어요. 잘은 모르겠지만 아마 저 남자분도 신이신 것 같아요. 스스로 존재감을 지우고 있어서 정확히 어떤 계열의 신인지조차 제대로 감이 잡히지 않지만요.

어쨌거나 주인님께선 조금 후에 다시 집무실에 들어오셨어요. 홀로 돌아오신 걸 보면 아마 그분은 내쫓으신 것 같아요. 하지만 조만간 또 찾아오실 것 같다는 불길한 예감이 드는 건 왜일까요.

드디어 저녁입니다. 온종일 이어지는 업무는 이때쯤 대부분 종료가 돼요. 산더미같이 쌓였던 서류들도 거의 다 사라져 있는 시점이죠.

하지만 그렇다고 안심하면 안 돼요. 내일 아침이면 또 그만큼의 분량이 쌓여 있거든요. 상급 신이란 참으로 고단한 존재인 것 같아요.

저녁 식사를 마치고 저는 언니들과 함께 수다를 떨어요. 언니들과 이야기를 나누는 시간은 항상 즐거워요. 제가 모르는 신기한 이야기들을 많이 알고 있거든요.

오늘 화제에는 낮에 있었던 일도 들어갔어요. 언니들도 결계가 형성되었다가 사라진 걸 느낀 것 같아요.

"그러고 보니 오늘 발동한 결계, 최고 레벨 아니었니?"

"응, 하지만 어째선지 금방 멈추었어."

"침입자가 포기하고 돌아간 거겠지."

"아! 아니에요, 언니들. 성까지 올라왔는걸요. 제가 직접 봤어요."

"뭐? 네가 봤다고, 나드엘?"

놀란 언니들의 시선에 저는 곧장 고개를 끄덕였어요. 사실 지금까지 말하고 싶은 걸 참느라 입안이 간질간질했거든요.

"어떤 남신이셨어요. 아무렇지 않게 결계를 뚫고 올라오시더라고요."

"남신?"

"네, 처음 뵙는 분이었어요. 키가 굉장히 크고 검은 눈동자를 지니셨더라고요. 후드를 쓰고 있어서 머리색은 보지 못했지만요."

그러자 언니들의 얼굴이 갑자기 창백해져요. 왠지 그분이 누군지 언니들도 알고 있는 것 같아요. 또 찾아왔다느니, 최근엔 잠잠했는데 다시 피바람이 불겠다느니, 수군거리는 대화 속에 이해할 수 없는 말들이 섞여 있어요.

"나드엘, 다음부턴 그분을 뵈면 무조건 도망치도록 해."

제게 그렇게 말을 한 건 유리엘 언니예요. 평소에도 표정이 다양한 분은 아니지만, 오늘은 유독 굳어 있는 것 같아요.

"네? 하지만……."

"괜찮아. 엘뤼엔 님께서 이미 그렇게 하라고 당부하신 일이니까. 알았지? 반드시, 무조건 도망쳐야 해. 불러도 돌아보지 말고."

"으음, 알았어요, 언니들. 명심할게요."

언니들은 내가 고개를 끄덕이는 것을 보고서야 안심한 표정을 지어요. 언니들이 이렇게까지 하는 걸 보니 그 남신님은 보기보다 굉장히 무서운 분인 게 틀림없어요.

그리고 보니 까닥했으면 제 몸의 신력이 전부 그분의 것으로 바뀔 뻔했었죠. 농담처럼 얘기했지만 주인님이 경계하시는 걸 보면 절대 장난으로 한 말이 아니었을 거예요. 우와, 이제야 실감이 되네요. 그분은 정말 정말 무서운 분인 것 같아요.

어라? 그런데 이런 이야기, 왠지 어디서 많이 들어 본 것 같아요. 어디서 들었었지?

완전히 캄캄해지면 천사들은 모두 각자의 방으로 들어가요. 새벽녘까지 활동하시는 엘뤼엔 님을 제외하면, 나머지 신족들은 모두 잠이 들 시간이에요. 유리엘 언니만은 직전까지 주인님을 보필하기 위해 깨어 있지만요.

방에 돌아오자마자 저는 곧장 침대로 직행해요. 오늘따라 매우 피곤한 게, 얼른 잠을 자야 할 것 같아요. 벌써 눈꺼풀이 무거워지네요.

아무튼 오늘은 여러 가지로 다사다난한 날이었어요.

이상, 나드엘이었습니다.

안녕히 주무세요, 여러분. 하아암.

캐릭터 프로필

이름: 엘퀴네스
생일: 3월 22일
키: 168cm
종족: 정령
속성: 물
성별: 무(無)
외형연령: 15세~17세
머리카락과 눈동자 색: 물빛
그 밖의 특징: 가운데 동그란 원형의 라피스라줄리 보석이 달린 은색 서클렛을 착용

캐릭터 복불복 QnA

질문을 올려 주신 이공카 카페(http://cafe.daum.net/shakito)의 회원분 중에서 사다리 타기를 통해 선정했습니다.

(느긋화분 님의 질문)

Q. 하태진과는 언제 처음 만났나요? (나이 포함)

A. 태진이와는 같은 학교였지만 중학교 2학년이 되어서야 얼굴을 처음 알았어요. 제가 불량배에게 걸려서 맞고 있던 걸 녀석이 지나가다가 구해 줬지요. 태진이가 싸움을 정말 잘하거든요. 헤헤.

Q. 강지훈 때 자주 입었던 옷 스타일, 그리고 정령왕이 되어서 자주 입거나 추구하는 옷 스타일은?

A. 강지훈 때는 그냥 대중없이 입고 다녔어요. 옷 센스가 좋은

편은 아니기도 했구요. 지금도 딱히 추구하는 스타일은 없는 것 같네요. 자주 입는 건 주로 후드가 달린 여행용 로브입니다.

Q. 남자임을, 남성체임을, 자신의 남자다움을 어필하기 위해 특별히 신경 쓰는 부분이나 행동이 있나요?
A. 없습니다. 왜냐면 전 누가 뭐라고 해도 남성체니까요!

Q. 자신에게 붙었으면 하는 수식어나 별명?
A. 멋지고 강한 물의 정령왕이요. 이런 말을 들을 수 있는 정령왕이 되고 싶어요. 에헤헤.

Q. 남자다움, 여성스러움, 예쁨, 귀여움, 섹시함, 무뚝뚝함 등의 성향 중 가장 이끌리는 성향은?
A. ……예제에 이상한 것들이 들어 있네요. 당연히 남자다움이 좋습니다!

Q. 안기고 싶은, 안아 주고 싶은 사람?
A. 감싸 안고 보듬어 주고 싶은 사람은 역시 이사나일까요. 마음이 너무 여리다 보니 늘 신경이 쓰여요. 제가 딱히 안기고 싶은 상대는 없어요. 주변에 예쁜 누님이라도 있다면 모를까. 하아…….

(꿍디꿍디 님의 질문)

Q. 본인의 얼굴은 몇 살로 보인다고 생각하나요?

A. 음, 글쎄요. 이 정도면 한 16살은 되어 보이지 않나? 하하, 하하하하, 하하하하…….

(샤르아 님의 질문)

Q. 엘이 지금 친구들과 바다에 왔다면 제일 먼저 하고 싶은 건?

A. 바다에 빠트려 놓고 위대하신 엘퀴네스 님이라고 불러 봐라! 그럼 구해 주지, 캬캬캬! ……같은 거요?

(왠지 누군가를 점점 닮아 가는 것 같은데…….)

에이, 설마요. 착각이실 거예요.

Q. 장마철의 엘은 기분이 좋아요, 나빠요? 일단 물의 정령왕이니까 다른가요?

A. 기분 좋아요. 온 세상을 전부 감싸 안은 기분이 들거든요.

Q. 만약 엘뤼엔이 애교를 부린다면 엘은 어떻게 할 건가요?

A. 아아, 여보세요? 거기 심리 치료 상담과지요? 실례지만 상담을 드리고 싶은 게 있는데…….

Q. 엘뤼엔이(정말 이건 만에 하나) 죽는다면요?

A. 음, 만에 하나라도 생각하고 싶지는 않아요. 하지만 그렇게 된다면 정말 슬프겠죠. 아마 오래도록 기운을 차릴 수 없을 거예요.

Q. 지금까지 일어난 이 모든 게 꿈이었다면?
A. 오 마이 갓뜨! 이게 다 꿈이라고? 작가 텨 나와. 나랑 싸우자!

네 칸 만화

1. 그러지 마 (1)

2. 그러지 마 (2)

3. 그러지 마 (3)

4. 궁금하시죠?

엘의 반응이 왜 이런지 궁금하시다면 완결까지 함께해요!)ㅂ＜!